U0632057

真假蘭亭

李默寒 ◎ 著

Wuhan University Press
武汉大学出版社

图书在版编目（CIP）数据

真假兰亭 / 李默寒著 .— 武汉 : 武汉大学出版社，2012.7
ISBN 978-7-307-09716-2

Ⅰ .①真…
Ⅱ .①李…
Ⅲ .①长篇小说 – 中国 – 当代
Ⅳ .① I247.5

中国版本图书馆 CIP 数据核字 (2012) 第 073031 号

选题策划：人天书苑
责任编辑：代君明
责任印制：人　弋

出　　版：武汉大学出版社
发　　行：武汉大学出版社北京图书策划中心
网　　址：www.wdpbook.com
电　　话：010–63978987
传　　真：010– 67397417–608
印　　刷：北京毅峰迅捷印刷有限公司

开　　本：710×1000　1/16
印　　张：18
字　　数：220 千字
版　　次：2012 年 7 月第 1 版
印　　次：2012 年 7 月第 1 次印刷
定　　价：35.00 元

版权所有，盗版必究（举报电话：010-63978987）
（如图书出现印装质量问题，请与印刷厂联系调换）

目录

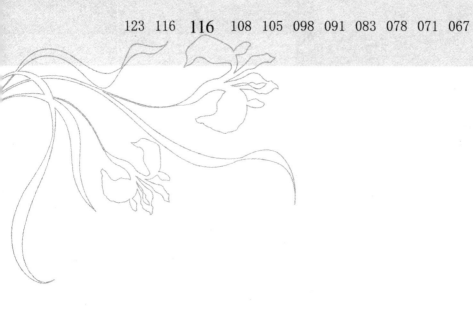

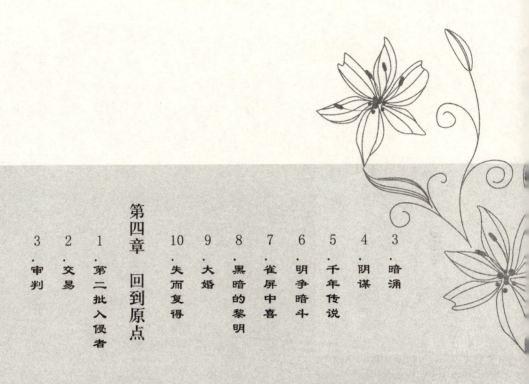

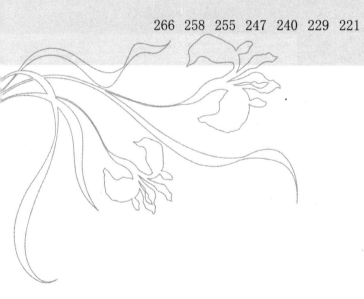

引子一·千古一帝

贞观二十三年，农历五月己巳。

长安城，翠微宫，含风殿。

移驾含风殿快两天了，除了每日定时地把脉诊断和送饭、端药外，太宗文皇帝总是独自一人孤零零地躺在龙榻上。

23年的帝王生涯，此刻才得以停歇。然而，作为交换片刻宁静的条件竟然是自己的大病不起。艰难地抬起头，却因身体疼痛难支，头部又一次重重地摔在方枕上。李世民张开嘴，急促地喘着粗气。他无奈地皱着眉头，深知自己大限将至。好在六年前他终于为帝国完成了作为国君必做的最后一件至关重要的大事：立储。长子李承乾被废为庶人，客死贵州。四子李泰也早已被逐出京城。李治，并不是他的最佳选择。如果不是长孙无忌的极力劝阻，恐怕如今在偏殿陪驾的，应该是另一个自己宠爱有加的儿子李恪。

孤独的老人没有再责怪自己的忤逆子们。几十年前，自己又何尝不是因为觊觎王位而亲手杀了长兄？他有着北方草原英雄式的彪悍、血性，这也是他为何成为迄今为止唯一一位被北方蛮族奉为"天可汗"的汉人皇帝。他也能够理解，在权力争夺的世界里，"亲情"只是遮掩阴谋的幌子。

老人颤颤巍巍地抬起手，感受着覆盖在身上的明黄色丝绸，这件质感极佳的织品，却丝毫没有人间温情，和着这冰冷肃杀的含风殿，吞噬折磨着老人虚弱枯竭的躯干。

52年的戎马生涯，在濒临消失的那一刻，竟又让他悟出了一个道理。如

今，他终于能够体会当年父亲驾崩前的一声呐喊。他不是在咒骂自己的儿子将他打入冷宫，也没有再抱怨李世民为了消除别人关于他对待自己退位父王的差强人意的态度而匆忙建造的大明宫尚未建造完毕。他只是在吼叫，出于人类最原始的本能，宣泄内心的孤独、寂寞和痛苦。

唐太宗文皇帝又何尝不是呢？

虽然他没有像他父亲那样被自己的儿子推翻，可自从自己的身体渐衰，把政务逐步交给李治处理之后，他和退位也已经没多大分别了。第一次，他成了一个被世人渐渐遗忘的老人。

木制转轴突然发出一阵嘶鸣，老人眯着双眼，估摸着该是吃药的时候了。今天，他已经拒绝过一次服用药物，似乎人之将死，自己总会有所察觉。他深知自己已病入膏肓，这碗药无非只能够让他在痛苦煎熬中再多支撑一会儿。这，还能有别的作用吗？

"陛下，进药了。"小黄门端着汤药，带着几个随从，静静地侍立在龙榻边。

李世民紧闭双眼，手腕架在床上，只略微抬起手掌，无力地向外挥动。

"陛下，这个……该……该进药了。否则，小人很难向殿外的各位大人交代。"

老人长叹一声，决定不再为难他们。他刚一睁眼，马上便有太监拥上来，轻手轻脚地把他扶起来，让他靠坐在龙榻上。

微风轻轻扑打着门窗，老人看着宫门，想知道今天的天气如何。但无论怎样，目光始终不能穿透薄薄的一层窗纸。翠微宫建成伊始，李世民从没如此认真地欣赏过。这里是长安城，有着来自各地的人们，有着来自各地的物品。这里是世界的中心。他的宫殿，巧夺天工，无与伦比，虽然站、坐、卧、躺只需丈尺之地，但天地间能坐拥这一切的，毕竟只有他一个人。既然如此，他还有什么不满足呢？

高丽，是他最后的遗憾。他本不该远征辽东，况且这次战争连必胜的最基本的条件也没有，药师没有随军出征。是啊，药师没有去，如果去了，会不会我的一世功绩就成了呢？

风钻过门缝，吹出阵阵哀怨。李世民疲劳地闭上眼，倾听着无数亡灵的哭嚎。我又该如何弥补呢？

胸口瘙痒，他难以自制地拼命咳着。周围的太监吓得慌忙帮他抚背平气，黄罗帕还没递上，他已经先用手捂住了自己的嘴。

他觉得手里黏黏的，摊开一看，满手掌都是鲜血。黄门们一阵骚乱，他却在琢磨着，这是谁的血？他亲手杀了兄长李建成，三弟元吉是死在敬德的箭下，该不会……？那么他们呢？王世充、刘黑闼、窦建德……

西厢房里，长孙无忌和褚遂良焦急地等待着。听宫里面的太医说，陛下恐怕熬不过今天了，太监们也传来了话，陛下弥留末觉。他们预感到这可能是最后一天陪在老皇帝的左右了。现在只有他们了。魏徵死了，房玄龄、杜如晦也死了。尉迟功云游四海，李勣就在几天前被调任边疆。从太原举兵时，他们就投效了李世民，出生入死，同甘共苦。虽然在玄武门之变以前他们曾被短暂调离了他的身边，但那毕竟是短暂的。他们之间的情谊，大家心知肚明，早就超越了君臣，更似共处多年的挚友。

"国公，您说陛下他……"

长孙无忌看了看褚遂良，他心里明白，知道他想说什么。他摇了摇头，胡乱地搓揉着几缕胡须。"褚大人，太子已经在东厢房陪驾。恐怕这次……"

"唉，看看我们身边。当年共话天下的，如今死的死，走的走。只剩下你我二人还陪在这儿。"褚遂良悄悄地捏着神袍，擦拭着眼角的泪水。

这时，房门"轰"的一声推开，一个太监急忙冲了出来，一不留神，脚下拌蒜，重重摔在地上。不待长孙无忌和褚遂良回过神，那个太监已经趴在地上，挥舞着神袍叫道："二位大人……二位大人……陛……陛下他……"

二人惊恐地互望一眼，片刻，他们已经前后抢出了厢房。长孙无忌边走边道："快去请太子！"

李世民缓缓地睁开眼，盯着周身的罗帐低语："宣……宣药师。"

身边的两个太监生怕自己听错，继而相互无奈地对望一眼。他们不约而同地看着站在一旁的管事太监，后者早已经汗流满面。他迅速抹去了额头的汗水，俯下身，低声说："陛下，卫国公几日前就已经……宾天了。"

他死了？是啊，他已经死了。几天前，他的弟弟客师亲自来报的丧。那时，李世民也已经病入膏肓。

"药师啊，药师……你为何要撇下朕独自先行啊？"李世民积聚了多时的力气，终于从心中蹦出了一句话，"朕……朕走的每一步都是听从你的……可……可现在，最后的这点儿时间，你……让我……怎么走完啊？"

又是一阵狂咳，李世民绵软无力地瘫倒在龙榻上，一只手重重地垂了下来。见此情景，管事太监歇斯底里地冲着身边的太监叫嚷道："快……快传太医。"随后，他又拉过两人，颤颤巍巍地吩咐道："快去请太子和二位大人，请他们速来含风殿侍驾！"

"药师……药师……你可从未欺骗过朕啊……"

含风殿外，轻微的风突然转烈。似乎在配合李世民的焦虑和疑惑，凶猛地拍打着脆弱的宫门。几个太监赶忙撩起衣裙，跟跟跄跄地跑到门边，用肩膀死死地抵住门。垂落的雨水，肆虐地拍打着孤独的宫闱。山雨欲来，风萧瑟。

一阵急促的拍门声，"陛下！陛下！""父皇！父皇！"

太监们还没来得及将门完全打开，长孙无忌和褚遂良已经陪着惊慌失措的太子李治抢了进来。身后，还跟着随驾的太医。

一行人跑到李世民身边，眼看着床上的老人半闭着双眼，鼻息中像是没有了生气。"陛下！陛下！"长孙无忌拼命地呼唤着太宗，希望他能就此醒来。李治还是那么的敦厚、懦弱，看着父亲，泪流满面。反倒是褚遂良能保持冷静，他伸手扯了扯身后太医的衣袖，说："快给陛下号脉。"

此时的太医早已经吓得六神无主。他双手垂下，痴痴地站在一旁。只等褚遂良提醒，他才想到了自己的职责，招呼了身边提药箱的小太监，快步走到龙榻前。

"噌"的一声，太医扑倒在龙榻前。左手托着脉枕，小心翼翼地探到李世民无力垂下的手臂下，轻轻地垫了起来。起右手中指，微微搭在李世民的手腕上。他还是习惯性地眯虚着双眼，微弱的脉搏，隐隐透过他的手指，强烈震颤着他的心。

"如何？"长孙无忌焦躁万分。

太医痛苦地抬头看着身后的人们，无力地摇着头。作为一名医生，能成为御前太医，虽然医术未必登峰造极，但也该是首屈一指的了。可是，作为一名太医，最害怕的莫过于无力医治皇上的顽疾。皇上是万岁，皇上是真龙，应该是不死的才对。可是，谁都必须面对帝星的陨落，哪怕是他。

突然，李世民拼命握住太医的手腕，借着劲头说："宣……宣长孙……褚……"

"臣等在此！"听到老皇帝的召唤，长孙无忌和褚遂良慌忙推开太医，跪倒在李世民的面前。长孙无忌紧紧托住老皇帝游离在空中的手，略显歇斯底里地说道："陛下！陛下！臣在此！臣在此！"

李世民已经没有多余的力气睁开眼分辨面前的一切了，他只能本能地将想要说的话全都说出来。"朕……朕走之后，你们……你们一定要尽……心尽力……辅佐……辅佐治……治儿。万不可……凭他……毁了……"

"陛下！陛下！"

"父王啊！"

在场所有的人不约而同地失声痛哭起来，声音盖过了皇帝的耳语，回荡在整个宫宇之中。这时，只有褚遂良透过模糊的视线，看见皇上的嘴依然在颤动着。他俯过身，耳朵凑到他的嘴边。

"兰……兰亭序真……真迹随葬。"

引子二．文化活劫

脆弱的，不只是人的心灵。

千年积淀，却不及百年践踏。皖（安徽省简称），如今已是满面狼藉，不复当年的辉煌。如今，人们似乎早已忘记了这片土地曾经的荣耀。中原腹地，兵家必争。这里已经习惯了并继续默默承受着战争所带来的影响，甚至它也逐渐地适应着仰人鼻息的生活。

财富，被人们日积月累地掏空了。随着金钱的流逝，人们也渐渐忘记了昔日的富饶之地，平静地走了，没有留下一丝伤怀。

然而，这还不是全部，只有等到仅存的文化底蕴也被掠夺一空时，这片土地才能算真正退出历史的舞台。就这样，吴越之地，必须面对现实了。

村里，很久都没见炊烟缭绕了。自从红卫兵进来后，附近的村民已经走得差不多了。年轻力壮的，被分配到别的地方搞运动去了，老弱妇孺，则随着别的村的人流，向着能让他们丰衣足食的大城市走去。

四下的房子里只剩下几个从别的地方来的红卫兵，漫无目的地摔打着能见到的"古物"。他们还不知道什么才是古董，而什么又是看似陈旧，但着实属于现代货的东西。根据最高指示，"破四旧"是比"除四害"更棘手，也更迫切的头等大事。山东的革命小将已经成功地打破孔夫子的神话，为全国的文化革命浪潮推波助澜。这是他们的榜样，也是他们开展运动的动力。前不久，这一带的地主、资本家已经被抓了个遍，打倒土豪劣绅的工作基本完成。不过在实际斗争中，他们发现地主、资本家，往往也是古董的收集者。作为重大发现，这些年方弱冠的孩子，个个像发现新大陆一般，将两者有机地结合在了一起，既节约人力，又能超额完成任务。安徽是个有着深厚文化底蕴的地方，随便哪个有家底的人，总会有个把收藏。可他们毕竟不懂这些，所以几个头头商量了一下，决定凡是地主、资本家的东西，一律不放过。

“听邻村的说，那个叫王武的土财主好像跑了，好像是往我们这儿来了。你说要不要帮他们截一下？”

“废话！”二得子瞪着大小眼，阴阳怪气地说，“北京的最高指示怎么说来着，我们能放走一个吗？”能坐上小分队队长的位子，按他自己的说法是应该的。别人究竟怎么看他无所谓，但能够大义灭亲，这在他看来绝对是需要勇气和对革命的坚定信念的。让他做了小分队队长，那算是便宜了组织，照他的话，中央领导都应该接见他。

这一片儿的人，没人敢得罪他。谁会没事儿找“阎王爷”的麻烦呢？虽然知道他的底细的人不多，而且传言各有各的说法。但有个好事的人归结了一下，大抵是这个二得子的叔叔以前是个地下党，战争那会儿曾经被敌人抓住过，但后来自己想办法跑了，并回到了组织。

事情其实也该结了。可谁想几年前，他叔叔突然跑到了他家，说组织上认为他被俘期间有通敌的嫌疑。为了躲避红卫兵的追捕，只能跑到这儿暂避一阵，等风头过了再作打算。

这事儿被二得子知道了，当时正好红卫兵进驻他们的村子。别人家的孩子都投效了祖国，就他因为出身不好，资格不够。情急之下，他不顾家人的反对，毅然跑到了革命小组办公室，把他的叔叔给供了出来。为此，叔叔被抓了回去，父亲则当着全村的面被批斗得体无完肤。母亲由于受不了这个打击，当晚就寻了短见。至于二得子，他则顺利地穿上绿军装，戴上红袖章，做了个小分队队长。

他是出了名的狂热分子，别人背地里又叫他“小张飞”。

“如果他真的往这儿来，我们一定要把他给揪出来。”看看房里摔得差不多了，二得子弹去衣服上沾染的灰尘，带头走了出去。

来到屋外，身后的人们正有说有笑，二得子突然看见不远处的拐角处，好像有个身影一闪而过。凭着经验，他突然意识到那可能是斗争的对象，而且极可能就是在逃的土财主。想到了这点，二得子来不及说话，已经健步蹿了出去。眨眼间，他已经跑出去了老远。队员们正在纳闷时，二得子扯着嗓子叫道："快跟我追！"

几天过去了，申百年都不敢睡个安稳觉。他没日没夜地朝自己认准的方向跑着，为了活命，他没有更多的选择了。

谁也没想到浪潮来得如此汹涌，前些日子城里的亲戚刚捎来消息，说近些时日那边闹得厉害。可谁想才过了没几天，城里的红卫兵就来到了村里，还拉拢了更多的狂热分子。更出乎申百年意料的是，已经成功避过了解放后多次劫难的他却再也不能延续自己的好运。就在红卫兵进驻的前一天，周围原本见了他就躲得远远的邻居们，现在全都不把他放在眼里了，就连几个乳臭未干的小毛孩儿也敢在他的面前说他坏话。

若不是第二天自己莫名其妙地早起，恐怕现在已经被人打得不成样子了。就在他为了早起而不知所措时，外面隐隐传来了卡车的轰鸣声和人群的熙攘声。他突然意识到自己的好日子可能就快到头了，于是迅速拿了点儿钱，百般痛苦下精心选了几样便于携带的古董，乘着别人都出门迎接红卫兵的混乱之时，悄悄地从后门溜走了。

他再也跑不动了。沿路上能吃的东西越来越少了，到了昨天情况变得更糟了，吃的东西几乎找不到了。他穿烂了唯一的一双鞋，裸露的脚掌踩在地上，生疼生疼的。如针扎，每一下都刺痛了他的意志。本来就是个娇生惯养的人，若不是性命攸关，他可能早就饿死在了路边。

终于来到了一个村子，他希望这里还没有引起红卫兵的注意，或者还能遇到些好心人。可是，他走遍了大半个村子，连个人影都没看到。非但如此，还撞见了一群别处的红卫兵。当听到身后的叫嚷声后，他只能无奈地闭上眼，凭着本能，没命似地撒腿就跑。

"站住，你跑不了了！"二得子伸手一挥，吃力地咽了口唾沫，"快跟上，你们怎么搞的，快！"

仿佛世界末日到了，申百年不顾一切地向前冲去。他边跑，一边心惊肉跳地回头张望。身后的追兵还有一段距离，至少现在他还算安全。突然，他看到前方不远处有个弯角。他二话不说，一个转弯，径直朝那个弯角跑了进去。

这是一条能通向村外的小巷，可他实在没办法再挪动半步了。申百年气喘吁吁地站在巷口，他想不出能有什么躲避的地方。可身后的脚步声和叫喊声已经逼近，申百年长叹一声，只能蹲下身，蜷缩在巷口的一堆垃圾中。

他刚藏起身，二得子就已经到了。由于剧烈的运动，申百年只感到呼吸困难。可他却紧咬牙关，生怕粗重的喘气声引起别人的注意。由于严重缺氧，申百年痛苦地捂着胸，忍受着阵阵刺痛。

他瞪大眼睛，眼睁睁地看着那群人从面前跑过。好在他们并没有留意路口的那堆垃圾。又过了好久，申百年估摸着那些人跑远了，他悄悄地探出头，发现巷子里如往常般的寂静。于是，他用力地拨开盖在身上的垃圾，吃力地撑起身子。他长舒一口气，弹弹身上的垃圾，向着反方向回到了大路上。

面前忽然出现了一个十多岁的男孩子。申百年见状，吓得直往后倒退了几步。不过再仔细打量一番，那个人只是个拾荒的孩子。他衣衫褴褛，一手扶着背上的竹篮，另一只手握着一把用粗铁丝胡乱扭成的钳子，可满是污垢的脸上，一双大眼睛却虎虎有生气。

这时，远处又隐隐传来了声响。那些人又回来了。想到这儿，申百年都急得快哭出来了。又该躲到哪儿去呢？面前的孩子依然不吭声，可他显然看出了申百年的焦急。他举起钳子向身旁的破屋子指了指，又转身跑了过去。此刻，已经容不得申百年多想了。他觉得这个孩子不像是和他们一伙的，就咬了咬牙，握紧拳头跟着那个孩子钻进了房子。

门外，二得子的声音如鬼魅般，幽幽飘了进来。

"他一定跑不远，可能还在村里。你，你，还有你，你们给我挨家挨户地搜。还有你，顺子，打电话多叫点儿人手。我一定要抓住他。"

"孩子……"申百年握着孩子的手，紧张地问，"这里还有别的出去的路吗？"

那孩子很认真地想了想，又不住地摇头。

申百年早就想到了这个结果。他绝望地闭起眼，靠在墙上。终于，他预见了自己的命运。有时候，活下去的意义就在于不知道明天会发生什么。可现在呢？申百年知道即使自己逃过门外的那些人的追捕，也再没力气往别处跑了。早晚都要死在那些人的手里，只是可惜了身边的古董。近百年来，这些东西就始终没有离开过他的家。

他是个土财主，他舍不得自己的性命，他平时最怕死了。可是，当他想到身边的那些宝贝就会被门外的那些人没收，甚至销毁，他就觉得比死还难过。

"孩子，叔叔这次可能逃不过了。"申百年压低声音，但尽可能保持温和的语调，希望不会吓着孩子，"既然我们能遇上，也算是缘分。"

申百年摸了摸贴身藏的宝物，痛苦地吸了口气。"叔叔这一辈子做了很多坏事。今天，我把身边的宝物全给你，也算是做点儿好事吧。"

说着，他摸索着从怀里取出一大包东西，紧紧地握在手里。想了半天，申百年接过孩子手中的竹篮，把一包古董全都塞了进去。"你现在还小，不懂。等长大了你就知道了，这些东西能保你一辈子不愁吃穿。"

门突然被撞开了。

申百年看着一下子涌入的人群，连滚带爬地缩进了墙角。他恐惧地注视着面前的人，就像看见了魔鬼，惊恐而又无奈。当上来的两个人拖走他时，申百年已经用尽了最后的一点儿气力。二得子心满意足地走在了队伍的最后，出门时，顺手将房门掩了起来。申百年艰难地扭过头，在门即将关闭前的最后一瞬间向房里望去。

他笑了：人们并没有在意里面拾荒的孩子和他身旁的竹篮。

第一章 兰亭再续

I. 真迹？兰亭集序

上午10点刚过，方遒已经连连打了好几个哈欠。他懒洋洋地喝完杯中的豆浆，正准备付账走人，恰巧看见十字路口处，一个年轻的母亲正带着两个幼小的孩子走过。年龄较大的女儿已经能自己骑儿童脚踏车，年龄较小的儿子则安稳地坐在推车里，任凭母亲去推。方遒痴痴地看着他们，就在那三个人在他面前转弯时，方遒最后一次和小男孩相视一笑。

他多希望自己也有一个像样的家啊。温柔的妻子，可爱的孩子。可是，独自一人到大城市打拼的他，能在一家大公司里做个小文员，找到个租金不是很贵，地段也不错的房子，已经很值得他高兴了。至于其他的事情，现在还不敢太奢望。他本就是个随遇而安的人。

逛逛古玩市场，可能是他休息时唯一的爱好吧。每一个像今天这样的星期天，方遒总会起个大早，赶到古玩市场边的一家饮食店吃早点。他喜欢在上午去古玩市场，因为那时人少、安静。所以10点刚过，他就会付账走人，赶在市场开门时进去。

喜欢古玩，是自他父亲时便有的爱好。如同其他从父亲身上继承的东西一样，这一爱好也得到了遗传。在很小的时候，父亲就带着他出入于老家的各个古玩店。每当父亲如痴如醉地看着那些相貌平平、肮脏破损的小东西时，他都会偷

偷地溜到一旁，把玩着自己看重的玩具——枯叶碎石。那时他觉得父亲和他一样贪玩。而他更聪明之处就在于，父亲喜欢的东西得花钱买。可他呢，随处可得。

10岁生日那天，父亲送给他一块铜板，可方遒甚至连上面刻的字也认不全。他既兴奋又疑惑地问父亲，铜板上究竟刻的是什么？父亲笑而不答，只希望他能自己去找到答案。

虽然父亲给他的只是一块"乾隆通宝"的赝品，但是在翻查各种书籍的过程中，还是让他发现了其中真正的乐趣。就这样，遗传父亲的这点基因，终于被激发出来。后来，方遒还把那枚"乾隆通宝"收藏起来，作为自己的第一件收藏品。

现在，由于经济拮据，方遒几乎没有什么古董收藏。不过他已经成了朋友圈中小有名气的古董鉴赏家了。就连他每星期都去的古玩市场的几个古董小老板都会拿出几样新进的货，让他作个免费鉴定。

今天，他照例来到一家名叫"聚宝斋"的小店。店老板是他的朋友，近50岁，搬来这个市场也有些年头了。这个刘老板似乎是个穷苦出身，衣食住行都从简了之。只是对于古董，刘老板却有份特殊的感情。他是干这行的，平时有个古董出入，也算常事。可据方遒所知，这个刘老板手里握着好几件非卖品。那些东西，足以保证他一辈子吃穿无忧。但他从没有过变卖的念头，就连拿出来示人都极少。而方遒，正是为数不多的几个幸运者中的一个。

"你为什么总是那么准时？"老刘坐在椅子上，正低头翻阅着报纸。

方遒会心地笑了笑。对于这家店，他再熟悉不过了，所以只是习惯性地粗略扫视了一下。

"你又淘到什么宝贝了？"

老刘撇下报纸，扬起眉头，不解地抬眼看着他。方遒冲着通向里屋的那扇门努了努嘴。那儿，正堆放着一堆故纸。

老刘"噢"了一声，视线又很快回到了报纸上。他抖了抖报纸，心不在焉地说："还不是我老婆，一早就吵着要我打扫房间。那些东西，过会儿得拿出去扔了。"

"你家处处是宝，就不怕顺手扔了？"

老刘把报纸搁在一边，双手撑着玻璃柜，突然认真了起来。"应该不可能。"他一边自言自语，一边回头看看那堆东西，"要不……我们再看看？"

方遒被让到了柜台内侧。老刘平时爱惜古董如命，应该不会犯这样的低级错误。不过既然对方认真了起来，方遒倒也愿意帮一把手。

地上的那堆东西中，大多是些旧报纸和用来包裹或裱画用的废弃宣纸。两人认真翻寻了几页后，老刘拍了拍手，不耐烦地站了起来。"人老了，在地上蹲一会儿就会腰酸背疼。"他双手插着腰，轻轻转了几下，"我看不会有什么值钱的了。这些全是从那些角落里找出来的，一般好东西也不会放在那儿。"

"这是什么？"

老刘转身才转了一半，突然听方遒问他，真以为自己把什么宝贝顺手夹带了进去。连腰都来不及弯，他的头已经别扭地低了下来。方遒静静地蹲在地上，手里不知什么时候多了一幅裱过的字画。

可能是为了携带方便，字画两端的轴已经被人抽了出去。全文笔画之间的萦带，纤细轻盈，或笔断而意连，提按顿挫一任自然，整体布局天机错落。可能是年代久远和保存不当的关系，纸张已经整体变黄。由于是站着，老刘乍一看还真以为是自己检漏了什么。可再仔细一看字画的内容，"永和九年……"老刘松了口气，又自顾自地慢慢转起了腰，惬意地哼起了小调。

"你打算把它扔了？"

"你觉得呢？"老刘的脸上挂着诡异的微笑，就好像战胜了从未赢过的对手。

又是一阵沉默，方遒陷入了沉思。"我还是没看出什么问题。"老刘做这行也好多年了，不可能会在鉴别古董的问题上出偏差。即便是些诸如年代或估价可能会有些麻烦，但最基本的鉴别真伪的本事还是具备的。方遒拿着字画，久久没有开口。他的大脑快速地思索着，掂量着事情的各种可能。

"粗略地看，"方遒皱着眉头，牙齿微微咬着嘴唇，声音变得不再像往常鉴宝时那么自信，"纸张已经有相当的年份了，而且还有许多霉点，可能是保存的问题，至于笔迹，"方遒迅速地站了起来，把字画摊在玻璃柜上，借助阳光改善他的视觉。"至于笔迹，我觉得比神龙本更传神，或许……"

"是真迹？"

"有可能。不过，毕竟没人见过真迹。"

方遒询问性地看着老刘。老刘慢条斯理地喝了口茶润了润嗓子，另一只手突然指向了宣纸。他没有低头看看自己所指之处，因为对于这个位置，他已经研究了不下百次。"你看看这儿。"

"暮春之初，会于会稽山阳之兰亭……"方遒顺着老刘的手指细心地看着。当看到最后几个关键字时，不禁大声读了出来，"会是故意的？"

"谁都知道原文的内容，连小学生都知道。"老刘用力地叩着桌子，俨然成了作风严谨的老师，"赝品只会在年份、形迹上有别于真品。可像这样拙劣的错误，恐怕……恐怕，"老刘一时情急，倒不知该如何措辞了。他的脸由于激动微微涨红，正热切地盯着方遒，希望方遒能明白他的意思。

方遒吸了口气，眼睛始终盯着桌面。在短短的时间里，他已经将这帖《兰亭集序》看了数遍。的确，整幅作品只有这一处错误——"会稽山阳"。"你有没有作过评估？"

老刘像是没听明白，眼瞪得大大的："这还需要评估？没有人会去买一幅赝品，何况是一幅写错字的赝品。"

"那你又是从哪儿得来的？"

老刘重新回到座位上。他到这时才想起给方遒沏杯茶，顺手又拖了张椅子。"这事说来话长。"他呷了口茶，意味深长地望着门外，"你还记得我以前说过的那个土财主吗？"

方遒回忆了一下，说："就是那个文革逃命时送给你很多古董的人？"

"嗯。"

"它就是其中之一？"

"那时我还小，只是个拾荒的流浪儿，没什么文化。后来见他在被带走前还侧身用那种眼光看着我，当时如果换作是你，你也会被他的眼神吓住。现在回想起来……"老刘苦涩地冲着方遒笑了笑，"后来我想方设法学习了很多关于古董的知识，也大致了解了那些东西的价值。再后来，等世道好了，我就用那些东西做本钱，开了这家'聚宝斋'。至于这幅《兰亭集序》，我最早在看书的时候就发现了出入，随后又比对了各种版本的临摹帖，全都和这篇相悖。"

方遒一语不发，出神地望着这幅《兰亭集序》。

"看来你对它挺感兴趣。这样吧，反正我也打算扔了，你要是有兴趣，就拿走吧。"老刘自觉慷慨，果断地作了个决定。

方遒不停地咬着手指，对于突如其来的赠与，好像有些不知所措。"你确定不要了？"

"当然，本来也打算扔了的。看你那么爱琢磨，就拿回家去琢磨吧。如果有什么新发现，别忘了告诉我就行了。"

离开聚宝斋时，已经过了中午。方遒竟没有一点儿饥饿感，可能是早餐吃得太多了。揣着从老刘那儿带出来的字画，他正盘算着接下来该怎么办。

炙热的阳光曝晒在方遒的身上，一丝倦意又涌了上来。现在，恐怕也只有手上的《兰亭集序》才能帮助他抵挡懈怠的诱惑。

周日，人民广场总会吸引众多外来的游客。在这里，你能看到操着各种语言，肤色也各异的人。看着拥挤的人群，我们欣喜地感到了脚下这个古老帝国的又一次复兴。只不过，百年沉沦前，人们更有理由将目光集中在诸如北京、南京、洛阳等城市，而现在，则是脚下的一方沃土——上海。

广场南侧，一座巨型圆鼎耸立着。它不似传统商鼎那样散发着青色的迷离光芒，却由于褐黄色的石块而显得更为庄重。历史博物馆给这个商业气息颇重的时代老人平添了几分文化气息。

方遒本就不喜欢人多的环境，再加上身边揣着一幅奇怪的字画，他故意避开了人更多的正门，慢慢绕了个大圈子，来到了后门。在那儿，还有他所喜欢的东西：八尊大型石雕。龙生九子，这八尊异兽，并不多见于经传。可就是那传神的雕琢，深深地吸引了方遒。当人们兴致勃勃地围集在博物馆正门的喷水池前拍照休息时，方遒总爱独自来到后面，一点一点地欣赏着这些杰作。身后的人们匆匆走过，或是坐车，或是步行到各个地方，只有他会驻足良久。不过今天，他径直地走入博物馆大厅。

"先生，您好。"前面的一对外国夫妇兴奋地拿着向导图走了之后，服务台小姐微笑着向方遒打招呼。

"小姐，馆长今天在吗？我想见见馆长。"

"请问您有什么事吗？"由于就业训练得当，这些服务台小姐总能从容地应对客人提出的种种奇怪的问题。那位小姐的脸上始终洋溢着灿烂的微笑。

"这个……"方遒突然觉得，为了鉴赏一件古董就要惊动博物馆馆长，似乎不怎么现实，"我这里有一件古董，想请馆长帮忙鉴定一下。"他尴尬地冲着小姐笑了笑，希望对方不至于因为他的奇怪的请求而取笑他。

出乎方遒的意料，服务台小姐似乎老于此道。现在生活条件提高了，很多人总会通过各种途径捏着几件古董。上门要求鉴定估价的，那就更多了。小姐没有多想，说："先生，很抱歉馆长今天不在。不过，如果您有古董想要鉴定的话，我可以给您找一位专家。希望他能帮您。"说完，小姐利索地翻阅了桌上的一份表格。手指停在了某个电话上，随即，她提起电话听筒，迅速拨通了一串号码。

方遒抱歉地对排在自己身后的人笑了笑，接着又四下打量着博物馆大厅。很快，他听到了电话那端有个声音传出。服务台小姐简单地介绍了方遒的来意，马上又"嗯"了几声，便挂上了电话。

"先生，马上会有人接待您。请您稍等片刻。"

一个旅游团在导游的带领下，涌进了正门。导游戴了一顶鸭舌帽，手里举着一面小旗子。人们好奇地张望着，唧唧喳喳地说个不停。导游高高地举起旗子，高声叫道："各位，注意了，注意了。"人们渐渐聚拢过来，导游看看手表，抓紧时间开始介绍博物馆的历史。人群中，几个顽皮的孩子嘻嘻哈哈地打闹着。身边的几个母亲着急地小声管教着他们。只有方遒，好像意犹未尽地站在旅游团的一旁，听着导游口若悬河的讲解。

"先生，先生？"

方遒本能地朝着服务台望去，发现刚才的那位小姐也正看着自己，向他挥手示意。

没想到人来得这么快。方遒匆忙走上去，多少显得有些紧张。就在回到服务台前的几步路中，方遒不时打量着周围的人，却并没有发现有哪个会是他要找的，或能给予他帮助的人。刚才的紧张顿时烟消云散。他失望地吐了口气，希望小姐能在打发他走之前给他一个合理的建议。也许还有什么比较权威的鉴定机构。

　　"先生，很抱歉……"果然不出所料。方遒尽量保持住脸部的笑容。随着时代的发展，越来越多的政府立项的考古鉴定工作，正等着全国的历史工作者去完成。对于民间私人藏宝的无暇顾及，也自在情理之中。"鉴定部的蒋主任正好有事……"方遒还是微笑着，不过身子已经微微转身，打算另投别处，"如果您不介意的话，可以亲自上楼找她。"

　　方遒以为自己听错了，问："你是说……？"

　　"蒋主任现在正忙。不过如果您愿意自己上楼去找她的话，您可以坐那边的电梯上三楼。她的办公室是302。她说您只需要在她的办公室里等上一会儿就行了。她非常愿意帮助您。"

　　电梯门徐徐合上，方遒很高兴里面只有他一个人。他喜欢一个人乘坐电梯，更确切地说是不喜欢电梯里有不认识的人。空间的狭小会使人感到拘谨、不自在。他捏了捏手中用报纸包裹的字画，想方设法让自己平静下来，放松自己。毕竟，字画的真伪尚难定断。方遒的心里，自然少了几分底气。"叮"的一声，电梯不知不觉已停在了三楼。

　　大理石地面光亮无比，在白色灯光的照耀下，像是覆了层白雪。电梯门还没完全打开，一股寒气便迫不及待地钻了进来，方遒不自觉地打了个冷战。长廊两侧，每扇门都做的一模一样。深褐色，无情地拒绝着人们。若不是门上挂着塑料数字牌，你根本分不清它们及它们背后的区别。假若这些是命运之门呢？开错一扇，就要铸成大错，方遒胡思乱想着。很快，他又想起了欧洲随处可见的地窖。这种中世纪教堂和城堡里人们屡试不爽的设计，虽然他没有亲自见过。可是，那坚硬岩石砌成的无底深渊和被地窖风吹得不停晃动的烛火，还是能通过想象和眼前的大理石走廊，感染着方遒。

　　302室门前，方遒犹豫了一下，不过还是轻轻地叩了门。他猜测着接下来可能发生的几种情况。

　　"请进。"最普通的结果，没有人为他开门。不过，令他意想不到的是，声音来自一个女人，而且显得十分年轻。主任工作繁忙，身边配备一个秘书也是常理。

方遒打开门，看见正对门的写字桌后，有人正在低头办公。房间里没有别的人，方遒猜想刚才的声音应该就是她了。

"您好，我找蒋主任。"

"旁边有座位，您先坐一会儿。"那女子依然醉心于工作，没顾得上抬头看他。只是凭记忆伸手向椅子的方向指去，示意方遒坐下。现在，方遒有了足够的时间观察房间。这是间单人办公室，硕大的电脑写字桌横放在房间的中央。与门相对的那堵墙，被和墙同样大小的书橱占据着。方遒粗略地看了看，书橱里已经放满了书。即便如此，那个女子的书桌上还是横七竖八地堆满了各种书籍。

面前的女子，的确和方遒估计的那样年轻，大概比自己小几岁，二十五六的样子。不过，也许是为了工作方便，她把长长的秀发——方遒觉得应该很长——盘在脑后，徒然成熟了许多。她的眉毛很细，但几乎和整条眼线一样长，绝没有一点儿添画的成分。一双坚毅的眼睛紧盯着桌上的稿子，一动不动。方遒甚至怀疑她是不是连眼睛都不眨一下。由于头低着，方遒看不到她眼球的颜色。

一件黑色的中袖衬衣贴身地包裹着她的上身，完美的体形尽显无余。方遒不好意思地转过头，可是却又忍不住想多看几眼。她没有抬头，可光凭眼前的这些，方遒就能断定她是个美女。可惜，他自嘲地扬了下眉——女孩左手的中指上的一枚钻戒，打消了他所有的念头。绝代佳人，国士无双。可自己呢？

又过了一会儿，方遒已经变换了好几次坐姿。那女子终于抬起头，热情洋溢地冲着方遒微笑："让您久等了。请问我有什么能帮忙的？"

"我想找蒋主任。我这里有幅字画，请她帮忙鉴定一下。"

"我就是。楼下服务台……"她微微皱起的眉头很快放松了下来，紧接着，脸上又挂上了灿烂的笑容。方遒觉得她做这一行太可惜了，她应该去拍电影，所有的男人都会被她的笑容所折服。"您好，我叫蒋颖，是这里的鉴定部主任。"

方遒又一次傻眼了。

在他的记忆中，他对于女孩子始终没有对于古物的那种热情。或者说，他根本不知道该如何面对一个和自己年龄相仿的女孩，也许没有那份勇气。从小到大，男生都认为他是班里最不受女生欢迎的人，因为几乎没怎么见他和女生单独说话。别人都叫他"和尚"，因为和尚不近女色。方遒不觉得自己头发短得像和尚，但女生依然不敢接近。

方遒迫切地在桌上寻找着能够吸引他注意力的东西。对方如此近距离地注视着他，多少让他有些不习惯，何况还是个女孩子。他感到自己脸红了，火辣辣的刺痛。他想伸手去摸，又觉得这应该是像蒋颖这样的女孩子才有的行为。

"楼下说让我找蒋主任。我还以为……"糟糕的开场白。刚一开口，他就后悔了。

"这没什么。"蒋颖自信地撩开了掉在面前的一簇头发，"看来你一定有很珍贵的古董。否则，也不会星期天就跑到这里。"

方遒愣住了，原来今天是星期天。在老刘这里发现了这幅字画，他便迫不及待地赶了过来，完全没有考虑到时间。"那你……"

"赶一份报告。"她迅速地整理了面前的文件，留出了一小块空地。双手交叉架在桌上，身体微微前倾，"你呢，因为它？"她冲着他抬了抬下颚。

"噢，是……是的。"虽然只认识短短的时间，可方遒几乎被她的每一个动作所吸引。举手投足之间，散发着和她年龄不相称的成熟与自信，他觉得这是他见过的最美丽的女人，他慌忙将卷轴放在桌上。

蒋颖打开抽屉，拿出一副一次性橡皮手套："鉴定年代，还是价值？"

"真伪。"

"就这么简单？"蒋颖不被察觉地动了一下眉头。摊开报纸，画纸自然地松散开。蒋颖小心翼翼地按住右边，左手握着卷轴，慢慢地打了开来。这幅《兰亭集序》，方遒已经研究过多次，他端详着蒋颖的脸，正试图从她的脸上先看出些玄机。

画卷只展开两行字，蒋颖的手就停了下来。她双眉紧锁，眼睛几乎定格在原处。应该就是那儿了，方遒不安地咬着手指，她肯定看到了那处明显的错误。不过，蒋颖并没有开口，左手继续展开着画卷。

房间里显得出奇的安静，方遒只能听到右手边墙上挂钟的"滴答"声。那是一款时尚的正方形电子钟，中心的四方格里写着"平安无事"四个字。外面一圈黄色圈带，按四个方位写着东南西北。多看几眼挂钟，方遒越发觉得有些怪怪的。黄色圆圈内的样式，让他想起陕西的剪纸风格，可是黄色以外的蓝色圆环，以及正方形四角的金色浮云图纹，又让他觉得像是在西藏，真是个奇怪的组合。

《兰亭集序》完整地展开在蒋颖的面前。这绝对是一幅巧夺天工的作品，如果不是因为那个明显的错误，方遒绝对会因为得到它而兴奋得不行。显然，从蒋颖的动作和神情中，方遒看到了和他当时一样的犹豫。她的手指点着纸面，逐字逐行地检查着每一个细节。随后，她又转身，在书架上翻找了好一会儿，才从书架的右下角找出了一本大开面。隔着桌子，方遒好奇地探身过去看了看，那好像是一本介绍书法作品的书。

"奇怪的错误。"长时间的沉默后，蒋颖开口了。她双手交叉，心事重重地靠在椅背上。她平静地隔空重新审视眼前的作品。很显然，除了那处明显的错误以外，整幅《兰亭集序》可谓是一气呵成，无可挑剔。其间的笔触，甚至比最为乱真的神龙本还要自然流畅，彰显大家风范。

"会不会临摹时写错了？"

"应该排除这种可能。"蒋颖玩弄着手指，"繁体字的'阴''阳'完全是两种写法。而且临摹者最在意是否能乱真、传神。你看……"她搬起那本书，送到方遒的面前。

她没有说下去。方遒顺着她的指点，耐心地看着。之前，方遒还没来得及作对比。最初在老刘的店里，他完全凭着自己对于《兰亭集序》的印象和一点儿鉴定的基本常识在作鉴定。一想到自己不够专业，方遒又隐隐感到脸上火辣辣的。

"更何况……"她不等方遒反应，继续说着，"兰亭作为一处名胜，已经有千年历史了。理论上，任何一个临摹者都不应该犯这样明显的错误。在古代，能有如此书法造诣的人，受教育的程度绝对不低。"

方遒咬着嘴唇，更长时间的沉默。

"你似乎已经断定它不是赝品了。"

"可以肯定的是，它不是现代的赝品。我还得采集样本作个年代测定。"

"会有什么结果？"方遒试探着问道。

"难说。"蒋颖努力地回忆着大学的历史知识，"《兰亭集序》最初并不如想象的那样广为流传，而只是由王羲之的后人保管。它真正能威名远扬，倒是在它成为了唐太宗的私人藏品后，在他的追捧下，各种临摹本相继问世。而最早的临本，特别是冯承素的神龙本，几乎是像复印出来的。临摹程度细致到了每笔每画，后世多以此为最佳。"

方遒突然有冲动想称赞她几句。

"所以，这样的行为没有太大意义。"

"什么？"

"故意写错。"

"你认为这是故意的？"

蒋颖似乎白了他一眼，说："刚才我们已经讨论过，失误的可能性几乎被排除了。"

一阵悦耳的铃声，蒋颖说了声"抱歉"，迅速从抽屉里拿出手机。她看了看来电显示，脸上微微泛出一丝喜悦。随后便带着手机三步并两步地走了出去，随手轻轻地虚掩上了门。

房间里，剩下方遒独自一人在胡思乱想。是她的未婚夫叫她晚上一起吃饭吧，多么令人羡慕的一对啊。虽然他没有见过那个男的长什么样，但一定是个才貌出众的家伙。才认识一个多小时，方遒竟然发现自己在为这个女孩吃醋，而竞争对手，却是个素未谋面的假想敌。爱上她了？方遒更希望自己是在做梦，这几乎是不可能实现的。

"很抱歉，我晚上还有点儿事。"方遒正想得出神，没想到蒋颖已经回到了他的面前。

临别时，蒋颖取了些样片留作鉴定，方遒也给她留了个联系方式。把方遒送到门口时，她大方地伸出手来。

"一有消息，我会马上通知你。"

"嗯。它真漂亮。"

蒋颖觉得他比《兰亭集序》更奇怪。

"我……我是说你的戒指。"方遒从没感到自己说话像今天这样糟糕。

"谢谢。"

离开博物馆，方遒盘算着是不是该回家了。今天能有这样的收获，应该早点儿回家继续研究。虽然平时在工作上不怎么积极，可是遇到自己感兴趣的东西，方遒还是能提高百分之百的积极性。走下最后一级台阶，他的心情既激动又惆怅。现在，蒋颖会透过窗看他吗？后来他才想起，她的办公室似乎没有窗户。

急促的手机铃声，老刘的来电。

"喂？"

"我到处在找你。"

"怎么了？"

"你现在能来一趟吗？"

"嗯，出什么事了？"

"你快来吧，电话里说不清。"

"好。去你店里？"

"不，医院。"

2．香港巨贾

"少爷，老爷已经睡了。您也……"

"我知道了。你先下去吧。"巨大的落地窗边，光线忽明忽暗，很快，竟全都退去了。现在，就连垂下的白色雕花窗纱也能起到良好的遮阳效果。房间刹那间漆黑一片，沈若诚孤独地坐在书房里。他没有想过要开灯，虽然书桌上的开关伸手可及。他只是呆呆地望着对面的建筑，就着微弱得需要能适应黑暗的眼睛才能发现的街灯，渐渐有些忘神。

除了那些80年代修建的居民楼外，香港的高级住宅区中几乎都被玻璃和钢筋水泥构筑的怪物所覆盖。每当夜幕降临，它们总是能从内部放出光芒，如同一个透明的魔盒。可到了白天，它又拒绝所有外来的光线。沈若诚不愿意成为透明房子里被人肆意窥探的对象。所以，当初选中这套公寓时，他也顺便买下了书房窗外对面的那套房，但却任凭它空置着。

黑色，迅速蔓延到他的视线所及的每个角落。对面的几块玻璃，似乎丧失了反射的能力，转而贪婪地吸收可能的一切。就连他身着的白色真丝上衣，也泛出了皂色。沈若诚记起了早年求学时，自己曾经写过一篇关于黑洞的论文，若不是最近新闻媒体的炒作，恐怕没有多少人会想到，这个年纪轻轻就投身商海的富家公子，他的兴趣爱好却是天文和物理。

现在，又一次该作出选择了，是进，是退？从小，因为父亲的缘故，沈若诚很少自己作决定。逐渐地，他也养成了这样的习惯，反正有父亲在。即使是自己的饮食习惯，其实也是从父亲那里照搬过来的。

他习惯性地抚摸着翘起的右小腿，童年唯一一次违背父亲的意愿，是从街上带回了一条流浪狗。父亲不同意他收养，其实事后他自己也有些懊悔。可当时他却少有地坚持了自己的意见，但最后，却被这条狗在小腿上狠狠地咬了一口。虽然没有大碍，但还是留下了4个可怕的疤痕。

父亲没有如往常那样责骂他，只是剥夺了他之后的各种权利，包括他选择就读中学的权利：他进了一家从没听说过名字，也从没在报道前参观过的寄宿制学校。父亲总是对的，他经常这样告诫自己。这应该归功于父亲在商业上的成功。父亲不是香港人，好像是从内地过来的，可是对于自己的过去，他从不启齿，但这并不影响他在商业上的成功和儿子对他的依赖。

可就在他高中毕业的那年，父亲竟然让他自己选择大学专业。这可是破天荒的第一次。他最后选择去了香港大学物理系，而把另一所私立商校的入学通知放在了书桌的抽屉里。他能从父亲的眼中看到失望，很显然，别人也对他抱以了同样的希望。不过他没有后悔，他喜欢物理，喜欢大学校园按部就班，但却不失自由的生活。

转变发生在几年前。那天他还是在能容纳几百人的讲厅里，兴致勃勃地聆听着自己的导师的一节课。虽然那是为本科生开设的，而他已经在为自己的硕士论文作准备，可只要一有时间，沈若诚还是会准时出现在导师的任何一堂课上。导师是个幽默却不乏风度的学者，也是沈若诚真正的朋友。

电话是管家打来的。他说父亲病了，很突然，在会议中忽然昏倒。私人医生认为是旧病复发。管家希望沈若诚能尽快赶回去。记忆中，这是父亲第一次得重病，也是自己第一次中途离开了导师的课堂。

下身瘫痪，是医生认为最好的结果。沈若诚看着躺在床上的父亲，父亲也同样看着他。他躲过了父亲的眼神，也许是害怕，也许是伤心。几天前，父亲还是原来那样。可现在，突然老了许多，灰发蓬松的或是竖着，或是倒着，双眼深深地陷了下去，目光多少有些呆滞。由于中风对面部的影响，嘴角不自然地向着一边歪斜。眼前的父亲，让他几乎不敢认了。床头柜上，不知是谁放着一本杂志。封面是上周给父亲进行专访时拍的半身像。和如今病榻前的老人相比，已经是判若两人。沈若诚刹那间感到一股莫名的愤怒，让一个迟暮的老人看着自己辉煌时的照片，该是多么的残酷。可随即，他不禁热泪盈眶。

晚上，他给导师打了个电话，两人长谈了一个多小时。沈若诚决定暂时停止写自己的硕士论文，去帮父亲打理业务上的事宜。

"还在为爸爸的事担心？"房间的灯突然打开了。长时间处在黑暗中，沈若诚的眼睛一下子无法适应强灯的刺激。他迅速闭上双眼，没来得及看门口站着的人。不过只要凭声音，就能知道是谁——他的未婚妻茜妮。

沈若诚的眼睛舒服了许多。他慢慢地睁开眼，视线尚有几分模糊。门口已经没人了，茜妮悄悄地走到椅子边，一只手搭在沈若诚的肩上，另一只手温柔地握住他的手。

"快去睡吧，很晚了。"沈若诚抬起她的手，放在嘴边轻轻地吻了一下。茜妮婉约地笑着，伸手抚摸着他略带卷曲的头发。

"和我一起吧，你已经几天没睡好了。"

"其实……"沈若诚犹豫了，他不擅长与人沟通，很多时候甚至选择沉默。母亲过早地离开了他和这个家庭；父亲忙于工作，又武断专制；管家和佣人，显然不是合适的倾诉对象。在茜妮闯入他的生活前，只有他的导师偶尔和他探讨一下生活的琐碎。

他紧紧地握着茜妮的手，那双红润的手被他握得渐渐变得白皙。他搜索着茜妮的眼神，但又不敢正视。突然，桌上的电话急促地响了起来。沈若诚抱歉地冲着茜妮笑了笑，就在他拿起听筒时，他还是决定不开口了。

"喂？……嗯。不能再拖了，没时间了。"

"尽快解决吧。"

挂上电话，茜妮已经给他端来了一杯茶。沈若诚疲惫地揉搓着脸，随后接过了茶杯，却没有喝，只是端在手里。

"听说你明天要去中文大学的图书馆？"

"嗯，查点儿资料。"他一把抓过了桌上的日程表，假装看了看，又放了回去。他希望自己的动作不至于太不自然。

茜妮只是说了一句"早点儿睡"，便慢慢地走到了门口。背影中，带着无限的失落和伤感。以前，沈若诚不是这样的。自从父亲的病日益加重后，沈若诚仿佛变了个人似的。他减少了和她一起出门的次数，就连共进晚餐都要看他的心情。她没有责怪他，自从认识他的那天起，茜妮就知道沈若诚是什么样的人。虽然他现在做了董事长，事业也继续一帆风顺。可在他的心里，已经把对父亲的依赖变成了一种本能。他迫切地渴望父亲能从病痛中走出来，但很难说，这究竟是出于儿子对父亲的亲情，还是盼望着父亲能够重新卸下他肩上的重担。

沈若诚看着茜妮一步步地往外走，他本以为她还会说什么，呆呆地望着她。"你还是相信爸爸说的话？"茜妮终于开口了。可沈若诚没料到的是，她一张口便直击要害。他紧握着拳头，看着关节慢慢变白。

"他是我爸爸，我……我没理由不相信他。"

"可那都是传说，你我都是学科学的，我们要相信它。"茜妮没有转身，身体微微有些颤抖。

"什么方法……我们都应该尝试一下，不是吗？"

关于科学和迷信的话题，茜妮不想和他再争论下去。很久以前，沈若诚是一个比她更坚定的科学论者。可现在呢？她明显听出了沈若诚口吻中的疑惑和不自信。那次谈话，改变了一切。茜妮也听到了谈话，就在病榻前。可她无论如何也不能说服自己相信一个从内地只身前来香港，本身就带有迷信思想的老人，更何况又是在身患重病的时候。后来，茜妮不得不因为一个电话而离开父亲的卧室。5分钟后，沈若诚失魂落魄地走了出来。凭借女人天生的敏感，茜妮忽然觉得他变了，变得再也不是以前的他了。父亲5分钟前的话还是那样的荒诞离奇，她相信若诚肯定和她一样不会相信。难道，就这短短的5分钟，父亲就成功地改变了他？这5分钟里，他们究竟说了些什么？

茜妮终于走到门口，她一只手扶在门框上，站住了："我有个朋友在中文大学历史系。如果你需要帮忙的话，明天我可以给他打个电话……"声音越来越轻，她暗示他这是个重启话题的好机会。

"噢，不用了。我只是随便看看……"

没等沈若诚把话说完，她已经消失在拐角的尽头。

第二天，茜妮起得很早，可是沈若诚已经不在了。管家说他很早便一个人出了门，也没说去哪儿。茜妮不自然地微笑着，心里却像被烫伤一样，疼得难以启齿。她不确定沈若诚昨晚有没有上床睡觉，事实上，他已经好几天独自坐在书房里，思考着等待黎明的到来。

书房的桌子上多了几本书。茜妮记得昨晚她过来时，这些书还不在桌上。也许是若诚等她睡了，从书架上取了下来。茜妮无聊地坐在椅子上，好奇地翻动着几本书：《尚书》《左传》《吕氏春秋》《公羊传》《谷梁传》《庄子》。

先秦，这是茜妮的第一反应。他真的相信了父亲说的话，茜妮失望地放下了手中的书。对面的房子里，根本没有人。她傻乎乎地看着空荡荡的房子，和她现在所待的这个房间，没太大区别。突然，她想到了什么，拿起电话听筒，熟练地拨了一长串号码，她想起了她在北京的一个朋友。

清晨，沈若诚没有叫醒茜妮，独自一人悄悄地离开了家。他已经和中文大学约好，今天会来借用图书馆。虽然是星期天的公共假日，但由于沈若诚曾经多次资助过中大，为他通融一次，也是合情合理的。

从红堪北上，清晨的香港依然能透出一丝自然的气息。学校是教书育人的场所自然该选在一个环境优美的地方。沈若诚打开车窗，匀速地在公路上行驶。早晨的风微微有些冷，不过他还是能够忍受的。已经记不清上一次出去游玩是什么时候了。自从父亲的身体一天天垮下来，沈若诚不得不全力肩负起事业和家庭的重担。郊游渐渐地退出了他的生活，曾经多么热爱旅游的他，现在却稍许有些抵触。驾车出行，也算是他难得的旅行了。他希望永远不要到达目的地，这样就能一直沉浸在自然的怀抱中。

远处的校园，依稀有些模糊。沈若诚失望地看了看时间，没有迟到，很准时。他拨通了校长给他的一个号码，告诉对方他就快到了。蓝牙耳机里涌出了一阵粗糙的声音，沈若诚皱了皱眉头，努力地分辨着对方的性别，是位女性接待员，声音男性化十足的女接待员，沈若诚的心凉了半截。

进入校门，沈若诚慢慢地驾车在崇基路上闲逛，右手边的崇基学院行政楼对他来说没有太大的兴趣。他只是视线向前，仔细寻找着两边的路牌。

池旁路，他向右打着方向盘。这条路并不是通向目的地的，他知道该怎么走，可他却偏要往那里去。走上池旁路，他最想看的就是那里的一座人工湖——未圆湖。每次来中大，他必定要去未圆湖转转。东边吐露港外就是大海，远比这个人工湖来得壮观雄伟，可他却偏偏爱上了它，以及湖上的尖角亭。也许是因为父亲是江南人的关系，虽然他没有去过那儿，可冥冥中，沈若诚对于水乡有一种说不出的依恋情结，他的热爱，就如同血管里的鲜血，融入到了他的肌体里。

池旁路并不长，走到丁字路口，沈若诚极不情愿地左转，上了真正通向目的地的大学道，可是，这已经绕了很大的一个圈子。原本能准时到达，现在却硬生生地晚了许多。沈若诚不喜欢迟到，但现在，他却在给自己找借口：偶尔迟到，无伤大雅。

走上大学道，未圆湖就看不到了。沈若诚看着前方，脑子里却不断地回放着刚才的情景。他慢慢地做着深呼吸，好像鼻腔里所有的未圆湖的气味都不能放过。甘甜、芬芳，一味宽解人心的良药。这段时间以来，他的心情还从没这样好过。

驶过两栋工程学大楼，中央校园在他的右手边逐渐展现出来。

中国文化研究所的门阶前，一个丰满的略微有些臃肿的女人焦急地跺着脚向远处大学道的拐角张望着。5分钟内，她已经看了4次手表了。几天前，校长亲自打电话找她，希望她能在星期天接待一位重要的客人，对方想要借用中国文化研究所的图书馆。挂断电话前，她终于耐不住好奇，问了对方究竟是什么人。校长犹豫了片刻，她能从电话里听到校长轻微的咳嗽声。

沈若诚，她没有想到自己将要接待的人竟然会是他。香港的经济巨子，需要在她的帮助下参观学校的图书馆。对她来说，这无疑是进入学校以来最大的荣誉。一大清早，她特地早起多时，坐在梳妆镜前打扮着自己。很多自结婚后就没怎么用过的化妆品，俨然摆在了面前。随后，她花了20多分钟的时间在考虑着装，不能张扬，也不能失面子。

奔驰车缓缓地停在研究院门前。她匆忙地抹了一下两鬓的头发，快步走下了台阶。由于站得太过靠前，沈若诚弯腰钻出车门时，几乎撞入了她的怀中。

"沈先生，您好。"她一个踉跄让到了旁边，"我是负责接待你的图书管理员，我姓金。"

"你好。"沈若诚心不在焉地回了一句。他抬头看着眼前高大的建筑，刚从大学道上转进来时，还没觉得研究院如此高大。注视着灰白的墙垣，沈若诚的心却突然凉了半截。巨大的图书馆里，究竟有没有他想要的东西呢？父亲曾经给他留下了一些自己研究的手稿，他倒是能够按图索骥地顺着这条路走下去。可是，就连父亲穷尽毕生精力尚无进展，又何况是自己呢？现在，他又有些后悔没有让茜妮陪自己过来。他是学理科的，文科的那一套资料整理的方法他并不会。沈若诚心里盘算着，只能硬着头皮上了。

"请跟我来，我将带您参观一下我们的中国文化研究中心。"

"不用了，我想马上开始工作。"沈若诚直接拒绝了她的好意。他根本就没想过要找她帮忙，只是校长极力说服他应该有一个向导陪同。校长向他保证，这位图书管理员不论是经验还是资历都是研究中心最优秀的。更重要的是，她几乎能凭记忆找到馆藏的所有书籍。沈若诚当初觉得这样也不错，不过很快，他就后悔了。眼前的金小姐，绝不是一个可以任由你做事情而自己在一边绝不干扰的那种人。沈若诚看到她眼中充满了好奇，她一定认为自己只是一个闲得无聊的有钱人，偶尔想出了一些新奇的点子——如果把无聊的一天作为消遣打发在参观图书馆也算是新奇点子的话。

"如果方便的话，请带我去一个单独的房间，在那里能找到更多关于先秦的资料。"

沈若诚不确定金小姐走了之后会不会在背地里说他的坏话，不过她毕竟还是给自己找了一个理想的单间阅览室。这是一个专供教授或者研究员使用的小包间，房间的中央有一张电脑桌，电脑显示器关闭着，不过机箱里隐隐还传出了运转声。四周的书架上，整齐地摆放着各种大大小小的书。沈若诚粗略地看了看靠近身边的几本书，满意地点了点头。进门时，他注意到门上写着"先秦文化研究室"，校长的确很好地满足了他的要求。

"沈先生，如果您还需要……"

他没有理会金小姐的好意，径直走向电脑桌。

房间里，只剩下他一个人。他没有察觉到金小姐临走时依依不舍的表情，只是痛苦地被这方丈大的房间吸引着。过了很长一段时间，他以为自己已经看了许多相关的著作。可真到了需要静下心来将资料整理完全时，依然是一件相当困难的事情。

一只小飞虫漫无目的地在空中晃动着，随后又停在了桌面上。房间的四周，存放着许多不对外借阅的书籍，很多都因为年代久远而泛黄变脆。这里，在无人问津的时候就成了飞虫的家园。沈若诚握着笔，轻轻地想去碰一下它。可还没碰着，小飞虫就已经踯了起来，在他面前打了几个转。

他的脑子里一片空白。不过最后，沈若诚还是决定再仔细看一遍父亲的笔记。

"长生不老，几乎出现在世界各地古代文明的神话与传说中。除了被创造出来用以被崇拜的神以外，许多传说中的人也能拥有超乎常人的年龄。其中，最著名的则有《圣经》中的神圣家族，以及中国的彭祖。"

"然而，随着现代科技的发展和进步，众多的考古发现证实，古代人的平均寿命要远远低于现代人。至于上古社会的原始人群，平均年龄则更低。在许多部落中，只有少数几个长老、酋长或祭司才是长寿的。应该反过来说，只有村落中为数不多的年长者，才有资格成为首领。因为他们除了在知识和经验上超过常人，更被人们认为长寿是神对于他们的眷顾。

可见，长生不老应该只是古代人类对于生活现状的不满和对于理想中人性向着神性靠近的向往。

不过，在进入宗教时代后，中国的本土宗教——道教，却走上了一条与欧亚其他宗教截然不同的道路。后者没有回避生命的局限，而巧妙地让人们将注意力集中到了死亡以后的事情上。

道教则不然。它认为但凡依照教义修身养性的人，都能超越生命的极限。而不像其他一些人所讲的，认为肉身并不像精神一样能长生不老。直至汉唐，都还有一些著名的例子，故事中的主人公全都成功地超越了年龄的极限。最近的例子应该是明朝的张三丰。

值得注意的是，被中国道教奉为始祖的老子，生活在一个充满着传说的年代。在他之前，则是以鬼神文化著称的商朝。他对于周朝的影响，是不言而喻的。那么，是否浓重的鬼神气和殷人独特的生死观也影响了这位来自陇西的哲学大师呢？描述先秦的史料相对少了许多，而且仅有的一些也多以春秋战国时期各诸侯国之间的政治、军事为主。因此，我们对于老子的生活状态和思想变化，无法作出详细的了解。唯一能反映老子思想的著作《道德经》，也因现行本与马王堆出土的竹简内容出入甚多而被打上了一个问号。

中国历史上最以长寿著称的，应该就是彭祖。他最早出现在庄子的著作中，而后来者是如何知晓彭祖的事迹，我们不得而知。唯一可以了解到的是，彭祖的寿命在800岁以上。这个数字，几乎和周朝存在的年份一样长。是西东汉总和的两倍，只比从开唐到满清入关少了200年。

没有任何史料证实以上的种种传说，也不知道彭祖是否确有其人。传说彭祖之所以长生不老，是因为他根据他的老师所写的《九都》来进行修炼。后来有个叫黄山君的人精修了彭祖的养生之道，几百岁了，依然面色红润，鹤发童颜。他把彭祖的言论整理并加以阐发，编成一本《彭祖经》。可惜，这两本著作都未有流传……

沈若诚用力地合上笔记本。父亲竟然对这些莫须有的神话传说如此地痴迷，他乏力地按摩着太阳穴。

信封的一角，他视而不见。沈若诚很早就知道笔记里有这样一封信，而且他还反复看过多次。家庭医生告诉他这是他父亲第一次昏迷之后醒来时写的，当时医生建议他不要操劳过度，但他却执意坚持这样做。他告诉沈若诚信就放在自己的笔记里，里面讲述的是自己进行研究的起因和他认为可能是整件事情关键的某些东西，他怕自己以后再也没有如此清晰的意识来亲口告诉他这个故事了。

沈若诚看了信里的内容，也做了一些后续的工作。可他依然质疑信里所说的一切，甚至不敢让茜妮看。这是父亲在第一次昏迷之后写的，会不会是他思维混乱，编造出的混乱的故事呢？

寂静无声的阅览室里，突然铃声大作。沈若诚被吓得微微弹了起来，他手忙脚乱地从上衣口袋里掏出手机。糟糕，进图书馆时，竟然忘了把手机调成静音了。他一边看了来电显示，按下了接听键，一边偷偷地侧过头，瞄了一眼玻璃门外远处的金小姐。她好像也被突然响起的铃声吓着了，正在往这边张望着。不过看到沈若诚好像也在看着自己时，她很快低下头，做起了自己的事情。

3. 意外

找到老刘的时候，他的老婆已经陪他坐在了急诊室门外。除了手臂上简单地贴着几块纱布外，老刘的气色看来还算可以。看到方遒来了，老刘正待起身，他的老婆就先冲了起来，抓住方遒就开始大哭大叫："小方啊，你可得给你嫂子拿个主意啊！"老刘的儿子身在国外，方遒就成了她唯一能依靠的人了。

老刘慌里慌张地在她身后不停地拽她，神情紧张地说："小声点儿，小声点儿，这里是医院。"

方遒已经感觉到四周投来的好奇的眼光。他扶着刘嫂慢慢坐下来，说："嫂子，这是怎么了？有什么事慢慢说。"

老刘一边使劲拽着他妻子的手臂，一边对方遒使眼色："别听你嫂子的，我这不是好好的。"

"你还说没事儿？这都伤成什么样了。小方啊，嫂子可全指望你了，你得帮我报警啊。"

周围的人小声议论着，眼睛不停地盯着这边。也有几个小护士忍不住好奇凑上来听听，不过她们很快就以公共场合不得喧哗为理由，阻止了这场谈话。

"嫂子，医生有没有给我哥开什么药？刚才我看楼下拿药的地方排着好多人，你要不去看看，这里有我就行了。"

"是啊，你快看看去。"老刘赶忙插嘴。

虽然刘嫂一百个不情愿，但拿药毕竟也是件大事，她只得慢吞吞地站起身，摇摇晃晃地向着走廊的另一头走去。

"出什么事了？"

"嗯，先说你的。我给你的那幅《兰亭集序》还在吗？"老刘一脸的严肃。

方逎拍拍身边的一包东西，不明就里。

"你把它还给我吧。"老刘有些迟疑，"我知道我已经答应送给你了。不过，就当你再送给我吧。行吗？大不了我这儿有什么你喜欢的，你随便挑一样。"

少顷，老刘重重地拍了下大腿，斩钉截铁地说："我就跟你明说了。本来我以为这幅画是假的，所以就扔在一边。谁想到现在竟然有人想问我买这幅字画，他们只知道这幅字画在我这儿，所以一定要问我买。我和你都是老朋友了，自然不会亏待你。你把这幅字画还给我，我让你在我店里随便挑一样。你看怎么样？"

方逎低着头一声不吭，一只手不停地在脸上摸着。早过了长青春痘的年龄了，方逎也不指望能摸到个什么小脓包。

"他们是什么人？"

"不知道。开门做生意，什么人都会遇到。他们是广东一带的人，一口广东话。"

"这和你受伤也有关系？"

"你别管那么多了，反正就等你一句话。"

刘嫂很快就回来了，老刘也恢复了一贯的沉默。三个人默契地对望了一眼，鱼贯走出了医院。

那该是一个怎样的太阳？方逎迷迷糊糊地用手遮着眼睛，太阳光太过强烈，以至于他竟然看不清外面的世界。他仿佛看到了蒋颖，但显然，这只是自己的幻觉。方逎感慨地撩了簇刘海，太阳的灼热已经影响了他的大脑。

方逎知道刘嫂是个急性子，他亲眼看着她穿过了马路。那是一条双向四线的马路，医院门口的交通总是不尽如人意。不过现在，路上却没有一辆车。两边都是红灯，方遒突然觉得有些虚弱，他不确信地左右转着头。刘嫂显然也发现了路上没有来往的车辆，她拽紧了手里的塑料袋，坚定地走了过去。

老刘常说自己的老婆过马路太危险，每次都让人提心吊胆。所以这次，老刘本能地叫了一声，快步跟了上前去，还回头瞅了瞅方遒。他知道老刘在看什么，他现在关心的绝对不是方遒，而只是他手里的那幅《兰亭集序》。究竟是什么人想要买这样一幅赝品呢？而且给出的价格绝对是老刘意想不到的，否则他不可能那么着急地叫他来。

一片云朵飘过，新的一缕阳光刺痛了方遒的眼睛，他急忙用手遮住。就在他的双眼失去视觉的刹那，他还依稀看见老刘快步走过马路，头却别扭地转回来，似乎正在看着自己。一片漆黑，方遒的手挡住了他的视线。

"嘭"的一声巨响，两个重物撞在了一起。方遒下意识地觉得是车祸，可明显没有听到刹车声。接着，又是一声惨叫，方遒听出了是刘嫂的声音。他迅速睁开双眼：老刘倒在马路中央，地上洒满了鲜血，血迹被压印成车胎的痕迹，一直延伸到好远。

四十不惑，石铁男用力踩灭了烟头。他习惯性地从口袋里又掏出烟盒，顿了顿，又粗鲁地塞了回去。干警察这行20年，没立过功，没犯过错。没有受过嘉奖，也没有挨过处分。一直以来，始终待在刑警队，干着普通探员的活儿。现在，又是一起无头公案等着他。

死者刘福贵，48岁，死于交通意外。其实，这本来应该交通部门负责。可由于肇事车辆逃逸，而且根据当时公路摄像监控器给出的肇事车辆车牌的画面，证实该车辆前不久已经报失。于是，这起案子就从交通部门转到了刑警队，希望他们能协助调查犯罪嫌疑人。

石铁男想接一两件大案子，不一定要惊天动地，但至少能让他觉得现实中的刑警生活和从前理想中的没有太大区别。最后，队长还是给了他这么一桩案子，而且仅仅是给死者家属和目击证人做个问询。

他无奈地关上车门，朝着停尸房的方向走去。由于案发现场正好在医院的门口，所以交通警察赶来时，马上把死者送进了抢救室。可是当时死者伤势太重，最终不治身亡。

停尸房里，石铁男不安地缩了缩脖子。阴冷的房间里，死者的几个家属正围在尸体前痛哭流涕。一个中年女人瘫倒在尸体上，久久不让医生把尸体推进冷冻箱。他走到一旁，在一个双手抱着头的男人身边坐了下来。

"生命有时候真的很脆弱。"

方遒犹豫地抬起头，只见一个40岁开外的男人正坐在他的身边。这人看起来挺精干，但从没见过，估计是老刘的某个亲戚。

"你是他亲戚？"

"不，朋友……算是好朋友吧。"

"他平时在外面有仇人吗？"

方遒疑惑地拨弄着手指，突然注视着石铁男："你是……？"

"警察。我们怀疑这不是一起简单的交通事故……"老刘的妻子几乎晕厥过去，在周围亲戚的搀扶下，终于坐到了椅子上。

"我能帮上什么忙吗？"

"随便说说吧。比如他有没有仇人，或者案发前发生了什么特别的事情？"石铁男从上衣口袋里掏出一个记事本，翻到了空白的一页。

方遒努力地回忆着，作为朋友，这是他唯一能做的。看着老刘死在自己的面前，他到现在还有些恶心。"今天上午，我照习惯去他的店里转转，中午从店里离开时他还好好的。两三个小时前，我突然接到他的电话，他说他进了医院……"

"他是怎么进医院的？"

"我不知道，当时他只是要我尽快赶去找他。到了医院，他已经就诊完毕了。之后……"

"你是说他急着找你去医院？"石铁男复述着之前做的笔记。

"是的。"方遒肯定地说。

"为什么？"

"为什么？为了这幅字画。"

石铁男顺着方遒手指的方向看了看，歪着眼睛问："字画？"

"上午我在刘哥的店里找到的。他本打算就这么扔了，见我喜欢，就送给我了。可下午不知怎么了，他突然打电话说想把它拿回去，好像有人想出大价钱收购。谁知道等我过来了以后就……"一阵莫名的惆怅，这真是漫长的一天。之前发生的一切，就像是电影情节，但是又的确发生在眼前。人都死了，这是谁也不能回避的现实。

急促的电话铃声打断了方遒的思绪。刹那间，所有人都将注意力从老刘的身上转向了石铁男。他抱歉地挥了挥手，拿着手机，快步走出了停尸房。

"什么，终止调查？队长，这……"

"肇事车主已经投案自首。这件案子会重新交给交通部门，作为普通的交通事故处理。你先回来吧，还有别的任务给你。"

"可是队长……"

"别多说了，我手头还有许多工作。"

送走了老刘的家人，方遒疲惫地坐在医院长廊边的椅子上。他手里攥着石铁男临走时塞给他的名片，石铁男还意味深长地希望他尽快和自己联系，他认为案子没有那么简单。方遒犹豫不决是不是真的要给石铁男打电话，虽然他同样好奇到底是什么人对这幅连真假都无法辨别的字画如此感兴趣。

又坐了一会儿，方遒慢吞吞地站起身。明天是星期一，公司里还有很多事儿等着他。他倒是很想找个理由请一两天的假，可惜若不是亲身经历，谁又会相信呢？

心血来潮，方遒忽然想到了蒋颖。他从皮夹里翻出了她留给他的名片，温柔地触摸着卡片上手写的电话号码。方遒犹豫着是否应该给她打个电话，不知道为什么，他总是隐隐觉得身边的这幅《兰亭集序》没有那么简单，凡是接触到它的人都可能有危险。老刘不明不白地死了，自己这条命倒无所谓，可蒋颖呢？男人的天性让他觉得应该挺身保护她，但蒋颖又会相信他说的话吗？

方遒沮丧地看了看时间，现在蒋小姐应该还在和男友吃饭。一阵莫名的心酸迅速窜涌上来，大都市里的无名小卒，又怎会引起别人的注意呢？

回到家才发现，忙碌了一天，连菜都忘了买。饥肠辘辘的方遒一头栽在床上，倦意浓浓，就这样睡去了。

方遒没命地奔跑在漆黑的大街上，周围一片寂静。身后，铿锵有力的脚步声紧紧逼迫着他。他不知道那些人是谁，也不敢回头去看，生怕稍一慌神，就被别人追上了。急促的奔跑使得他感到呼吸越发的困难，胸口疼痛异常。他重重地在胸口捏了一把，又继续往前跑。他不记得自己是怎么跑到大街上的，一片空白的大脑无力地回放着之前的片段。他只记得刚才自己还躺在床上，然后什么也不记得了。

那些人会不会是，谋杀老刘的人？想到这里，方遒吓得浑身起鸡皮疙瘩，现在他只恨没有多生两条腿，身后的人似乎总是和他保持一定的距离，没有被他甩开，也没有靠近。他期盼着街上能有什么人看到他，或帮他一把。可是为什么长长的一条大街上竟然一个人也没有？

不知过了多久，身后的脚步声依然不断。除此之外，萦绕在他耳边的只有自己浓重的喘息声。那些人会不会因为抓不住他而就此罢休？那幅字画果然有问题，老刘莫名其妙地死于车祸，自己也在大半夜被人追赶。

前面就是一个弯角，方遒用力地擦去了眼角的汗水，他的眼睛被刺得隐隐作痛。他目不转睛地盯着那个转角，心里暗暗祈祷这是一条能通向另一边的小胡同，或者里面有什么地方能让自己躲起来。方遒深深地吸了口气，突然一个左转，径直向着面前的拐角冲了过去。

眼前一片漆黑，真正的漆黑，刚才微弱的街灯此刻丝毫不见了踪影。就在拐角口，一个高大的身影忽然闪出，挡在了他的身前。紧接着，那人一掌按住了方遒的脸。

方遒猛地一下从床上坐了起来，他气喘吁吁地摸了摸自己的脸，又焦急地望着周围，原来是一场噩梦。方遒疲惫地瞅了一眼闹钟，大约才五点。他揉着被冷汗浸湿的睡衣，或许能再睡一会儿。可是，过度的惊吓已经驱走了睡意。方遒只得下了床，进浴室冲了个澡。

浴室里，方遒蜷缩成一团，任凭热水浇灌自己。这已经不是他第一次感到恐惧了，自从老刘死了之后，无形的压力几乎使他喘不过气来。可能只是因为目睹一个活生生的人就这样死在自己面前而无法接受，方遒无视那些流水钻进下水道，他不想像老刘那样不明不白地死去。

直到上班前，方遒几乎不记得自己都做了些什么。世界在他的眼里变得浑浑噩噩，路上的行人也好像变了副嘴脸。今天是个好天，可是他并没有在意，心里只惦记着家里的那幅字画。走几步路，他就要四下张望会不会有什么神秘的人跟踪他。在他看来，梦里的追逐者绝不只是单纯的幻想。蒋小姐呢，她会不会也被人监视了？如果真是这样，他倒希望这些人全都冲着他来。这种英雄救美的想法恐怕不会有人知道，可方遒却再一次肯定了自己对蒋小姐的感情。

一路上，他不和别人说话。昨天过后，他已经不知道该相信谁了。那个石警官呢？那时他们的谈话只进行了一半，他就匆匆离去了。从他的表情里，谁都能看出他有一万个不情愿。难道他知道了些什么？又或者他和方遒的想法一样，这件事情绝对没有那么简单。如果有这个机会，他倒希望能和石警官再好好谈谈。他应该能帮助自己，至少能给自己一些合理的建议。

进了公司的大厦，方遒的头始终低着。每次走进这里，他都有一种莫名的压迫感。本来在这样的环境里，一个像他这样的低级文员就已经不被人重视了，再加上他所在的公司特有的公司文化，更让他觉得自己是在一个阶级分明的社会里。人们不是以他的薪水划分他的交际圈，就是以他的职位来区别对待。在这种只有阴沉的脸孔和冷嘲热讽的公司里，能心平气和地待上一天都很困难。若不是为了生活，他早就离开了。

没人和他打招呼，这是意料中的事。方遒默默地坐到了自己的办公桌前，翻开上个星期积攒下来的文案。

"方遒，总监找你。"身后不知是谁，突然喊了一声。

方遒礼貌地向身后的同事望去，本想道一声谢。可所有的人全都低着头，就好像没人感觉到他的存在一样。他苦涩地笑着，整理一下手头的文件，怀着忐忑的心情向那间关闭着的房间走去。

进了总监的办公室，那个秃顶的老头正在埋头写东西。听到了方遒敲门进来后，瞬间热情地抬起头，示意他坐下。自从进了公司，方遒还是头一次看到总监对着自己笑。他觉得会不会是什么不祥的预示，难道自己在工作上有什么没做好？

"小方啊，你到我们公司多久了？"总监依然挂着不怀好意的笑容。

"应该……两年了吧。"方遒小心翼翼地说。

"是啊，两年了，委屈你了。"

一句话让方遒觉得天旋地转，聪明的人都能明白这句话的意思。"总监，我……"

"我明白，我明白。"老头尽可能地表现出温和、和蔼的一面。他翻看着手边的一份文件，继续说，"一个人离开家乡在外生活是挺困难的。老家还有什么亲戚吗？"

"有，有些。"

"都靠你一个人照顾？"

"差……差不多。"

老头点点头，满脸堆笑："现在公司有个决定，想提拔你做我们这个部门的主管，直接由我领导，相应的工资待遇也会提高。你看如何？"

升职吗？为什么会轮到我？

4．跟踪

"还有一件事，你也知道我们公司的总部在香港。后天在那儿有个会议，公司指定要你去。今天下班后你就回去准备一下，明天出发，到了那里会有人接应你，这是机票。"总监有些犹豫地把桌上的一个信封交给他，"有什么问题吗？"

面对突如其来的升职加薪、出差去香港，方遒第一次感到什么是受宠若惊。他愣愣地握着信封，掂量着那厚厚的东西应该是机票而不是解雇信。谁都没有教过他怎么应对奖励的方法，从总监眼睛的反光中，他似乎能清晰地看到自己的窘迫，还有谁会因为好运而诧异呢？

若不是总监走到他身边，示意他一起出办公室，他一定还会因为无法接受现实而呆呆地坐在那里。打开门的刹那，总监若有其事地回过头，神秘地说："方老弟，香港是不是有你什么熟人？我只是随便问问。以后有什么好事，可别忘了你老哥。"他的手搭在方遒的肩膀，让方遒第一次感到总监的温暖。

方遒机械地跟着总监来到众人面前，没有仔细听总监是如何重新介绍他的职位的。不过，他还是刻意留意了众人的表情，可以确信的是，诧异的绝非他一个人。

忽然世界就好像变了似的，方遒竟然发现原来自己在公司，在这个部门还是有很多朋友的。人们纷纷上前向他祝贺，就连那些两年来都没点过头的人也装作旧故那样，和他叙着旧情。

办公桌比他预想的还要快地被整理妥当，还有不知是谁帮他倒的水。方遒不知所措地坐在新的办公椅上，不敢相信发生的一切。

整个梦幻的星期一，在同事们暧昧的微笑中度过。在这一天里，方遒几乎没什么工作可做，只有反复地看着手上的机票，心里盘算着该带点儿什么。香港可能还很热，或者已经比上海要冷也说不定。总算可以借用公司的电脑上网，方遒迫不及待地搜索了香港的天气情况。随后，他又给父亲打了个电话，自从退休以后，每天这个时候父亲总是在家读书看报。向他汇报一下今天一连串的喜讯，应该也能帮他打发一下乏味的上午。电话里，他差点儿忍不住失声痛哭。独自在上海闯荡，在获得成功的刹那，方遒显得异常的脆弱。

恍惚间，下班的时间到了。他迅速收拾了公文包，热情地和同事打了个招呼，径直冲出了办公室。回家还有许多行李要整理，虽然这次只是去香港两三天，但他已经计划好要带些什么，甚至到了那儿要买些什么带回家。

今天的地铁在他的眼中不再拥挤不堪，周围的人们也变得可爱了许多。升职对于他的影响，简直可以掩盖一切不快。他欢快地哼着小调，微微眯上双眼，感到浑身轻飘飘。方遒尽量提醒自己不要失态，但另一半的自己却又在说适当的庆祝是应该的。他决定暂时放下眼前的不快，让痛苦的记忆在旅行中逐渐散去。

可是天公不作美，正当方遒走在回家的路上，一场突如其来的大雨弄得他狼狈不堪。他张望了一下，便随着其他想要躲雨的人钻进了街边的一家饭店的遮阳棚下。雨沉重地击打着地面，溅起的水花规则地射向四周。路上几乎没有什么人了，只有几个人在努力奔跑，寻觅着躲雨的地方。

方遒微微挪了挪身子，伸手拍打着肩头的雨水。无意中，他突然回了一下头，看见饭店里正对着窗口坐着的人很眼熟。再仔细一看，原来是蒋颖。坐在她对面的人，却被饭桌边的一根大理石柱子挡住了。不过，从她的穿着打扮以及神态、表情，方遒已经猜到了那个人是谁。他尽量不去看饭桌上两人相握的手，即便如此，他还是觉得心里一阵醋意。

一场雨无情地浇灭了他心中的热情，升职和出差带来的喜悦，顿时被驱散得一干二净。他不断地提醒自己，蒋小姐有男朋友是他早就知道的事实，而且方遒还看到了她手上的戒指。那么，又何必为了不可能属于自己的女人而伤怀呢？

这是一段颇为讽刺的暗恋，就像晴天的一阵闪电，出人意料地划过平静的天空。一如方遒当初的生活，那么突然，那么轻易地坠入了爱河。可谁又曾想到，电闪雷鸣后，狂风暴雨如期而至。它不在乎任何期待着奇迹发生的人的感受，仿佛使出浑身解数似的拼命吹打。方遒顿时没有了生气，这场雨来得太残忍了。

方遒落寞地走出遮阳棚，向着他尚能辨别的方向走着。身后的人们诧异地望着这个在雨中漫步的人，他却无视他们的不解。就在他投入雨中的那一瞬间，蒋颖也看见了他，可等她努力地通过背影分辨出方遒时，方遒已经消失在白茫茫的雨帘中。

夜色中，一个瘦削的身影尾随着方遒。他谨慎地和对方保持着一个街区的距离，当方遒转弯走进住宅大楼时，那人悄无声息地站在了街对面的一条胡同口。雨水顺着他的风衣淌了下来，在他的脚边渐渐形成了一个小水塘。天气转眼间越来越差，可他站在雨中纹丝不动。许久，他确定方遒不会再出来后，掏出手机。

昏暗的街灯，隐隐勾勒出他那双坚毅的嘴唇。在无数犹如玻璃纸屑的雨水的反光下，微微开合着。

"他已经到家了。"

……

"我确信，他明天下午去香港，那时家里不会有别人，是不是要搜一搜？"

……

"知道了，明天再联系。"

挂上电话，黑影警觉地环顾四周。随后迅速地取出手机的芯片，用军刀割成两半，扔进了身边的下水道。紧接着，他又把手中的手机狠狠地摔在地上，猛踩几下。最后，他匆匆地隐没在雨夜的黑暗中。

他得意地回味着刚才的谨慎，又继而盘算着明天的计划。他当然不可能知道，刚才的一切全被旁边一条街上停着的轿车里的两个人看得清清楚楚。目睹着黑影钻入夜色后，他们互相交换了一下眼色，竖起上衣的领子，轻轻打开车门。

他们的目标锁定在黑衣人，关上车门后，两个人一前一后，紧紧地跟了上去。他们也曾受过良好的跟踪训练，在走了一段很长的夜路后，黑衣人始终没有发现自己正在被人跟踪。雨依然下个不停，剧烈的噪音遮盖住了三人疾驰的脚步声。

又到了一处丁字路口，前面只有一条幽暗的小路通向两旁高耸的住宅楼。两人看清地形后，相互使了个眼色，便向着黑衣人冲了上去。一个人用右手从黑衣人的身后死命捂住他的嘴，另一只手反扣住黑衣人的左手。就在此时，另一个人的左手上不知什么时候多了把手枪，用力抵住黑衣人的腰眼，右手也像前一人那样，扣住黑衣人的另一只手。就在黑衣人反应过来时，两人突然一用力，将他推进了前面的小胡同。

在控制了局面后，两人合力将黑衣人反转过来。虽然光线很差，但两人还是清楚地看到了黑衣人的脸。他们不禁倒吸了一口冷气，躲藏在黑色风衣下的竟然是一张惨白的脸，一张绝非正常人所能拥有的惨白的脸。

其中的一个人调整了呼吸后，小声却带有命令地问道："你是谁？在为谁工作？"他没有放松警惕，一只手肘始终卡在黑衣人的脖子上。

黑衣人没有回答，似乎雨水影响了他的听觉。正在那人准备再次提问时，他突然感到手肘上的压力变得异常的沉重，就好像面前的那人突然用全身的体力压了上来。紧接着，身边的同伴惊呼道："快看他的嘴。"

在惨白的肌肤的映衬下，黑衣人的嘴角边流淌出的血如此惹眼。他依然恶狠狠地瞪着面前的两个人，只是他再也看不见了。沉重的身体绵软无力地瘫在两人的身上，反倒让他们有些束手无措。

"现在怎么办？"

"带走他身上的所有东西，采集指纹。我们得尽快离开，不能在这个时候惹上什么麻烦。"

"姓方的怎么办？"

"上司已经派别人跟踪了。"

一辆银色的轿车飞速地滑过，溅起了不小的涟漪。

5. 潜伏

星期一，沈若诚照例一早去了公司。虽然最近被父亲的怪异要求弄得不可开交，但公司的运作他始终没有掉以轻心。可能是遗传吧，他经常这么觉得，就像他的父亲一样，他并不信任手下的助理、秘书以及公司总经理。除了那些按部就班的日常管理外，公司的各项重大问题他都会亲历亲为。茜妮时常劝他学学其他公司的董事长，一年花绝大多数时间在度假或满足自己的兴趣爱好上。

沈若诚出于礼貌将她的建议记在了备忘录里，但心里仅把它看作是退休后的某个可行性建议。

董事局常委会议室里，座无虚席。昨天，就在去往中文大学的路上，沈若诚让秘书提醒各位常委今天要开一个例会。为了进一步拓展香港市场以及探索内地市场的潜力，沈若诚需要各位董事的协助。在此之前，说服董事局常委成为了他的首要任务。

这些人并不好对付。其中的许多人，都是跟着父亲白手起家的老臣子。

在他还是作为父亲的助理参加常委例会时，他就注意到那些人所觊觎的已经不仅仅是每年能多分到些红利。就在他父亲决定将董事长的位子让给自己时，一些人还曾暗中策划过夺取父亲手中的股份，希望能把公司给抢去。

他们没有成功，否则沈若诚就不能坐在那儿主持会议了。不过他明白，那些人始终不肯善罢甘休。

"关于内地市场的探索……"沈若诚瞟了一眼坐在自己左手边第一个位子上的鲁通海。他是当年父亲身边最得力的助手，也是现在最想把他从董事长的宝座上赶下来的人。前不久听说他正在和其他几个财团的负责人暗中联系，沈若诚不确定他究竟想干什么，可由于最近他忙着自己的事，实在不希望有人打扰他。适可而止，希望一块大肥肉能暂时填饱他的肚子，"鲁伯伯，我想交给你负责。你在内地有很多朋友，北京方面也认识些人，我想这对于我们公司会有好处。"

鲁通海得意地靠着椅子，一只手架在椅背上，悠闲地吐了几个烟圈："董事长的决定，我们做下属的自然要卖命地干。只是不知道，世侄这次打算给我多少活动资金？你也知道，上面的人口能吞象，心疼那几个钱是不行的。"

"资金方面，首席财政官会给我一份预算，我想应该够用了。"沈若诚双手交叉，思量着对手下一步会走什么棋。

"世侄，别怪我不提醒你。当年你父亲和我们弟兄几个白手起家，才有了公司今天的成就。既然你父亲把偌大的公司交给了你，你自然应该专心做好公司的业绩，好给我们这些叔叔伯伯一个交代。可是，听说你现在并没有花心思在你的工作上，一大堆文件等着处理却找不到签字的人。如果让你父亲知道了公司的现状，他会有何感想？"

鲁通海故意转过身，背对着沈若诚。仅仅在董事局会上令沈若诚当众出丑，绝不能满足鲁通海。在他心里，正酝酿着一起更大的阴谋。不过现在还不是时候，目前要做的是先杀杀这小子的锐气。等他对自己畏首畏尾了，才是彻底摧毁他的时候。

"世侄，你年纪还小，难免会犯错误，我们也不想为难你。你要是真觉得力不从心，大可以说出来，我们会替你想办法。就像我，公司的业务，我只负责一点儿，平时闲得很。如果世侄有什么要求，我自然不会推却。我想在座的各位也一定不会袖手旁观。"

还没等众人有所反应，门外隐隐传来一阵喧闹声。

"张先生，您不能进去。董事长正在开会，请您……"

话还没说完，会议室的门已经被推开，沈若诚的私人助理张栋勋闯了进来。沈若诚曾经给过他权力，有什么事，不论何时何地都能来找他。但这个承诺别人并不知道，看到有人竟然如此无理地打扰了董事局例会，在座的人们低声抱怨着。

"世侄，他是谁？怎么有那么不懂事的下人！"鲁通海恶狠狠地嚷道。他已经计划好在会上发起一个动议，能让他更多地接管公司的事务。谁想到被一个毛头小子给搅了局，所有人的注意力全被张栋勋吸引了，对于他之前所作的关于沈若诚不务正业的言辞早忘得一干二净。

张栋勋神情严肃，弯下腰，俯在沈若诚的耳边耳语几句。

"各位，关于和大陆合作的事情，就先交给鲁伯伯打理。其他的事情，我会再找时间和大家研究。现在我还有些要紧的事，先告辞了。"说完，沈若诚迅速起身，带着张栋勋头也不回地走了出去。留下身后的几位莫名其妙的董事坐在原地，不知道发生了什么。

即使坐在私人办公室里，茜妮还是能听见门外的喧闹声。写字桌上的电子钟显示着上午11点，董事局应该还在开会。她好奇地拿起电话，手指灵活地在键盘上敲打了几下。

"阿亭，外面出什么事了，怎么那么吵？"

"茜妮姐，还不是那个鲁通海，他又在那里破口大骂了。"

"鲁通海？他不是在开会吗？"

"不知道。听别人说董事长突然结束了例会，和他的私人助理一起走了。"电话里的声音有些不确定，不过茜妮倒是能隐约听到鲁通海的怒吼声。若诚这次又捅了个娄子？茜妮担心这段时间父亲的病会影响沈若诚的正常生活，虽然他反复强调她只是杞人忧天，可最近，风言又有几位董事或多或少地表达了对这位年轻董事长的不满。

她关切地伸手在自己和沈若诚的合照上抚摸着："你知道董事长去了哪里？"

"好像回他自己的办公室了。"

刚挂上电话，一阵急促的电话铃声接踵而来。

"喂？"

那是茜妮最不喜欢的笑声，每次都会让她觉得毛骨悚然。很多时候，她甚至以为自己已经成功地躲避了拥有这种笑声的人。但就像那个人说的，认识了他，就永远无法摆脱他。

"苏茜妮，好久不见了……"

"事情办得怎么样了？"

"差不多了，明天就能到香港。"

"嗯。只是不知道他会不会把我们想要的东西带来。"沈若诚注视着张栋勋，心里多少有些依赖。这个私人助理也是他父亲帮他找的，听说曾经当过兵，所以正好能做沈若诚的保镖。时间长了，沈若诚在他身上找到了许多自己所没有却令人羡慕不已的品质，张栋勋也很快从保镖提升为私人助理。

张栋勋低头不语。突然，他握了握拳头，下定决心想要说什么，却被清晰的敲门声打断了。

"对不起，没想到你正在忙。"茜妮羞涩地站在门外。

沈若诚快步走到茜妮面前，温柔地握着她的手说："找我有什么事吗？"

"我只想告诉你，我的一个老同学来香港了。今晚我会和他一起吃饭，可能会晚些回来。"

蓝桂坊的任何一家酒吧都要比眼前的这家气派。它处在一条小巷的尽头，并不是很显眼。一块霓虹灯招牌懒洋洋地挂在门口的墙上，可能是为了节约开支，灯光的亮度几乎被调到了最昏暗的程度。

茜妮花了很长时间才找到了这儿。她极不情愿地站在门口，心想若不是老板看到还有客人会来，这会儿估计已经打烊了。那个人已经来了，坐在酒吧深处面向门口的座位上。他似乎先看到茜妮，坐在原地，高高地举起手招呼着。直到茜妮走了进去，坐在他面前时，他才放下手，面带微笑地说："你还是那么准时。"

"如果下次你还是约在这种地方，我就不敢保证了。"茜妮端详着面前的饮料，伸手触摸着杯子。

男人依然笑容可掬，呷了一口杯中的酒："希望你的口味没变，为了表示我的诚意，擅自作主张帮你先点了。"

"你不是向我保证过，从今以后我们只要电话联系就行了。"

男人突然皱起眉头，一脸无辜状："茜妮，我是不是做错了什么，让你对我产生了误会？如果是这样的话，我真该向你道歉。你知道……"

"够了，我们并不是很熟。你就直说吧，这次为什么要亲自来香港？"茜妮抬起头，犀利的目光投向眼前的这个人。但那目光就好像被吸收了似的，在他的脸上找不到任何反馈。他不吃这套，茜妮知道，或者说他习惯了别人的威胁和恐吓。但他不是很在意，因为能够真正威胁和恐吓他的人，往往比他还要和蔼可亲。

"苏小姐。"他改变称呼，却始终保持着礼貌，"这次使我不得不亲自来的原因，我想你也知道。"

"沈若诚？"

"他似乎对某件事物很感兴趣，而且还有些过了头。"

一阵失落感涌上心头，茜妮忧愁地搅拌着杯中的液体："他最近被他爸爸的病搞得焦头烂额，总是做些古怪的事，说些古怪的话。其他的事情，他也没有对我多说。"

"你只要准确地向上面汇报他的行动，其余的，你也没有必要知道。"

"但我是他的未婚妻……"

"你只是在扮演他的未婚妻！"

苏茜妮厌恶地低吼道："你让我觉得恶心！"

男人装作什么都没有听到，自顾自地说："明天会有个人从上海过来，这是他的一些基本情况。"他从身边拿出一个信封，放在桌面上推到茜妮的面前，"我们还不确定沈若诚是不是会和他见面，但他的到来和沈若诚感兴趣的事情有关。如果他们真的见面，希望你尽可能了解到他们的谈话内容。"

"你们什么时候开始对他那么感兴趣？"

"我们对任何人都有兴趣，这是工作。别辜负了北京对你的栽培，我们都不能，不是吗？"他看了看手表，起身向门外走去，"我已经付了钱，你再慢慢坐会儿吧。"他亲切地拍了拍苏茜妮的肩。

上海，星期一的晚上，蒋颖愉快地和未婚夫共进了晚餐。虽然昨天才见过面，可蒋颖还是迫不及待地想要再见到他。没有同居的生活，晚餐时间则成为了他们真正的欢乐时光。透过饭店的窗，她好像看到了方遒。可等她想起要告诉他报告今天在她下班时已经出来时，那个好像方遒的人已经消失在人群中。外面的雨好大，蒋颖也懒得跑出去看个究竟。

饭后，蒋颖突然想起自己把一份重要的文件留在了办公室。她懊恼地看着窗外的瓢泼大雨，自嘲地笑了笑："送我回办公室吧，我忘了拿一份材料。"

"一定要回去拿吗？外面雨太大了，还是明天再说吧。"

"没办法，明天要交一份关于它的检验报告给老板。亲爱的，对不起嘛，就麻烦你当一回我的司机咯。"蒋颖俏皮地搂住未婚夫的胳膊，冲着他扮了个甜美的鬼脸。

每当到了雨天，上海的街头就会莫名其妙地多出许多汽车。一些平时交通尚好的路段，现在也能轻易看到一条长长的巨龙。车子好不容易才得以在积水严重的路面行驶，时间和速度却与平时成了反比。

汽车慢慢地停靠在博物馆的后门，蒋颖给了她未婚夫一个长吻后，独自一人走下了汽车。值夜的门卫对这种情况早就习以为常，在这里工作的人，经常会有晚上回来拿东西的习惯。和蒋颖打了声招呼后，门卫又自顾自地看起了电视。

夜间的博物馆，比起白天要冷清了许多。再加上今天下雨，蒋颖不自在地紧了紧脖子，竖起了衣领。身后一盏接触不良的灯，规则地发出"吱吱"声。蒋颖本能地加快脚步，在大理石地板上小步向前跑着，心里却在后悔拒绝了未婚夫要陪她一起上来的建议。

熟悉的办公室，安全感总算从心底窜了上来。她熟练地打开了灯，走到了办公桌前。蒋颖顺手从一沓文件上取下了自己想要的文件，眼睛却始终盯着放在桌子正中央的检验报告。下午同事送来她办公室时，自己正好赶着出门，便顺手把它扔在了桌上。虽然当时觉得和未婚夫吃饭更重要，可现在想想，她对于检验的结果，还是有些兴趣的。

报告结果有些出乎她的意料，上面说到这一种时下普通的宣纸，只是做了一点儿陈旧处理。蒋颖有些失望地放下报告，自从毕业进入博物馆后，这还是她第一次错误地判断了一件古董的真伪，还错得那么离谱。正当她打算不再理会自己的失误，熄灯走人时，视线无意间又落在了那份报告上。

蒋颖迅速打开办公桌上的台灯，把报告放在灯下。那是一行隐约的虚线，位于纸张靠近中线的位置。蒋颖的打印机有个小毛病，在靠近中线位置总会有一行没有油墨。起初她还在为此事烦恼，可时间长了，也就习惯了。

她本能地抬头看看矮柜上的打印机，不过那显然是关着的。不会是实验室的打印机也有类似的毛病吧，虽然蒋颖心里这样想着，但她还是从旁边的文件中翻出了一张几天前同样从实验室送来的报告。

没有。

那是一张打印完整的纸，而且通过比对，蒋颖发现检验员的签字和以往也有些出入。她怔怔地握着检验报告，难道这份报告会是从自己的办公室打印出来的？

这时，她的手机在口袋里震动了起来，她方才想起，自己的未婚夫还在楼下等着。这样一份无关紧要的检验报告，有谁会去伪造呢？而且还是在她的办公室完成的。如果有什么人潜入她的办公室，刚才进门时，保安应该会告诉她的。实验室的人早就下班了，即使要确认，也只有等到明天了。

蒋颖迟疑地拿着文件，关灯走出了办公室。她再次掏出手机，拨通了方遒的号码。没人接听，还是等明天吧。希望一切只是自己的错觉，一个普通人的古董鉴定，只是那么简单。

看见蒋颖离开了博物馆，保安长舒了一口气。他瞅了瞅身边废纸篓里的那份文件，拿起电话，拨通了先前别人留给他的电话号码。

"喂……我已经照你的吩咐做了，她好像没什么反应。我的……我的钱……"

"打电话给你的老婆吧，她已经收到钱了。"

"谢……谢谢。"

星期二，蒋颖早早地来到了博物馆。上班时段的延安路，荟萃了各式大小车辆。平时大约半小时的路程，这会儿都会成倍地往上翻。未婚夫不在身边，意味着没有人送她去上班。她只能和普通上班族一样，站在拥挤的公交车里，被刺鼻的气味和颠簸的人群包围着。一直以来，蒋颖总是会提前很多时间出门坐车。这样不但能在汽车终点站等到个靠窗的位子，还能给自己预留充足的时间应付路上的变故。更何况，今天她还想去解决一个疑问。

"小姐，您找谁？"

蒋颖迟疑地放慢脚步，回头看了看身后，并没有其他人，对方是在和她说话，一个穿着保安制服的小伙子。"我？"蒋颖指着自己，多少有些吃惊。

"如果您要参观博物馆的话，请走前门。这里……"

是新来的保安，蒋颖挑了挑眉毛，从提包里翻出了工作证："老赵呢？他应该是昨晚到今天上午的班吧。"

"啊，对不起，我不知道您在这里上班，"保安窘迫地让到一边，紧张得有些结巴，"我……我也不知道。本来博物馆要我下午来试工，说是有人带我。可今天早上突然给我打电话，要我马上就来顶班。听说有人辞职了，我想应该是你说的那个老赵吧……"

"好好工作吧。"蒋颖无意继续对话。

昨天晚上，老赵没有任何不对劲，也看不出他有什么不顺心。为什么今天会突然辞职不干了呢？蒋颖的直觉告诉她，自从星期天看到了那幅奇怪的字画后，接下来发生的事总是怪怪的。她说不准那是什么感觉，但有时候女人非常相信她的直觉。如果真如她的感觉一样，她还应该做一件事情才能得到求证。

实验室的电话久久才有人接听。电话那头，一个男人极不友善地打了声招呼。蒋颖听见背景声音有些嘈杂，随后又有一个声音似乎在叫唤着什么人。接电话的男人马上冲着别处说了声"等一会儿，接电话"。

"说，你找谁？"电话那头的人不耐烦地催促着蒋颖。

对待这些无法沟通的人，蒋颖也不多说，简单介绍了自己的来历后，直接切入正题。

"昨天上午我送来一份纸张样本，为了测定具体年代……"

"检验员是谁？"

"小王，或许我能和她……"

"她放假了。"

放假？听到这个消息，蒋颖不由地分了神。

"还有什么事？"

"那帮我查查检验存档吧。"蒋颖试探着询问道。

电话那头，突然变得寂静无声。蒋颖焦急地敲着写字台，握着电话的手撑着头，歪着眼睛无聊地盯着办公室的门。今天小王放假，偏巧老赵也辞职了。虽然各个单位的人事调动稀松平常，可恰恰两个人都是在今天消失，未免太巧合了。

"送来的样品是现代的纸张，年份不会超过10年。"声音在毫无征兆的情况下从话筒里蹿了出来，把蒋颖吓了一跳。蒋颖端着报告，仔细斟酌着。

"不会有什么问题吗？"

"会有什么问题？"

"可是据我当时的目测，应该不止……"

男人冷笑了一声，不客气地说："除非你的眼睛能目测初碳14。"

蒋颖无暇理会他，又问道："样品还在吗？能不能重新帮我做个鉴定？"

"一般样品鉴定完之后就扔了，如果还要做，就再送点儿样品来。"

"您所拨打的用户已关机。"两个小时以来，方遒的手机始终处于关机状态。或许他现在上班不方便接听，可是，她迫切想要找到方遒和他的《兰亭集序》。她懊恼地拨弄着手机，如果当时能留下那幅字画，或者对这件古董加以足够的重视就好了。围绕着它，已经不只是拥有和原稿相当年龄以及一个看似蓄意的错误那么简单了。在真相之外，还裹着一层神秘的面纱。蒋颖同样感觉到，发现它与众不同的，绝不会只有她一个人。她仿佛感到一种不知名的力量，可能是一个人，也可能是一个组织。但无论如何，它的能耐绝对不容小觑。

办公桌上的电话又响起来，内线信号灯闪闪发亮。

"请问是鉴定部的蒋主任吗？门卫室有您的邮包。"

警卫室里，依然是之前的那个年轻人。看到蒋颖径直走进来，他略显局促。桌上只有一个包裹，蒋颖看了看，自顾自地拿了起来。这是一个1米多长，20厘米宽的长方形纸盒。纸盒上的邮戳单上赫然写着"方遒"两个字。蒋颖看到之后，迫不及待地打开纸盒，她希望这是方遒寄给她的《兰亭集序》。从纸盒的形状来看，也符合一幅字画的尺寸。

肯定是《兰亭集序》。蒋颖没有当场展开卷轴，但她记得木轴和纸张的颜色、纹路，不会错的，绝对不会错。可是，在她的心里又听到了另一种声音，方遒怎么会寄给她？何况从星期天到现在，他们始终没有联系过。难道他……

看见蒋颖走出警卫室，年轻的警卫总算是松了口气。他朝窗外张望了片刻，赶忙坐回到办公桌前，拿起听筒熟练地拨了一串号码。

"代号061984，留言。目标人物收到一个包裹，怀疑是LT样本。以待确认，回复完毕。"随后，他伸着懒腰走出了办公室，热情地和凑上来咨询的路人聊了起来。

6．李洛文和沈若诚

方遒拘谨地坐在港龙飞机的机舱里。头一次坐飞机，而且为了公务要去远在香港的总公司，所有的一切都让他觉得不舒服。他不止一次地向窗外张望，又因为晕眩而不得不闭上眼。他告诉自己这只是焦虑的症状，可就连默数阿拉伯数字都不能帮他放松心情。乘务员小姐热情地向他介绍各种缓解压力的方法，或是听听音乐，或是喝点儿饮料。最后，方遒在乘务员的示意下戴上了眼罩，打算小歇一会儿。

"先生，先生。"

方遒疲惫地摘下眼罩，在他身边的座位上，一个青年男子正微笑着注视着他。方遒奇怪地探头向周围望去，他刚才还记得自己旁边应该没有人。

"你是？"

"你好，我是坐在邻位上的。刚才看你面熟，就坐了过来，想问问或许我们认识。"

方遒再次认真地打量着眼前的男人。那个人衣冠整洁，坐姿端正，眉宇间透出一种粗犷，若不是因为西装笔挺，这粗犷更显几分彪悍。典型的北方大汉，方遒暗自赞叹着。不过，吸引他注意的却是那人的头发和皮肤，发色呈枯黄色，虽然梳理整齐，可在灯光的照射下却没有一丝的光泽。再看那皮肤，难以形容的白色。这不是亚洲人的白色，它比起方遒见过的任何爱美的女子还要白上几分。在他的脸上，绝对看不到一点儿血色。若不是看到他好端端地坐在自己的面前，方遒绝对会认为他已经死了。

这是一张一眼就能让人记住的脸。可是，方遒却对此人没有任何印象。

"我想……"方遒尽量找些合适的话语，"您可能认错人了，我……我不认识你。"

那人听完，突然豪放地笑了起来，引来了众人的注目却毫不在意："您当然不认识我，可我认识您，您姓方，对不对？"他自信地盯着方遒的眼睛。"我是在一次光顾古玩店的时候认识您的。当时我对您关于古董的认识很是佩服，但却再无缘相见。这次能在飞机上巧遇，真是三生有幸。"

方遒羞涩地听着那人唱戏似的说着。

"小可姓李，李洛文，陕西人。"

"你……你好。"

"方先生，能遇到您真是我的荣幸。正巧我有件事想向您打听。"李洛文兴奋地吞了口唾沫。

方遒拘谨地笑了笑："叫我方遒就行了。"

"方先生熟悉国内的古玩市场，却不知有没有听说过这样一个消息。"李洛文凑到方遒的耳边，神秘兮兮地小声说道，"听说市面上出现了《兰亭集序》王羲之的亲笔真迹。"

"非但如此，传闻说真迹与现在的通行本竟有一字相差。"李洛文瞪大眼睛，故作惊讶地说。方遒听在耳里，心里却早已回到了上海。从老刘那儿找到的《兰亭集序》和通行本也有一字相差，但是整幅作品行文用笔却比神龙本更为传神。

看到方遒一脸的疑惑，李洛文赶忙追问道："难道方先生也听说了？"

"噢，不，恐怕没有，我最近很少去古玩店。"方遒慌忙解释道。蒋颖的检验报告始终没有出来，他也不能肯定自己手头上的东西是不是李洛文所说的消失千年的真迹。这次他去香港之前，特地把那幅字画寄给蒋颖，希望对她的鉴定有帮助，"真迹不是已经随唐太宗入葬了吗？"

"可是，五代十国的一个叫温稻的武将成功窃入他的墓穴，并把《兰亭集序》的真迹给带走了。奇怪的是，就连《新旧五代史》里也没有关于这个温稻的任何记载。就这样，真迹从此绝迹人间。"

方遒刚想开口说话，却被李洛文伸手阻止了："方先生一定想问我凭什么确信那是王羲之的真迹……你真的一无所知吗？"

忽然，方遒灵光乍现。他极力回忆着从老刘手上得到的《兰亭集序》，他越来越觉得自己和蒋颖，甚至还有老刘都忽略了什么。那应该是一个显而易见的区别，但也许是因为一字之别太过明显，以至于大家都没有发现另一个不同。

"印章？"

李洛文眯着眼注视着方遒。

"我……我只是瞎猜的。"方遒回避着对方，不安地挪动了蜷缩在狭小机座里的身子。

李洛文再次放声大笑："不愧是方先生，眼光果然独到。不错，我们都知道，自从萧翼帮助李世民得到了《兰亭集序》的真迹后，除了和贴身的人一起欣赏过以外，并没有人对它动过手脚。换言之，真正的《兰亭集序》上应该没有唐朝以后任何人的印章，甚至可能只有属于王羲之一人的印章。传闻说，这次现身的《兰亭集序》，就符合这个特点，而且纸张年代也是在魏晋前后……"

乘务员温柔的声音缓缓地从扩音器里传出，回荡在整个机舱内。飞机很快就要在香港着陆了，她要求各位乘客端坐在座位上，并系好安全带。

"方先生，下了飞机后去哪里？我们是否能继续聊聊？"李洛文侧转头，友好地向方遒发出了邀请。

方遒抱歉地耸了耸肩。虽然李洛文热情之至，但他总是觉得有些说不出的不舒服。一个奇怪的感觉涌上心头，这个衣冠楚楚的李洛文，将会像幽灵一般纠缠着自己。"我……这次来香港主要是出差，而且明天就要回上海的，恐怕……"

下了飞机后，方遒就再也没有看见李洛文。似乎他连行李也没有，在行李等候区，方遒还特地张望了一番。他略带庆幸地离开了海关，拥进了香港的怀抱。

正当他拿着从机场找到的香港地图没头没脑地寻找着自己的目的地时，身边不知不觉多了两个人。其中一个高大魁梧，30岁左右的男人，操着口音极重的普通话说道："请问，你是从上海来的方遒方先生吗？"

"你们是？"

"请跟我来。"不等方遒反应，另一个人迅速伸手握住方遒的手臂，带着他向门外的一辆汽车走去。方遒觉得不妥，想要用力摆脱，可是，无论他怎么挣扎，那只手就像吸附在他身上似的纹丝不动。

"放开我，我……我想你们误会了，我不是你们要找的人，我还要去……"

高大的男人一边打开车门，一边说道："之后我们会送你回你要去的酒店，现在，请先跟我们走。董事长想在第一时间见到你。"

蒋颖简直不敢相信自己的眼睛。刚才，她只离开了短短的几分钟，办公室就被人光顾过。而且，唯独少了方遒寄给她的那幅字画。她不愿意把它想象成诸如电视、电影里那样的离奇，可谁又能合理地解释今天早上发生的一切呢？

她疯狂地在丈尺大的房间里翻寻着，希望只是自己忘记了把它放在了哪儿。可是，无论她如何努力，《兰亭集序》的确失踪了。她茫然地在办公室里踱步，不知所措。

今天馆长在他的办公室，无论如何都应该去寻求他的帮助。他曾经是蒋颖的恩师，毕业后也是在他的介绍下进了博物馆工作。除了父母，馆长是她唯一值得信赖的人。

馆长办公室的门，总是关闭着，但却从来没有像今天这样，如此陌生而沉重。蒋颖没有过多地理会自己的第六感，轻轻叩了几下门，推门而入。

馆长还是如往常一样，穿着他喜欢的藏青色外套，埋头整理着将要出版的文件。这是一个年近六旬的老者，虽然在生活上无拘无束，可在工作上却表现得异常严谨。这是他的习惯，也把它带给了自己的每一个学生。蒋颖小声地向馆长打了声招呼，恭敬地站在桌子的另一端。她从来不敢对恩师有任何的不敬，哪怕细微的言行都被装饰妥当。

馆长出人意料地没有理睬她，也没有抬头，只是沉默地动着手中的笔。良久，蒋颖微微俯下身子，小声说："老师，是我。"

"坐吧。"馆长的声音有些颤抖，"你是我最器重的学生。"老人莫名其妙地说了这句话，像是在自言自语，也像是在和蒋颖对话。

"老师，怎么了？"蒋颖关切地问着。

"你应该很清楚作为一名历史学家和文物鉴定工作者最忌讳的是什么。"老人毅然抬起头，面色铁青。没等蒋颖开口，他又继续说道，"你是我最得意的学生，我对你的期望也是最大的。但是，我没想到，你竟然……"老人激动得握紧手中的笔，关节也有些变白。

蒋颖有些委屈，她不明白老师为什么会对她发火。虽然馆长一定有他自己的理由，可在蒋颖看来，自己并没有触犯任何的禁忌。

"老师，我……"

"有人写匿名信举报你暗中参与文物非法买卖，有没有这件事？"

老人的情绪显然越发的亢奋："我也不相信你会做这种事，可是写信的人说得头头是道，而且他还是直接向文化局投诉，如果不是我的另一个学生私下给我透露消息，说不定现在连我也被蒙在鼓里。"

蒋颖觉得自己的眼泪随时都会夺眶而出。从小到大，她还从没受过如此大的委屈。她想要为自己申辩，可就连对方指责她什么都不知道，又如何申辩呢？

"我已经极力向上面反映了你的表现，他们也答应暂时不将此事扩大，只是暗中调查。目前，你还有什么想去的地方没去的吗？"

蒋颖一时间没能理解馆长的话，迷茫地摇了摇头。

"你可以暂时不用来上班了，我给你充足的时间休息。至于你参与非法买卖的事，我们会调查清楚的……"

蒋颖不记得馆长最后还说了什么，她只知道自己跌跌撞撞地走出了办公室，差一点儿就要摔倒在地。晴空一声霹雳，如此的突然而急促，蒋颖竟然没有一点儿准备。

"对了，你来找我有什么事？"在关上门的一刹那，馆长忽然问道。

"没……没事了。"

方遒就这样莫名其妙地坐上了那几人的车。一路上他们不相互对话，也不向方遒作任何介绍。究竟是谁想见我呢？方遒记得在机场时他们说是"董事长"想见他，可这个董事长又是谁呢？他这次来香港的确是为了公司的会议，但行程安排也没有提到要拜见董事长。

纳闷之余，方遒也只能傻傻地向窗外张望着。红磡体育馆在自己的左手边悄悄滑过，他却丝毫没有在意。反倒是右边一幅巨大的海报吸引了他的目光，在上海也很少见到如此巨大的海报，而且还是一位家喻户晓的明星代言。

香港的繁华和喧嚣，刹那间展现在他的面前。这是一种与他生活的城市截然不同的感觉，一样的海港城市，一样的百年历程。可在香港，发展的每一个脚印都能清晰地看见，而上海呢，却是一次彻底的变化，看不见任何昔日的影子。

恍惚间，方遒发现汽车渐渐放慢了速度，在一片高级办公楼中的某一栋门前停了下来。坐在他左手边的男人开门下了车，说了声"请"。方遒小心翼翼地钻出车门，眼前的一切深深地吸引着他，这里的任何一栋写字楼都要比他上班的那栋高级。身临其境，一阵微风都能让方遒有些站不住脚。抬头时间长了，脖子也有些微微发酸。

男人带着他径直走进了办公楼，前台小姐没有任何阻拦，甚至连看都不看他们。方遒机警地判断着这一切可能是他们事先就设计好的，也可能面前的男人身份特殊，进入这栋大楼并不需要任何证明。

他快步走到男人的身旁，小声问道："还……还有多久？"

男人依然不动声色，把方遒引入电梯后，他按了最高一层的数字键，门悄无声息地合上了。

当电梯门再次打开时，眼前只剩下一条不长的走廊，尽头处两扇高大的深棕色木门紧闭着。门内是一间宽敞的秘书办公室，一位妙龄小姐正坐在案头快速地抄写着。看到两人进来后，小姐礼貌地站起身，对男人说："张先生，董事长正在等您。"

张栋勋点头示意，带着方遒继续朝前走去。和刚才他们进来的那扇门相对的，是另一道木门，方遒估计这可能就是那位董事长的办公室。他下意识低头仔细整了整衣襟，不论这位董事长是谁，他觉得都不应该轻率应对。

沈若诚背对着门走着，欣赏着从办公室巨大的玻璃窗看出去的美丽风景。今天的天气非常理想，原本他打算带着茜妮去开直升飞机，但由于要等一个重要的人，他只能暂时打消这个念头。好久没和茜妮出去玩了，看着身后办公桌上茜妮的照片，他的心里满是歉意和内疚。

一阵敲门声把沈若诚从回忆中拉了回来。他的双脚往地上一点，转椅便慢慢地转向了写字桌。

"董事长，他已经到了。"张栋勋手扶着门，毕恭毕敬地说道。

沈若诚慢慢地走到办公桌前的会客沙发边，尽量克制着激动的心情。张栋勋退出门外，示意方遒进去。方遒有些迟疑，不过还是走了进去。沈若诚站在他的面前，微笑着迎接这位他期待已久的贵宾。

"这位就是董事长。"张栋勋跟在方遒身后介绍道。

"董……董事长？"方遒吃惊地看着眼前这位年龄和他相仿的人。他记得自己曾经见过这个人，但不是在现实生活中，而是在报纸上或者电视上。突然，方遒张大嘴，"我……我见过你，你……您是董事长？"

"正如你所见，"沈若诚礼貌地点点头，"方先生，请坐。"然后，沈若诚挥手示意张栋勋出去。办公室的门发出一阵沉闷的声音，沈若诚坐在沙发上，继续看着有些不知所措的方遒。

"请坐，方先生。我想即使有些吃惊，也应该不是您的双腿。"

方遒尴尬地看着地，傻呵呵地笑着。他顺着沈若诚的手指的方向谨慎地在沙发上坐了下来。"董……董事长，我以为……以为是要来参加一次会议。没……没想到是来见您。"

"是我疏忽了，没有事先说明我请你来香港的原因。"沈若诚保持着微笑，尽量帮助方遒缓和一下紧张的气氛。他理解方遒此时的窘境，事先没有说明，每个人都会有些紧张。

"想喝点儿什么？"

"噢，不……不了。"方遒羞涩地低着头。记得第一次看到蒋颖时，他也没有如此的紧张。不知道为什么，此刻的方遒很难控制自己的情绪。他自认不是个见了大场面就会退缩的人，但沈若诚却给了他另一种感觉。面对他，方遒觉得自己似乎没有任何隐私，没有任何秘密。他的微笑，他的眼神，仿佛能洞穿方遒的一切。

沈若诚仔细打量着方遒，和他想象中的颇为相似。为了今天的见面，沈若诚早已在心中模拟了无数次。他迫切地期待着这次见面，因为他爸爸的病情已经很严重了。单纯的研究丝毫无法改变现状，他需要有所突破。

"听说方先生最近得到了一件宝贝。"沈若诚急不可待地脱口而出。看到方遒满脸的惊讶，他突然又有些后悔。

"什……什么宝贝？"

"《兰亭集序》。我的手下打听到方先生得到一幅《兰亭集序》的真迹，而且好像和通行本有一字之差。"沈若诚说。

看方遒闭口不答，沈若诚继续说："既然方先生已经来了，我想就开门见山地说吧。难道方先生对于'阴''阳'二字之差没有任何怀疑吗？"

"董事长，我……之前把它拿去检验，可惜……"方遒咬咬牙，努力说道，"还没有什么结果。"

"不需要什么结果。"沈若诚断然回答，"这幅字画肯定是真的。因为……"他微微凑近身子，说："家父也曾经拥有过这幅字画。"

方遒不安地挪动着身子，他大概能猜到沈若诚的用意。

"别误会，方先生。我并没有横刀夺爱的意思。"沈若诚目光犀利地望向方遒，"恰恰相反，方先生，您完全可以保留那幅字画。"

"可是，你不觉得事有蹊跷吗？"沈若诚换了个姿势继续说道，"我有十足的证据可以证明方先生所拥有的《兰亭集序》千真万确是出自王羲之之手。可是，它为什么和通行本有一字之别呢？当年唐太宗李世民千辛万苦才得到了《兰亭集序》的真迹，尔后，他又命亲信临摹了数本流传于世。真迹却不得不陪他入葬，方先生，你不觉得奇怪吗？"

方遒疑惑地看着沈若诚："董事长……"

"事实上，我这次请你从上海来，是想让你帮我证实一件事情。"

"证实？"方遒喃喃自语。

"我想请你帮我查出'阴'和'阳'的真正奥秘。"

"苏小姐，需要我帮您通报一声吗？"秘书有些拿不定主意地站在原地。

"不用了。"茜尼轻轻推开门，"别告诉董事长，我会再来找他的。"

"酬劳方面，你不需要有任何担心。在你离开公司的这段时间，会照付你薪水。另外，你这次的行动经费以及行程也将由我来承担。"沈若诚突然站了起来，搓着双手来回踱步，"你看还有什么问题吗？"他热切地注视着方遒："方先生，你觉得这次我们……不，确切地说应该是你，会在绍兴有什么发现？"

方遒吃力地看着他，眼前有些晕眩。他不知道该如何回答董事长的问题，他不确定面前的人要他去干什么。就是因为他得到了一幅有错字的《兰亭集序》，他才被要求去进行一项莫须有的调查？这显然有些天方夜谭。如果他只是一个想在内地搜罗古董的商人，方遒显然也不是合适的人选。"董事长，我想说的是……为什么您会找到我？而且……我对您要我找的东西依然……"他耸了耸肩，艰难地挤出几个字，"依然没有任何概念。"

沈若诚站在方遒面前，语重心长地说："事实上，我并不需要你带回什么东西，只是帮我调查一下那幅字画与众不同的地方。至于为什么找你，因为目前你拥有它。"

"但如果要有什么发现，也不可能直至今日。我的意思是说，一定早就有人意识到了一些东西。可既然至今毫无动静，就说明可能根本没有什么。"

"问题是你所拥有的这幅字画，世人并不知道。很久以前我就关注着内地市场，却始终没有关于你所拥有的这幅字画的任何消息。我有信心，世上知道这幅字画的人绝不会超过这个数。"沈若诚伸出纤细的手指，在方遒的面前比画了一下。

"可是……"

"帮助我对你没有任何坏处。你就当是一次旅游，每个公司通常都有这样的福利，而且你不需要为这次旅行操任何心。"说着，沈若诚快步走到办公桌边，拿出一个鼓鼓囊囊的信封，"这里是上海和绍兴的往返机票，以及当地宾馆的客房钥匙，随时可以入住。"他把东西硬是塞给了方遒，希望他能被自己的真诚打动。

急促的电话铃声，打断了两人的对话。沈若诚意犹未尽地摊开手，又回到了办公桌边。茜妮的声音像铜铃般回荡在沈若诚的脑海里，她只是来询问是否有时间一起吃顿晚饭。沈若诚觉得不能再拒绝茜妮的好意，便抬手看了看手表，约了晚饭的时间。茜妮沉默了片刻，忽然问道："你的电话怎么那么多杂音？"

沈若诚不明就里，随便回答了几句，便挂上了电话。

方遒已经作出了决定。他认为这可能是一次不错的散心的机会，公司和感情方面的诸多不顺，也能借此机会抛于脑后，留给自己一点儿清闲。对于沈若诚的奇怪要求，方遒也没作过多的假设，只把它当作一位有钱人的怪诞想法。

沈若诚激动地站在门口，用力地握着方遒的手，他希望这次行动能有所收获，在不断给方遒打气加油的同时，也在潜意识里给自己一点儿安慰和暗示。他已经计划接下来的行动，只要方遒在绍兴一有发现，他便会亲自出马，找到那个缠绕着他父亲和他多年的秘密。没能将事实告诉方遒而利用他，沈若诚的心里多少有些过意不去。可他更难以想象，如果让别人知道了那个可能的秘密，会不会变得比他还要疯狂呢？

带着旅行计划，方遒又有些忐忑不安。电梯里的液晶屏幕规律地跳动着，试图影响方遒的心跳。如果能像预判电梯下一个楼层那样判断未来，方遒宁可待在这狭小的空间里。

走出底层大厅，忽然有人叫住了方遒。李洛文惬意地坐在真皮沙发上，伸手向他招呼着。方遒起初没认出他，可再仔细一看，这张惨白的脸似乎有些熟悉。

李洛文依然保持着诡异的微笑，他挪开了一点儿位置，示意方遒坐下："方先生，竟然能在这里又遇见您，真巧。"

"是……是啊。"方遒犹豫是不是应该坐下。

"我刚好来这里处理些业务。不知道方先生是否有时间，我们聊一会儿？"

"事实上，我要先找到我住的酒店。有些行李……"说着，方遒不好意思地看了看身边的手提箱。

"正好，我对香港还算熟悉。如果方先生不介意的话，请！"李洛文站起身，夸张地伸直手臂，像电视里那样做出了邀请的手势。方遒突然后悔刚才没有接受张栋勋的建议坐他们的车回宾馆，现在既然盛情难却，他也只得硬着头皮跟着李洛文走。

正当他们走出写字楼的大门时，迎面走来一个男人。就在他和李洛文擦身而过时，从李洛文的手里悄悄接过一件小东西。方遒跟在李洛文身后，并没有发现这些细节。可直到那个男人在他身后消失，他还在困惑自己又看到了一个脸色如李洛文一样惨白的人。

和茜妮结束通话后，男人立刻拨通了专线电话。住在驻港部队提供的房间的好处就是，能够得到各种帮助，而又不会有人打扰。

"局长，是我。"二得子神情紧张，专心致志地听着话筒里传来的声音。他向来自认心狠手辣，可在局长面前，他的那些伎俩简直不算什么。他就曾栽倒在局长的手里，若不是千方百计打通关系，还不知道自己的尸首现在何处。

"苏茜妮果然变了。这次她竟然没有完成任务，而且还扬言要脱离组织。其实前天在酒吧里和她接头，我已经发现问题的严重性了。不过好在我又安插了别人，并在沈若诚的办公室里装了窃听器……"

"告诉我结果。"

"是，是的。"二得子擦去了额头上的汗水，他纳闷这房间为什么这么热，"沈若诚只是让方遒去绍兴看看，两个人没有什么实质性的对话。估计那个叫方遒的这两天会动身去绍兴，我已经派人盯住他了。他只是个小角色，什么也不知道。不过……"

"说……"

"盯梢的人说方遒的身边多了一个奇怪的人，没有他的详细资料，只知道这个人的皮肤特别白……"

"想办法查出这个人是谁，注意他和姓方的动向。对了，上海方面已经得到了《兰亭集序》的真迹，你可以安心了。"

二得子差点儿惊呼出来。多少年来他不断地寻找着《兰亭集序》的下落，本来它应该在文革的时候就属于自己了。谁想当年自己年少无知，虽然抓住了那个地主申百年，却没能从他身上搜到任何东西。为此，二得子郁闷了几十年。

"那苏茜妮？"

"干掉她。"

电话被挂断了。

二得子惋惜又懊恼地坐在床边。上面已经给了明确的指示要苏茜妮的命，那么她一定活不过今晚。如果当初没有将苏茜妮派到香港，二得子倒是很有兴趣将她占为己有。可惜现在她不得不死在自己的手里，这可是她自找的。

他倒头躺在床上，心里盘算着究竟该如何解决苏茜妮。

7. 杀人夜

沈若诚惬意地斜靠在沙发上，回忆之前和方遒的会面。他是个聪明人，虽然有些犹豫，但最终能接受他的邀请，虽然有些意外，但也在意料之中。父亲的病痛已经到了刻不容缓的地步，现在所做的一切，也只不过是为了让他坚持到梦想成真的那一天。

长生不老……他任由张栋勋坐在他的对面，自顾自地出神。他相信父亲的情报，"长生不老"绝对不会只是一个传说。

"董事长，还是没有找到苏小姐。据她的同事说，她可能离开公司了。"秘书甜甜地冲着沈若诚微笑着。

沈若诚点点头，继续沉浸在思考中。

……

苏茜妮没有想到二得子竟然会在工作时间给她打电话，并且约她出去。为此，她只能对同事撒了个谎，悄悄地溜了出去。现在离下班时间已经不远，她盼望着这次见面不会占用太多时间，她不想错过和沈若诚的一次晚餐。

二得子还是约她在上次的那家酒吧见面，什么样的人就有什么样的品位，茜妮厌恶地吐了口气。此时，酒吧格外冷清。酒保懒洋洋地撑在吧台边，毫无情趣地和女侍应生调情。看到茜妮光临，他也没显出多大的热情，只是似有似无地上下打量了她一番，又继续和身边的女侍应聊了起来。

茜妮也不搭理他，径直朝着唯一有人坐的角落走去。

二得子热情地起身给茜妮让出了个座位。茜妮讨厌他这种虚伪的样子，她很早就想脱离组织了。这次的任务使她在香港找到了自己心爱的人，这更加坚定了茜妮的决心。一切只欠时机，她相信沈若诚一定会带着她远走高飞，过着神仙眷侣的生活。

"茜妮，事情办得怎么样了？"

"我说过我不干了。看在我多年为组织、为你工作的份上，替我向组织求个情吧。"茜妮不等二得子有机会反应，坚决地把藏在心里多年的话说出了口。现在，她觉得轻松了许多。

从二得子的脸上永远看不到任何东西，他总是只对你微笑。

"茜妮，别这样，有什么话好商量。"二得子将桌上的饮料推到茜妮的面前，"我记得这是你爱喝的饮料，先消消气再说。"

二得子伸手一连做了好几个"请"的动作，茜妮喝了口饮料，继续说："没什么好商量的，我已经决定了。希望你和组织能够原谅，我想过安定的生活。"

"真遗憾。说实话，从个人角度来讲，我还是挺欣赏你的。如果你能……"对于二得子的感慨，茜妮始终无动于衷。她只顾低头喝着二得子为她点的饮料，"当然，天高任鸟飞。你也长大了，继续做间谍，对你也未必合适。我是看着你成长的，你的性格，我了解。"

茜妮烦躁地看看手表，酒吧压抑、昏暗的气氛让她喘不过气来。即使在白天，这里也是绝对的死角。如果死在这里，一定不会被人发现的。茜妮突然有种不祥的感觉，可是二得子依然笑容可掬的表情又很快打消了她的念头。她的感觉向来不准，希望这次也是如此。她还要和沈若诚共进晚餐呢。

"你就安心地走吧，上面我会帮你去说的。以前有些告别组织的人因为机密问题而接受调查，我想你应该不会。至于别的话，我也不多说了。"说完，二得子举起手中的杯子，"就当是告别吧。"

一饮而尽，苏茜妮轻松地转身走出了酒吧。

"可惜。"二得子怜爱地看着茜妮消失的身影。一支烟的工夫，他也起身离去。

"还记得这里吗？我们第一次相识的地方。茜妮欢快地跳下车，深情地望着喧闹的大街上一家不起眼的饭店。

沈若诚悄悄地走到茜妮身后，温柔地搂住她的腰，在她的头发上轻轻吻了一下。"这就是你说要带我来的地方？"

"这是我们相识的地方，从今天起，它也将是我们开始新生活的地方。"

沈若诚微微弯下腰，右手平直伸开，说了一声"请"。

饭店的老板，早早地等在门口。在香港，沈若诚的名字妇孺皆知。能够得到这样的大人物的光顾，饭店老板自然乐不可支。他恭敬地向两人鞠躬，侧着身子将他们迎了进去。

"沈先生，您能光临小店，使小店蓬荜生辉。小店的大厨今天正好在，我会……"没等他说完，沈若诚便抬手阻止了他。

"替我们安排个幽静的座位，我不想被人打扰……"沈若诚的手机不识时务地在这个时候响了起来。他抱歉地看着茜妮，温柔地说，"对不起，过会儿我一定关机。"

沈若诚的脸在瞬间由喜悦变成了惊恐。茜妮目睹着爱人脸部的变化，紧张地握着他的手。沈若诚一言不发地听完电话，痴痴地站在原地。突然，他又像变了个人似的，疯狂地向店堂外冲去。

"爸爸被送去医院了，我这就去开车……我在门口等你。"

茜妮恍惚地看着沈若诚向门外冲去。她有冲动想要阻拦他，可身体忽然变得沉重难支。当她注意到微妙的变化时，沈若诚已经推门跑了出去。她多想能留住自己的爱人，和他一起吃一顿饭。可她同样理解自己爱的人是一个孝子，当忠孝难以两全时，沈若诚总是让她有些失望。

她想迈开步子跟上自己的爱人，可是沉重的身体渐渐地向后拽着她。从有了记忆以来，她还从来没有如此的疲倦过。视线逐渐模糊，所有的颜色在眯缝的双眼前渐渐失去了意义。茜妮摇晃着，靠在身边的茶几上。她心里还在责怪自己，竟然还像个孩子似的，为了一点儿小事搞得心神不宁。

她还记得沈若诚对她说的最后一句话，不过此刻身边的饭店老板说些什么，她一句也没听见。她的身体绵软无力，重重地摔在地上，在意志逐渐消失前，她还在窃喜，自己的爱人没有看到自己的窘样。

方遒注视着李洛文，本能地告诉他，这个男人不仅仅对《兰亭集序》感兴趣，他对于方遒的了解远在方遒对他的了解之上。事实上，方遒连他的肤色为什么如此之白也捉摸不透。李洛文究竟是什么来历，为什么对他如此地有兴趣呢？

"方先生难道对《兰亭集序》的真迹一点儿兴趣都没有吗？或者你曾私下和别人讨论过这件事？这真是太遗憾了，我认为作为对古董了解甚详的你，竟然对此事一点儿都不知道，太可惜了。据我所知，那件古董就是在上海出现的。"

李洛文凑近方遒，仔细地盯着他脸上的每一个细节。

"方先生，如果有空的话，不如我们一起回上海，说不定能有什么发现。"

"很抱歉，"方遒无辜地耸了耸肩，"虽然我明天就要回上海，不过我马上还得出发去绍兴，所以……"

"绍兴？你是说你要去绍兴？"李洛文像只狮子一般，恨不得一下子扑上去死命地咬住方遒。

方遒后悔一时口快说了那么多，慌忙改口："只是出差，没别的事……"

"问题的焦点，似乎就在绍兴。可是时过境迁，不知道现在的会稽山上还能不能找到当年的痕迹。要不是有俗务缠身，我还真想陪方先生一同前往。"李洛文遗憾地靠在沙发上，"不过，世界之小，也未必没有可能……"

最后的一句话，方遒没有在意。他终于记得打开手机，显示屏上一条蒋颖给他的留言不停地跳跃着。

好不容易支走了李洛文，方遒满心欢喜地拨通了蒋颖的电话。他没料到蒋颖那么快就给他回电话，也许是检验有了结果。来了一趟香港，他惊讶地发现，关心《兰亭集序》的人远不止他、老刘，以及在上海袭击老刘的人。无论如何，能够知道老刘交给他的《兰亭集序》是真是假，对于整件事都是一个交代。不过，去一次绍兴，在他看来越发的重要。突然，他想到了《射雕英雄传》里的情节："《武穆遗书》，铁掌山峰，第二指节。"

"你总算接电话了。"透过电话，方遒有一种如释重负的感觉。

"我现在在香港，可能是信号的问题。"

"香港？"

"出差。"方遒尽量不让自己想着对方，在这段不可能的感情中陷得越深，受伤的只会是自己，"对了，你急着找我有什么事？"

"你给我的字画被偷了。"

方遒感觉像被打了一记闷棍，一时说不出话来。

"我长话短说。你走了之后，昨天一早我就将字画拿去送检。可是昨天得到的检验报告和你我预计的完全不同，报告认为这只是一幅现代的赝品。不过，我有理由证明检验报告有问题。"

"会……有什么问题？"

"我怀疑有人伪造了一份检验报告。今天上午我给实验室打了个电话，负责检验这幅字画的人放假了，假期从今天开始。另外，不知是不是我疑心太重，昨晚值夜班的门卫也突然辞职了。上午我收到你寄来的字画后，就一转眼的功夫，它就不见了。我记得将它放在办公室的什么位置，但别的东西全都没丢，只是少了这一件。之后我就开始给你打电话，一直到现在才打通。"

"你有没有找过你的领导？"

一阵沉默，方遒不自然地将电话换到了另一边："怎么了？"

"我被停职了……"

"停职？"

"也是今天的事。馆长说有匿名信声称我参与文物非法走私活动，现在可能要展开内部调查，所以建议我休息一段时间。"

"难道这件事……"

"很难说，可这两天竟然发生了那么多事，谁都不会认为纯粹是巧合。"

"你有没有报警？"

"暂时没有。我想先联系你，商量一下。"

又是一阵沉默，电话两端的人的大脑都在飞速地运转。

"我先给你一个警官的电话，他叫石铁男，你可以以私人的名义和他接触。另外，我明天一早就回上海，不过马上还得去绍兴。来了一次香港，我发现关于《兰亭集序》的故事远比我们想象的要复杂。如果你有兴趣，可以和我一起去绍兴。"

方遒、蒋颖，还有李洛文，抱着各自的心态同时收线。

一夜无话。周三，方遒匆匆赶往机场。香港的行程，就这样短暂地结束了，他甚至还来不及参观繁华的都市。可是，短短三日内，诸多离奇的事情交织在一起，已经让他无暇兼顾其他。现在，他唯一想到的便是回到上海，认真地整理自己逐渐混乱的思维。从昨晚起，李洛文没有再出现在方遒的面前。他就像一个谜，来去无踪。方遒很难判断他的真正身份和目的，可唯一能肯定的是，他和沈若诚一样，急切地关心着《兰亭集序》的下落和秘密。老刘生前说星期天下午前后有两批人来找过他，一批比较温和，后来的一批问了同样的问题，还把他给打伤了。这些人和李洛文、沈若诚又有什么关系呢？撞死老刘的人和这一切又有关系吗？

方遒痛苦地想找个东西管住自己的眼睛，香港之行使事情变得越加的扑朔迷离。蒋颖确信有人偷换了检验报告，将《兰亭集序》说成是赝品。那么，是否可以逆向地推测，被调包的报告很可能得出的结果是真品，即使未必出自王羲之之手，也是众多临摹本中的一本，之后字画的被窃也似乎能证明这一点。加之蒋颖的停职，这一切又是谁的杰作呢？

出关，蒋颖如期出现在方遒的面前。不过身边多了一个人——石铁男。

"先找个地方坐下来聊吧。我向警队请了个假，过会儿就要回去。"石铁男不等打招呼，抢着说道。

顺着自动扶梯，三个人在国际机场二楼的咖啡馆坐定。

"石警官……"

"蒋小姐已经告诉了我字画失窃的事。我推测偷窃字画的人很可能是曾经找过刘福贵的其中一些人。种种迹象表明，他们非但要得到字画，还不想让更多的人知道这件事。"

"可是，我这次去了香港才发现，对这幅字画以及其后隐藏的秘密感兴趣的人远不止这些。"

蒋颖和石铁男同时看着方遒，等着他继续说下去。

"本来以为我这次去香港只是普通的出差，没想到竟然是董事长要见我。他不知道通过什么途径得知我保管着那幅字画，不过他的兴趣似乎又不在字画上，而是希望我能去一次绍兴，替他调查一下一字之差的原因。另外……"

"在去香港的飞机上，我遇到了一个奇怪的人。他似乎也在寻找这幅字画，在香港的一天内，我觉得他是有意盯着我。感觉他好像已经知道那幅字画在我手里，并且不断地套我的话。我对他倒没有太多的印象，只是他皮肤的颜色白的可怕，现在回想起来觉得那简直不是正常人的颜色……"

"等等，你说那个人皮肤是什么颜色？"

"白色，惨白。"方遒奇怪地看着石铁男，石铁男神情严峻，低头沉思。

"前天，星期一的晚上，在你家附近的一条弄堂里，有人发现一具尸体。死者中毒身亡，身份、年龄均不详。法医觉得死者皮肤的颜色异常，比一般死者的颜色还要白。最后的化验结果是，死者的皮肤组织里黑色素少得可怜，完全不符合正常人的标准。医生的结论是，只有少接触阳光的人才会这样，但这个世界上几乎没人会这样。之后，我请求全国各个城市的警方协助，可是丝毫没有死者的信息，也没有家人来认领。但是，让我气愤的是，上面无视死者的怪异，以及轻微的搏斗痕迹，草率地将案子定为普通的自杀案结案。我搞不懂，为什么和这幅字画有关的两起命案，上面都要草草地结案？"

"那么老刘……"

"我在交通部的朋友告诉我，肇事司机虽然主动投案自首，可那辆车根本不是他的，而且他对于现场经过的描述和事实也有明显的出入。对于为什么肇事后逃逸，他的解释也含糊不清。但即便如此，交通部还是把它作为意外交通事故处理。"

"为什么会这样，难道没人提出异议吗？"

"连死者的家属都不追究了，还有谁会提出异议？！"

8. 会稽之行

周三，香港，小雨。

苏茜妮的葬礼在公墓中平静地举行。茜妮没有家人，参加葬礼的除了沈若诚，只有张栋勋和几个贴身随从。稀疏的小雨打在沈若诚墨镜的镜片上，顺着面颊，滴落在黑色西装上。他分不清这是自己的泪水还是雨水，抑或是交织在一起，好像他此刻的心情，无法区分。

父亲的病尚无大碍。然而，茜妮却真正地离开了他，如此匆忙，甚至没能见上最后一面。那一刻，她就在自己的身后倒下，他觉得自己应该能听到茜妮微弱的呼唤。可是，他没能听见，他的心思全在自己父亲的身上。

沈若诚注视着墓碑，喃喃自语："如果我能早些得到它，你就不会舍我而去了。再过不久我就会成功了，短短的时间，你怎么就等不了呢？"从昨天到今天，困扰着他的就是茜妮的死因，医生说她的心脏衰竭。但是，他却从不知道茜妮患有心脏病。昨天白天在公司还安然无恙，唯一让人生疑的，只有她从下班前到见到沈若诚之间的一段时间里，没人知道她去了哪里，张栋勋也没有查出任何情况。那一刻，她就像是人间蒸发一样。

雨越下越大，沈若诚脱下西装，披在墓碑上。用拇指轻轻地擦去了墓碑照片上的雨水。"茜妮最不喜欢香港的雨水。以后，雨天记得派个人来给墓碑打把伞。"

黑衣人悄悄地走到张栋勋身后，凑上前小声说了几句。

"方逊已经到上海了。现在，他应该准备去绍兴了。"张栋勋轻声提醒着沈若诚。

"走吧，还有很多正事要办。"二得子示意司机开车。黑色的轿车，在雨天的街面上溅起了一层不小的波澜。他很想参加茜妮的葬礼，因为他觉得自己比沈若诚更爱、更了解茜妮。亲手置爱人于死地，不是所有人都下得了手的。他做到了，代价就是只能远远地望着公墓，在心中为她哀悼。

二得子抚摸着身边的鲜花，回味着自己少有的温柔："明天把这束花给送去。"

"是，总长。"身边的秘书神情严峻地回答道，"但是，您走了之后，沈若诚怎么处理？"

"不听话的狗，养着也是浪费。找个机会让他说出知道的一切，然后就干掉他。上面已经给了指示，那个叫鲁通海的看来很听话，有必要的话，帮他把沈若诚的公司拿过来。"

"总长，这次您去绍兴大概要多久？"

"现在还不知道。这次局长也会去绍兴，所以我估计将在那儿多待一阵。对了，要你查的那个经常出现在方逊身边的人，有什么结果了？"

"从他登记的酒店查到他叫李洛文，可那只是个假名。资料库里也没有同样的长相或指纹，换句话说，他可能根本没有登记户籍。"

"不是中国人？"

"暂时还不能确认。不过，据上海的同事说，星期一他们发现一个跟踪方逊的人。当他们对他采取行动时，那人服毒自杀了。和李洛文一样，那个人的皮肤的颜色十分怪异。而且，我们发现李洛文并不是单独行动，似乎在他的身边也聚集了很多人。现在只知道他对方逊也很有兴趣，他已经乘坐方逊之后的一班飞机，离开香港回了上海。最新情报，李洛文回了上海后就去了师范大学。"

二得子继续抚摸着那束鲜花，就好像茜妮正坐在他的身边。

"具体细节我会在您到达绍兴后及时向你汇报。"

"辛苦了。"

方遒感激地看着蒋颖，欣然接受了她的关心："你也辛苦了。上午还在上海，现在却陪我到了绍兴。"

"反正我现在休假，况且，我也想亲眼看看关于《兰亭集序》的秘密。"蒋颖将自己的行李塞进了出租车的后备箱，便钻进了车厢。

方遒跟着坐进汽车，向司机说明了他们的目的地。沈若诚已经在市区给他找了一家酒店，就连房间钥匙也交到了他的手上。

"把未婚夫一个人留在上海，没问题吗？"

"他最近天天在忙，也没空关心我。反正由于工作的关系，我们经常各自外出，早就习惯了。"蒋颖忧郁地望着窗外。

方遒赶忙从口袋里掏出地图，装作认真地研究："来看看地图吧，我们该研究一下路线。"

"二位打算去哪儿？绍兴的旅游景点我熟悉，我可以带你们去，价格优惠。"

"这个……"方遒扭过头看了看蒋颖，"我们打算去会稽山，不过今天太晚了，明天我们会赶早的。"

"会稽山？"司机一惊一乍地叫了起来，"先生，如果说别的地方就算了。但想要去会稽山，你算是找对人了。我从小就住在那里，什么玉溪浅流、垂钓翁、浣纱女、采莲娃……我再熟悉不过了。怎么样？明天你们打算几点去，我家就住在酒店附近。怎么样？我的车就包给你们了，价钱可以商量。"司机热情地转动了后视镜的角度，对着方遒不停地使眼色。为了证明他的驾车技术有多么优秀，他特地在川流不息的车龙中来回穿梭。吓得方遒紧紧地抓住身边的车门把手，目不转睛地盯着前方。

汽车稳稳地停在酒店门口，方遒和蒋颖匆匆付了车钱。他本打算谢绝车主的好意，可盛情难却，方遒只得收下车主的名片，答应他晚上回电。

"目标已经进入酒店，他们答应明天坐我的车。"透过反视镜，司机确定方遒他们已经走进酒店，并拨通了电话。

"总长，目标已经进入了酒店。"西装革履的年轻人手持文件，恭敬地站在二得子的面前。

"他们住几号房？"

"1104和1105，就在我们楼下。我们安排的司机也赢得了他们的信任，明天应该会坐他的车出发。"

二得子细细品味着手中的茶水，阴沉沉地说："我要的不是应该，而是肯定！"

"是。"年轻人挺直身子，"我们查到了那个叫李洛文的在上海的行动，他似乎对一个女孩子很感兴趣，这里是那个女学生的资料。"年轻人将手中的文件递给了二得子。

"李洛文现在在哪儿？"

"绍兴，刚到。暂时没有异常行动。"

李隐之，女，22岁，师范大学经济系学生，1984年4月8日生于绍兴市。父母随后移居上海，父亲李子祥现供职于某公司，母亲萧若退休。

"似乎没什么特别……"二得子看着资料和相片，喃喃自语。

"表面上的确如此。"声音突然变得苍老而沉重。

二得子惊恐地扔掉手中的资料，"噌"的一下站了起来。由于站立的匆忙，二得子只感到眼冒金星。不过他来不及闭眼，额头上已经渗出了冷汗。"局……局长，您什么时候到的？"

"刚下飞机。"

面前的老人，看似弱不禁风，却坚定地站在二得子的面前。局长素来衣着简朴，不讲排场。解放后窜升上来的一批接班人中，还能保持深居简出的习惯，着实很不容易。就像他的装束一样，他的性格决定了他沉稳、不露声色。更重要的是，他并不是一个热衷于角逐权利，却甘心为政治的利益牺牲的人。所以，这恰恰决定了政治命脉实际上正是掌握在像他这样居于幕后的傀儡师的手中。

"在房间里待久了，外面发生的事就很容易被忽略了。二得子，这可不像你已往的作风。"

"局长，我……"二得子艰难地吞咽着口水，嗓子里的燥热折磨着他的意志。局长虽然年迈，可比起狼劲来，绝对比他厉害百倍。这个世界上最不能得罪的，就是像局长这样没有心肝的人。

"那个女大学生看似没什么特别，但是今天她也到了绍兴。"

"绍兴会稽山'千岩竞秀，万壑争流，草木蒙笼其上，若云兴霞蔚'。这里文化积淀深厚：三过家门而不入的华夏立国始祖、治水英雄大禹，其封禅、娶亲、计功、归葬都发生在会稽山，留下了世代祭禹的圣地——大禹陵；秦始皇统一中国后'上会稽，祭大禹'，对这座出一帝一霸（越王勾践）'天子之气'和'王霸之气'的会稽山表示敬意；汉以后这里成为佛教胜地，阳明洞天为道家第十一洞天、十七福地；香炉峰为佛教胜地，至今香火旺盛；唐代时是浙东唐诗之路的门户；明代大儒王阳明（守仁）在此筑室隐居，研修心学，开创了'阳明学派'。

"近年景区投资两亿多元人民币，相继建成了国内鸟类饲养品种和数量最多的百鸟乐园、水中树景、九龙坛、无极水道、祭祀神道、祭禹广场等景点。景区总面积达到5平方公里，绿化覆盖面积达85%，以大禹陵、百鸟乐园、炉峰禅寺为三大核心景区。另有名山文化区南镇庙、相衍四千多年姒姓人守陵和宛委山阳明洞天、休闲服务中心等将陆续推出。后面的游客，请跟上。"

"你打算一直跟着这个队伍？"蒋颖翻阅着地图，慢吞吞地走在队伍的最后。方遒也只得放慢速度，一边留意蒋颖，一边跟着前面的队伍。会稽山脚下人山人海，稍不留神就会和朋友失散。登山者和下山者自然地分成两队人流，将一条尚显宽阔的走道挤得水泄不通。

"我刚才打听了一下，"方遒提高嗓门，音量尽量压过周围熙熙攘攘的人群，"这支队伍是奔兰亭去的，跟着他们至少不用担心迷路。"

周四，天晴。方遒和蒋颖早早地沿着市区公路向南前进，来到了会稽山脚下。昨天相识的司机殷勤地将他们送到目的地，甚至还表示他会再回来接他们。他们在山脚下的烟纸店里买了幅山区的地图，便信心满满地混入了人群。

蒋颖手搭凉棚，无奈地看着方遒："我还以为我们应该直接去山的另一面。兰亭我来过好几次了，即使不跟着队伍也能找到。我看我们还得直接切入正题，刚才我研究了一下地图，从这个地方应该能转到兰亭的另一面。"

"喂，你在听我说话吗？"

方道背对着蒋颖，神情严峻地环视着身边的人群。登上山以后，他始终觉得忐忑不安，好像有人在暗处窥视着他。这样的感觉让方道很不自在，有时候甚至觉得皮肤有些瘙痒。他不知道是否能用"敌人"这个词来形容那些窥视者，可是很明显，有一群或者更多的身处暗处的人注视着他。他们没有像对待老刘那样对待自己，而是任凭他继续前进。在到达终点之前，他们不会轻举妄动。

"怎么了？"蒋颖拍了拍方道的肩膀，将他从想象中拉了回来。

"没什么。"方道转过身，抱歉地耸了耸肩膀，"只是感觉好像有人在跟踪我们。可人海茫茫的，什么也看不见。"

"是你说的那个李洛文？"

"就照你说的路走吧，今天说不定还有好多事要干。"方道扯开话题，带头向前走去，他不想给蒋颖再带来任何的危险和不安。记得清晨来到酒店的餐厅时，蒋颖已经兴致勃勃地坐在那里，见到方道便热情地招招手，方道则显得犹豫不决。在认识他以前，蒋颖应该是一个工作无忧、爱情甜蜜的都市白领。平淡的生活，是她幸福的保障。可是，自己带着一幅字画闯入了她的世界。紧接着，接二连三的怪事发生在她的身上，就连那份工作恐怕也难保得住了。

蒋颖没有被他的忧郁所感染，早餐时，她滔滔不绝地讲解了对于兰亭、对于会稽山的认识。而且，她已经拟定了一套切实可行的方案。

"顺着这条路下去，周围的游客会越来越少。我们也要打起十二分的精神，万一出什么事，旅游局的人可不会对我们负责的。"

两个人一前一后，悄悄地离开继续攀登的队伍，隐没在郁郁葱葱的山林间。波澜壮阔的山峦跌宕，突然置身其中，别是一种风味。进入未对游客开放的林区后，路标渐渐少去。蒋颖只得从背包里掏出指南针，一边参照着地图，一边慢慢地辨认着方向。

"这样真的能行？"方道手忙脚乱地拨开横七竖八的枝杈，眼睛却一直小心的盯着地面。绝少有野地探险经历的他，每走出一步都像是经过深思熟虑，深怕下一步就会跌下无底深渊。

"直中要害，总比在外面转圈子的好。而且在这前后无人的地方，即使有人跟踪，我们也便于发现。"

"离开大路后，我们已经走了20分钟，好像没有人在跟踪我们。"

"似乎喜欢冒险的人并不只有我们俩。"蒋颖俏皮地伸手向前指去。

顺着她手指的方向，方遒隐隐约约地看到一个人影在晃动。由于树叶挡住了大部分的视线，很难辨别实际的距离。方遒突然感到脑门的神经迅速地跳跃着，他本能地握紧拳头，以便应付突如其来的变化。同时，他稍稍向前移动几步，把蒋颖拦在了身后。

"去看看。"

"万一有危险怎么办？"

一阵断续的救命声惊动了二人。方遒和蒋颖不约而同地向发出声音的方向看去，又对视了一眼。很明显，那是刚才他们隐约所见的人影的方向。那人似乎也感觉到了同类的存在，声音一阵高过一阵，逐渐在方遒和蒋颖的脑海中形成了模糊的印象。

"是个男人。"方遒肯定地说。

"走，去看看。"说完，蒋颖轻轻地按下了方遒的手臂，径直向前走去。

男孩艰难地背着女孩，徒步走了许久。每当希望逐渐渺茫时，他都会抬头看向前方。可是那样希望只会破灭得更快，迷失在偌大的山林中，即使身处旅游胜地，依然不会被人发现。背上的分量越发的沉重，脚步也越陷越深。距离上一次休息的时间越来越短，但体力也在更快地消耗。渐渐的，心里坚持的基石开始动摇。会稽山绝不像沙漠那般可怕，但果真迷失在密林中，依然是致命的。

终于，疲惫的他恍惚听到远处有人在说话。本能，呼唤他鼓起一丝勇气求救。为了自己，也为了背上的爱人。

"你们怎么了？迷路了？她怎么了？来，先把她放下来。"方遒迅速地扶着他背上的女孩，慢慢地将她平放在地上。女孩依然昏睡着，但尚有鼻息。方遒仔细帝打量着他们，二十出头，衣着时尚，典型的新时代大学生。

"她没事吧？"蒋颖温柔地拂去女孩脸颊上的乱发。女孩美丽的外表深深地打动了她，如果能有个像她这样的妹妹该多好。

"应该没事吧，可能只是昏迷。"男孩不确定地注视着女孩，双手依然拥抱着她，没有一丝的放松。

"先不说了，走，送她去医院。我看你也没怎么吃东西了。"蒋颖建议道。

"嗯。"方遒突然蹲下身，转过头说道，"来，我背她。"

"谢……谢谢。"男孩本想找到更贴切的话，可话到嘴边，竟然难以启齿。两个素不相识的人，就这样，在他们最无助的时候，意外地出现在他们面前。

"别客气，我们也正巧路过。"蒋颖托着男孩的手臂，搀扶着他跟在方遒的身后。

"局长。"情报人员严肃地站在局长和二得子的面前，眼睛直视前方，"方遒在山上发现了处于昏迷状态的李隐之。目前，他们正在下山的途中。"

局长眯缝着眼，安详地坐在沙发上，就像一个慈祥的老人，对于发生的一切都充耳不闻。

第二章 另一个世界

1. 绑架

从公墓回来后，就再也没人见过沈若诚。

秘书在他的办公室里慌张而又烦躁地反复整理着桌面上的文件。案头的电话一个接一个，几乎没有间断。周三，日程上排定了几个重要的会议，那都是和公司的重要客户洽谈的会议。董事长缺席，自然就意味着会议的取消。秘书不是没有应付过董事长突然失踪的情况，当沈若诚还是血气方刚的青年时，一夜间从北半球飞往南半球是常有的事。可这一次，就连和沈若诚形影不离的张栋勋也不知道他的去向。

张栋勋曾经当过兵，职业军人的感觉向来很准。但现在，他竟然感觉不到沈若诚的存在。他是在自己的写字楼里失踪的。他对张栋勋说的最后一句话是，"你先上去，我去一下洗手间"。他不会自动消失，虽然茜妮的死对他的打击很大。如果说有人将他带走，在这幢监视严密的大楼里，要把一个成年人悄悄地带走而不被发现，完全不可能。但即便如此，沈若诚还是失踪了。

张栋勋反复查看着监控记录，已经不下百次。从沈若诚进入洗手间后，所有的摄像头就再也找不到他的身影。公司的其他员工先后也有几十个人出入。"等等！"张栋勋突然命令将画面定格在某处。他抓起内部电话，把后勤总监请到了监控室。

"这间厕所的清洁大约多久一次？"

"两个小时。"

"需要两名清洁工？"

"一般只有一个人。"

"需要这样一台推车吗？"张栋勋指着画面。

后勤总监凑近监控画面，眯着双眼仔细辨认。1分钟后，他拼命咽了几口唾液，说："这不是我们公司的推车。"

画面中，沈若诚进入洗手间后不到一分钟，一名清洁工便尾随而入。1分钟后，清洁工离开洗手间。5分钟后，一名清洁工推着一台推车进入洗手间。3分钟后，他推着车离开了洗手间。30分钟后，一名清洁工进入洗手间。

张栋勋懊恼地一拳砸在桌面上。画面中，只有仔细辨认，才会发现推车巨大的杂物篮在进入洗手间后，莫名其妙地微微鼓了起来。董事长真的被人绑架了！

后勤总监被告知必须对此事保守秘密。随后，他慌张地离开了监控室，为了调查在那个时段，究竟是谁在洗手间里进行打扫。张栋勋没有制止他，但他心里明白，那名清洁工早就消失了。

"张先生，现在……怎么办？几个会议已经通知总经理去应付了，可是……董事局紧急会议怎么办？"

鲁通海？张栋勋突然想起了这个人的名字。他记得原本今天没有董事局会议，可是，就在他陪沈若诚参加苏茜妮的葬礼时，鲁通海突然来电要求召开特别会议，而且还得到了多位董事的赞同。他突然发难，似乎早有预谋。张栋勋拨通电话，分派一名手下去调查鲁通海这两天的行踪。现在，心烦意乱的张栋勋顾不得这间办公室的禁烟令，焦躁地给自己点上了一支烟。

"张……先生。"秘书不安地看着眼前的这个男人，他的刚强的外形和表情，足以让所有女性感到安全。可是，本能的反应告诉她，现在，眼前的这个男人逐渐丢失了方寸。他的颤抖、他的恐惧，被包裹在硕大的躯体下。"您怀疑鲁先生？"

现在，任何人都值得怀疑。

"我们……我们报警吧。如果董事局会议开始，全香港马上就会知道董事长失踪，甚至被绑架的消息。那样的话……那样的话……"秘书越想越害怕，突然，她迅速地拿起了电话。

听筒里没有传出一点儿声音，秘书诧异地注视着那根粗壮的手指，坚决地按在键盘上："现在不能报警，我们还不知道究竟是谁绑架了董事长。如果报警的话，外面的那些员工一定会乱作一团。到时候，谁都控制不了这个局面。你继续留在这里应付电话，如果有人问董事长去了哪里，就说他在陪父亲。至于董事局那里，我去。"

门合上前的瞬间，张栋勋不假思索地回头说："绝对不能报警！"

眼前漆黑一片。我究竟有没有看见……不，我的眼睛是睁开的。这不是在做梦，我能感觉到。我在哪儿？这里是什么地方？喂，有人在吗？谁能听见我。不对，我明明是在呼叫，为什么听不见自己的声音？到底是怎么回事？

一阵剧烈的头疼，仿佛两股截然相反的怪力撕扯着沈若诚的脑袋。记忆，脆弱得不堪一击。沈若诚尽可能地回忆之前发生的一切。茜妮，对了，我刚才亲自埋葬了她。我伫立在她的墓碑前，天上在下雨，浇湿了覆盖她的泥土。后来……后来我回到了公司，今天是星期三，如果现在还是星期三的话，我有很多会议要开。再后来，我上了一次厕所，然后……然后……

画面戛然而止。

"喂，有人吗，这是哪里？有人在吗？"

空气中弥漫着沈若诚撕心裂肺的吼叫。逐渐的，它从惊讶变成了恐惧。"栋勋，栋勋，你在吗？听得到我说话吗？喂……"陡然间脱离了三维的世界，没有时间，没有空间，绝对的黑暗。沈若诚剧烈地干咳着，他终于清晰地听到了自己的声音，空间内只有他的声音。

混沌中的第一道曙光，野蛮地撕开沈若诚的眼睛。仿佛每一个细胞都被扎入一枚钢针。沈若诚本能地沉吟一声，疼痛迅速蔓延到全身。

"沈先生，受惊了。"

强光前，勾勒了一个黑色的身影。

"你……你是谁？"沈若诚把头侧向一边，勉强地将眼睛眯成一条线。

黑影，依然看不清面容。他究竟是谁？如果是敌人的话……问题是，我的敌人是谁，谁是我的敌人？鲁通海？不可能，他再嚣张也不敢这样。还有谁……还有谁？！

"你无需知道我是谁，只要回答我的问题就行了，我要的是正确的答案。"

"你是谁，是谁？这里……这里是哪里？"沈若诚拼命地摇晃着头。他感觉到自己被紧紧地绑在一张椅子上，双手别扭地放在身后，粗壮的绳索深深地陷了进去。

"你派方遒去绍兴，为什么？"声音如同被齿轮挤压过，艰涩刺耳。

"你是谁？这里是哪里？"沈若诚依然不知疲倦地作着无力的反抗。

"我已经说过了，你只需要回答我的问题。如果你还听不懂我说的话，我只能让你去陪苏茜妮了。"

"茜妮？茜妮！是你杀了茜妮？！为什么？为什么……你究竟是什么人？我们在哪里结怨了？"听到苏茜妮的名字，沈若诚突然发疯地晃动全身，椅子嘎嘎作响。

"回答我的问题！我既然能找到苏茜妮，能找到你，难道就找不到沈百年了吗？！"

父……父亲？沈若诚的神经急剧地紧张起来："你要对我父亲做什么？你这个混蛋！"

"那就要看你是否合作了。你派方遒去绍兴，究竟是为了什么？"

他终于放弃了反抗，事到如今，身陷囹圄的沈若诚，已经耗尽了最后的体力。他无奈地垂下头，大口大口地喘着气："为了……为了长生不老。"

"很久以来，中国人都相信长生不老的传说。虽然记载中只有彭祖活到了800岁，可还是有无数的人为了获得长生不老的秘诀而四处奔波，我的父亲也是其中之一。父亲年轻的时候拜民国的一位历史学家为师。有一天，他听说了一个传说。唐太宗李世民虽虔心佛教密宗，但却更迷信道教，一直服用仙丹，希望长生不老。不错，他的笃信并非没有事实依据，在他的身边，李靖、尉迟功全都得道成仙，功成身退。另外还有一点，李世民酷爱《兰亭集序》，登基后历尽千辛万苦才从民间寻得真迹。随后，他却只肯将临摹本示人。据说，一位最早有幸临摹真迹的书法家死前对家人说，李世民要他们篡改了真迹的内容，但究竟是为什么，依然是一个谜。"

"由于家父年轻时家境显赫，终于有机会让他得到《兰亭集序》的真迹。但在文革时期，由于种种原因，最后还是遗失了真迹。家父说，真迹和现在的通行本只有一字之差，但他一直没有机会去验证。最近，我在大陆的密探汇报说真迹出现在了上海，被一个叫方遒的人拥有。所以……所以我请他来香港，目的是让他帮我去求证《兰亭集序》的一字之差和长生不老的秘密。"

2. 李隐之

韦廷钧草草地填妥了医院的表格，事实上，他只在姓名和联系电话这两栏中随便编造了点儿信息。方遒和蒋颖陪他们来到医院之后，他总算吃到了些食物。恢复了体力，警惕性也逐渐敲打着他，不应该留下太多的线索。

"没关系吗？填了假信息。"在寂静的通向病房的走廊里，蒋颖跟随着韦廷钧。

韦廷钧双手插在裤袋里，低着头默默前进："可能是我太神经质了，但是，我不想她再受到任何伤害！"

两人在女孩的病房门前并排坐了下来。"那我们呢？如果我没猜错的话，你似乎没有打算对我们也隐瞒。因为我们都是上海人？"

"这一切，已经……已经超过了我这个年龄所能承受的极限了。再找不到可以信赖和帮助我们的人，我怕……我怕我……"他那颤抖的双手紧紧地攥成了拳头。韦廷钧尽量克制着自己的情绪。这几天来，抑郁在心中的压力正在作最后的努力，想要冲开堤口。

"医生刚走，说她没什么大碍。"方遒走出病房，坐在他们的对面。

蒋颖的手扶着韦廷钧的肩膀，希望能帮他恢复平静。虽然年龄相差不到10岁，可尚未离开大学的韦廷钧显然没有太多的社会经历。两个之前还过着无忧无虑生活的大学生，怎么会突然迷失在山林里？他们的麻烦，真够棘手的。

"她是你女朋友？"

"以前是。她……我们分手了。"韦廷钧略带着涩地转过头，避开了方遒的眼神。方遒没有蒋颖那样的细心和观察力，所以，他决定做一个听众。

"那时，我们的感情还算是不错。后来，不知道什么原因，我们分手了。就这么简单，我都没有任何准备。可能是我不争气，不够聪明。可能……我并不适合她。但不怕说出来让您笑话，直到现在，我依然爱着她。"

"前不久，我突然发现学校附近多了几个奇怪的人。而且，听说他们都在打听隐之的消息。对了，我忘了介绍，她姓李，叫李隐之。虽然她现在只把我当普通的，甚至有些陌生的同学，但我还是很关心发生在她身边的事。我从学校旁边的几个店铺里得知，那些人只是在找我们学校是否有这样的人，其余的，他们没有透露任何细节。不过和他们接触过的店家告诉我，那些人很奇怪。"

"怎么奇怪？"出于好奇，方遒急不可耐地开口问道。蒋颖埋怨地瞪了他一眼，示意韦廷钧继续说下去。

"他们的脸色都白得出奇。"韦廷钧深吸一口气，仿佛那是多么恐怖的故事。他却不知道，这个故事对于方遒和蒋颖来说，似乎更加的恐怖。两人不安地对望一眼，蒋颖微微摇头，要他再忍耐片刻。

"出于担心，我曾问过隐之是否在外面遇到了什么麻烦，可她的答案却是没有。怪事并没就此结束。从那以后，周围的同学突然开始流传隐之不是父母亲生的传闻。没人知道这个传闻是从哪儿开始的，但几乎所有人都把它说得煞有见地。可怕的是，我也逐渐地被这种传闻所动摇。我能感受到，隐之也是如此。因为我见过她的父母，说实话……他们长得的确不像。"

"后来的几天，隐之的状态越来越差，总给人一种魂不守舍的感觉。我知道她被流言蜚语压得有些喘不过气来，可是，她却没有找人帮助或者倾诉，只是一个人默默地忍受。在我的不断追问下，她总算把堆积在心里的话说了出来。"

"从小到大，她始终有一个疑问，那就是为什么她和自己的父母长得不像。她小时候不懂事，也不怎么在意。上学后，渐渐成熟的她开始发现自己和父母的差别。她问过他们，可他们的回答却是父母和孩子未必会很像。她相信了他们的说辞，也因为他们对她的爱无可挑剔。这次的事又让她开口问了父母同样的问题。可是，他们的答案却是，她的确不是他们亲生的。"

"那是一次偶然的机会，隐之的父母去绍兴游玩。就在会稽山脚下，他们遇到了一个奇怪的男人。他们回忆说那个男人带着顶宽大的帽子，帽沿压得很低，根本看不清那个人的脸。他的衣着倒也没什么不同，就是有点儿不入流。当时他抱着一个襁褓，在一个隐秘的地方，拦住了隐之的父母。他自称是从陕西来找生活的，妻子在半路上生病死了，只留下这个刚满月的女儿。他实在无力抚养这个孩子，又觉得隐之的父母很慈祥，便忍痛想要把这个孩子交给他们抚养。隐之的父母见他虽然神秘兮兮，但不像个坏人，而且那个孩子也很可爱、健康。于是他们商量后，决定抚养这个孩子。作为交换条件，他们必须给孩子取名叫李隐之。巧合的是隐之现在的父亲也姓李，所以这个要求也被接受了。最后，那个神秘的男人希望隐之的父母答应他，孩子如果始终没有问起亲生父母的事，他们可以一直保持沉默。但如果她在成年后问起了关于亲生父母的事情，就必须告诉她实情，并尊重她因此所作的一切决定。"

"20年来，隐之的父母始终小心地保守着秘密，而隐之似乎对他们没有血缘关系这件事也没有过分地察觉。直到这次，他们为了遵守当初的诺言，不得不将实情告诉了隐之。他们不知道关于隐之亲生父亲的更多的细节，除了在会稽山脚下遇到他外，只记得他在转交襁褓时露出的一双手是雪一样的白色。"

"即使在那一刻，隐之也没有想要寻找亲生父亲的念头。我了解她，她最讨厌没有责任心的人了。对于那样的男人，她不会有任何想要寻找他的冲动。直到昨天，隐之遇到了一个人，从那一刻起，她甚至没有回家收拾行李，就匆匆去火车站买了车票。"

"那个人是在校园里直接拦住隐之的，他30岁左右，长得……就那样吧。他衣着入流，一看就感觉像是个流里流气的商人。只是，这个人的脸色白得简直不像个正常人。当时在校园里还引起了一阵小小的骚动，不过他倒不在意，只示意隐之跟他上车就行了。关于他们谈话的内容，我不知道，隐之也没告诉我。然后，就像你们看到的，我们昨天到了绍兴后，就直奔会稽山。在遇到你们之前，我们已经在山上绕了一整晚。"

蒋颖和方遒默默地听完他的故事，一个传奇的寻找亲生父母的故事。如果不是因为其中的异常，蒋颖或许会感动世界上竟然还有如此感人的事情。白色皮肤的人，他们一而再地出现在韦廷钧的故事里，不得不让方遒和蒋颖将自己的故事和他的联系在了一起。不可能凭空出现那么多白色皮肤的人，他们一定来自同一个地方，隶属于一个组织，或者服务于一个团体。

一阵刺耳的尖叫声从病房里传了出来，同时钻入三人的耳中。韦廷钧抢先绕过蒋颖，打开房门直冲进去，蒋颖和方遒也在随后紧跟而入。

李隐之颤抖地蜷缩在床上，喃喃自语。看到韦廷钧站在自己面前，才稍有些放松。但随即，她又因为方遒和蒋颖的出现，微微低下头，移开了自己的视线。

"隐之，出什么事了？"韦廷钧关切地凑近身子，仔细观察着李隐之身上可能出现的变化。

"不，没什么。我们这是在哪里？"李隐之注视着韦廷钧，又偷偷地看了一眼他身后的两个人。

"这里是医院，你在山上昏迷了很久，是他们帮我把你送来的。他们是我们的朋友。"

朋友？李隐之疑惑地看着这两个人。刚刚从昏迷中苏醒过来，使得她的头多少有些肿胀。稍一用力思考，便会头晕目眩。蒋颖倒了杯水，递给了蜷缩成一团的李隐之，温柔地微笑着："你好，我叫蒋颖，他是方遒。之前在山上发现你昏倒了，现在没事了吧？"

"嗯。"李隐之接过水杯，依然不敢正视蒋颖的眼睛，"我想我好些了，就是还有些头疼。"

"隐之，"韦廷钧紧咬牙关，不知如何开口，"刚才，就在你昏迷的时候，我把发生的事情告诉了他们。他们也是从上海来的，而且，我真的不想看你再这样盲目地受苦了。这不值得，不是吗？"

"我们可能遇到了同样的麻烦。"许久没有开口的方遒，终于说话了，"恕我冒昧，你能告诉我关于在你离开上海前，也就是昨天，你遇到的那个白色皮肤的男人的情况吗？"

李隐之诧异地盯着方遒，又转向了韦廷钧，他此刻早已满脸通红。他知道李隐之为什么看着他，他说得太多了，几乎把关于她的隐私全告诉了别人。虽然她知道这是韦廷钧的好意，可女孩子天生保护隐私的特性再次体现了出来。

"那个人大约30多岁，身材特别高大，几乎有一米九。他没有过多地介绍自己，只是说他是我亲生爸爸的朋友。他说他姓李，好像叫李洛文。"

方遒在病床的另一边坐了下来。在蒋颖的认可下，他开始把从上周日开始五天内发生的事情一五一十地告诉了两个比自己还年轻的孩子。而他们在故事跌宕起伏的过程中的表情，远比之前方遒和蒋颖听他们的故事时的表情要来得夸张。

"现在看来，这个李洛文非但关心古董，还是个公益心很强的热心人。他致力于帮助孩子找寻亲生父母。"为了缓和两人的情绪，方遒故作幽默地开了个玩笑。

蒋颖干咳了一声，吸引了大家的注意："如果作一个大胆的假设，发生在我们四个人身上的事情，会不会源于同一个起点？"

韦廷钧张大嘴，想说些什么却发不出声音。这一切，已经远远超出了他在课堂学到的知识。这是在拍电影，还是小说的情节？

"我的推测是，李洛文过分地关心那幅《兰亭集序》以及方遒的行动，甚至多次暗示或打听方遒会不会来一次绍兴。可是，他没有参与到方的行动中。李洛文将他知道的作为诱饵，试探方究竟知道多少，又或者是……他将来能知道多少。这的确是一个奇怪的想法，可李洛文同样奇怪的言行，不得不让我觉得他知道的关于《兰亭集序》和发生在它背后的故事要远远多于我们中的任何人。他究竟是个酷爱启发，善于诱导的老师？还是内心真正担心我们会知道得更多呢？另一方面，在星期三李洛文回上海找到李小姐前，其他白皮肤的人已经对你展开了调查。也就是说，他的行为早有预谋。他的上海之行就是为了找到李小姐，并且告诉她自己的身世。从这点上来看，我们不妨认为李洛文是受到了你亲生父亲的委托，而他自己也许因为各种原因无法亲自来和你相认。"

"可是……"李隐之的头疼渐渐消退，但更多更复杂的事情又让她觉得云里雾里。

蒋颖礼貌地打断了李隐之的疑惑："我接下来要说的是另一个关键，绍兴这座城市巧合地成了我们相识的地方。更巧合的是，我们竟然会在会稽山上相遇。

如果说在公众景点遇见还能凑合地说是巧合，那在远离景点的深山里又该如何解释呢？"

"这个，那位李洛文先生交给了我一张地图，说只要找到标记的地方，就能找到我的亲生父亲。"说完，她示意韦廷钧拿出那张地图。站一旁的韦廷钧早已听得目瞪口呆，此时，他才猛然回过神来。

蒋颖露出了胜利的笑容："果然不出所料，能够将发生在我们身上的事件联系在一起的，除了那个奇怪的李洛文别无他人，正是这里——会稽山阳，兰亭的另一面。所有的谜底的揭晓，就从这里开始。"

"精彩的推理。"局长赞扬地鼓掌示意。

二得子不置可否地跟他轻轻击掌："局长，您认为她说的话可信？"

"至少我们的人掌握了那么多信息，却没得到个像样的解释。"

二得子吃了个闭门羹，只得悻悻地缩回了头。

"从目前的情况分析，这个叫蒋颖说的话应该是正确的。看来，我们或许应该改变一下作战策略。"

二得子敬畏地看着局长。他担心说错话会激怒这个喜怒无常的局长，到嘴边的一句话只能硬生生地吞咽下去。

"和那个女孩子比起来，这两个成年人毕竟是不安定因素，甚至可能直接危害到我们的计划。既然我们大致确定了他们要找的目标相同，那么干脆先把方遒和蒋颖看管起来，由这个小女孩去接近目标，即使计划失败，我们手中还是掌握着进一步行动的筹码。"

局长果然比自己高出一筹。在得知李隐之被方遒送到医院后，他竟然能在第一时间在李隐之的病房里安装窃听器。而且，窃听完他们的对话，又能那么快地布置下一个行动方案。作为始终充当局长左右手的二得子，依然望尘莫及。

不过，最让二得子恼火的倒不是自己能力有限，而是自"追日"行动开始以来，二得子却连行动的目的是什么都不知道。他先后收到了启用并消灭苏茜妮，监视并绑架沈若诚，监视方遒以及夺取《兰亭集序》真迹等任务。可以说，行动至今，一切的铺垫全都由他在完成，但局长就是对他只字不提行动背后的真相。

很明显，行动在比他能预料到得还要早的某个时间就已经开始进行。他充其量和方遒他们一样，只是整个计划的某个组成部分。二得子最初的判断，也许是诸如发掘秦始皇陵墓或者唐太宗陵墓之类的考古工作。但有迹象表明，行动开始前，局长曾多次被最高层召见，还似乎与军方要人往来频繁。一切诡异的行动都不得不让二得子多长一个心眼。

敲门声过后，随行人员将一份密封的文件递交给了局长："这是侦讯沈若诚的书面报告。"

"放着吧。"老人用力点了一下拐杖，颤抖的双臂支撑起整个身子，"人老了，坐久了腰腿就不舒服。二得子，我出去溜个弯，活动活动筋骨。"

目送着老人缓缓地走向门边，反手关上房门。二得子一头雾水地坐在沙发上，目不转睛地盯着茶几上的文件袋。千载难逢的好机会，他深知负责侦讯沈若诚的那些家伙都有些什么手段，再坚强的人也不可能不松口。

二得子艰难地挣扎着，如果让局长知道他偷看机密资料，一定会杀了他。可他转念又一想，局长明知道送来的是沈若诚的口供，却还置之不理，若无其事地出去散步，可见他对于文件并不感兴趣。换言之，即使局长知道自己曾经偷看过，也不会拿自己怎么样。或者说，局长根本就是在暗示自己可以看这份文件呢？

二得子终于站了起来，焦躁地在房间里来回踱步。偶尔，他还跑到窗边战战兢兢地掀起一点儿窗帘，探头向外张望。局长悠闲地在楼下散步，就像一个普通的退休老人，过着与世无争的生活。

他用力一咬牙，快步走到茶几边，拿起了文件。

长生不老？天啊，如果没有亲眼看过这份文件，二得子怎么也不会相信世界上竟然真的有长生不老这回事。沈若诚详细地说了自己的研究结果，每一句话，虽然透过冰冷的白纸，依然能感觉到它的真实性。难道，"追日"行动的目的是为了得到长生不老的秘诀？

一阵浑浊的咳嗽声从门外传了进来，二得子慌忙收起文件放在原位，自己却迎头走向门边，伸手紧紧地握住门把。

"总长，刚才忘了汇报，香港方面正在等待处理沈若诚的决定。"

"先把他关押起来，等候上面的命令吧。"二得子突然有个大胆的想法，他想再回一次香港。

3．胁迫

傍晚，韦廷钧垂头丧气地坐在方遒的房间里。过了探望时间，护士不耐烦地将他们三人赶出了李隐之的病房。虽然护士最后还是说了李隐之明天就能出院的安慰话，可韦廷钧的心里总是忐忑不安，觉得会发生意外。

方遒给他到了杯茶，在他对面坐了下来："放心吧，你的同学在医院里不会有事的。等姐姐梳洗完过来，我们就去吃点儿东西。一个晚上很快就会过去的。"他不懂得怎么安慰别人，只能尽量找几句听起来还顺耳的话。

韦廷钧依然不声不响地低着头。别说是一个晚上，就是一个小时他也待不住。现在，他正在琢磨怎么说服隐之和他回上海，他一刻也不想待在绍兴。

"我猜你们一定逃课了。"闷了半天，方遒终于又打破了僵局，"你们打算怎么办？如果离家太久，又会有不必要的麻烦。"

"回上海。"韦廷钧抬头看了看他，又迅速地把头埋在了胸前。

"不错的提议。"方遒在心里默默地重复了几遍同样的话，回上海，如果没有发生这一切，他又何尝不想回上海呢？他尴尬地望着墙上的镜子：他实在不擅长和人沟通，再加上韦廷钧石佛似的坐在那里，一副拒人千里的表情。现在他只期待蒋颖能早点儿过来。化妆，真的要占据女人很多时间吗？

"你觉得那个白脸男人是坏人吗？我们都只是普通的大学生，社会关系简单……"这次轮到韦廷钧打破僵局，这也是憋在他心里许久的话。

"这个我也不知道，我觉得他是个奇怪的人。至于恶意，目前还看不出。如果是我，应该会因为能避开他而高兴吧。"

"我也这么想。"韦廷钧的头深深地低了下去。

急促的敲门声，方遒觉得很奇怪，明明有门铃，为什么还要敲门呢？不等门完全打开，蒋颖便迫不及待地冲了进来，几乎撞在方遒的怀里。进门后，蒋颖随手迅速地关上了房门。"快打开电视。"她冲着坐在电视旁边的韦廷钧喊道。

"出什么事了？"跟在她身后的方遒大惑不解。

绍兴电视台正在播出一条特别新闻，让在座的三个人震惊的是，新闻的主人公正是他们自己。新闻指出，最近查获一个倒卖古董的地下集团，其他与案人员都已抓获，只有三名主犯在逃。据可靠情报，他们已经流窜进入绍兴市，希望热心群众及时与警方取得联系。紧接着，三个人的照片和名字被清清楚楚地张贴出来。

"通缉犯？我们成了通缉犯！"方遒简直不敢相信自己的眼睛和耳朵。从小到大，他连个处分都没受过，现在竟一下子升级成了全国通缉犯。

韦廷钧也惊讶地跳了起来："隐之呢？为什么没有隐之？她会不会出事？"

"事情恐怕没那么简单。"蒋颖目不转睛地盯着电视机，"还记不记得星期一馆长找我谈话，说有人指证我参与古董走私。现在竟然被立案调查，看来那个想整我的人又要开始下一步的行动。但是……"她顿了顿。"那一天本来是个好机会，但为什么不索性将我抓起来，而要等我来了绍兴再行动呢？"

"也许他暂时没有掌握足够的证据？"方遒想了想，开口说道。

悦耳的门铃声，三个人吓了一大跳。

透过微小的猫眼，一张苍白、变形的脸映入眼帘。李洛文再次按动门铃，略微有些不耐烦。

"是李洛文！"方遒回过头，一脸惊讶地望着蒋颖。蒋颖表情严峻，下巴微微上扬，示意方遒开门。

李洛文并不客气，房门被开启之后，便径直朝里走去。在蒋颖的示意下，在一张沙发上坐定。

"李先生？"方遒木木地跟了进来，显然不知如何是好，"我给你介绍一下，这位是……"

"不必了。"李洛文无理地挥动手臂，制止了方遒的介绍，"蒋小姐，还有这位韦先生，我对各位已经略有耳闻。"

由于李洛文粗鲁地阻止，方遒只能尴尬地看着蒋颖。出乎他意料的是，面对李洛文的有备而来，蒋颖没有表现出丝毫的惊慌，反而镇定自若地坐着，似乎对于李洛文的出现早有准备。

"既然李先生对我们知根知底，那么就开门见山地说明来意吧。"蒋颖神情专注，伸手做了个"请"的姿势。

"希望你们能离开你们的同伴——李隐之，我会为你们安排最快的飞机回上海。以后再也不要想起这个人，再也不要靠近绍兴半步。记住，这不是请求，而是要求，你们应该知道目前自己的处境。我不喜欢和警方有什么不必要的联络，但假如你们不合作，我只能报警。"李洛文狠狠地瞪了他们一眼。

"这一切都是你的杰作？"

"那倒不是，我也是在机缘巧合下才看到关于你们的新闻。看来，你们得罪了不少人。"

为了扭转不利的局面，方遒学着李洛文说话的语气，阴沉着脸说："如果我们拒绝呢？"

"方先生，我想你还是会错意了。在目前的状况下，你们没有选择的权利。"

突然，出乎所有人的意料，始终坐在一旁不声不响的韦廷钧忽然从椅子上跳了起来，猛地朝李洛文扑了过去。说时迟，那时快，就在方遒和蒋颖刚有所反应时，李洛文迅速侧转过身，让韦廷钧扑了个空。正当韦廷钧扑到他身边时，李洛文攥紧拳头硬生生地照着韦廷钧的小腹打去。沉闷的声音过后，韦廷钧痛苦地倒在地上。

"我坐在这里，就已经是给你们机会了。无谓的反抗，只会让事情变得更难以收拾。"李洛文整理着有些褶皱的西装。

在方遒的搀扶下，韦廷钧艰难地从地上坐了起来。他心有不甘地捂着肚子，断断续续地说："你究竟是什么人，要对隐之做什么？"

李洛文从上衣口袋里掏出个信封，扔在身边的茶几上。随即站起身，朝门外走去："记住我说的话，拿上机票，马上离开这里！"

"你这个混蛋，给我站住！"韦廷钧痛苦地嚎叫着，李洛文关上门，悄无声息地消失在走廊的尽头。

电梯门在一楼缓缓地打开，李洛文压低了帽沿，抬脚走出了电梯。侧身避开了迎面走来的一个拄着拐杖的老人，李洛文匆匆地向门外的一辆轿车走去。

老人迟钝地走进电梯，按了个数字键，电梯门再次缓缓地合上。

"人呢？"老人拄着拐杖站在客房门口。客房里空无一人，只有方遒和蒋颖的声音传了出来。

"刘总长说他有点儿私事要办，先走了。他说回来后会向局长解释的。"

"楼下的人有什么动静？"

"就在刚才，有人进了他们的客房。他们之间的谈话内容是，那个人希望方遒等人尽快离开绍兴，否则就向警方报案。"

"有录音吗？"

"马上给您送来。"

"医院那里呢？"

"派出去的人会在今晚和李隐之接触，将局长的意思传达给她，随后就能向您汇报。"

"原封不动地传达我的话，明白吗？"

"是。"

护士轻手轻脚地走进李隐之的病房，李隐之正全神贯注地注视着窗外。夜幕早早地降临到这座城市，隔着反光的玻璃，几乎看不到什么景致。只有映衬在蓝色夜空中的黑色幻影不停地舞动着，迎合着微弱的风。

李隐之静静地看着窗外，丝毫没有察觉护士的出现，她无非是来更换些药物之类的。现在，她倒有些想念韦廷钧了。虽然自己对他已经没有感情了，可是在这件事上，他的确帮了自己不小的忙。如果不是他一直陪在身边，自己恐怕早就死在山林里了。为什么自己始终还是个懦弱的女孩呢？她坚持要去寻找亲生父母，可到头来，还是得依靠别人的帮助。现在韦廷钧也不知去了哪里，无意间，已经严重地影响了他的生活，牵连了他，拖累了他。她不想做别人的拖油瓶，一直以来总想不断地给自己机会独立。可是，究竟是性格使然还是别的什么原因，她总是不自觉地在走每一步时寻求着依靠。

"跟我走，女人。"

李隐之没料到护士小姐突然间说了这么一句话。她转过头，诧异地望着面前的人。那个人年轻貌美，穿着一套合身的护士服。可是，娇美的脸庞上却是一双冷酷无情的眼睛，直勾勾地盯着李隐之。就在她六神无主想要开口说话之际，面前的护士小姐又一瞪眼。

"不准说话！"护士死盯着她的眼睛，目光中透射着凶残，但又好像有魔力似的，紧紧地吸引着李隐之的双眼，让她无法逃避。

"你只能回答'是'。要是说了这句以外的话，我就杀了你。"护士顿了顿，继续说道，"不只是你，你的伙伴也一起。"

她正在享受着李隐之恐惧的表情。那颤抖的身躯、瞪大的眼睛，还有隐隐可见的吞咽口水的动作。李隐之的任何恐惧，都能给她带来无限的兴奋。局长真的选对了人，她爱做这份工作：威胁、恐吓。

"什么都别问，什么都别说，你不具有任何权力。握在你手中的，只有掌握同伴性命的断头台的绳索，仅此而已。要搞清楚的是，这不是交涉。"

李隐之已经被吓得丧失了任何行动的能力，她只能眼睁睁地看着眼前的女人，听着自己越来越浓重的呼吸声。

"跟我走，女人。这是命令。事实上，有人想要见你，而我只是负责将你毫发无损地带到他那里。不过，我会给你12个小时的缓冲时间。这段时间内，我允许你只和一个人道别。但是，如果被对方发现的话，马上视为违抗命令。"

护士的手里不知什么时候多了一张纸条，她随手将它放在桌上："12个小时之内，处理好所有事情，然后到指定的地点来见我。记住，你能亲自和他道别的，只有一个人。"

李隐之还是无法将眼睛从门的方向移开半步，即使那个神秘的护士已经离开。之前发生的一切，就像是一场梦。瞬息万变，她就连大声喘口气的时间都没有，更别说思考了。那个人总算离开了病房，留给了她思考的空间和时间。

她到底是谁，究竟在说些什么？毫无疑问，有人想见我，便派来了一个传话的人。会是李洛文？不可能，他如果想见我的话，不会拐弯抹角。但除了他，又会是谁呢？从小到大，除了把自己视如己出的养父母外，她很少受到别人的重视。可她怎么也不会想到，就在自己进入大学的这一年，竟然有人以威胁的口吻想要见她，还以自己的朋友做筹码，会不会是刚才和廷钧在一起的那两个人？

再仔细想想，也不尽然。那两个人看来不像是坏人，而且他们想要见我，也不会通过这种手段。朋友，她记得廷钧是这样介绍他们的。朋友，她又开始揣摩刚才那段话的另一部分。12个小时，只能和一个人道别。否则，同伴就有生命危险。她不断地询问着自己，究竟该怎么办？刚才那个女人的眼神至今还浮现在她的脑海中。这种眼神，绝对不会是在说笑。而且，李隐之也绝不敢拿别人的生命开玩笑。一个女孩子，连杀鸡都没亲眼见过，更何况是杀人？她多想找个人商量，可对方却禁止她这样做。显然，对方有能力监视她的行动。她只有一个机会，和一个人道别，但即使有12个小时的准备时间，她还是不能在道别时让对方洞悉她受到了胁迫。

那个神秘的护士，无形中控制了李隐之的思维。她渐渐地开始动摇，到底要不要听从他们的命令呢？从小生活在嘲笑中，李隐之变得有些自闭。她不想寻求别人的帮助，就好像她不想给别人添麻烦一样。小学时每天去学校前，她都会提醒自己别招惹别人，别给别人添麻烦。没人注意她，就没人嘲笑她。这一天就算是平静地过去了。

即使有像韦廷钧那样甘愿为她做一切的人，她也会选择退让和回避，更何况这次是用他以及另外两个不认识的人的生命作为代价。她不是个坚强的女孩儿，却偏要装作很坚强。现在，她再一次作出了自己的决定。

李隐之顺手拿起床头柜上的手机，想了想，然后拨通了韦廷钧的电话。

4. 胁迫之二

千里之遥，两个多小时后便化为乌有。二得子没心思感慨一番，而是径直上了停在机场的专车。

"总长，没想到您这么快就回来了。"

"我要见沈若诚。"

秘书略略有些迟疑。二得子皱着眉头，不安地问道："他怎么了？"

"没，没什么。"秘书赶忙解释，道"他很好，只是不知道现在还清醒吗？"他冲着二得子笑着，暗自祈祷不要受到任何斥责。

"叫他们快把他弄醒。"二得子不耐烦地吩咐道。香港夜晚的湿气让他有些难受，膝盖的关节炎又有些隐隐作痛，"记住，以后下手轻点儿。"

秘书二话不说，赶忙掏出手机，对着电话那头叮嘱了一番，务必要让沈若诚在清醒的状态下迎接总长的到来。

长生不老，这是真的吗？

原来以为把知道的全说出来，或许还能得救。沈若诚艰难地睁开双眼，自己还是被关在一个漆黑阴冷的地方。手脚被绑，浑身疼痛，就快要散架了。想想也是，又有谁会相信这种荒唐的传说呢？

他已经放弃了呼叫喊冤，可是被关押了那么久也没人来搭救他。原先他还幻想着，按照他在香港的地位和身份，一旦失踪几个小时就会有人来找他，更何况有忠实的张栋勋在。但现在一点儿迹象也没有，这只能说明绑架他的人的实力远在自己之上。

铁质的牢门应声打开，沈若诚感觉被一把巨大的钳子挟住了双臂，并被用力地拖了出去。

"放我出去，放我出去！你们是什么人？！"

"闭嘴！"沈若诚的脸上，又被人结结实实地踹了一脚。

模糊的视线中，他又回到了最初审问他的地方。凭借开关门时些许的光线和满身的伤痕，他深刻地记住了这个房间。然而，这次一束强光正对着他的座位，刺眼的光让他无法睁开双眼，只能勉强地扭过头。

"沈先生，让您受苦了。属下照顾得不周，还望多多见谅。"

"你是谁？你们问我的，我都已经照实说了，你还要怎么样！"

"我要你再说一遍。"二得子躲在台灯背后，仔细地打量着沈若诚，实在有些为他可惜。如果不是触碰到了些敏感话题，他应该是个更有作为的企业家，而且之前北京对他的评价还是很高的。可是，这就是政治。在政治的面前，谁都可以去死。

"你凭什么肯定这个世界真的有长生不老之术？"

新添的伤痕，没有为二得子增加任何新的信息。他一把推开面前塞满烟滤嘴的烟灰缸，不耐烦地扯了扯衣领子。沈若诚无力地耷拉着脑袋，二得子知道，再也不会从他嘴里得到什么有价值的东西。

看着审讯记录，二得子也很难说服自己相信这一切，长生不老的传说，有可能会是真的吗？而且，种种迹象表明，关于他父亲交给他的东西，沈若诚自己也没找到任何实际证据。他曾经去过图书馆，也派人在内地打听消息，但得到的信息比他手头拥有的更少，而且只是些普及性信息。所以他才千方百计地找到方遒，请他帮忙发掘秘密。

谁都没有掌握关键性的证据，包括局长在内，这让二得子看到了一丝抢得先机的希望。这时，二得子情不自禁地想起了美丽的苏茜妮。他不无扼腕地叹了口气，说："苏小姐知道吗？"

沈若诚闷哼了几声，虚弱地抬着头。他已经适应了面前的强光，眼睛麻木地盯着光源："她已经死了，求你们别再骚扰她了。"

门外，二得子掏出了最后一支烟。青烟缭绕，他似乎有些出神："沈若诚的家有没有搜查过？"

"我们秘密潜入过几次，但都没什么收获。唯一得到的笔记之类的东西，全都上交了。"

"秘密潜入？"二得子有些不明白，嘴里嘟囔着。

"总长不在香港，可能还不知道。沈若诚失踪后，他的一个叫张栋勋的手下便秘密地在香港甚至全世界范围内调查他的下落。目前虽然没有在社会上引起反响，但他已经邀请了香港和台湾的黑社会，希望他们能给予帮助。至于沈若诚的住宅，虽然已经人去楼空，但张栋勋还是派人看守着别墅，严禁闲杂人等擅自靠近，所以我们只能在晚上悄悄地溜进去。"

"有没有关于苏茜妮的发现？"

"暂时没有。"

"我想去看看她的房子，给我安排一下。"二得子掐灭了烟头，向走廊的另一边走去，"记住，我不想晚上去。"

苏茜妮的闺房，是他梦寐以求的。可惜，这里还有很多沈若诚的东西。虽然她已经入土为安，但二得子的心里还很不是滋味。他记得曾经为了挽留苏茜妮而向上级汇报过，可惜那时自己的地位也不高，并没有左右全局的能力。现在呢，依然如此。

他轻轻地拿起苏茜妮的一幅照片，端详着。她不应该死的，其实，她根本什么也没做，又怎么会触及敏感问题呢？

二得子伤感地坐在床沿，如果"长生不老"是真的，她能不能起死回生呢？纵然，长生不老和起死回生是两个概念，可丝毫的希望也能带给他无穷的动力。他暗暗发誓，一定要得到秘诀。

二得子漫无目的地在房间里走着，突然，他想起了茜妮有写日记的习惯。她是一个内向而感性的女孩子。这样的人不适合做间谍，但她又比同期的学生更坚忍不拔。她很矛盾，就好像她的双子星性格，又偏巧是属羊的。她一定会在日记里写点儿什么，可是刚才的检查，二得子并没有发现什么类似日记的本子。

他加快了翻寻抽屉和角落的速度，一个内向的人是不会把私隐的东西放在显眼的地方的。不过，他还是很快想要放弃卧室的搜查，这里几乎没有什么可疑。

最后一个抽屉，是苏茜妮床头柜上的。里面没有什么特别，只有一点儿女人的首饰，还有几样简易的化妆品。推上抽屉，二得子略微迟疑了一下。抽屉里没什么东西，可是合上抽屉时却有些沉重。二得子又反复开合了几次，的确有些不同。

他好奇地蹲下身子，向抽屉里面望去，又伸手在抽屉的底部摸了几下。

女人的日记，总是藏在一些隐秘的地方。

李洛文平生第一次感到不安和恐慌：李隐之已经走出了他的视线范围。更讽刺的是，他又不敢公然派人寻找她的下落。之前，他接到那个人的电话，受到了严厉的斥责。那个人对于一位同伴的死和他们在公开场合多次暴露行踪深感不满，而这又不能换来他希望的结果——找到李隐之。现在，他更不敢再打电话给那个人，告诉他李隐之已经失踪了。派往医院附近的人报告说看到李隐之在很晚的时候悄悄地离开医院，还时不时地回头张望，好像生怕有人跟踪似的。但那时李洛文正在和那个人通电话，所以未能及时报告。他们只是看到李隐之独自上了一辆计程车，以后就没消息了。

而负责监视方遒一伙人的报告则说，他们略微乔装改扮后，匆忙离开了酒店，但至今没有迹象表明他们和李隐之的失踪有关，他们目前栖身在一个小旅社里。

她不是去找他们，那会去了哪里呢？天色已晚，不可能往山里走。也不知道这段时间医院里发生了什么，让她连出院手续都没办就匆匆离开？李洛文有些懊恼自己的肤色和普通人的差异太大，以至于很多时候都无法正常地出入人前。再有，如果当初冒险在李隐之的病房里安装窃听器，结果又会不同。可是，碍于李隐之特殊的身份，他不敢开口提出此类要求。

李洛文只感到脑袋沉重难支，伸手撑住了额头。是不是应该再利用一次方遒他们呢？或者只要那个叫韦廷钧的男孩就行。想到这里，李洛文顺手从桌上拿起纸笔，写上寥寥数语，又将纸折叠后交给随从，让他务必把纸条送到方遒下榻的旅社，但不要让任何人发现。

自己不能出面，就找别人。虽然现在韦廷钧同样不能在社会上曝光，可就凭他对李隐之的感情，让他赴汤蹈火都没问题。唯一的问题就是，他能不能如己所愿呢？

"我都说了我想去医院看看她，就一眼。"韦廷钧坐在小沙发上，怒气冲冲地看着方遒。方遒堵在门口，一副宁死不从的神情。

"可是现在形势不利，我们轻易露面，随时有可能被发现。之前在那家宾馆就是这样，我们几乎和找上门来的警察擦肩而过。"

"正因为这样，我更要去找隐之。她一个人在医院，随时都会有危险。"

"冷静点儿，听我说。你记不记得电视里是怎么说，报道中只有我们三个人的名字，但并没有提到李隐之。从这点来看，她很可能比我们安全。"

"这点我同意他的意见。"始终没有吭声的蒋颖说道。

"可现在她的手机关机了，就在她给我打了个奇怪的电话之后。那完全不是她的口气，会不会，会不会有人胁迫她？"

"冷静点儿，廷钧。"蒋颖尽可能地稳定住他的情绪，可显然无济于事。

"虽然我很感激你们救了我们一命。可是，可是，认识你们后我们反而更麻烦了。我们只是来找她的亲生父亲的，可现在，又是威胁，又是恐吓，我还成了通缉犯……"

大家都不再说话，蒋颖和方遒面面相觑，实在没什么可以反驳的。他们的确给这两个年轻人带来了更大的麻烦，虽然他们也同样救过他们。但无论如何，现在让韦廷钧出门，绝对是下下之举。门外指不定会埋伏着多少警察，专等他们的出现。

除非……

医院的来电，彻底改变了他们的计划。李隐之神秘失踪，医院方面自然紧张不已。可在韦廷钧看来，简直如同灭顶之灾。他冷冷地放下电话，满脑子只剩下一个念头——我要去医院。

方遒和蒋颖此刻也没了主意。商量之下，只能顺着韦廷钧的意思，乔装改扮，先去医院看个究竟。

值夜班的护士没有特别在意一行三人的装扮，她们已经吓得没了方寸，正在和闻讯而来的警卫说着话。蒋颖说明来意之后，那些护士才算安静下来。不过她们却反而闪避着蒋颖的眼神，不敢和她对视。病人失踪，这已经算是重大事故了，她们现在只是希望这个病人的家属不至于太动怒，又或者能尽快找到病人。不过显然，后者的可能性不大，所以她们才不得不打电话通知家属。而前者的可能性也很小，因为站在最后的那个人，虽然看不清脸，但却有怒火中烧的感觉。若不是被前面的另一个男人阻挡着，估计他已经扑了上来。

"护士，我们是李隐之的家人。刚才医院打来电话，不知道……"她有意只说一半，等着护士开口。

几个人面面相觑，互相推搡着，都想让对方开口。两个年轻一些的护士更是悄悄地伸手敲了敲一个看似老练的人，示意她来应付这一切。最后，那个可怜的护士只能苦笑着，抖抖索索地开口说话："之前打电话请你们来，是因为……因为出了一点儿小小的状况。病人李隐之她……她不见了。"

"小状况？病人失踪了在你们看来只是小状况？"冷不防，站在最后的韦廷钧突然冲到服务台前，吓得几个护士尖叫着直往后退。一旁的保安见状，赶忙上前一把抱住韦廷钧，生怕他做出什么过激的举动。

正当众人乱作一团时，不知是谁突然叫道"大夫来了"。只见一个身穿白大褂，三十岁开外的男人走了过来，混乱场面这才平息了下来。

大夫不说话，先是冲着三人微微一笑，随后才开口说："给各位带来不便，实在是我们的错。据护士报告说，她们的确有人看见李小姐独自一人走出房门。可当时以为她可能只是去厕所，所以并没有留意。直到后来定时查房，才发现她原来一直都没有回来。她们在她的床头发现了一封写给你们的信，至于人……"医生低头推了推眼镜，说，"很遗憾，我们还没有找到。如果李小姐至今还没有和你们联系的话，我建议或许应该报警。"

蒋颖顿了顿，说："医生，您刚才说有一封信？"

"噢，就是这封信。"大夫从白大褂口袋里掏出一张纸条。

不等大夫说完，韦廷钧就冲上去一把抢过大夫手中的纸条。

"廷钧：

谢谢你一直以来陪在我身边，鼓励我、帮助我。对于我的无法付出，我觉得我也不应该再接受你的好意了。毕竟，我们只是曾经的恋人。

还是让我独自去寻找亲生父亲吧。

放心吧，这完全没有别人的胁迫和诱惑，而只是出于我自己的想法。总有一天我要独立，面对自己的人生。你只需默默地祝福我，就足够了。

替我谢谢他们，救过我的那两个朋友。

回家去吧，别来找我了，我会平安的。

隐之"

"没人看过这张纸条？"

"没有，我们这里的医护人员都是禁得起考验的。"大夫一脸自豪地说，"如果需要的话，我们现在就能为您报警。"

蒋颖和方遒费劲地把韦廷钧往门外推去，一边回头说道："不用了，我们会想办法的。说不定她住不惯医院，去了附近的亲戚家。"随后，三个人顾不上身后一群诧异的人，急匆匆地消失在自动门的背后。

"为什么拦着我，不让我问个清楚？"韦廷钧沮丧地坐在路边的长椅上，愤怒地抱着头。

方遒和蒋颖面面相觑，只能在他身边坐下。方遒给蒋颖使了个眼色，叫她好好劝劝他。

"如果我们不走的话，警察来了就不好办了，我们现在可是通缉犯啊。"

"那隐之呢？除了我们，还有谁去找她？"

"这个……"蒋颖看了看方遒，说，"我倒有不同的看法。"

夜风轻素，韦廷钧的怒气渐渐平息了下来。

"如果我没估计错的话，隐之应该是被人胁迫的。"她没有理睬韦廷钧打断她，继续说道，"再仔细看看她留给我们的纸条，'这完全没有别人的胁迫和诱惑，而只是出于我自己的想法'，有谁会在平白无故的情况下写下这样一句话呢？唯一合理的解释就是，隐之在写纸条时用了逆反的思维方式，'没人胁迫'就意味着'有人胁迫'。"

"可刚才的医生说，只看到她一个人离开医院，并没有别人在她身边啊。"韦廷钧一边看着纸条，一边焦急地问。

"胁迫不等于绑架，只要有足够的威胁筹码，是可以让人自愿地跟着他们走的。"方遒插话道，"我估计对方应该是拿一些对她来说很重要的人的生命作为要挟，逼她就范。"

韦廷钧突然站了起来，用力地朝着身边的一个垃圾桶踢了上去："他们到底是谁，究竟想干什么！"

蒋颖疑虑地望着方遒，方遒却有些不解，不知道她正在想些什么。等韦廷钧停下来后，蒋颖再次开口："廷钧，有句话不知道当讲不当讲。你还记得之前隐之给你打了个电话吗？她都说了些什么？"

韦廷钧莫名其妙地看着她，说："她只是莫名其妙地说了些谢谢我之类的话，就没说别的了。听她的口气怪怪的，好像想说什么但又憋在心里。"

"她平时也会这样？"

"认识她以来，从没有过。"

"我怀疑那个时候已经有人威胁她了，所以她才会给你打电话，但又碍于某些原因，她不敢对你明说。可是……"蒋颖控制着语气，尽量显得比较缓和、平静，"如果真是如此的话，想一想，从她给你打电话到医院通知我们她失踪了，前后间隔多久？除去她离开医院到医生查房的时间，还有两三个小时。这段时间内，她除了应有的思想斗争外，几乎没做任何事情。没有呼救，没有报警，甚至在电话里也没和我们明说。另外一点，她是独自一个人离开医院的。她可以有足够的时间寻求帮助和保护，但她什么都没做，她就失踪了。"

　　"你的意思……"方遒难以置信地盯着蒋颖，他忽然想到了和蒋颖同样的问题。他的嘴唇微微开启，想发出声音却有些迟疑，嘴唇不自然地颤抖。

　　"不论对方对她如何威胁，但同样又给了她充分的考虑和准备时间。威胁的同时伴有自由，也就是说，隐之的决定并非完全出于被迫。"

　　韦廷钧孤零零地站在一边，他简直无法相信自己听到的。这两个曾经救过他们性命的人，曾经和他们有着共同目标的人，渐渐地对李隐之失去了信心。他很想反驳他们，可又无能为力。韦廷钧重重地叹了口气，双手紧紧地攥着拳头，像是作出了什么决定。

　　"该说再见了。我不想再麻烦你们和我一起找她了。既然你们不相信她，我也不便多说什么。保重吧。"说完，韦廷钧毫无征兆的一个转身，向着黑夜深处飞快地跑去。等蒋颖和方遒反应过来时，他早已经消失在夜色中。

　　两人面面相觑，不置可否。方遒抬头对着星空说："我们接下来该怎么办？"

　　"你们就跟我们走吧。"

　　身后，恐怖的声音突然刺入了他们的耳膜。

5．地底奇人

　　"某日，晴。成年后，日记突然有记不下去的感觉。倒不是因为生活在爱人的身边，凡事无忧，反而是因为生活在爱人的身边，更多了些神秘和无奈。他什么时候才把我当做真正的未婚妻呢？

我始终都猜不透这个男人。我究竟是他的亲信，还是他的敌人呢？今天，他把它交给了我，让我好好保存。虽然他没有更多地说明它究竟是什么，怎么来的，但我从他的眼中还是看出了它的重要性。曾经，它是挂在他脖子上的唯一的饰品，父亲每天都会摸摸它。

我问他为什么要交给我保管，他说父亲病了，是他该出来维持局面的时候了。但这个东西不能带在身边，还是得交给自己信得过的人来保管。当年父亲就是这样把它交给他的。出于对若诚的爱，我接受了这个东西，并将它妥善保管……"

日记言简意赅，却透射着某种信息。二得子不解其意，只是怔怔地看着那娟秀的字迹，难以忘怀。整本日记无非是些儿女情长，唯有此处用词隐晦。这不得不让二得子把它和整件事联系起来，他总觉得沈若诚还有什么事瞒着他。现在他背着局长私自行动，绝不能放过任何蛛丝马迹，才能抢得先手。否则，冒险前来香港，就变得毫无意义。

"这里还有什么特别的？"二得子不停地抚摸着手里的日记本，感觉他触碰的就是茜妮的肌肤。

"暂时还没发现。"

"再彻底搜查一遍，不要放过任何可疑的地方。"二得子恋恋不舍地离开了茜妮的房间。身后，随行人员已经开始新一轮紧张的工作。谁也没有注意到，其中一人的手机正在不停地震动着。

手机的所有者，是个跟随二得子多年的亲信。他见二得子面有忧色，也不敢在他面前大声喧哗，只得轻轻掏出手机，一手捂着嘴，一边小声低语。可是，通话才进行到一半，那个人就几乎不语了。他呆立在原地，看着二得子的背影，也不知该说些什么。手机那头，不明就里，还在一个劲地说道着，似乎发生了什么紧急状况。

二得子早就听到手机的震动声，可他当时完全沉浸在对苏茜妮无限的遐想和怀念中，根本没把它当回事儿。只是到了后来，他觉得身后有些不对劲，才回头看去。只见那亲信，早已吓得脸色苍白，六神无主。见二得子回头，只是一个劲儿的哆嗦。

"怎么了？"

"沈……沈若诚被人救走了。"

之前审讯沈若诚的房间，如今已是灯火通明。二得子看着几具横七竖八的尸体，满腔的怒火仿佛要爆发出来。沈若诚是他们重要的侦讯对象，现在就这样堂而皇之地被人救走了，他该如何向局长交待呢？

身后的亲信，显然没见过如此的大场面。满屋的血腥味让他阵阵作呕，他单手捂着嘴，强忍着恶心。

"派出去的人报告回来说，这事是沈若诚的手下张栋勋干的，他动用了香港的黑社会帮忙找人，然后再自己带人来救走沈若诚。现在两个人都失踪了，沈若诚没有去看过他父亲。至于张栋勋，在香港也没有亲戚，所以一时半刻找不到他。"

"那还傻站在这儿干什么，还不快去找！"二得子一把推开他，气冲冲地向外走去。

"总长，这里的尸体……我们是不是要通知当地警方，让他们去查？"

"放屁！"二得子回身，指着他的鼻子一顿臭骂，"我们就是警察，还报什么警！快给我用心去找，再有什么差池，小心你的脑袋！还有，叫鲁通海看住了他的公司，别再让姓沈的给抢回去。"一声响亮的关门声，将他的亲信挡在门内。

二得子觉得心情烦躁，他独自驾车，飞快地驶过海边大道。偌大一个香港，他却不知应该去哪里，只有漫无目的地驾车，任凭劲风灌耳，才能缓解他的愤怒。

车拐进一条熟悉的小路，二得子不经意地，来到了苏茜妮安息的地方。如同冥冥中的召唤，他想找茜妮好好聊聊。从来都没有这样的机会，今日圆梦，却是在茜妮归古之后，真是讽刺至极。

他轻轻关上车门，仿佛担心惊扰了此处的主人。他顺着一条山路，慢慢向上走去。来到茜妮的墓前，驻足长立。二得子忽然一阵心酸，他看见镶有苏茜妮照片的大理石块掉落在墓碑前，无人理睬。他拾起照片，疼惜地将它捧在手心里，不停地抚摸、擦拭。随后，他捧着照片，打算将它放回原处。可就在照片重新镶入墓碑的一刹那，二得子愣住了。

就在原本存放照片的凹槽里，竟然开凿了另一个小孔。二得子伸出手指探了进去，刚好能伸进小拇指。他呆立了几秒钟，忽然又猛地站直身子，好像想到什么似的回头向身后张望着。

一览无余的小山丘下，没有人迹。二得子扫视了几个来回，在将茜妮的照片放回原处后，飞快地向山下奔去。坐在汽车里，二得子一边叫人马上安排一架飞往绍兴的飞机，一边又叫人去看看躺在医院里的沈老爷子，问问他是不是曾经交给过沈若诚什么小件的传家宝。

刚送走李隐之，又听说捉到了方遒一伙人，局长的心情总算好了许多。虽然香港方面汇报说二得子私自提审了沈若诚，最后还让他给跑了。但李隐之的出奇合作，颇为出乎意料。

二得子毕竟不是心腹，局长还是对他隐瞒了许多关于李隐之的事。李隐之的确是来绍兴找亲人的，似乎和他们，甚至和方遒他们并没有联系。可谁也不会想到，这个普通大学生的身世之谜，竟然是整件事的关键。

局长品着从北京带来的好茶，渐渐地陷入了沉思。

行动的准备工作早在几年前就已经开始了。最早签发到他手中的文件显示，古代传说"长生不老"，并非子虚乌有，很有可能确有其事，要求情报机关竭力探查。对于高层为什么对此深信不疑，局长本人也不清楚。只是隐约听说中央曾经封锁了一条考古发现的新闻信息，将其纳为特级绝密档案。前后只有几个人参与了整个开发过程，据说这只是一处普通的明清古墓，但挖掘出来的人骨却已经有200多岁的阳寿。同时，在随葬品中找到了此人关于长生术的粗略记录。言语晦涩，无甚详解。目前还难以确定此人系何人，履历等皆不详。

另一则消息说在西北一带，一支地质队勘测出某处地下有大片空穴，疑可居人。但由于挖掘技术有限，暂时搁浅。不过，随即一个工业部的友人闲暇时说，高层决策将从法国引进一套新型挖掘技术，万分迫切，且不惜成本。

最后，局长突然接到召见。

更出人意料的是，与会人除了主席外，还有三军总司令。政府和军方同样神情严峻地向他布置了任务：找到长生不老的方法，以及可能有的生活在地下的人类。没有行动原因和征求意见，只有命令和服从。

会议结束后，局长久久不能平静。上海发生的一切，让他更加难以平静。

原本只是普通大学生的李隐之就此进入了局长的视线。从李洛文不惜余力和她接触来看，李隐之的生身父母很可能就是地底奇人中的一员。他的血样报告已经被送到中央，很快就能有结果了。现在要做的就是等着李隐之找到她的家——地底奇人的巢穴。会谈时，局长看出了她是一个聪明人。

如果没有估计错误的话，李隐之现在就应该去找李洛文，一起去开启那扇神秘的大门。

李洛文终于坐不住了，他来回在房间里踱步，只希望能借此分散自己的注意力。李隐之至今音讯全无，就连唯一和她有联系的方道，也刹那间消失在他的视线范围外。难道他们真得那么听话，就此远离绍兴？更让他头疼的是，四大老帮已经看不下去了，终于还是在那个人的命令下来到了地面，将在最短的时间内和李洛文会合。四大老帮的出现，意味着那个人已经失去了耐心，也意味着他的工作彻底地失败了。

任务其实很简单，就是在最短的时间内把李隐之带回来。可现在，任务的失败只能给李洛文带来噩梦般的将来。那个人为人严苛，一丝不苟。一次的失败就能将李洛文的前程完全葬送，以后有可能再也不能来到地面上了。

正想着，手下的人推门而入，轻轻地在李洛文的身后说道："巽老帮到了。"

就一句话，李洛文就觉得如同世界末日一般，顿时感到有些天旋地转。他挥了挥手，说："我马上就来。"

巽老帮比李洛文想象的要来得更快，人都已经到了眼前，李洛文也想不出什么办法，只能硬着头皮上。他走出房门，穿过一条长廊，来到靠外侧的大厅。

一走进大厅，李洛文抬眼就见一位老者站在自己的面前。只见他身材中等，体态匀称，一头银发，两撇浓密的卧蚕眉，大眼睛。脸色虽然苍白如雪，但额下三绺短须却在灯光的照射下盈盈生辉，再看他身着青灰色的布衫，脚下蹬的一双布鞋，好一位鹤发童颜的长者。

在李洛文的印象中，已经有好几年没见到巽老帮了。平时这几个老帮总是神出鬼没，神龙不见首尾的。可今日一见，依然觉得他神清气爽，风采依旧。听人说，几位老帮的寿命都应该在三四百岁左右。吃惊的同时，李洛文还是不忘向老人鞠躬行礼。

"巽老帮，您来了？"

老人捋着胡须，慢条斯理地说："是啊，好久没来地面了，都有些不认识了。"巽老帮突然话锋一转，犀利的目光直勾勾地盯着李洛文，"贤侄，东家盼咐你办的事办得怎么样了？他这次匆匆派我上来，我还来不及问个明白。"

"巽老帮，我……"李洛文顿时语塞。巽老帮是他敬仰的几位前辈高人之一，要在他的面前打马虎眼，显然困难重重。

巽老帮手顺须髯，微闭的双眼透射着一股英气："洛文，来，先坐下来，给你叔好好说说究竟发生了什么事。"他单手扶着李洛文的背脊，气沉丹田，一股内力从掌心涌出，缓缓地散入李洛文的体内。

李洛文顿时觉得身子轻盈，顺着巽老帮手推的方向走了过去。两人坐定后，李洛文渐渐放平心态，一口气将事情的缘由说了个明白。巽老帮一言不发，等他把话说完，才慢慢睁开眼和蔼地看着他，说："事以至此，你也不必太过自责。绍兴城能有多大，要找一个娃娃还不简单？"

"话虽如此，可据我所知，这次的事情没有那么简单。我总觉得我们正在面对一个强大的对手。"

"这怕什么！"老帮挺直腰杆，拍拍李洛文的肩膀说，"当年，那个叫洪秀全的我都不怕。"

李洛文本想说时代不同了，可话到嘴边，还是没有说出来。巽老帮从当年的记忆中转过神来，继续说道："我既然来了，一定会帮你找到那个小姑娘。不会让你在东家面前难堪的。话又说回来，东家也是年轻气盛，又是思女心切，说话办事过于严厉，也是情有可原的。"

李洛文不再搭话，只是一味地点头称是。两人正说着话，忽然有人来报，说门外有个女子要见李洛文。李洛文愣了愣，看了看巽老帮，眼神中似乎有所询问。巽老帮努了努嘴，示意他先出去看看。

于是，老人跟着李洛文来到了门口。一个年轻的女子站在门口，面带着色，又有几分紧张。见到李洛文和巽老帮后，更是看着地面。

"是你！"李洛文惊愕地看着李隐之，他简直不敢相信自己的眼睛。直到巽老帮干咳一声，问了句"这是谁"，李洛文方才反应过来，侧身让出巽老帮，说："这位就是李隐之，这位是巽老帮。"

经李洛文一介绍，巽老帮也有些丈二和尚摸不着头脑。怎么之前还说找不到的人，自己却找上门来了。不过巽老帮毕竟见识广博，左手一扬，将李隐之请了进来："来，先进来再说。"

宾主坐定，李洛文抢先发问："李小姐，之前你住进医院后，怎么就无故失踪了？害得我们找了很久。"

李隐之抱歉地微微一笑，说："我本打算自己再去找我的父亲，后来觉得光靠你们提供的信息和我的力量，不可能找得到。所以，我还是决定来找你，希望你能带我去见我爸爸。"

巽老帮长叹一声，感慨道："父女千里相逢，真乃当世佳话。"

"您认识我父亲？"

"何止认识，我是亲眼看着他长大的。"

"那他……是个什么样的人？"

"怎么，没人和你说起过你父亲？"巽老帮奇怪地瞪着李洛文。李洛文摇摇头，说："在没有接到命令前，我不敢随便乱说。毕竟，这是别人的家事。"

巽老帮哈哈大笑，看着面前的小女孩说："你很快就会见到你爸了，说说也无妨。"

李初阳是族里年轻一辈中的佼佼者，很受老帮们的器重。早年族里出了三个叛徒，妄图带着秘密逃离地底生活。李初阳在发现他们的偷窃行为后，四人遂恶斗数百回合。李初阳虽然身负重伤，但还是成功地擒获三人。此后，老帮们有意提拔他，便让他出面和陕北的盗墓一族交涉对抗，皆能胜任。最近，他更是以50岁的幼龄战胜了多位竞争对手，成为了本族有史以来最年轻的首领。对长辈，对晚辈，他都一视同仁，尽心尽力为他们办事，豪气干云，义薄云天。

关于他，族里还流传着一个传说。那年部族里的人在濮阳找到一本《承云曲》，相传是颛顼帝驱使八条飞龙仿效风声长吟，为纪念黄帝而作。当时，这在族里引起了轩然大波。可不幸的是，族里竟无人懂得弹奏。后来，还是李初阳吹笛附歌，音律潇洒，正合古曲之意。于是有人便说他是颛顼的化身，虽无颛顼之形，却有颛顼之神，能成为首领，也合当有此一节。

可是，事业上顺风顺水的他却始终有一块心病。1981年，适逢他受命外出，前往外陆采办货物，那是他第一次去江南水乡。这里有与西北大漠截然不同的景致。虽然他自己没有被其吸引而流连忘返，可他却想到了自己未来的孩子。他不愿意让这个婴儿和自己一样，一辈子待在地底，一个担负着杀头罪责的计划油然而生。

1984年，当再次争取到外出的资格后，他悄悄地带上了初降人世的女婴来到了绍兴，并在当地交给了一对李姓夫妻抚养。孩子的名字写在褓褓中，叫做"李隐之"，意思是她的根是隐没于地下的。

20年过后，父母亲对于女儿的思念与日俱增。可这件事一旦张扬出去，一定是诛全家的罪名。不得已，李初阳只得先找几个心腹，试探性地将事情讲述给他们听。最后，在确定了他们的绝对忠心后，便派他们开始了这次代号为"归隐"的行动。

6．分别

方遒挣扎着从地上爬起来，稍一用力，只觉得后脑勺一阵剧痛。他下意识地伸手摸了摸，手指上沾了些黏黏的东西。借着灯光一看，原来是自己的鲜血。他迷迷糊糊地向四周看去，这是一间不大的房间，灯光昏暗，没有家具。蒋颖就躺在离自己不远的地方，没有动静。

方遒小声叫唤着蒋颖，见她还没反应，便忍着疼痛向蒋颖爬了过去。这会儿他晕眩的感觉还没退去，只能用手支撑着向前爬行。来到蒋颖身边，方遒反而显得手足无措。虽然两人认识已久，但从没有过肢体接触。尽管蒋颖此刻昏迷，方遒也不敢对她动手动脚。他慢慢地将脸凑上去，继续小声呼唤着她的名字。

又过了好一会儿，蒋颖总算有了动静。她的身子微微动了几下，眼睛缓缓睁开。两人莫名地互望着，不知所措。方遒正待开口，只听"吱呀"一声，唯一的一扇门应声而开，一个白发老人走了进来。

这个人中等身材，相貌端庄，只见他步履轻健，神态优雅，不禁让人肃然起敬。只是细细看来，老人的眉宇间隐隐透着几分阴险之气。进屋后，房门自动闭合。

老人冲着二人一抱腕，说："方先生，蒋小姐，过门者皆是客，但事出有因，只能委屈两位了。我知道二位一定满腹狐疑，不过先容许我作个简单的说明。"

老人习惯性地拨弄着手中的拐杖，不紧不慢地说："在知道两位现在身在何处之前，我想你们应该知道自己的处境——违法贩卖古董，在逃。我们祖国的任何良好市民，都有义务和责任报警协助警方缉拿你们。"

方遒刚想开口辩驳，老人摇了摇手中的拐杖，说："请放心，我既然收留了你们，就不打算把你们交给警方，况且你们现在无家可归、众叛亲离，我也不能见死不救。渡人于危难之际，你们就勉为其难地待在我这里。我将保证你们的衣食住行。只有一点，你们的自由必须交由我来支配，可以做到吗？"

方遒突然意识到，就在老人说了一段莫名其妙的话时，自己竟然还傻傻地躺在地上。他尴尬地爬起身，也顾不得礼仪言表，壮着胆子对老人说："你还没告诉我们你是谁，凭什么要我们听你的话。更何况，我们根本没有参与什么文物贩卖，我们是被人冤枉的。老先生，不管怎样你快放我们离开这儿。"

老人叹了口气，像是在感慨世态炎凉，又好像不满于年轻人的无礼："看来，你们真得不了解自己的处境。方先生，据我所知，警察已经找到了令尊，希望能得到你的近况。至于蒋小姐，很遗憾，你的老师和男友似乎都和你划清了界限。我这里有一部电话，你们可以打个电话确定一下。"说完，老人从口袋里掏出一部手机，弯腰放在了地上。随后，他转过身，一只手背在身后，打开门又走了出去，边走边说："如果还要找我，直接按零号键就能和我通话。"

他走后，方遒看着地上的手机和一旁的蒋颖，他没有太在意老人说的话，可蒋颖却不然。她痴痴地坐在地上，凭着女人的自觉，她隐隐感到老人的一席话并非空穴来风。这一整天蒋颖在绍兴忙得焦头烂额，根本没时间和他联系。相反，他也始终没有给她电话。现在可能还没过星期四，星期四应该是他一个星期工作最轻松的一天，而蒋颖又是匆忙离开上海的。平时最体贴温柔的他，怎么可能没有一个电话？

此时的蒋颖，终于在急速的平静中发现了问题的严重性。馆长也没给她电话，这两个平日里对自己关心胜过父母的人，同一时间竟然全都没了音讯。蒋颖下意识地摸了上衣口袋，手机不见了。她痛苦地抬起头，尽量保持镇静地对方遒说："把手机给我。"

"你别信他的话，我们还是想办法离开这里。"

"把手机给我！"蒋颖实在按捺不住心里的不安，唯有咆哮和愤怒才能掩盖此刻的脆弱。

蒋颖忐忑不安地等待着对方接听，电话拨号音虽然时刻响在耳边，可她却清晰地听到自己的呼吸声，带有沉重的仓促感。电话应该是会有人接听的，可蒋颖不单单只满足于此，她要知道对方至今仍然爱着她。

熟悉的声音，极不情愿地从电话的那端传了过来。一听见他的声音，蒋颖心中仅存的一丝希望更是化为乌有。往日熟悉的声音，突然变得那么的冷漠。千里之隔，人的心也在不经意间变了。

"颖，我给你打过电话，可是始终联系不上。这两天警察来找过我，问了一些关于你的情况。我不知道你发生了什么事，很担心你。后来，我在电视上看到关于通缉你的新闻，我简直不敢相信自己的眼睛。颖，究竟发生了什么事？"

"你相信我吗？"

"颖，去自首吧。不论事实如何，先和警察取得联系，或者你告诉我现在在哪儿，我来找你，陪你一起去。逃避总不是办法，这两天我周围的人对我们议论纷纷，我看我还是陪你去警察局说清楚吧。"

"你也不相信我？"

"颖，别再任性了。还有，我不知道该怎么对你开口，看了你的新闻后，我……我父母希望我们的婚期延后。颖，你千万别生气。你要理解我，老人家都禁不起什么打击和流言蜚语。我想，或许等这件事平息了再结婚也不迟。总而言之，颖，你听我说，投案自首才是正道啊！"

蒋颖绝望地闭上双眼，挂上电话前，蒋颖说了最后一句话："你还是……"

"我们该怎么办？"挂上电话，蒋颖抹去了满面的眼泪，坚定地望着方遒。

"我们得想办法离开这儿。"

"我们得想办法离开这儿。"沈若诚掀开窗帘的一角，让丝丝阳光照射到自己的脸上，他感觉自己已经很久没有看到太阳了。恐怖的黑暗，让他差点儿忘了这个世界的本来面目。

张栋勋警觉地朝门外看了看，生怕有人跟踪。随即，他迅速地关上门，把几个一次性饭盒铺在了矮桌上："这会儿粉岭也找不到什么好东西，就随便吃点儿吧。"

沈若诚纹丝不动，继续说："我们得尽快赶到绍兴，目前对《兰亭集序》感兴趣的远不止我们。而且那个叫方遒的始终没有联系上，我看是时候亲自去一趟了。"

张栋勋选了个装满饭菜的饭盒递上去，说："老爷怎么办？"

沈若诚垂下眼，痛苦地微微呻吟："既然有人想要利用我们，只要还有利用价值，父亲就应该不会有事。"他看着手中的饭菜，毫无胃口地合上饭盒。"目前最重要的是找到秘密。只要最先找到长生不老的秘密，我们就谁也不怕了。"

"少爷，先吃点儿东西。我马上就去安排。"

"为什么不阻止我？"

"老爷派我留在你身边，就是要我服从你的命令，别的事情我不管。"

沈若诚掏出挂在脖子上的挂件。这把传说能打开秘密之门的钥匙，已经从父亲的手上转给他多时了。他本想将它藏在茜妮的坟头，可现在看来，已经没这个必要了。他即将带着它，带着父亲和茜妮的希望，踏上北上的道路。

"我们要多久才能到绍兴？"

"很难说，少则一天，多则三四天。"

"好！"

二得子忐忑不安地推门走进了宾馆的客房，看见局长正悠闲地读着书。这老头子一旦胜券在握，就会捧着这本书。"局长，我回来了。"

局长的眼睛掠过眼镜，上下打量着他，笑容可掬地说："二得子啊，可算回来了，上哪儿去了？"

"这个……香港来的消息，沈若诚跑了。我怕惊动您老，就决定自己先去看看。"二得子一边说着话，只感到额头微微渗着冷汗。

局长放下手中的书，摘下眼镜说："找到了吗？"

二得子不敢抬头，小心地说："还没有。"

"算了，那没什么。重要的是，我已经得到了李隐之的帮助，她正带着我们一步步地走向胜利。"

二得子心神方定，自觉地找了张沙发坐了下来。他细细品味着局长之前的话。得到李隐之的帮助？他隐约得知局长派人去医院找过李隐之，其他的就什么都不知道了。难道短短的几句话就能说动她？

"局长，您是怎么说动她的？"

局长给自己斟了一杯茶，若无其事地说："二得子，你还太年轻，慢慢学着。"

"她现在怎么样了？"

局长指了指桌上的报告，继续品茶。

二得子拿起报告，上面简单地记录了目前在李隐之身上安装了窃听器和跟踪器，她已经获得了李洛文的信任。有一个老人加入了他们的队伍，他们正在向会稽山前进。

"那我们要追上去吗？"

局长呷了一口茶，慢条斯理地说："不急，不急。我还有招，即使李隐之被跟丢了，我们还有方遒和蒋颖。"

"什么？你把他们也给抓了？"二得子瞪大眼睛。他离开绍兴才多久，就发生了那么多事情。更恐怖的是，期间竟然没有人通知他。他这个总长似乎只是个摆设而已。

这时，有人敲门后走了进来，弯下腰在局长的耳边嘀咕了一番。二得子不明就里，瞅着他们。随后，局长用力撑着拐杖站起身，跟着那人走了出去，留下二得子一个人在那儿。

出门后，局长径直走进了另一个房间。他随手提起了桌上的电话，眼睛直视前方，说："喂，您找我？"

再次回到会稽山，李隐之的心情已大不如前。之前，她对自己要找的人连一点儿概念都没有，可现在，非但有人向她详述了那个人的事迹，还亲自带着她沿着正确的路走下去。一想到就快见到自己的亲生父亲，她的心里顿时紧张得难受。不知道是爬山的关系，还是心情激动，她有些喘不过气来。

李洛文和巽老帮一前一后，娴熟地穿梭在密林丛中。虽然日色初显，光照并不是很充裕，但巽老帮和李洛文他们就仿佛在自己的家中漫步一般，清闲悠哉。

李洛文不时地回头看看身后的李隐之，不无关切地说："李小姐，山路还走得惯吗？"

李隐之点点头，伸手拨开一旁的树枝。此情此景，让她想到了那时和韦廷钧穿梭在密林中的情景。他现在又在哪儿呢？和他最后的一通电话，他能明白我的苦衷吗？其实，李隐之明白，不能再麻烦他了。名义上的分手，并没有减少韦廷钧对她的关怀。现在还把他拖到了一件连自己都未知吉凶的事件中，她的心里能好受吗？一旦给韦廷钧再造成什么伤害，她又怎么补偿得起呢？

正想着，李隐之一不留神被一块石头绊了一下。她惊叫一声，顺势倒向身前的李洛文。李洛文赶忙转身搀扶着她，一脸的关切。李隐之不好意思地借着李洛文的力量站直身子，摇了摇头。巽老帮在前面回过身，笑呵呵地说："我看啊，一定是李小姐思父心切。哈哈……"一行人说说笑笑，又接着往前走。

这时，巽老帮借着清晨的阳光，隐约看见前边不远处的草丛里有些动静。他伸手拦住身后众人，自己却微微猫下腰。紧接着，巽老帮一个箭步窜上前去，抬起手就照着草丛里抓去。只听"啊"的一声怪叫，巽老帮从草丛里拽起一个人来。他五指如同钢钩，紧紧地埋在那个人的头发里。那个人双手举过头顶，抱着巽老帮的手，嘴里还在一个劲地乱叫。

"你是什么人，为什么在这里鬼鬼祟祟的？"

再看那个人，几乎要被巽老帮单手提了起来。他的两条腿不停地胡乱踢着，嘴里喊道："疼……疼……疼，你快放开我。"

后面的李隐之觉得这个人的声音很熟悉，再仔细一看，原来是韦廷钧。她赶忙拨开李洛文，走到了巽老帮的身边，说："老帮，他是我的朋友。"一听这话，巽老帮马上松开手。不过，他还是没有放松警惕，一步不离李隐之。

韦廷钧一边揉着头皮，一边激动地看着李隐之："总算等到你了。我就知道，你一定会来。"

李隐之看了看他，又看看他的身后，问道："你怎么来了？他们呢？"韦廷钧于是将事情的始末、缘由原原本本地告诉了李隐之。之后，韦廷钧说："隐之，你还是跟我回去吧。我不想你再发生什么意外了，也不想别人误会你。"

"我不能跟你回去，我还没找到我的父亲呢。"

"隐之，你听我说。我不是不让你找父亲，只不过，我们先回去，然后通过警方再慢慢找，我们有的是时间。"

"小朋友！"巽老帮突然上前一步，挡在了韦廷钧和李隐之的中间，"我想李小姐刚才说的话你应该听得很明白。小朋友，你有亲生父母吗？"

"当然有。"韦廷钧气愤地回敬了他一句。

老人叹了口气，说："那你就根本无法理解和亲生父母失散20年的痛苦了。"

一行人默默地从韦廷钧身边走过，没有人再搭理他。李隐之低着头，迅速从他身边掠过。韦廷钧一把拽住李隐之的手臂，面带愁色，声音也渐渐地有些沙哑："听我的，还是跟我回去吧。"

李隐之轻轻地推开韦廷钧的手，继续跟着队伍前进。她没有回头，只是温柔地说："你回去吧，这条路我已经选定了，也已经走了上去。但是，这却不是你的路，别再为我耽误你的时间，我也不想看到你因为我而受伤。回去吧，说不定我们还能在学校见面。"

"我们就在这里道别吧！"她最后说道。

7．曲径通幽

"知道这是什么地方吗？"巽老帮手指脚下，乐呵呵地看着李隐之。

李隐之仔细看着周围的风景，四周密林重生，重重叠叠。觉得并没有什么特别，不解地摇了摇头。巽老帮捋着胡须，得意地说："这里虽然看似平凡，但它的背面可是大名鼎鼎的兰亭啊。以兰亭为幌子，将人们的注意力集中在山阴一面。这样一来，原本为人偏好的山阳，反而被很好地掩藏了起来。"

说完，就见巽老帮踱着方步，绕着一行人的外围走了一圈。李隐之发现巽老帮总共停顿了8次，似乎合着8个方位。每次停顿下来，巽老帮都会蹲下身子，伸手在草丛里摸上片刻，再起身继续踱着方步。就这样来回停顿了8次后，他回到了李隐之的面前，拍拍手上的尘土，一副若无其事的样子。

说时迟，那时快。正当李隐之不明白巽老帮此番用意时，只听一阵闷雷似的声音。再看地上，俨然出现了一个大坑。原来，巽老帮刚才是在开启地道的入口。开启入口的机关围绕着入口呈八卦状排开，必须按照顺序开启。而每天八卦的顺序又随着天地之数而变化着，所以要想正确地开启入口，不但要熟悉阴阳之数，还要配合天地之数，方能奏效。

可是李隐之全然不懂其中的奥妙，看见地上突然多了个大窟窿，吓得直往后退。这时，身后跑上来个人，凑在李洛文的耳边说："刚才那小子还没走。"

李洛文刚想发号施令，李隐之突然急切地说："别伤害他。"李洛文只得示意手下人将他带得远离此处，别在这儿碍事。等大家都平静下来了，巽老帮忽然神秘兮兮地看着李隐之，说："李小姐，勿怪老朽无礼。到了此刻，老朽还想试探一下李小姐。这一切全都是为了族长，也就是你父亲的安全啊。"

"你想怎么试探？"

"不知道族长是否曾经给过你什么信物？"

李隐之咬着嘴唇，默不做声地想了想。突然，她好像想起了什么，从脖子上摘下了一条项链："听妈妈说，那时父亲把我交给他们时，同时交给了他们这个坠子。我想，巽老帮说的应该就是这个吧。"

巽老帮接过项链，把坠子拿在手里掂量了掂几下。随后，他蹲下身，把坠子塞在大坑里摆弄了一会儿。只听"轰隆"一声，大坑里突然又多了一条甬道。巽老帮站起身，说："李小姐，适才多有冒犯，还望见谅。现在，请。"说着，他在前面带路，引着众人向甬道走下去。

"这条甬道，便是通往地下的第一条路。每每我们的族人往来于地面和地下，都要从这里经过。可以说，它是我们族人的命脉啊。"巽老帮边往前走边说道，"李小姐，你猜这条甬道将通向哪里？"

李隐之不擅长地理，但根据常识，她估计以一般的人力不见得能通到多远。巽老帮见她不言语，回头看了看她，自豪地说："这可是通向西北，秦晋大地。"

"老爷子怕是说笑吧，这条人工甬道又怎么可能横跨整个中国呢？"

"光靠这条甬道自然不行，但是，我们还有地下河。千百年来，为了隐藏我们族人的踪迹，找到合适的出入口，先辈们便顺着地下运河找到了一条横贯中原的河道。两端再开掘甬道，就成了现在这个样子。"正说着，面前出现了一条铁轨，上面还停着一列火车。由于是正面对着李隐之，所以她也看不清这列火车有多长。李隐之惊奇地瞪大眼睛，心想这儿还会有现代工具。在她的心里，早就将这地下王国想象成了一个古代社会。

"我们就坐这个？"

"是啊，地下可不比地上，这儿对于距离可是没什么概念。如果光靠步行，走到运河渡口可要花上一个多月的时间。这列火车是我们从俄罗斯直接购得的，性能和速度都要远远好过目前地面上的那些。过会儿，你还会在渡口看到一艘高性能的轮船。"巽老帮看李隐之一言不发，继续说道，"别说是你，如果要是在不知道的情况下让我接收这个事实，恐怕也很困难。要知道，我们并不是与世隔绝的群体。为了能生存下去，我们可是尽量地与外面的世界保持步调一致。"

李隐之没有太在意他后面说的话，她现在最不放心的还是那个要挟她朋友生命的老人家。他要她找到寻找父亲的路，她现在找到了，而他们又会怎样呢？她哪里知道，那些神秘的人早就在她的身上安装了窃听器。可他们又哪里知道，进入了地下甬道后，窃听器就已经失灵了，因为厚重的土地阻挡了电流的传播。

局长已经习惯了接收坏消息，有时候在他看来，坏消息简直比好消息更司空见惯，而持续给他坏消息的恐怕也只有那位先生。电话里，局长多次试图揣测那位先生的心态。可事实上，那位先生比他更善于交际，越是站在政治最高点的人，越是要比别人更懂得伪装。

这次，他还是从那位先生的话语中听出了对他的不满。不单单是军方，也包括那位先生。限定的日期不多了，遥遥无期的进程和仅有的成绩根本满足不了高层的需求，他们要的是长生不老的秘诀。

手下人不识时务地给他带来了另一个坏消息，李隐之从监视屏上消失了。不单是她的踪影，还有她的声音。仿佛突然从人间蒸发了，他们唯一能做的就是确定了李隐之消失前的确切坐标以及记录了他们之间最后的对话。

只能说明，最新的美国货也不管用。有时候，高层就是太相信美国货，但他们只会看产品介绍和价格，真正的实用性却完全没有概念。

二得子跟着局长在宾馆的后花园里闲庭信步，他一声不吭地跟在局长身后，上下打量着这个迟暮的老人。现在的二得子，心里不停地打着算盘。局长的计划难得会有失误，可既然事实摆在面前，不知道这个自命不凡的老头子该如何收场。之前局长背着他接了通电话，从局长的脸色以及现在要他陪着散步推测，应该是上面给了他不小的压力，问题就在于局长是否会派他出面？

二得子迫不及待地想要摆脱局长的监视独自行动，但如果局长不开口，一切设想都是白搭。棘手的是，现在局长手里还有一张牌，那就是方遒和蒋颖。他很早就算计着一旦事情不成，便派方遒和蒋颖继续跟踪。按照局长的说法，这叫以逸待劳。若果真如此，二得子想要单独行动的心愿就难以实现了。偷偷溜去香港，估计局长已经知道了。但他没有怪责二得子，如此好运，恐怕也不会再有第二次。

心里虽然如同热锅上的蚂蚁，可表面上二得子还是一副若无其事的样子。看着局长接完电话回来后一言不发，二得子试探地问道："局长，出什么事了吗？"

"是啊，用了最精密的仪器，还是把他们给跟丢了。"

二得子明知故问，说："李隐之？"

"嗯。"

"那现在该怎么办？要不要我去看看？"

"这倒不必，李隐之的失踪还没个准信，我不想你冒险。别忘了我们还有方遒和蒋颖，既然知道李隐之是在哪里消失的，我打算就再派他们去那儿看看。等摸清了底细后出动，胜算才会大点儿。"

二得子没把局长的关心当回事儿，在他看来，这不过也是他的缓兵之计。不让自己出动，始终把自己攥在手里。"可是，方遒他们不是孩子，能听我们的吗？"

"再大的人也该以孝为先。"

"您是说……？"

"我已经和他们的家人取得了联系……"

8．潜入

再次看到城市上空的太阳，方遒的心情好了许多。他逐渐地淡忘了被绑架和被蒙着眼睛，像货物一样被运送的可怕经历。蒋颖却不然，她低着头走在前面，一言不发。自从她和男友通过电话后，她就几乎没怎么开口。心情差自然可以理解，但会有如此大的反应，方遒还是很难体会。他只有暗恋的经验，要说到恋爱，甚至失恋，各中滋味他却从来没有品尝过。

方遒托着肩上的背包，时不时地回味着神秘老人临别时的话。对于那个人的话，方遒至今半信半疑。一想到什么"到了山上再打开包裹，照着里面的说明做"，他就觉得好笑。锦囊授计的年代已经过去，可他还非得听信一个胡言乱语的老头子。

想到这儿，方遒取下背包，单手捧在怀里，另一只手拉开拉链，好奇地在里面翻找着。忽然，他像发现新大陆似的冲着蒋颖喊道："快来看，没想到那个老头给了我们这些东西。"说完，他顺手掏出一件，举在空中晃动着。

蒋颖不情愿地回头，游离的眼神老半天才停在方遒的手上。手电筒和地图，蒋颖一脸的无奈，又回过头去。方遒急了，快步走到蒋颖身边说："你看，这包里的东西可多了。手电筒、地图、指南针、干粮，还有……"方遒又向下掏着，看他那么激动，快把头给埋了进去。"这里还有个GPS，竟然还有说明书！"

"为了找李隐之，给这些东西也不足为奇。"蒋颖还是一副无所谓的样子。

方遒眨了眨眼睛，不服气地说："你真相信他的话？李隐之要是失踪了，他为什么不去找警察？先是关押我们，后是让我们帮他找人。这葫芦里卖的药，我可猜不透。"

"假设我们被通缉了，能赶在警察之前找到我们再收容我们的人绝对不是等闲之辈。为了找到李隐之堂而皇之地把我们放出来，又不怕我们被警察抓住，只能说明他们就是警察，或者……"蒋颖的脸色似乎有了些变化，"或许我们根本就没有被警察通缉，一切只是他的安排。"

"动用电视台？他真有那么大的本事？"

"看看他给我们的GPS和说明书，市面上可不会有这样的东西。"

方遒以佩服的眼光看着蒋颖，觉得自己怎么不能凭这些想出更多的东西呢？"既然他本领通天，何不自己去找？"

老人的话一遍又一遍地回荡在蒋颖的脑海中。她试图从老人的话中分析出一些信息。虽然考古和历史专业并不能给她带来刑侦能力，可凭借适当的逻辑性，她还是努力地思考着。"可能他投鼠忌器，也可能他还看不清前方的路。我们只是他的棋子，他未必指望我们能找到李隐之，更多的却是想看前面的路是否危险。他能向我们提供这些工具，正好说明了这一点。他完全有能力自己去找李隐之，可他却先想到了我们。成功了等于替他了却了心事，失败了他就更能加以小心。"

在前方的一个路口，两人拦了辆出租车，向着会稽山的方向前进。"没想到韦廷钧的朋友竟是个重要的人物，照你说那个老头子背景深厚，他却对李隐之的行踪如此关切，她可是个厉害的人啊。"

"还记得你的香港董事长吗？一个巨贾和一个政客同时对会稽山感兴趣，而李隐之又是在会稽山山阳没了踪影，看来不真正到达现场，其中的奥秘是猜不透的。"

路途延绵，两人都不再说话，看着周围的景致，他们心里全在盘算着今后的计划。几个小时的奔波，司机看来也有些眼晕，好在一路无话，他们顺利地到达了会稽山。暮色渐沉，离李隐之失踪已经将近10个小时。

窗外漆黑一片，李隐之隔着玻璃，只能照见自己的脸。起初的几个小时，她还不时地看着手表。可现在，她连抬起手的兴致也消失了。漫长的火车旅行让她很不适应，甚至还有些生理反应。绵延万里的地下隧道，最初听来的确觉得惊为天人。可实际感受一下，反而多了几分恐惧。连他们说的码头都还没到，就已经走了那么长的路，更别提往后了。想到父亲竟然是在这样的环境中生活，她的心里又是一阵凉意。

他们能放过韦廷钧和他的两个朋友吗？她已经遵照老人家的意思走进了地下，可是，现在既无法与外界联系，又听不到外界的任何消息。如果老人家断定她乘机潜逃，会不会对廷钧下毒手呢？

李洛文刚开始还陪着她说话解闷，现在，看她已经心神不定，也只能不声不响地坐在一边。他随便翻弄着书桌上的书，那都是他喜欢看的，平日出出进进，总是带在身边，可现在他也没了看书的兴致。

"老人家已经睡了？"

"是啊，到渡口还有好几个小时，大家差不多都睡了。你也早些休息吧，族长可不想看到一脸疲惫的你。"

"我们还有多久才能见到父亲？"

"总共得花三天时间，差不多还有一半的路程吧！"

"真慢啊。父母，还有大家，真的都生活在这样的环境中吗？"

"小姐，这已经比地面上快了一倍左右。"李洛文放下手中的书，坐在李隐之的身边，"没有来过地下，的确很难想象我们的生活。不过，我们的生活绝不比外面的差。按照族里的规矩，每年我们都会派人出来采购物品，尽可能跟上甚至超过外面的生活水平。比如这辆火车，还有渡口的船。至于我们的日常生活，和外面完全一样。"

"我只是不明白，为什么你们要选择生活在地下呢？"

李洛文坐直身子，认真地思考着李隐之的问题："具体的原因我也不明白，我只知道我们这一族人全姓李，从战国时期便在陇西地下生活。至于缘由，只有族长和几位老帮世代口传。"

"听起来像是个神秘组织。"李隐之显然有了些兴趣。对于女孩子来说，神秘事物的吸引力往往会让她们深陷其中。有人说神秘事物的吸引力源于上帝对于女性的特殊眷顾，苹果象征着智慧，也代表着神秘。

不同的是，此时的李洛文却多少有些尴尬，他不知道该如何进一步地向李隐之解释更多的细节。其实，连他自己也不知道。他咧着嘴，说："更多的事情我也说不上，反正就快见到你父亲了，到时候你就可以问他了。"

两个人又闲聊了一会儿李洛文的家事。谈起关于自己的事，李洛文又多了些精神。他绘声绘色地描述着自己的家人，以及他们平日里的生活。从小到大的所见所闻，李洛文都恨不得一股脑儿的都讲述给李隐之听。对于她来说，这里的生活简直如洞天一般。她好奇地听着这些故事，眼睛一眨不眨地盯着李洛文。突然间，觉得他就像个说书先生，浑身充满着神奇。

与此同时，沈若诚也努力地向着绍兴前进。张栋勋凭着自己以前在军队的关系和沈若诚给的钱，两人迅速地穿过深圳，向内地直接插了进去。他不能坐飞机，只能难受地挤在车里，心中却像是热锅上的蚂蚁，焦躁不安。

沈若诚拿着干粮，极不情愿地往嘴里塞了一口。随后，又愤愤然地吐在地上。被逼迫得山穷水尽的沈若诚绝望地斜倚着车窗，透过灰蒙蒙的窗玻璃看出去，水天一色，却如他的心情一样死气沉沉。

张栋勋说还得要两天才能赶到绍兴，敌人深藏不露，究竟他们已经走到了哪一步都未尝得知。自从他被绑架以来，和方遒的联系也已经中断。虽然张栋勋四处打听，但只从内地电台得知方遒俨然成了通缉犯，至今吉凶未卜。

沈若诚觉得这是一场阴谋，至少事情不会那么凑巧。内地军政合一，被警察通缉，难免不是因为政客在其中作梗。而能对他这个香港巨贾动手，且不留下一丝痕迹的人，恐怕也是他们。沈若诚努动嘴，缕着嘴里的残渣。北京，难道我有什么地方得罪了他们？还是说，他们也是冲着长生不老而来的？

一路上，方遒一边埋头研究着GPS的说明书，一边摆弄着。从前只看见过车载的全球定位系统，这种手提式，成手掌电脑装的玩意儿他还是第一次看见。说明书看来是为初学者设计准备的，图文并茂。不过方遒还是看了半天，在蒋颖的帮助下大概学会了使用方法。

下车前，方遒结算了车钱。看着自己的皮夹，方遒只觉得好笑。那个奇怪的老头虽然软禁他们，却在临走时给了他们一笔钱。他似乎知道他们现在身无分文，两个人的银行账户早就被冻结了，就连沈若诚给的车旅费也不能动。想到这里，他突然想起了沈若诚。这些天来，他几乎把自己的香港大老板给忘得一干二净了。等这段时间忙完后，他打算给沈若诚打个电话，详细地说明一下现在的情况。事情，远远比星期天看来的要复杂许多。

他们首先沿着上次上山的公共道路向上爬了一段，和其他游客肩并肩，欣赏着周围的景致。随后，等周围的人少了一些，蒋颖对方遒使了个眼色，便一前一后地钻入丛林之中。方遒前头带路，手里握着定位系统，参照着另一只手上的指南针，和蒋颖两人摸索着向前走去。

不知不觉中，两个人就走了好几个小时。眼看着显示屏上的指示标志离目的地越来越近了，道路旁的草丛中的骚动声引起了他们的注意。紧接着就看一个人从草堆里蹦起来，高喝一声"方大哥快来救我"，惊得方遒连连后退，一边倒还不忘阻挡在蒋颖身前保护她。

再等两人定睛一看，才看清原来正是韦廷钧。只见他此时衣衫褴褛，面部不堪。如果不是韦廷钧刚才叫了他，还很难认出他来。看到韦廷钧如此的落魄，方遒和蒋颖面面相觑，猜不透他究竟遇到了什么事。至于韦廷钧，在确认了站在他面前的是方遒和蒋颖时，他长舒一口气，整个人几乎瘫倒在地。

三人顺势就地而坐，不等方遒开口，韦廷钧已经迫不及待地将之前发生的事原原本本地说了出来，一直说到看见巽老帮绕着一小块空地转圈子。最后，他吞咽着口水，突然愣了半晌，问道："对了，你们怎么来了？"

"这个……"方遒和蒋颖的眼神对换一下，说，"我们也是为了李隐之而来的。就在分手后，我们两个就被人绑走了。"

等他说完，韦廷钧一脸紧张地说："要你找隐之的人是谁？会不会是坏人？"

"我们也猜不透他的来历。"方遒沮丧地说。

韦廷钧又仔细琢磨了片刻，说："管不了那么多了，我们还是先去救出隐之吧。"说完，他立刻站起身，拍拍裤子就往前走。方遒和蒋颖见他那样，只觉得好笑。两人跟着站起身，在韦廷钧的指引下来到了此前的那块空地上。

"你确定是这儿？"方遒手搭凉棚，四处打量着。在这绵延的山峦中，有这样的一小块空地实在稀松平常。直径大约百步之内，左右被一些参天的树木包围着。他很快放弃了巡视，转向正蹲在地上的韦廷钧和蒋颖，他们正伸手在地上用力地按着。

韦廷钧抬起头，一脸认真地说："肯定是这儿，当时这里围着好多人。虽然后来我被他们给架走了，可我清清楚楚地记得这个地方。"

"可他们究竟去了哪里？"

"地下，就在这里的地下。我亲耳听到那个白胡子老头这么说过。"

"白胡子老头？"

韦廷钧站起身，绕着空地走了一圈："我大概记得他好像就是这样绕着圈子走，他好像还时不时地蹲在地上，又站起来继续走。"

蒋颖也跟着站起身，看了看周围，说："你们看这四周的树木中好像有几棵树和其他的不是同一个品种。一、二、三……差不多有8棵。"蒋颖走到其中的一棵树前，伸手沿着树脊来回抚摸着，"而且，它们之间的距离好像也是固定的，似乎有人刻意种了这些树。"

方遒绕着空地走了一圈回来："你们看看这个。"说完，他蹲下身子，拨开蒋颖身边的草丛，"我刚才转了一圈，就在你说的那几棵树下都有块颜色奇特的石头。看，就是这个。"

他好奇地握着石头，用力地拔了一下，没反应。他又用力左右转动石头，只听"咔"的一声，石头竟然动了。方遒兴奋地挽起袖子，双手相抱，使劲这么一扳。这次是"轰"的一声巨响，三个人同时愣住了，但不等三个人有所反应，就觉得脚下突然失去了抓地力。紧接着，三个人猛地向脚下的深渊滑落下去。

起初，他们还拼命地挣扎，双手上下乱抓，试图要依靠抓住什么东西来阻止凶猛的下滑势头。很快，头顶的天空消失不见。

再次醒来的时候，他们已经被反绑在三根石柱上。灯光昏暗，只能隐隐约约地看见面前站着几个人，正对着他们指指点点。

原来这通往地下的隧道是需要正确的方法开启的。每天都将根据不同的时辰，变换8个方位的开启顺序。一旦搞错顺序，就会触动机关，将入侵者送入地下的另一个空间，等待处置。方遒他们当然不知道其中的奥秘，所以今天他弄错了顺序，才会有现在的下场。

方遒摇晃着脑袋，只觉得后脑勺火辣辣的疼痛。他强忍着疼痛，扭头向四周看着。短短一天内，他已经第二次遭到捆绑。

昏暗的灯火下，左右边的柱子上各绑着蒋颖和韦廷钧。面前的几个人歪歪斜斜地站着或坐着，看不清脸。可能是发现他有了动静，那些人中的一个走了过来。他伸手在方遒的脸颊上轻轻地掴了两巴掌，说："喂，快醒醒，别再睡了。"

方遒努力睁开双眼，分辨着面前那个人的身份。那个人身高中等，一身朴素装扮，虽然隔着衣服，却还能看出他身材强壮。由于背着光线，很难看清那人的长相。唯有脸上一条长长的疤痕，深深地印入方遒的脑海中。这道疤痕，从左边额头一直延伸到右边嘴角下，弯弯曲曲，整个脸都变得扭曲变形。

"你……"一开口，方遒就觉得嗓子干涩难耐，连说话的声音都变了。他干咳几声，又强咽了口水，继续说，"你是谁，我们这是在哪里？"

"给他拿点儿水来。"那人回头说道。紧接着，身后的人给他端上了一碗水。那人端过水碗，照着方遒的脸就泼了过去。

这可是一碗冷水，而且方遒此刻还有些迷糊，完全没有准备。这冷水往脸上一泼，方遒被这突如其来的刺激给吓醒了。他一晃脑袋，瞪大眼睛说："你是谁？"

那人双手插腰，话语间带着一丝的轻蔑："我是谁？这话应该是我问你，你们是谁？干吗在这儿鬼鬼祟祟的？"

"我们是来找人的，找我们的一个朋友。"方遒用力地挣扎了几下，想从绳索中挣脱出来。不过他很快就放弃了，绳索深深地陷入他的双臂，随着他的挣扎，反而越勒越紧。

"找朋友？"那人冲着身后的人大笑着，说，"找朋友怎么找到这深山里来了？不过既然来了，就别急着回去，让我们弟兄几个好好招呼你们吧。"

奸笑声，方遒觉得毛骨悚然："好好招呼？这就是你们说的好好招呼吗？"

"先生，恐怕你还未搞清状况。不过也没关系，反正一刀解决了你们也花费不了多少力气。"

"什么？你要杀了我们。为什么？你们，你们到底是什么人？"

争吵间，蒋颖和韦廷钧也被醒了。他们只看见方遒在那儿大叫大嚷，却完全搞不清状况。至于那个刀疤男人，他并不理睬方遒的问题，一边狂笑着，一边从身后的人手里拿过一把牛耳尖刀。灯光之下，刀口上明晃晃地闪着银光，照得方遒只觉得后脊透着冷气。

"朋友，见面就是缘分。我就给你来个痛快的吧。"说着，他举起刀在方遒的眉宇间晃了几下，"别害怕，他们很快就会来陪你的。至于你的朋友，到那个世界再找吧。"

说完，他举刀便要刺下去。就在这时，方遒突然大叫一声："我们是李洛文的朋友！"

第三章 相逢亦相识

Ⅰ. 桃花源

情急之下，方遒开口说出了"李洛文"这三个字。他想既然来到了地下，而且之前李洛文也像是个头目，所以方遒才会在此刻使出最后一招，死马当活马医。突然，众人安静下来。方遒等了很久，还是没有一点儿动静。

"你刚才说谁是你的朋友？"

方遒睁开眼，看见那把刀还攥在他的手里。他方才意识到，原来李洛文的名字管用。这次他稍微放大了胆子，深吸口气说："我……我们是李洛文的朋友。"

那人迟疑片刻，转身和手下人低声交待了几句，方遒看到人群中有一个人迅速地走出了房间。过不多久，他又回来，附在伤疤男人的耳边低语几句。这时，方遒已经完全适应了房间的光线。他目不转睛地盯着他，发现他的面部不自然地抽搐了几下，不过很快，凶恶的表情马上就转成了笑容。但在方遒看来，那笑容扯动着伤疤，比哭的样子还要难看。

"快给他们松绑。"他扬起胳膊招呼手下人。就在那些人手忙脚乱地给方遒他们松绑时，伤疤男人双手握在一起来回搓着，满脸堆笑地说，"方先生，真对不起，没想到你们是李先生的朋友。我们都是山野粗人，刚才多有得罪，见谅，见谅。"

刀疤男人赶忙吩咐手下人点亮灯。灯火通明，方遒三人方才看清房间里的人。原来，这房间里足有十多人，他们个个身材结实，膀大腰圆。更奇妙的是，这些人的脸色都和李洛文一样，白皙得毫无血色。

刀疤男人见三人正一个劲儿地揉着手腕，结结巴巴地说："三位，您看，这都是小人眼拙，不认得您。如果早知道你们是李先生的朋友，我们绝不敢如此待慢。刚才李先生嘱咐了，我已经安排火车作好出发准备。请三位跟我走，请！"说完，他恭敬地弯着腰，伸手把他们迎了出去。其余的人早就没了先前的神气，一个个冲着他们点头哈腰。

方遒看了看蒋颖，蒋颖点点头，示意跟着他走。于是，三人随着刀疤男人走出房间，面前是一条长廊，两旁和地下都铺着上好的瓷砖。头顶上每隔几步就有一盏吊灯，将整条长廊照得宛如白昼。

方遒满腹狐疑，正待要发问，蒋颖突然在他手腕上掐了一把，对前面的刀疤男人说："敢问兄台贵姓？"

"刀疤"脚步不停，回头说："小可姓李，我们这儿的人都姓李。至于名字，我也忘了。大家图方便，叫我刀疤。你们就叫我刀疤吧。"

"刀疤"顿了顿，又问道："三位既然是李先生的朋友，为什么没人来接你们下来呢？若不是这位报出了李先生的名字，恐怕就……"

"是啊。"蒋颖加紧几步，走到"刀疤"身边，"我们本打算和李先生一起来，可谁知路上出了点儿事，就晚了几步，所以就遇上了您。"

"这倒是，如果没有我们的人，的确会误触机关。"

身后的韦廷钧觉得蹊跷，暗自敲了下方遒。方遒会意地点点头，让他继续听下去。

"机关？"蒋颖不解地问道。

"嗯。会稽山上有一处入地机关，如果正确开启，则会出现一条石梯甬道。如果开错机关，入口瞬间就成了一个陷坑，让入侵者有来无回。"

方遒倒吸一口冷气，心里还有些后怕。若不是情急之下想到了李洛文，现在三个人就该身首异处了。

说着话，绕了几个弯，他们就来到了另一扇门前。推开门，眼前赫然出现一列巨大的火车。三人没想到地下竟有这种东西，都呆呆地站在原地。"刀疤"回头一看，自豪地说："三位，请随我上车吧。"

蒋颖刚想迈步，方遒在身后拽住她，对"刀疤"说："没想到地下别有一番洞天。只是不知道，我们是要去哪儿？"

"咸阳，九嵕山。"

"什么？这不可能！"韦廷钧不可思议地怪叫起来，"这里是绍兴，地下怎么可能有如此长的铁路通向陕西？"

"光凭铁路自然到不了陕西，途中我们还要换乘轮船，走水路。"

"这儿究竟是什么地方？"

"刀疤"突然有些警觉，说："怎么，李先生没和你们说过吗？"

蒋颖见状，赶紧接话道："我们只以为李先生是一方商贾，他说要带我们去一处地方，却没想到竟是此等景象。这位小兄弟没见过市面，怕是吓坏了。"

"刀疤"一听，哈哈大笑，脸上的疑云迅速散去："这也难怪，在我们这里，可以说是无奇不有。我们这儿有个名字，听说从古就有，叫做'桃花源'。不过现在这儿还不能算是桃花源，这只是全国几个出入口中的一个。真正的桃花源，就在我们的目的地。"

汽笛声声，火车渐渐驶出了车站。一路上，四个人反倒很少交谈。火车上，刀疤给他们安排了房间后，大家都各自休息去了。刚才的惊吓加上此刻的惊异，三个人都有些疲劳。韦廷钧早早地倒头睡去，方遒则和蒋颖简略地聊了两句。李洛文竟然让人带他们去见他，倒也出乎他们的意料。虽然吉凶未卜，但事到如今，也只有见机行事。他们担心隔墙有耳，不再多说。其间，"刀疤"除了叫他们用餐外，只是在换乘轮船时和他们闲聊了片刻。

一路无话，三天时间倒也过得很快，转眼一行人便到了目的地。

方遒引着蒋颖慢慢地走下轮船，韦廷钧则在身后保护着。下了船，眼前豁然开朗。由于一直在船舱里，所以方遒他们并没有看到眼下的景致。下船后才发现，原来轮船随着水流已经从一座峻岭的山谷中钻了出来。方遒他们只以为桃花源一定是在地下，却没想到偌大的水乡鱼泽竟然包容于天地之间，略有阳光，气候宜人。

岸上已经有人迎接他们，"刀疤"和来人交待了几句，转过身来说："三位，这里就是我们的家乡——桃花源。李先生已经在武德殿偏厅等着你们，这位使者会带你们去的，我就不远送了。"

"刀疤兄不一起去吗？"蒋颖问。

"刀疤"忽然脸一红，伤疤不自然地颤抖了几下："我……我没有这个资格，族里规矩严明，没有特别诏令，我们都不敢擅自违抗。至于我们，总还会有机会见面的。"

说完，"刀疤"朝他们抱腕拱手，自己回到了船上。工作人员上上下下，岸边码头热闹非凡。方遒不禁感慨，好一派热闹的景象，绝不亚于一方港口。再看前方，楼宇层叠，虽然不见高，但密密麻麻，层出不穷。往来的乡民，各个皮肤白皙，但他们也其乐融融，简直如同一处仙境。蒋颖突然想起陶渊明的《桃花源记》，和现在的"桃花源"会不会有联系呢？

"三位，请往这边走。"使者说完话，低头向着岛内走去。

韦廷钧看他是从里面来的，赶忙跑上去，拽住使者说："你有没有看到和李洛文在一起的女孩子？她现在还好吗？"

使者依然低着头，说："小人不知，还是请三位随我来吧。"

使者很快让他们乘坐停坐一旁的汽车。车窗帘幕紧闭，窗外的景致一无所获。不过三人也没什么异议，随着汽车的颠簸，向前驶去。

坐在车里，韦廷钧悄悄问道："方哥，我们还要走多久？隐之会在那里吗？"

"刚才听'刀疤'说什么武德殿，估计是个重要的地方。这两天我们商量了一下，李隐之恐怕是个重要的人物。有李洛文亲自接她，应该不会有什么事。"

很快，车子悄无声息地停了下来。出乎他们的意料，展现在他们面前的武德殿，并没有想象中那么华丽。它只是比一般房宅略微修饰，唯一的区别就是门口站着几个侍卫。使者引着他们一路走上台阶，在和侍卫交谈了几句后，使者又带着他们向里走去。

"这里就是武德殿，李先生已经等候多时了。"

武德殿的正厅像一个巨大的会议厅。正中的书案后摆放着一张高背的椅子，两旁则各摆放着十几张椅子，椅子后面，四根棱柱高耸。两条走廊隐没在棱柱之后，直通后厅。再往正面看，正中天顶，高悬一块匾额，上书"武德殿"三个大字。虽然高不可及，但还是能看清楚，匾额老化，字迹也有些退色。

三个人正在欣赏着大厅，突然有人说话。只见从后厅走出一个人，仔细一看，正是李洛文。李洛文客客气气地抱腕拱手，说："三位，请坐。"

四人在一侧坐了下来。韦廷钧着急地问："李隐之呢，她现在怎么样？"

李洛文微微一笑，说："她已经被妥善安置，韦兄弟不必担心。三位既然来到桃花源，我也该尽一下地主之谊。"

蒋颖说："李先生曾经执意要我们远离绍兴，现在为什么又对我们的到来毫不避讳呢？"

"这都是李小姐的意思，族长应允。"

三人不声不响，只是互相看了一眼。李洛文见他们不解，说："恐怕三位还不知道，你们的朋友李小姐，其实是我们族长的亲生女儿。这次族长思女心切，所以才会派我们上去找她。李小姐已经在族长面前尽数三位的关照，因此听说你们来了，族长便要以礼相待。先由我陪各位，过后，族长和李小姐会设宴款待三位。"

韦廷钧张大嘴，惊异的不知说什么好。方遒和蒋颖虽然也没料到，但多少心里也有了些底。

李洛文说完一番话，突然又凑近身子，压低声音说："三位虽然初次到访，但族长有一心患，李某不得不代主相告。"

"李先生有事不妨直说。"蒋颖赶忙回答。

李洛文面露难色，继续放低声音。现在的他，早就没了之前在绍兴的冷酷无情。不知是什么原因，他俨然将三人视为自己的朋友。好在韦廷钧早就忘了疼，也没计较此事。

"这本来是我们族长的私事，不应该随便透露给外人。可既然事情牵扯到诸位，只得相告。只因为族长当年私自将李小姐带上了地面，这已经触犯了族规。现在他又让人把她带了回来，甚至还迎来了三位，这就更触犯了族规。以族长今时今日的地位，一旦被人揪出把柄，怕是会被好事者加以利用。好在目前知道此事和三位行踪的关键人物都是我们自己人，暂时不会有什么意外。所以只希望三位能在我的陪同下活动，以免带来不必要的麻烦。"

"可我们来的路上有很多村民看到我们了。"方遒突然感到危机，紧张地说。

"这个请放心，那些村民为人淳朴，很快就会忘了此事。"

"贵地的人们为什么那么担心被外人知道呢？难道是为了自保？"蒋颖问道。

李洛文长叹一口气，说："千百年来，族人都生活在地下，没见过外面的世界，杞人忧天总是会有的。从古到今，真正能来到我们这里的只有一个人，哪怕就他一个人，也引起了本族不小的震动。"

"那个人是谁？"

"你们可知道'桃花源'的来历？"

"莫非真的是陶渊明？"韦廷钧凭着高中的知识，不可思议地问。

李洛文对他投来赞许的眼神："当年陶渊明假托晋时武陵渔人造访桃花源，并不是凭空想象出来的，他可是亲眼目睹了我们这里的景象。公元407年，也就是他隐居后的第二年，不知怎么的，他就来到了我们这里。虽然他很快就离开了，但毕竟这是有史以来第一次有外人进来。于是我们千方百计地找到他，并请求他不要将此事对外人宣扬。陶渊明是个清心寡欲的人，他答应了我们的请求。可最后，他还是用笔纸记录下了这段不平凡的经历。好在陶渊明为人守信重诺，没有将细节说出，才保得我们的平安。但此事毕竟给我们敲响了警钟。故此，对外来人的禁止更为严苛。"

蒋颖认真地听着，心里暗自回味着这个美丽的故事。听到李洛文话一说完，蒋颖若有所悟地说："天哪，如果真是这样，贵族先人岂不是从秦朝以前就住在这儿了？"

李洛文面带敬佩地看着蒋颖，说："蒋小姐何以见得？"

方遒和韦廷钧突然同时拍了下大腿，叫道："对啊！"

"陶渊明在《桃花源记》中写道：自云先世避秦时乱，率妻子邑人来此绝境，不复出焉，遂与外人间隔。问今是何世，乃不知有汉，无论魏晋。"

"蒋小姐果然才思敏捷。确切地说，先祖是从先秦就居住在这桃花源的。至于原因，世代都只有族长和几位老帮了解，而我们只知道这些。此处桃花源虽然社会稳定，但毕竟制度严格，等级分明。"

正说着，门外有人突然跑进来，附在李洛文的耳边嘀咕着。李洛文站起身，对众人说："三位请随我来。族长和李小姐已经安排好宴席，等着三位了。"

韦廷钧显得比其他人更兴奋。一想到马上就能看到李隐之，他欢快地站起身，头一个向门口走去。李洛文紧随其后，领着方遒和蒋颖走出了武德殿。离开武德殿，四人鱼贯钻入另一辆汽车。

坐上车，李洛文指着车窗帘说："为了保密起见，这也是迫不得已的。请原谅。"三个人早就习惯了这个，所以也没反对。

又是一段车程，终于在李洛文关于桃花源的介绍中结束了。下了车，面前的建筑比起刚才的武德殿气派了很多。左右一共有三幢宽大的楼宇，四层楼高，中间是一扇十二开的大门，足足有三人来高。大门敞开，一股冷气扑面而来，方遒不禁打了个冷战。李洛文第一个登上台阶，身后，方遒细心地默数了一下台阶数，一共四十九级。登上台阶，高悬门顶的匾额才清晰可见，上书"永昌"两个字。

走进大厅，一股烟香徐徐飘来。原来，在大厅的正中，供奉着一个灵台。灵台前，一个青铜巨鼎端然摆放，里面正插着三支粗香，而灵台上则悬挂着三幅水墨画。正中的一幅画，画着一个道骨仙风的老者，坐下一头青牛。上首写着"陇西李伯阳耳"六个遒劲大字。左手边的一幅画，画的是一个袒胸露乳，斜靠在树下的老者，胡须白净，垂于胸际，上首写着"大彭国彭祖"五个字；右手边的一幅画，画着一个侍立的老者，背后画着一个山洞，洞口刻字"凤凰山朝阳洞"，上首写着"琅琊安期生"五个字。

见三人看得入神，李洛文站在身后轻声提醒道："三位，族长在偏厅正等着大家。"三人这才回过神来，跟着李洛文走进右边的长廊。

2．理想的国度

　　偏厅内，陈设古色古香，四周的墙上挂着水墨画，正中摆放着一张八仙桌，桌上已经摆满了丰盛的酒菜。桌子后面，早就坐定了三个人，当中的一个年纪大约在五十几岁，四方脸，浓眉大眼，一股英气咄咄逼人，特别的是，此人头发和胡须呈暗红色，微微卷曲，眼球碧绿，看起来绝不像个中原人；左手边坐着一位老人，韦廷钧认识他，他就是和李洛文一起将李隐之带入地下的巽老帮；而右手边坐着的，正是李隐之。

　　李隐之平静地看着他们。她已经换了一套服装，坐在那个中年人身边，脸上微微泛着幸福。蒋颖仔细打量着他们，觉得他们的眉宇间有着很多的相似之处。她断定这个人就是李隐之的父亲，桃花源的族长。

　　韦廷钧看到李隐之果然在这里，二话不说跑到她身边坐了下来，一个劲儿地问长问短。李洛文刚想上前阻止，李隐之的父亲站起来，说："各位，请坐。"

　　分宾主落座后，李洛文将主人介绍给了方遒他们。端坐在正座的，果然是李隐之的父亲李初阳。随后，他又逐一介绍了方遒等人。李初阳显得很高兴，吩咐李洛文斟满酒后，和大家一饮而尽。

　　酒过三旬，菜过五味，大家的话匣子总算是打开了。李初阳先是再三感谢方遒他们对李隐之的照顾，说如果不是他们的鼎力相助，恐怕父女相聚不会那么容易。接着，李初阳又将自己年轻时到地面上的种种经历——向大家述说。不单是方遒他们，就连李洛文、巽老帮也是头一次听到这些故事。其中的一些离奇经历，时时引来众人的咋舌。

　　说话间，方遒悄悄地碰了李洛文一下，低声问："族长说这些话没问题吗？"

　　"放心，今天在座的都是族长的心腹。"说完，李洛文又自豪地坐直身子。

　　韦廷钧的注意力，更多地停留在李隐之的身上。每动一下筷子，或者喝一口酒，他都要侧过头看看李隐之，好像以后再也见不到她似的，不过两人都没有多说话。巽老帮喜欢贪杯，自斟自饮了好几杯。看着一桌年轻人其乐融融，巽老帮也融入了其中，他很久都没如此开心过了。自从儿子死了之后，巽老帮的酒越喝越多。以前都是喝闷酒，今天却不同，他仿佛在席间看到了自己儿子的身影。如果儿子还活着，应该和李洛文一样大了。

李初阳滔滔不绝地说完后，蒋颖好奇地问："族长，从来到桃花源后，我就一直有个问题。贵族的祖先当年为什么要选择在地下生活？难道真是为了逃避战国的纷争战乱吗？"

李初阳神秘地笑了笑："实在抱歉，本族的秘密实在不便透露，这是从前就立下的规矩。"说完，蒋颖也识趣地聊起了别的话题。

饭局即将结束，有个侍从走进偏厅，说："族长，乾老帮有事求见。"

"让他到书房等我吧。"李初阳站起身，脸上原有的微笑渐渐消失，藏进深邃的眼神之后。他简单交代了李洛文几句，让他给方遒等人安排个舒适的地方住下来。随后，他匆匆跟着侍者走出了偏厅。

方遒和蒋颖都对这突如其来的变化有些莫名其妙。等李初阳走了之后，方遒就问李洛文，这个乾老帮究竟是谁。为什么族长听到这个名字后，脸色变得有些深沉？李洛文显得有些不自然，他看了看正在喝酒的巽老帮，支支吾吾地说着些不着边际的话。李隐之也有些不明就里，可看李洛文十分为难，她也不好再多问什么。

吃完饭，巽老帮满意地先起身告辞。随后，李洛文和李隐之带着他们也离开了偏厅。这次，李洛文有意避开前厅，带着他们从后厅穿后门走了出去。后门外，一片宽敞的花园给人以豁然开朗的感觉。这里的每一处景致，都别具匠心地将桃花源的含义融入其中。

"这桃花源可真是个好地方。"蒋颖突然打破沉默，说了句没头没脑的话。当大家把注意力都集中到她身上时，她又说道："不过我怎么也想不通，桃花源再美，怎么会和《兰亭集序》扯上关系？"

李洛文会意地停下身子，神秘一笑："既然我们不是敌人了，我也不妨直说。王羲之曾经是我们一个族人的好友，他倒从没来过桃花源，只是知道这个入口。地面上的文人总让人不放心，那次酒醉后，他在《兰亭集序》里写到了我们的入口处。好在真迹始终保存在他的后人手中，直到随李世民入葬，都没出什么乱子。这次听说它重现人间，我们又有点儿紧张了。至于那幅真迹，现在还在你们手上吗？"

"这个……"蒋颖的脸涨得通红，沮丧地低下头，"被偷了，就在我的办公室里被偷了。"

李洛文眉头紧锁，显然没想到会是这个结果："噢，是这样，这下又麻烦了。"

方遒担心再说下去不知道会出什么事，他灵机一动，借着刚才席间的话题问道："刚才提到的那位乾老帮，是这里的前辈吗？"

"这个……"李洛文摸着鼻子，有些闪烁其词。

从建立之初，桃花源里继族长之后就是八位老帮。他们都是些德高望重的老人，凭经验和阅历共同辅佐每一任族长。在这些人中，又以乾字老帮为先，是八位老帮的首领。这一任的乾老帮辈分极高，先后辅佐了三任族长。本来最近的一次选举应该选他为新的族长，但由于现任族长是年轻一辈中的干才，出于对本族将来的考虑，大家才会选他而弃用乾老帮。对此，乾老帮始终耿耿于怀。

"可是，乾老帮毕竟见识广博，族长还是得继续重用他。"李洛文耸耸肩，无奈的说，"世事总是让人哭笑不得，族长和乾老帮的矛盾似乎有增无减。不过为了桃花源，他们的矛盾没有被曝光。所以，几个知道内情的人都三缄其口。"

"但桃花源不应该是个理想的国度吗？怎么也会有这样的事情？"

李洛文突然有些伤感："是人终究免不了落俗，我们这里只不过比外界略微好一些而已。"

众人见气氛有些伤感，便不再多说。

李初阳心事重重地走进书房。乾老帮已经等得有些不耐烦了，不过看到李初阳，他还是收敛住不满，露出热情的笑容："初阳，你可来了，我正有事找你。"就好像长辈看见晚辈似的，乾老帮拍了拍李初阳的肩膀。

李初阳扶着他来到座位边，说："大老帮，那么急着找我，有什么事吗？"

"你托付我的事情已经查清楚了。最近的确有人在打我们的主意，这次可是真正的政府行为。我草拟了一份应对措施，就放在你的桌上。有空的话，你看看吧。"

李初阳爽快地大笑道，"乾老帮做的事，我怎么会不放心。对了，和俄罗斯的轨道问题办得怎么样了？"

"说道这个，我还真得和你商量一下。前一阵桃花源遇到百年不遇的虫灾，各部门都把钱转了过去，以作充用，俄罗斯这件事不得不搁置在一边。目前这笔钱还没周转，俄罗斯方面的特派员又催着我们加紧工期。你看在这个节骨眼上，到哪儿去筹这笔钱呢？"

李初阳沉默不语，低头想了半天。他默默地走到书桌边，在纸上写了点儿什么，又交给乾老帮："你马上到府库里提这笔钱出来，这是从内帑里省下的钱。你马上将它填补到北面的交通上去。目前，这可是头等大事啊。"

"可是，初阳，这个……"

"您就拿去吧。记住，和俄罗斯的交通枢纽关系到族人的未来。现在这件事还不能对外张扬，乾老帮可必须对外保密才是。"

3．暗涌

沈若诚和张栋勋总算找到个隐秘的地下旅馆住下，晚饭简单了些，可沈若诚丝毫不在意。刚到绍兴，他就迫不及待地想去会稽山。张栋勋毕竟行伍出身，由于一路上盘查得很严，他提议还是晚上行动。沈若诚只能躺在床上，手抱头，眼睁睁地盯着天花板。张栋勋没有打扰他，悄悄地离开了房间。等他再回来时，手里提着两大袋东西。

"这是什么？"沈若诚好奇地翻身下床，打开塑料袋好一阵翻找。口袋里，除了一些吃的外，就是手电筒、地图、指南针等野外用品。沈若诚拿起一把小刀摆弄着。

"都是些山上能用到的，今晚我们乘夜上山。"张栋勋坚定地说，"现在，您再好好休息会儿。"

"我哪儿睡得着。"沈若诚又躺上床，突然泄了气，"真的来到了绍兴，却又有些不知所措。"此刻，沈若诚想到了死去的苏茜妮。她走了以后，没人再能替他分忧了。现在，他只有自己给自己打气加油。张栋勋至少还在他的身边支持他，可惜他不太爱说话，烦恼也不能向他倾诉。沈若诚觉得心烦意乱，他如此执著于父亲的意志，为什么却会得到如此的结果。难道父亲错了？他曾经下定决心要延续父亲的生命，可今天怎么又动摇了？难道他也错了？

正想着，忽然有人敲门。沈若诚心不在焉地侧过头，张栋勋则像只警觉的猎豹，一下子窜到了门背后。沈若诚看到他的手里，正攥着刚才买的那把小刀。沈若诚紧张地看着他，只见张栋勋一只手扶着门，镇定地问道："谁？"

"一个朋友。"门外的声音清晰可辨。沈若诚此时也坐了起来，攥紧拳头，一副跃跃欲试的架势。他知道这次来到绍兴的事只有他们两个人知道，而且一路上到处都是悬赏抓捕他们的通告，要想避开他们的人数不胜数。这个时候，怎么会有朋友来找他们呢？

张栋勋蹑手蹑脚地插上门链，转到把手一边，反手将门拉开了一条缝，左手一把刀还攥在身后。透过门缝，露出了一张瘦小的脸。那人冲着张栋勋微微一笑，后者下意识地握紧拳头。

"请问沈先生是否下榻此处？"

张栋勋面沉似水，反问道："哪个沈先生？"

"香港来的沈若诚先生。"那人好像料定张栋勋会这样问，镇定自若地说。

"对不起，您找错地方了，这里没有沈先生。"

那人突然放声大笑，由于笑声突然，隔壁间还有人好奇地探头出来看个究竟。"张先生果然机警过人，如果我也能得张先生相助，夫复何求？不过我这次来，是要和沈先生做一笔生意。"

"先生！"张栋勋不客气地打断了来人，"我已经说了这里没有你要找的沈先生，我也不姓张，请您离开吧。"说完，张栋勋就要关门。

就在这时，身后的沈若诚突然说："栋勋，让他进来吧。"张栋勋诧异地回头看了看他，沈若诚倒逐渐镇定了下来："生意人不会拒买卖于门外的。"

"沈先生果然有胆识！"

张栋勋只得关上门，解下门链后又打开了门，左手上的刀已经插在了腰间。那人没带随从，独身一人大步跨进了门。来到沈若诚的面前，那人摘下帽子，微微鞠躬："沈先生，久仰大名，今天总算得幸能见你一面。"

沈若诚只得苦笑，说："我们好像不认识，不知道先生怎么称呼？"

"鄙人姓吕，单名一个二字。父母都是没有文化的人，取不出什么像样的名字。沈先生可别见笑啦。"

沈若诚表面装笑，心里却是一惊。他看了看来人的相貌，又瞥了一眼放在一旁的帽子。他说他姓吕，吕者带帽，不就是一个"官"？想到这里，沈若诚心里不免生出了戒心。

"吕先生，我们认识吗？"

吕二微微一笑，接过张栋勋递来的茶水，说："沈先生贵人多忘事，当然不认识我。可我却认识沈先生，而且我和沈先生的一位故友关系不错。她经常向我提起沈先生的好，但我总是没机会去香港拜会沈先生。这次听说沈先生来了绍兴，所以才冒昧登门造访。"

"故友？请问是哪位？"

"苏茜妮。"

沈若诚的身子不自然地微微颤抖，他避开吕二的眼睛，说："刚才听吕先生说想和我做一笔买卖。但是实不相瞒，今日的沈若诚已经不是往日的香港商人了。您看……"说着，沈若诚站起身，原地转了个圈子。"我现在可是一贫如洗，只有这个朋友还不愿弃我而去。吕先生，我这样一个人，又有什么生意能做呢？"

"沈先生言重了。"吕二一脸的热情，殷勤地向沈若诚凑了上去，"沈先生目前只是身逢逆境，难保将来不会东山再起。况且，沈先生又怎么知道我的这单生意不能为沈先生推波助澜呢？"

沈若诚看看张栋勋，他站在吕二的身后，冲着沈若诚微微摇头。沈若诚会意，顿了片刻说："吕先生的话，恕沈某不明白。再者，沈某毕竟和吕先生素昧平生，吕先生未必能解沈某的饥渴，沈某也不一定有德才助您成功……"

不等沈若诚说完，吕二已经伸手打断了他。吕二从手提包里拿出一份文件，送到沈若诚的面前："沈先生先看看这份文件再说不迟。"

沈若诚接过文件，心里又是一惊。文件上复印着一份书法作品，沈若诚懂得古董，一看便知这是《兰亭集序》。通篇看完复印件，沈若诚已经大致知道了吕二此行的目的。这份《兰亭集序》，正是那份有着一字之差的真迹。父亲的真迹在文革时交给了一个拾荒的孩童，算是丢失了一回。后来听说在方遒的手里，总算是失而复得，但这个人又是怎么得以复印呢？莫非他也有意于长生不老？

吕二见沈若诚想得有些出神，轻轻叩动椅把，说："沈先生，意下如何？"

沈若诚缓过神，尴尬地笑了笑，他收起文件，递给吕二。沈若诚站起身，在狭小空间里来回踱了几步："吕先生，这份文件和你的生意有什么关系？"

"沈先生难道没有看出这篇书法的端倪吗？我便是为了这端倪来找沈先生的，而据我所知，沈先生也是为了这端倪来到了绍兴。如此，我们这笔生意就做得成。"

"此话怎讲？"

"据我所知，沈先生此行可谓准备充分。但这里不是香港，沈先生在这里办事多少有些束手束脚。而我呢……"吕二说得兴起，也站了起来，"内地界面，不是我说大话，官私两面还有些朋友。我可以为沈先生扫清道路，沈先生现在不是还惹了些麻烦吗？"

他连沈若诚目前的处境都了如指掌，看得出他真是有备而来。沈若诚不敢说他可以完全相信眼前的人，惊弓之鸟还没完全缓和过来。但他最后说的几句话，沈若诚也有些心动。目前，困扰沈若诚和张栋勋最要紧的就是行动不便，做什么事都觉得畏首畏尾。如果真的能利用这个吕二打通各种环节，行动应当会方便许多。而且，沈若诚又有些私心，假如和吕二关系融洽，做好了这笔买卖，对将来重返香港也多了个选择。

"看来吕先生才是成竹在胸。既然吕先生全都知道了，那我想把话说在前面，您想得到什么样的价格呢？"

　　"不论你发现什么，或得到什么，我们都一人一半。"

　　沈若诚陪着吕二走到门口，两个人就像认识十多年的老朋友似的，双手紧握。他还是对吕二不放心，但对方已经给了他承诺，明天就能将事情搞定。到了明天，沈若诚就能根据对方的承诺而决定下一步的行动，他觉得这不算吃亏。

　　临走时，吕二突然说道："沈先生，在下还有一句话。能得到苏小姐的垂青，真是让人羡慕啊！"

　　沈若诚送走了吕二，急于想听听张栋勋的意见。但他一声不吭，只是自顾自地整理着工具。沈若诚觉得无趣，又躺在了床上。

　　"还在责怪我不应该轻易相信他？"沈若诚像是自言自语，又像是说给他听。

　　"自从跟了你……"张栋勋停下了手里的活儿，坐在另一张床上，"老先生就嘱咐我要保护你，凡事都听你的。既然你已经决定，我也不便多说。只要你平安无事，什么都不重要。"

　　"你还是信不过他？"

　　"那你呢？"

　　沈若诚翻身坐了起来，直勾勾地盯着张栋勋："我在问你。"

　　"我的答案和你一样。"

　　"可你就是不明白我为什么还和他合作？"

　　张栋勋又沉默了。沈若诚也不相信他，从他刚才的话里，张栋勋听出了这层意思。如果是这样，张栋勋就真的不明白他到底在做什么打算。跟了沈若诚好几年，他做事的方法张栋勋多少还是知道的。谨慎、周详，是和他同年龄的人所没有的。年轻的唯一缺点就是还不够沉稳，但沈若诚已经做到他能做到的最好了。他还是要和那个吕二合作，张栋勋真有些猜不透。

　　"我觉得他就是审问我的人。"沈若诚突然说了这么一句话，让张栋勋惊讶万分，"我记得他的声音。"

　　沈若诚肯合作，二得子总算松了口气。自从方遒他们失踪后，局长已经按捺不住心中的愤怒。这两天，他已派人秘密地满山搜查。二得子还注意到，他这两天不再去楼下的花园散步，而是改在房间里来回踱步。换了谁都要急了，不知道是哪儿传出的消息，局长的子女前两天突然从各自的职位上被裁撤了下来。

原本大局已定的棋局，竟然下成了现在这样，难怪局长派他来找沈若诚，想从这颗棋子身上再挖出些东西。局长终于让他出马，若能再早点儿用他，也不至于惨败到如此田地。二得子为自己深深地鸣不平，明天他一定能取得沈若诚的信任。

安顿完方造三人，李洛文略带疲倦地回到了自己家中。外出那么久，家里都有些陌生了。好在父母身体康健，不需要多操心。晚上，他反而没了睡意，坐在书房里看书。突然，一阵敲门声惊动了他。李洛文看了看时间，已经10点多了，会是谁来找他呢？父母已经睡了，李洛文稍一迟疑后马上起身，走到门口。

打开门一看，李洛文认识来人，他是巽老帮家的总管。见他神色匆忙，李洛文的心里打了个大大的问号。

"李总管，这么晚找我有事吗？"

"仆射大人，我家老爷说有急事，请您过府一叙。"

李洛文皱着眉头，一脸的不情愿："有什么事不能明天再说吗？"

"我家老爷说了，这件事关系重大，拖不得。我已经在外备好了车，请和我一起动身吧。"

李洛文见推托不得，只能找了件外套，带上门跟着那位总管上了车。一路上，李洛文问了几次，但那个管家总说不出个所以然。幸好李洛文的家离巽老帮家不远，很快就知道真相了。

巽老帮的家院落幽静，又是夜半时分，李洛文觉得格外的冷清。院子里漆黑一片，只有远处有一点儿暗弱的灯光。在李总管的指引下，李洛文来到了光亮处——巽老帮的书房。

推开房门，巽老帮正在房间里焦急地走来走去。看到李洛文站在门口，赶紧让他进屋，又吩咐管家没有召唤不得进来。

等管家离开后，李洛文已经是满腹狐疑。当他正要开口，巽老帮先说了话："洛文，出事了。"

"怎么了？"

巽老帮又走到门口推门向外张望了一会儿，关紧门，说："乾老帮贪污。"

李洛文半天没说话，他知道巽老帮为人冲动，而且嫉恶如仇，特别见不得乾老帮，所以，很可能见风就是雨。他听说乾老帮贪污，却不动声色，想看看他接下去还打算说什么。

"听说乾老帮贪污了一笔巨款，按照族里的规矩，贪污可是要杀头的。"

"可是乾老帮向来以廉洁著称，你不会听错吧？"

巽老帮神秘地凑了上来，拍拍李洛文的胸口："小子，这次的消息千真万确，你听说过李谷吗？"

李洛文想了半天，不确定地说："李谷，就是那个乾老帮的义子？刚回来那阵，我听说他被乾老帮赶出来了。"

"不错，正是此人。他因为在外胡作非为，所以被赶了出来。他亲口告诉我，乾老帮得到一张支票，而且是地面上的那种，具体数额他不知道，但他一口咬定乾老帮将这张支票藏在了一个秘密的地方。"

"这件事还有别人知道吗？"

巽老帮指了指自己，又点点李洛文："只有你我。"

"那老帮为什么要告诉我？"

"因为你是右仆射，掌管兵事。找你来就是想和你一起去乾老帮府上，把那张支票搜出来。我已经想好了，你马上召集禁卫军，我们这就去他家。"

李洛文突然抓住巽老帮的手臂，严肃地说："巽老帮，私自搜查老帮府第也是死罪啊。况且，这么大的事还是应该先禀报族长，让他定夺。"

"唉！"巽老帮一把挣开了李洛文的手，提高嗓门说，"洛文，现在都什么时候了。你也知道族长陪大小姐出去游玩了，要赶回来也不知道得花几天的时间。万一在这段时间里乾老帮转移了这张支票，要想再抓到他什么把柄，可就不容易了。"

"但是……"

"你就听我的吧，有什么事我担着。"说完，巽老帮一把反抓着李洛文的手，将他向外拖着走。不容李洛文反应，巽老帮的另一只手已经掏出了个手机，塞到了李洛文的手里，"你马上打电话，召集一部分兵力，让他们把乾老帮的府第围起来，我也会找几个走得近的臣工，一起去造势。另外，我已经派李谷在乾老帮的门前候着，我们给他来个当面对质。"

乾老帮的廉洁在桃花源里是出了名的。虽然他位居八位老帮之首，可他的府第比巽老帮的还要清寒。是夜，他正在书房读书。突然，门外隐隐传来沉闷的响动声。乾老帮抬头一看，隔着玻璃窗，远处围墙外泛出一片灯光。他正在寻思今晚会有什么大型活动时，门外突然有人敲门。

乾老帮几步走到门口，刚把门拉开，敲门的人差点儿摔了进来。下人看到乾老帮还没睡，上气不接下气地说："老爷，不好了……出大事了。"

乾老帮毕竟老于世故，他捋着胡子，听着似乎向着自己家的方向来的嘈杂声，一边问："何事那么惊惶？"

"老爷，您快出门看看去。出事了！巽老帮和右仆射大人正带着禁卫军冲着我们这里过来了。看这样子，他们只怕要包围我们的院子。"

4．阴谋

乾老帮来到院门外，只见黑压压的来了百十来号人。这些人个个都手持武器和照明灯，已经将乾老帮的府第围得水泄不通。为首的，正是巽老帮和李洛文，他们身后还站着好几个管理高层人员。乾老帮手捋须髯，镇定地说："巽老帮，别来无恙啊。"

巽老帮冲他一抱腕，不客气地说："乾老大，客套话我不会说。今天我们来，是要办正事的。请你让开，别为难小弟了。"说完，巽老帮大手一挥，带头便要往里闯。

乾老帮向前一步，走到门槛外，伸手一横："我看谁敢进去。"随后，他又向巽老帮紧逼一步，说："你无故带那么多人来我家，是为何事？"

"你少在这儿装蒜。为了什么事，你心里清楚！"

"我不清楚！"乾老帮气沉丹田，大声呵斥道。

"你不清楚？"巽老帮回身看着手底下的士兵，信心十足地说，"那么你敢对着众人说一声问心无愧吗？我量你也不敢。因为你贪污，按照本族的律例，当斩。今天，我就是带人来搜证据的！"巽老帮不甘示弱，几步走上台阶，和乾老帮怒目相对。他明白乾老帮德高望重，如果不镇住他，手下的兵丁可是不敢轻举妄动的。所以，他也不想拐弯抹角，开门见山地把事情给挑明了。

乾老帮听到这儿，突然捋着胡须仰天大笑。这笑声，充满着霸气和轻蔑。

"巽老弟，我李某为人怎样，整个桃花源无人不知。你瞪大眼睛看看我这宅子！更何况，我先后辅佐过数位族长，他们哪一个不对我的清廉大加赞许？今天你说我贪污巨款，是想恶意栽赃，还是想当众羞辱老夫？"

"得了吧，乾老大。你的为人别人不知道，难道我还不清楚吗？你是个十足的欺世盗名的小人。不错，你是受到过几位先族长的褒奖，你也素有廉名。可大家都被你的表面文章给骗了！你虽然家徒四壁，可你把钱全转到了地上。今天，我就给你找证据。"说话间，巽老帮就想从乾老帮身边硬闯进去。

乾老帮是何等人，怎会吃这种亏。他右手微微一颤，化拳为掌，照着巽老帮当胸推来。掌未到，掌风先至。在几位老帮中，乾老帮的功力最高，巽老帮也不敢硬接他一掌。他双手当胸交叉挥舞，鼓起一阵风，将来掌和掌风卸向一边。只是这样，他也只能收住脚步，没能再往前走。

乾老帮面不改色，气定神闲地说："我不与你说。"然后，他面朝李洛文，高声叫道，"仆射大人，你给老夫请上几步。"

李洛文见叫道自己，料想不能再袖手旁观，只得走上台阶。

"仆射大人，族长知道这件事吗？"

"这个……"李洛文觉得理亏，一下子不知道该怎么回答。

巽老帮在一旁不甘示弱，抢过话题说："族长和夫人正在陪大小姐外出游玩，若等他回来了，你早就将赃款转移了！"

乾老帮一听这话，顿时火气更大："洛文，我问你，族长是不是还不知道今晚的事？！"

"他还不知道……但巽老帮说证据确凿，便请了几位高层一起来了。"

"好，好，好……"乾老帮连连倒退几步，愤慨地说，"全都反了，全都反了！你们难道不知道，没有族长的手谕，擅自搜查老帮的家是死罪？今天，如果谁想往里进一步，就从我身上踩过去！"说完，乾老帮就摆开架式，准备开战。

他身后的管家见状，知道事情不妙，一把抱住了乾老帮："老爷，千万不可，千万不可啊！"若是硬拼，乾老帮肯定吃亏。而且对方都是有备而来，即使搜不出什么，如果乾老帮此时先动手，日后也是理亏。所以他拼命抱住乾老帮的腰，死活不肯放手。

趁着混乱之时，巽老帮一个箭步闯进了院子："老大，得罪了。"

乾老帮被管家紧紧抱住，只能眼睁睁看着巽老帮一个人走进去。他一边挣扎，一边大呼"小人"。

正在这时，忽听到人群后面传来一声嘹亮的号角声。紧接着，有人高声喊道"族长到。"众人顿时回头，原本将乾老帮的府第围得水泄不通的兵卒迅速让出了一条宽敞的道路。李初阳从人群后面快步走了过来，而李隐之也在他的身边。

"今天也不是什么节庆日，这儿怎么这么热闹啊？"

众人看到李初阳来了，全都弯腰施礼，高呼"族长"。乾老帮突然挣开管家的双臂，快步跑到李初阳面前。来到李初阳面前，他双膝一软，就要下跪。"族长，你可要为老夫做主啊！"

李初阳一把抱住乾老帮的双臂，将他搀扶住："老帮，出什么事了？"他一脸的关切，忧心地看着乾老帮。

"都是巽老帮和李洛文，他们听信谣言，硬说老夫贪污巨款，还带来那么多禁卫军要搜查我的房子。族长，自打老夫出生以来，就没受过此等侮辱。"他忽然推开李初阳，运力照着自己的面门就是一掌，"老夫我便死在这里，也免得他们再费心计。"

李初阳眼疾手快，左手一扬，隔挡住了乾老帮的手掌："老帮，有话我们慢慢说，何必如此呢？洛文，你过来。"李初阳招呼着远处的李洛文。

"这究竟是怎么回事？"

李洛文只能将今晚所发生的一切全盘抖了出来。李初阳一言不发，面沉似水。直到李洛文把前因后果全都说完，李初阳才开口："这么大的事，为什么不先向我禀报？"

"巽老帮说，族长不在此地。等您回来了，怕乾老帮早就将赃款转移了。"

"巽老帮呢？"李初阳抬头向四周扫了一眼。

"他已经进府搜查了。"

李初阳微微一点头，说："来人啊，把巽老帮给请出来。"

片刻之后，巽老帮跟着一名小卒走了出来。来到院外，他也不看乾老帮一眼，大步流星地走到李初阳的面前。周围的人注意到，此时的巽老帮手中正握着一张纸条。他大手一挥纸条，说："族长，您来得正好。您看，这就是证据。"说完，他把纸条递到了李初阳的面前。

李初阳接过纸条，乾老帮和李洛文此时也都看到了，这正是一张支票。李初阳双眼微眯，一声不吭。

"乾老大，怎么样？这回你无话可说了吧。"巽老帮得意扬扬，站到了李初阳的身边。所有的人此刻都不作声，现场一片寂静，大家都等着李初阳的裁决。李初阳看了看大家，又轻轻地拍拍乾老帮的肩膀。

"年前，桃花源遭受了百年不遇的旱情。乾老帮身先士卒，头一个站出来赈济父老乡亲。可是，大家都知道，乾老帮虽然位高权重，却一贫如洗。于是，他便想变卖家里仅有的一些传家宝。"

李初阳顿了顿，绕着场子来回走着。

"族长，别说了。"乾老帮恳求他。

"为了完成乾老帮的心愿，我便从内帑里凑了笔钱。毕竟财政部拨的钱有限，我也想尽快帮助大家脱离困境。这笔钱……"他晃了晃手里的支票，"这笔钱就是我交给乾老帮，让他用来抚恤大家的。"

"众位还有什么异议？"

"可是，这是乾老帮的义子李谷亲口对我说的。今天我还把他带来了，可以当面对质！"

李初阳有些无奈，他略显疲倦地问："李谷呢，把他带上来。"巽老帮赶忙吩咐手下人把李谷叫上来。过不多时，派去的人急急忙忙地跑了回来，说："报告，李谷因为羞于见到自己的义父，已经自尽了。"

"什么！"一听到这句话，巽老帮就像个泄了气的皮球。幸好身边的人搀扶着他，才免得倒在地上。

反倒是乾老帮来了精神，他上前几步俯身就要给李初阳跪下："族长，请为老夫做主。"李初阳赶紧把乾老帮搀扶起来。他在乾老帮的手背上拍了拍，又看看众人。最终，他抬头吸了口气，缓缓地说道："巽老帮，李洛文。乾老帮身居老帮首座，而且德高望重，搜查他的府第当处重罪，况且你们还是瞒着我擅作主张。念你们往日有功，现决定巽老帮从今日起回家闭门思过，没有我的命令不得离开家门。李洛文革去手中兵职，但仍可继续听用。至于其他人，都回去写份检讨，明天交到我的手中。"

说完，他看着乾老帮，问："老帮，这样可以了吗？"

"多谢族长为我做主。"

李初阳沉默不语，带领着众人从乾老帮的门前散开。一路上，李隐之细心地观察着父亲的举动。自从来到了桃花源，自从见到了父亲，李隐之做得更多的就是观察。她本应该有很多话要对他说，事实上在火车上，她就设计好了许多台词，可真到见了面，李隐之就像成了哑巴，俨然不知所措。

父亲是个深沉的人，不苟言笑，言谈中隐隐透射着一种威严。她不能抗拒这种威严，哪怕是他的呼吸，都会让她有紧迫感。不过，父亲的眼神毕竟还是温柔的、慈祥的。和李隐之想象的一样，父亲对于她的出现没有表现出太强烈的激动。可凭借女人的直觉，她还是从他的眼眶中看到了点点斑驳。至于母亲，她只是一个普通的、美丽的女性。她们刚一见面，就抱在了一起。

走到乾老帮家院前的十字路口，李初阳和李隐之同时看到了方遒三人。他们正把着墙角瞪大眼睛向这边张望着。原来方遒他们住的地方离乾老帮的院子不远，晚上大街上人声鼎沸，他们就商量着出来看看，偏巧碰上了李隐之。李隐之冲他们一摆手，示意他们先离开，自己却跟着李初阳向着族长的内阁走了去。

夜晚的桃花源，微风拂动，李隐之分辨不出这是从哪儿吹来的风。夜空明朗，和她在地上看到的没有什么两样。身后的人逐渐散去，只有他们一家人和贴身随从还在一起。回内阁必须经过武德殿，这是一段不短的路。接送他们的车缓缓地在身后驶动，李初阳却愿意步行，这是他每当烦恼的时候总喜欢选择的一种方法。

"你们先回去吧，我想让隐之陪我再走走。"李初阳突然说道。

李隐之看了看身边的母亲，点点头，没有说什么。等车载着人们从他们俩身边经过后，李初阳终于如释重负地长舒一口气。

"孩子，知道你的名字是什么意思吗？"

李隐之不回答，听他继续说下去。

"在你还没出生时，我便想好了这个名字。隐之，就是要隐去自己的锋芒，隐去自己的张狂，这也是我初出茅庐时你的爷爷对我说的话。没想到，我竟然有幸做了桃花源的族长。你的爷爷还是英明的，他送给我的这两句话最后还是派上了用场。在别人的眼里，桃花源的族长应该威风八面才是。恐怕连你的那些朋友也该这么想。但谁又知道，桃花源的族长却是个烫手的山芋——看着让人眼馋，拿着让人畏惧。"

李隐之抬头看了一眼父亲，话中的无奈透过表情挥散在空气中。即使不用看，都能闻到这种气息。

"今晚的事让我突然觉得自己很累，很累。如果有时间，如果有可能，我真的好想放下肩上的担子，好好休息一阵。"

"今晚虽然是巽老帮他们鲁莽，可我想他们应该知道自己错了。"李隐之考虑了片刻，尽量挑选着合适的话回答。

"唉，隐之，你毕竟还是个孩子，看不出其中的凶险。"李初阳拍了拍女儿的肩膀，说，"你真以为今天的事是巽老帮和李洛文的错？乾老帮手中的支票的确是我给他的，可用途却只有我们两个人知道，在事情办妥前，我还不想让族人知道。但是乾老帮却利用了我不能对大家公布这张支票的用途，来了个一箭双雕。一方面，他借我的手逼我废了自己的左膀右臂；另一方面，他又在众人面前大大地争了回面子。乾老帮表面上老实，实际上，他的城府太深了，深得都有些见不到底。"

李隐之惊讶地看着父亲："可是，巽老帮不是说有人通风报信吗？"

"只怪巽老帮为人鲁莽。乾老帮的义子李谷素来以孝道著称，对他的义父比对亲生父亲还要孝顺。试问，这样一个孝子，又怎么会出卖他的父亲呢？如果给李洛文时间，凭他的头脑应该能看出其中的端倪。但他碍于巽老帮的面子，竟然也被牵连了进去。"

"父亲……"李隐之情不自禁地提高了嗓门，连她自己都不知道，为什么会一下子激动了起来，"既然父亲您早就看穿了，为什么不当面戳穿？为什么还要如此严厉地责罚巽老帮他们呢？"

李初阳被女儿的几句话问得哑口无言。是啊，他早在回来的路上就看穿了乾老帮的棋局。可他却别无选择，这难道就是做族长的无奈吗？

"国有国法，家有家规。桃花源虽然不是什么大地方，但也必须有严明的法度，才能让所有居民心悦诚服。今天虽然是乾老帮设计陷害他们，可在别人的眼中，却是巽老帮和李洛文犯了法。既然我不能当面戳穿乾老帮，就势必对巽老帮他们做出责罚。为父又居心何忍呢？但为了大局利益，为了不让乾老帮继续借题发挥，我也只能忍痛割爱。"

"没想到面目和善的乾老帮竟然如此阴险！"李隐之愤愤地踢起了地上的一块石子，"我真不明白，他这样做对自己有什么好处？"

"为了族长的宝座。"李初阳平淡地说出了这句话，却像惊雷一样打在了李隐之的心头。

"为了当族长？为了把父亲赶下台，他竟然这么费尽心思！"

"单单为了当族长，我想没几个人真正愿意接这个吃力不讨好的活儿。但桃花源的族长，却把守着一个惊天的大秘密。"

李隐之仿佛跌进了云雾中，已经跟不上父亲的节奏。现在的她，只有听的份，根本就组织不出什么语句来和父亲对话。

"不是我吹嘘，这个秘密足以改变历史。只要我们愿意，中国的历史完全可以被我们改变许多次。你是我唯一的孩子，我理应告诉你，但起初我担心你的朋友，不过现在我对他们的顾虑完全打消了。我知道，今晚我们的对话你肯定会对他们说。我并不会阻拦你，只希望你一旦有一天告诉他们的时候，希望他们能像曾经几个来到我们这里的地上人一样保守秘密。我的孩子，我希望你能永远留在我们身边，而他们终究得回到他们的世界。如果你告诉了他们，切记要他们发誓，让这个秘密随他们一起进入坟墓，你能做到吗？"

李隐之坚定地点点头。现在父亲说什么她都没有反应，她的注意力已经完全被那个父亲所谓的惊天大秘密所吸引。

"那好，现在我就要给你讲一个故事。"

5．千年传说

公元前，老子辞去了周都洛阳守藏吏后，举家迁往关外，只为了著书立传，修身养性。在经过函谷关的时候，被当时函谷关令伊喜挽留，最终留下了《道德经》才准许他们出关。来到了陇西秦人地界，老子选择了一块合适的土地，让族人繁衍生息，而自己则选择了毗邻的一座山林，过着隐居的生活。

令他没有想到的是，人迹罕至的山林并非只有他一个隐士。一个偶然的机会，他在葱郁的密林中遇到了彭祖。在经历了尧、舜、夏、商后，此时的他已经800多岁。奇怪的是，虽然彭祖年过八百，却色如童子，能步行日过五百里，能终岁不食，亦能一日九食。

莫逆之交，老子和彭祖很快便因志趣相投而结了管鲍之谊。一日，老子问彭祖自己活了200多岁已自觉长寿，为何他能活800多岁呢？原来彭祖是颛顼的玄孙，陆终和鬼方首领之妹女嬇的儿子。从他的父母那儿，他继承了一套长生不老的方法，然而人终有一死，最多也不过千年。

老子蓦然，不禁仰叹：人法地，地法天，天法道，道法自然。纵使如我，神鬼楚人，能活二百岁；纵使如彭铿，五帝后裔，能活八百岁，终究难逃一死。人与天斗，毕竟逃不出一个道。

虽然如此，老子和彭祖还是决定潜心研究一种新的长生不老之术。功夫不负有心人，凭借着两人的智慧和分别做过商周守藏吏饱览天下书籍的基础，他们终于发明了真正的长生不老术。然而，法术还是有它的局限，那就是只能做到灵魂的转移，而不能做到肉体的永恒。换言之，他们能将人的灵魂摄取出来并放入另一个肉体中，以此来达到长生不老的目的。而且，他们还能做到保存记忆，使得灵魂到了新的肉体上还能拥有原来的记忆。另外，这种转移仪式必须间隔800年才能进行一次。但由于法术不完善，灵魂在一个肉体中最多只能保存50年。剩余的时间，他们就必须想别的方法保存这个灵魂了。

蜿蜒的溪水边，老子与彭祖静静地看着水波荡漾。他们成功了，可他们同样担心，人非圣贤，时下诸侯割据，群雄并起。如果被哪个利欲熏心的人得到了它，天下岂能不乱？彭祖淡然一笑，他早已被人传为神话，云游天下也不会有人知道。老子蹙眉，他必须守护这个秘密，直到他死。他再给自己百年时间，如不遇明主，就亲自毁了它。

公元前470年，老子假死于秦国。庄周闻得，写下了：老子死，秦佚哭之，三号而出。

公元前221年，秦始皇嬴政统一六国，横扫宇内。他在政治上大爱雄才，在生活上却痴迷仙术，一心想要长生不老。在一次东巡的时候，秦始皇遇到了安期生。攀谈之际，安期生无意中说道了世界上可能确有长生不老之术，来年再到蓬莱找他，他一定会告诉秦始皇。

第二年，秦始皇再巡蓬莱，却始终不见安期生的影子。无奈之下，秦始皇只得回到咸阳。但他还是不死心，紧接着又派出徐福、侯生、卢生四处寻访安期生和长生不老之术。后来，他听说陇西李氏可能知道长生不老之术，而且老子也许没有死，但此时徐福、侯生和卢生都已经音讯全无。

公元前213年，无奈的秦始皇只能以李斯诋毁诸子百家焚书为理由，秘密搜罗各地道家书籍。可陇西李氏一族没有给他想要的东西。一怒之下，第二年秦始皇便开始了疯狂的报复行动。他假借坑杀儒生，肆意抓捕陇西李氏。扬言如果不交出长生不老之术，便要灭族，而他自诩也是陇西人氏，得到法术理所当然。万般无奈之下，老子终于离开山林，和秦始皇会面了。他答应了秦始皇的要求，为他准备灵魂转移的法式。

公元前210年，也就是秦始皇和老子见面后的第二年，49岁的秦始皇巡游返至平原津得病，行至沙丘（今河北广宗西北），猝死。赵高秘不发丧，勾结始皇少子胡亥及李斯，伪造遗诏立胡亥为太子，是为秦二世，并赐太子扶苏死，此是后话。

老子则收藏了秦始皇的灵魂，这时的他又遇到了一个两难的境地。他答应了秦始皇的要求，可是他现在的体力不足以再等800年。于是，他找来了陇西自己的后代，请求族长带，子民过着隐居的生活，由族长负责保管灵魂和书籍，并在几位老帮的帮助下，相隔800年再放出秦始皇。当然，那些族人只能以躲避战乱相告。而作为弥补的，就是可以让全族人都能长寿。

从此，陇西一族李氏悄悄地离开了人们的视线，来到了地底的桃花源。

光阴荏苒，809年后，也就是公元599年，隋开皇十八年十二月戊午，在武功的别馆，唐国公李渊喜得次子。四年后，李渊在岐山因为一个书生的相面，以"济世救民"之义，给他取名李世民。

就在李世民出生的那一刻，远在桃花源的时任族长也完成了他们的仪式。选择李世民，不单因为他的祖上是陇西狄道人，是老子的后裔，他们的族人，更因为封闭在棺椁内的秦始皇的灵魂在那一刻到来前自动地苏醒了。它激烈地翻腾着，他在用自己的奔腾告诉别人，它选择了自己新的肉体。为了它的再次称霸，它已经苦苦等待了809年。

李世民17岁的时候，李渊受禅登基。该国号"唐"，以次年始为武德元年，李世民被拜为尚书令、右武候大将军。或许是巧合，或许是命中注定，李世民在登基前最终被进封为秦王，加授雍州牧。

随着年龄的增长，遥远的记忆逐渐复苏，他越来越清醒地意识到自己和自己的存在。新的一轮寻找在李世民四处征战的时候就已经开始，但人们始终无功而返，但这并没有影响他对于道教和仙术的迷恋。

唐代崇尚佛教，可李世民却同样信奉道教。在他手下的一批臣子中，李靖、尉迟敬德等也都喜好黄老之术。李世民更是养了一批道士在宫中，夜以继日地为他炼制仙丹。他不但自己服用，还赏赐给臣子。

功夫不负有心人，李世民终于听说关于桃花源族人的秘密可以从王羲之的《兰亭集序》中窥得，又听说《兰亭集序》在一个名叫辨才的和尚那里，于是便多次派人去索取，可辨才和尚始终推说不知真迹的下落。李世民看硬要不成，便改为智取。他派监察御史萧翼装扮成书生模样，去与辨才接近，伺机取得《兰亭集序》。辨才失去真迹，非常难过，不久便积郁成疾，不到一年就去世了。

李世民在获得《兰亭集序》后视其如至宝，日夜钻研其中的奥秘。对外，为了不引起怀疑，他特地命人临摹了《兰亭集序》，并使之流传于世，可最初的那个临摹者被李世民授意将文中关键的一个字"阳"改成了"阴"。由于原本兰亭就在会稽山阴，也就没有引起别人的注意。

桃花源的族长答应了李世民的再次请求，而他则心满意足地等待着自己的再次转生。公元649年，50岁的李世民在翠微宫含风殿猝死。根据后世的记载，李世民因为大量服食丹药，导致重金属中毒而死。

但谁也不会想到，就在他死的那一刻，桃花源的上空雷电交加。那个装载着两代帝王的希望和遗憾的灵魂，恋恋不舍地回到了它的棺椁中。

再一次临幸人间，必须再等800年。

看着呆若木鸡的李隐之，李初阳疼爱地笑了起来："当初我从先族长那儿听到这里时，和你的反应一样。不过他告诉我，故事还没结束。"

过完年，已经是公元1678年，一千多年的沉寂，让桃花源的族长和老帮显得有些焦躁不安，棺椁里的灵魂迟迟没有苏醒的迹象。200年前，它就应该有所表示。年迈的族长招着手指，细想了一下，他原本以为明太宗朱棣可能是它理想的选择，但那时这个傲慢的灵魂没有丝毫的反应。24年前，也就是现在的康熙皇帝降生前，那具灵魂也没有动静。虽然仅仅过了16年，但从地面上来的消息说，康熙皇帝也是一个百年不遇的明君。

有的老帮私下说，或许这个灵魂已经死了。老子和彭祖或许没有预计到一个灵魂或许只能转生一次。族长沉默不语，祖先没有告诉他遇到此类问题该如何应对。他也不敢打开棺椁，因为一旦在灵魂还没有完成转生仪式就打开棺椁，那个灵魂就会死去。

无奈之下，他们只能轮流守夜，静静地等待灵魂的复苏。

这一等，又是24年。终于有一天，轮值的老帮兴冲冲地找到了族长，告诉他它终于苏醒了。那天是公元1678年的2月，族长带着几位老帮恭敬地站在棺椁面前。此时的灵魂还只是刚刚苏醒，棺椁里的动静不大。但他已经嗅到了自己那副满意的躯体，在哪儿还得进行进一步的考证。

它要的是一个帝王，因此，这个尊贵的灵魂绝不允许附在那些普通的肉体上。从前辈那里听说，这个灵魂相当傲慢，稍有照顾不周，它就会大发雷霆。为了不耽搁转生仪式，族长赶忙让人出外打听。

从北京回来的信使报告说，最近北京紫禁城里传出消息，康熙皇帝的一名妃子蒙古人乌雅氏有了身孕，太医还断定她将生一位皇子。同年，乌雅氏被敕封为德嫔。之前，康熙皇帝已经有了三个儿子。

德嫔的肚子一天天地变大，棺椁中的灵魂也一天天地活跃。现在，族长更确定灵魂想要的肉体就是康熙的这个儿子，因为它苏醒的那天正是德嫔得孕的那天。仪式的筹备工作井然有序地进行着，桃花源对于紫禁城的关注也日见频繁。他们买通了伺候德嫔的太监，从他那儿得到关于德嫔身体状况的更多信息。

公元1678年12月13日，皇四子诞生。仪式结束后，族长很快就得到了一个消息：康熙为自己的这个儿子取名为爱新觉罗·胤禛。

几个人围坐在一起，不禁放声大笑。嬴政、秦王、胤禛，究竟是它的执著，还是历史的巧合？

也许是灵魂太久没有来临人间，幼年的雍正显得过于躁动，使得康熙对他的评语为"喜怒不定"。这个评语，直到雍正24岁，公元1702年（康熙四十一年）才经雍正请求被撤除。

即位前的雍正始终以"天下第一闲人"自居，虽然对于父皇安排的工作都认真完成，但在争夺继承权的问题上，他始终保持着不闻不问的态度，沉迷于佛教和道教，并暗中与年羹尧与隆科多交往，加强自己的势力集团。同时，他向父亲表示孝心，赢得了康熙的信任。

公元1722年，康熙六十一年，44岁的雍正在畅春园即位。虽然老父皇长寿了些，让他苦苦多等了许多年，但这样的结局正在桃花源的意料之中。

即位后的雍正再也不隐藏他对于道教的迷恋。在每天的宫廷记录档案中，煤炭、金属、硫磺等物品的消耗量都居高不下，甚至到了他死的那一天清晨，还有大批的炼丹物资被送进宫中。

另外，雍正对于自己的将来也做足了打算。会稽山上的入口处已经被改动过，雍正皇帝只能依靠别的什么方法再次和桃花源取得联系。他的得力助手年羹尧进入了他的视线。年羹尧先后被任命为川陕总督、抚远大将军，赴青海征讨厄鲁特罗卜藏丹津叛乱，成功后被封为一等公，成为实际的西北王。

表面上年羹尧坐镇西北，但在暗处他还有一个秘密的使命：寻找桃花源。

公元1735年10月 8日，雍正皇帝猝死，享年53岁，死因是服用过多丹药，重金属中毒。关于雍正是否和桃花源联系上了，双方都三缄其口。不过，后一任的族长又已经恭敬地将棺椁供奉，期待着新的一次转生。

不知不觉地，李初阳和李隐之已经走回了家。两千年的震撼，突然间让她接受，似乎有些勉为其难。

李隐之调整了呼吸，问道："这么说来，秦始皇、唐太宗和雍正其实是一个人？"

"严格地说，应该是拥有同一个灵魂的三个个体。他们虽然生活在不同的时期，却有着连续的记忆。"

"从来……我的意思是没人怀疑过这一切吗？"

"当然不会。"李初阳推开房门，让李隐之先进去，"800年一次间隔，本身就会抹去人们的记忆。即使有文字记载，也会因为著书人的个性而影响了书本的真实性。对于那些奇怪的现象，后来的人更愿意相信是巧合。你不觉得吗？我们生活的世界其实很平淡，所以平淡的人们就会想尽办法找一些看似奇怪，实际上却再普通不过的东西做文章，而真正值得注意的往往被埋没在深处。"

他点亮灯，给李隐之倒了杯水："要知道，中国历史悠久，这三个人的巧合只是其中的沧海一粟。况且，又有几个人会突发奇想地把他们三个人联系在一起呢？"

"下一次……"

"还早得很，亲爱的。"李初阳将着小山羊胡须，哈哈大笑着，"到下一次转生还有500年的时间，我是看不到了，或许你还能看到。2500年，我还真有些好奇。"

"不是有长生不老的法术吗？"李隐之现学现用，她已经渐渐认同了李初阳的故事，"只要有那个法术在，你完全可以看得到啊。"

"作为保守秘密的补偿，我们的确能长寿，但最多也就两三百年，不可能再多了。这儿还是有生老病死，只是少了点儿。在这儿待的时间长了你就会发现，这儿其实挺闷的。"李初阳突然扮了个鬼脸，逗得李隐之笑得前仰后合，紧张的心情顿时缓和了不少。

"桃花源目前最严重的问题就是新生儿少了许多。新生命的意义，从很大程度上说是因为人类会衰老、死亡。一旦没有了死，生就变得毫无意义。由于桃花源里人人都很长寿，对于养育新生命的兴趣自然少了许多。成年人和老人多了，就会变得沉闷、平淡。"

"为什么你们不出去呢？"

"两千年来祖上定的规矩没人敢破，而且大家都适应了地下的生活，真要去了地面，也未必过得惯。我们这里也有许多传统，地面上早就没了。"他指指自己的脸，"单凭这张脸，我们就不能见人，就好像地面上的人也有着强烈的自我保护意识。对于未知的、没看见过的，他们天生会有一种畏惧的心理，这种畏惧的心理会逐渐转变成排斥、自卫，甚至敌对和仇视。我们的族人尚且不能平心静气地面对他们，他们又怎么会平心静气地面对我们呢？时候不早了，"李初阳看看墙上的钟，站起身，"今晚闹腾了一夜，你早点儿休息吧。"

出门前，李隐之叫住了他："父亲，为什么你要把这个秘密告诉我？"

"有一天，我想你能继承这个秘密。送你出去的那一天我就想过了，桃花源必须得让一个真正在地面上生活过的人来领导。虽然现在我们每年都派人上地面和那里的人接触，保持不落后甚至超前，但在思想上我却无能为力。我们整整落后了两千年，我希望你能肩负起这个重任。"

6．明争暗斗

"恭喜老爷！"管家确认院落里不再有其他人，关上房门，回身嬉皮笑脸地说道。

乾老帮泰然端坐，脸上微微飘过一阵得意。他背靠着太师椅，眯缝着双眼，佯装不解地问："何喜之有啊？"

"老爷！"管家凑上前一步，弯着的腰如麦秸一般随风摇摆，"老爷成功扳倒了巽老帮和右仆射，族长身边一下子少了两条胳膊。这个谋略可不是常人所能想到的啊！这次小的我在老爷身后看过了，随着巽老帮来的无非是些品阶不高的人，其他六位老帮全都没在场，可见他们已经和老爷您站在了一起。"管家双手来回地搓着，嘴巴吧嗒吧嗒的发着怪声音。"到时老爷您恐怕就能……"

乾老帮右手一扬，瞪了管家一眼，吓得管家本能地向后退了一步，脖子都快缩了回去："不可乱说话，小心隔墙有耳。这次虽然成功了，但也苦了我的义子。这孩子从小在我身边长大，虽然不是亲生的，但我同他的感情比亲父子还亲。现在他甘愿为了计策而死，我……"乾老帮突然抽搐了几下，衣袖在面颊上擦拭着。

"老爷，少爷的后事我一定会好生操办。您就……"

"不行！"乾老帮止住哭声，一脸凶险，"虽然少爷是为我而死的，但外面的人只知道我们闹翻了。至于他的后事，随便找个人把他埋了就是了。切记吩咐家里人，谁都不得去凭吊他。我想，谷儿若是在天有灵，一定会体谅我们的。"说完，他的眼泪似乎又控制不住地掉了下来。

"是，是。老爷，小的还有一事，因为刚才混乱不便向您报告。"

"说……"经过一夜折腾，乾老帮也许是累了，身子软下来，开始了闭目养神。

"老爷还记得负责东面会稽山出入口的'刀疤'吗？他可是李洛文的心腹，不过小人我在他身边也安插了一个人。这次就是我的人报告说，桃花源来的那三个地上人，最早是落在'刀疤'的手里。他本来想杀了他们，但听说是李洛文的朋友，就罢手了，还把他们送到了桃花源。但是，那个'刀疤'似乎隐瞒了一件事。"

管家顿了顿，想看看乾老帮的反应，但乾老帮就像睡着了似的，纹丝不动。管家识趣地咽了口唾沫，说："那个刀疤在这三个人的衣服里搜出了窃听器。"

"窃听器？！"乾老帮微睁双目。

"不错，就是窃听器。我的人亲眼看见他把窃听器塞在了口袋里，等确认了他们的身份后，他也没再提过这件事。另外，就在三个人来到桃花源后，出口处附近多了很多神秘人。他们不像是普通的游客，而像是在找什么东西。"

白天，负责招待方遒他们的人汇报说，李初阳对他们盛情款待，简直是贵宾待遇。虽然这全是看在李隐之的面子上，但他也没有别的动静，至于窃听器，更没听人提起过。难道是"刀疤"没把事情向上面汇报？又或者是被李洛文给拦住了？20年来从没听李初阳提起过他有个女儿，也没人见过她。现在突然冒出个女儿，已经有很多风言风语说李初阳当初有意将女儿送到地面。如果真是这样，那可是违背族规啊。

从有了桃花源起，李初阳是历代族长中最支持与外界沟通的人。俄罗斯的事，就是他极力促成的，若不是碍于族人可能会有的反对，他早就大张旗鼓地干了。现在又来了三个外人，每人身上还带了窃听器。

难道李初阳真的和外界私通？

"时候不早了，你去休息吧。记住，今晚的事不准对任何人说。让你的手下人看紧点儿'刀疤'，至于那几个地上人，派人查查他们的底细。"

第二天一大早，李隐之独自一人来找方遒他们。她以为自己可能来的太早，可没想到方遒他们已经围坐在桌边，吃着早饭。看到李隐之来了，韦廷钧最是起劲，他兴奋地放下碗筷，一个箭步冲向门口。蒋颖和方遒对视了一下，会心地摇了摇头。

"大家睡得还好吧？昨晚的事最好没有影响你们的休息。"

"不会不会，我们睡得都很好。"韦廷钧殷勤地给她端来一把椅子，"他们招待得可好了，比宾馆都好。你们说是不是？"

韦廷钧向他们使了个眼色，蒋颖斜着眼看见了，却不接他的话。"李小姐，有个问题昨天在酒席上不方便问，李小姐当初为什么会从医院离开呢？"

没想到蒋颖突然问了这么个问题，李隐之一时有些语塞此时韦廷钧的脸色也严肃了起来。当时李隐之不辞而别，还给他打了通奇怪的电话，韦廷钧的心里多少也有些疑惑。只是由于他更爱李隐之，所以见到了她，就把问题都抛在了脑后。

"那天你们走了以后，有个护士来探房。她威胁我要按照她说的做，否则就会对你们不利，所以我不敢找你们。后来才知道，原来是有人要我找到桃花源的入口。"

"是谁？"方遒被冷了半天，终于找到个说话的机会。

"一个老人。"

"老人？是不是中等身材，白胡子，拄着根拐杖？"

李隐之没说话，但蒋颖还是从她的脸上看到了答案："我们会来桃花源，也是因为他。看来，他真的对桃花源很感兴趣。"

"桃花源究竟有什么吸引人的地方？"方遒自言自语，顺手夹了口菜。

"长生不老。"李隐之想了半天，终于决定开口。

一个晚上，李隐之始终无法接受父亲讲述的故事，就像一块大石头横在了胸口。找别人分享，可能会让她略微好受些。当父亲决定要将重担转交给她的时候，她更是显得不知所措。她尽可能地保持清醒的头脑，将父亲讲的故事原封不动地传达给他们。通过他们逐渐变化的表情，李隐之隐约看到了昨晚的自己。那时，她一定比他们更惊讶。

李隐之断断续续地讲完了整个故事。房间里静悄悄的，韦廷钧的脑袋像拨浪鼓似的摇晃着，他看看方遒，又看看蒋颖。此刻的他们也和他一样大气也不敢出。常识性的中国历史他们都熟悉，而蒋颖更是从事历史工作的专业人员。但他们谁也想不到，一会儿的功夫，李隐之的故事就颠覆了这一切。

蒋颖最快从惊讶中缓过神，根据自己的理解，她问了个恐怕连方遒和韦廷钧都想问的问题："你是说那三个人其实是一个人？"

"父亲是这么说的，更多的我也不知道。虽然我至今还不能相信这个故事，但父亲说的时候很认真，让我不得不相信他说的，另外……"李隐之突然脸红了。

蒋颖从她的脸上捕捉到一丝为难，说："李小姐有事不妨直说。"

"父亲不介意我把秘密告诉你们，但他希望你们能保守这个秘密。"最后的几个字说得多少有点儿勉强，大家能体谅她的不好意思。

蒋颖和方遒交换了个眼神，说："看到你能找到自己的家，我们也就放心了。桃花源毕竟不方便外人久住，我看我们还是先走了。"

"要走？！你们走，我不走！"韦廷钧触电似的跳了起来。

"颖姐姐，你千万别误会，都已经来了，就别急着走。"李隐之赶忙解释道，"我还是陪大家出去走走吧，父亲要我好好招待你们。"

四个人离开住所，打算随便逛逛。一出门走到十字路口，四个人都不约而同地向乾老帮的院门看去。正巧，院门被打开，乾老帮在家人的陪伴下走了出来。他们远远地看着老人匆匆走去，方遒突然说："不知道李洛文先生现在怎么样了。"

李洛文一路带着她来到桃花源，让她见到自己的父亲，李隐之对他已经不像最初时那么陌生了，方遒一提起他，李隐之回忆着昨晚的风波，心里总不是个滋味。"父亲撤了他的军职，现在他应该在家休息吧。今早我来找你们之前想去看看父亲，母亲说他一夜都没合眼，始终在为李先生和巽老帮的事内疚。我知道他是怕他们恨他，他也是有苦衷的。"

"苦衷？"

"昨晚发生的一切都是乾老帮一手策划的。他利用父亲对他的信任，放出风引巽老帮和李洛文上钩，借机将他们铲除。现在父亲少了左膀右臂，乾老帮对他的威胁恐怕就会更大了。他已经那么大年纪了，还对名利如此看重。"

"在长生不老面前，谁都挡不住这种诱惑。虽然老帮和族长共同保守着秘密，但我想以老帮的身份，一定还有许多不知道的或者不能接触的事情。"韦廷钧有点儿一本正经，李隐之的脸上一旦没有了笑容，他也马上变得严肃起来。

蒋颖点点头，说："你现在已经是桃花源的人了，以后的生活一定会很辛苦吧。"

"不说了，不说了。"李隐之迎着一阵风笑了起来，自从在学校遇到了李洛文后，李隐之脸上的微笑一天比一天少。突然间，她发现校园外面的世界原来是那么的复杂、难以捉摸。笑容渐渐离开自己，她都快忘了微笑的感觉。此时一阵微风吹过，李隐之的心里多少好受了些。

乾老帮是个清贫的人，他没有车，出门也从来不坐别人的车，到哪儿都靠自己的两条腿。好在桃花源也不是个什么大地方，加上他功夫到家，也不觉得累。昨晚的事发生后，整个桃花源的人更是四处传颂他的清廉美名。

此刻，乾老帮有件重要的事要找李初阳。今天李初阳在武德殿后堂办公，乾老帮估摸着时间差不多了，便离开家门，向武德殿的方向走去。

来到武德殿，下人引着他从侧门绕到了后堂。李初阳正在埋头办公，听到乾老帮来了，赶忙放下手中的笔，起身到门口迎接。

"乾老帮，一大早来找我，有什么事吗？昨晚您老可受委屈啦。"

李初阳给乾老帮看了座，自己也回到了办公桌后。

"昨晚的事让族长费心了。老朽我虽然受了点儿苦，但还是想着为桃花源做点儿事、出点儿力。今天来，我就是要为俄罗斯的事保举一个人，就是不知族长会不会用他？"

"噢？"李初阳手肘架在书桌上，饶有兴趣地想听听乾老帮推荐的人。

"我想推举东方出入口的'刀疤'作为我的助手。"

"刀疤？"李初阳面带微笑，和蔼地问道："刀疤是李洛文的人，乾老帮和李洛文之间有些小误会，怎么还会想到用他的人呢？"

"族长！"乾老帮站起身，意正词严地说，"所谓外举不避仇，内举不避亲，虽然我和仆射大人有些小过节，但这是我们的私事。现在'刀疤'在会稽山的成绩大家有目共睹，在年轻一辈中，他可是翘首啊，能得到他的帮忙，对我们的事也是有利而无弊的。我李某人为政那么多年来，这点儿分寸还是有的。"

"'刀疤'的确是个不错的人选。"李初阳认真地考虑着乾老帮的建议，"不过东方出入口在各个出入口中是最重要的，如果刀疤离开了，该由谁来接替他呢？"

"这个……"乾老帮低头佯装沉思，但双眼却悄悄抬起，偷偷注意着李初阳的反应，"老夫斗胆，还想向族长保举一个人。"

"乾老帮有什么话只管说就是了。"

"老夫想保举李洛文出任这个职位。"乾老帮深深地埋下头，双眼却死盯着他。李初阳不作声，等着他继续把话说完，"虽然昨天仆射大人犯了族规，但他却是受人蛊惑。何况族长撤了他的军职，对他也算是惩戒了一番。洛文这孩子，我是从小就看着他长大的，年纪轻轻走点儿弯路是可以理解的。但这孩子本质不错，况且他久掌兵权，整个桃花源的防务都由他一人负责。现在是用人的时候，我们做前辈的可不能埋没人才啊。"

"好！"李初阳起身来到乾老帮身边，双手搀扶着他说，"乾老帮能有如此胸襟，真是桃花源的福气啊。这次就按老帮的意思去办，我马上把'刀疤'调回来，让他到你的府上听用。至于李洛文，我会找他面谈的。"

两人又随便聊了会儿，乾老帮方才起身告辞。今天来找李初阳的目的已经达到了，接下来的事情交给他办就行了。在回家的路上，乾老帮反复地回味着上午和李初阳的谈话。今天去找李初阳，有一个重要的原因便是他想看看李初阳对他的态度究竟变成什么样了。一时间折断了他的两条臂膀，李初阳的态度却有些出奇的好。非但如此，李初阳对他的推荐也不存有任何疑虑，如此爽快地答应他，倒也出乎乾老帮的意料。

对于这次斗争的胜利，乾老帮似乎有些沾沾自喜。不过他也提醒着自己，李初阳毕竟不是一个能够小觑的对手，现在离真正扳倒他还差得远。而且，如果他真的和外界有联系，借助外界的力量，单凭乾老帮在桃花源的影响力还是不够的。

想到这里，乾老帮不禁闷闷不乐起来。

回到家，管家已经在院门口等着他。一见到乾老帮，他赶紧上前迎候。"老爷，您这么早就回来了。"

"是啊，事情都办妥了。"

"族长对您还好？"管家一边向前走，一边侧过身往回看。

"族长对昨天晚上的事只字未提。而且，他还采纳了我推荐李洛文去做东方出入口守备的建议。"

管家一下没明白，走道差点儿摔了个趔趄："老……老爷，我没听错吧。那个李洛文昨天才带人来我们这里，怎么今天您却要帮他？"

乾老帮微微一笑，得意地说："你昨晚不是说会稽山上多了许多陌生人，像是要找什么东西吗？"

"是有这么回事，可是……"管家依然丈二和尚摸不着头脑。

"最近从会稽山来了几个地上人，而且那儿又莫名奇妙地多了很多好事之人。我估摸着可能会有事，派李洛文去，表面上让族长觉得我为人公允，不计私仇。暗地里，一旦会稽山出什么事，族长再想要护着李洛文恐怕就难了，说不定到那会儿连他自身也难保。"

草草地做完手头上的工作，李初阳一个人来到了李洛文的家。这时候，他应该在那儿。看到族长亲自登门，李洛文的父母显得格外高兴，他们热情地把李初阳迎进客厅，嘘寒问暖，端茶倒水，很是周到。李洛文反而平静了许多，他礼貌地请走了父母，给他们留点儿私人空间。等父母离开了书房，李初阳满怀歉意地说："洛文，委屈你了。"

"你也是为了桃花源，这没什么。"李洛文递上一杯水，自己也斟了一杯，"族长如果不处罚我，就安抚不了民心了。"

"今天来，我要给你一个新的任务：负责会稽山的出入口。"

"那不是'刀疤'在负责吗？"李洛文不解地问道。

"其实这是乾老帮的意思，他想让'刀疤'做他的助手。至于会稽山的防务，他向我推荐了你。"

"他又想玩什么阴谋？"李洛文轻声嘟哝着。

"现在还看不出来，"李初阳喝了口茶，惊喜地向他表示这是好茶，"不过你去会稽山也好，桃花源前后一共少了两把钥匙，一把入口的钥匙已经随着李隐之回到了桃花源。另外一把开启灵魂棺椁的钥匙目前还没找到，你如果去了那儿，可以顺便打听一下。一旦被乾老帮知道这件事，又不知道他会闹出怎样的事来。"

7. 雀屏中喜

安抚完了李洛文，李初阳独自一人漫步在大街上。过往的居民纷纷向他施礼，他也一一回礼。自从自己登上了族长的位置，桃花源的祥和似乎只是表面现象。乾老帮对他的挑战已经是人所共知的事情，而现在更是演变成了互相倾轧的局面。桃花源真的只是想象中的世外桃源，李初阳无奈地感叹道，可能只有最初的先民才称得上是淳朴。毕竟桃花源是因为一个巨大的秘密而诞生的，每一个能够成为桃花源族长的人都顺理成章地成为了长生不老之术的拥有者和保管者。继承，往往在阴谋和谎言中继续着。

　　不知不觉的，李初阳走上了通向巽老帮的住所的路。他想起了当初自己的当选，那同样也是一场阴谋。

　　前一任族长和现在的乾老帮都是保守派的代表，他们不愿意接受桃花源必须与外面的世界保持平衡发展的现实，而是更希望桃花源能回到当初质朴的年代。可是，新生代的一批桃花源的主人却不这么看，他们需要发展，虽然他们仍然生活在桃花源里，但他们希望达到与外面的世界同样的文明程度。

　　于是，他们策划了一场阴谋。他们秘密地偷盗了蕴藏灵魂棺椁的钥匙，然后以钥匙的遗失来威胁族长，迫使他推选李初阳作为下一任族长。就这样，李初阳成功地战胜了乾老帮，登上了宝座。

　　别人又会用怎样的阴谋来迫使他就范呢？

　　李初阳来的时候，巽老帮的气似乎还没有消。他独自一人在后院练功，妻子冲着他喊了好几声"族长来了"，他也像没听见似的。李初阳安慰了巽老帮的夫人几句，随后就告诉她，让他们单独待一会儿。

　　巽老帮风风火火地打完一路拳，整理了一下衣襟，才来到了李初阳的面前："族长，久等了。"

　　"巽老师，还在生我的气？"李初阳乐呵呵地扶着巽老帮走上了台阶。他们一路同行，朝会客厅走去。

　　"老夫可不敢生气，但昨晚族长为什么要袒护那老儿？我就是气不过他的虚伪！"巽老帮给李初阳看了个座，自己也坐了下来，"老朽是个直性子的人，看不惯的我就要说。如果族长怕得罪他，我去！"

　　"巽老师，请您稍安勿躁。桃花源刚刚经历了一次旱灾，人心浮动。如果现在再搞出不和睦的事，老百姓们会怎么想呢？而且现在乾老帮并没有做出什么违反桃花源章程的事，我们也不能拿他怎样，千万不能因为私人恩怨影响了桃花源的大局啊！"

　　正说着，仆人进来禀报说乾老帮来了。巽老帮诧异地看着李初阳："他怎么来了？"

　　乾老帮兴高采烈地走进了会客厅，从他的脸上丝毫看不出昨晚有任何不快。他一走进门，朝李初阳和巽老帮抱腕拱手："巽老弟，老夫不请自来，还望见谅。"

"你来干什么？"巽老帮一脸的不乐意，冷冰冰地说。

"人老了，这记性怎么就这么差了。"乾老帮在脑门上连拍几下，自嘲地说，"族长，刚才我来找你，有一件重要的事想得到您的同意。可一谈公事，我就给全忘了。这不，我只能折回来找您，就找到这儿来了。"

李初阳和巽老帮对视了一眼，笑着说："乾老帮满面春风，是不是有什么喜事啊？"

"正是！"乾老帮上前一步，向李初阳深深鞠了一躬，"恭喜族长。"

"我？我有什么喜事？"

"老夫斗胆问一句，族长的千金今年芳龄？"巽老帮终于想起给乾老帮让个座，乾老帮一边坐下，一边继续盯着李初阳。

李初阳坐在乾老帮的上手，此刻他向右微微折过身子，一本正经地回答那个问题："她今年应该有24了吧。"

"可有贤婿？"

"没有。"

"好！"乾老帮一拍大腿，兴奋地站了起来，"想我桃花源已经很久没有婚嫁喜事了。我想巽老弟一定也很久没见到本族父老欢天喜地地载歌载舞了。所以今天，老夫想给大小姐保个媒。"

李初阳沉默不语。他有一种不祥的预感，他预感到一件自己最不愿看见的事情即将发生：他不希望李隐之也被卷入这场权利的争斗之中。

"孩子长大了，这种事还得她自己拿主意，我们做父母的可掌握不了他们噢。"

"话虽如此，但我今天来保的这个媒也足以说得上是不二的人选。"

"是哪位能得到乾老帮如此的褒奖啊？"李初阳也开始有些好奇。

"李洛文。"

巽老帮站在乾老帮的侧面，他眼巴巴地瞅着乾老帮，想从他的脸上看出些端倪。但巽老帮毕竟是个直肠子的人，一根筋通到底。乾老帮的脸上有些什么，他丝毫没有察觉出来。不单是他，这次就连李初阳也被弄糊涂了。俗话说，"抬手不打送礼的"，现在乾老帮是来提亲的，想要轻易地拒绝他，似乎也不是什么容易的事。

李初阳摸摸下巴，装出一脸的为难："洛文的确是个不错的孩子。可您老替他来提亲，我怕他父母和他心中会有别的什么选择……"

"这点请族长放心。"乾老帮伸手阻止了李初阳，"来这里之前，我特地去李洛文的家转了一圈。李洛文的父亲是我的老部下，我和他们家的感情一向不错。这次他们听说我想替洛文提亲，他们简直是受宠若惊。至于洛文，他是个孝顺的孩子。这件事，他全凭我们做主了。"

李初阳看了看一旁的巽老帮，说："巽老师有什么建议？"

"昨晚，桃花源的确闹了些不愉快。"乾老帮抢过话题，继续说，"为了让我和巽老弟之间能冰释前嫌，"他转过头一把拉住巽老帮的手腕，满脸堆笑。"我想让你和我一起保这个媒。"

"如果真是为了他们的幸福，我愿意作保。"巽老帮此时看来完全放下了戒心。他是个喜欢热闹的人，听说可能有喜事发生，巽老帮特别来劲，"我看啊，洛文和大小姐也是郎才女貌，门当户对。如果真能在一起，真是天作之合啊！"

"既然巽老师也不反对，"李初阳站起身，朝二位拱了拱手，"那我就回去和小女商量一下。"

李初阳和乾老帮告辞离开了巽府。李初阳步行，乾老帮也没有坐车，两个人便这样肩并肩地向前走着。

"族长，老夫和巽老弟的一番好意，您可千万不要辜负噢！"乾老帮是个心思缜密的人，他看李初阳出了巽府后就一语不发，心里大概知道个所以然。但无论如何，这门亲事，他是一定要撮合的。

"乾老帮的美意，李某心领了。我这就去找小女，希望能尽快给您一个满意的答案。"

李隐之要比方遒他们早到桃花源，所以附近的一些景致她都能独自带着他们参观。几千年来桃花源虽然没有什么重要的历史性建筑，但似乎桃花源的每一个角落、每一件器物都饱含着沧桑。

走过一处小桥，他们进入了一片花圃。桃花源是个阳光不充裕的地方，可不知什么原因，这里的花朵却开放得灿烂夺目。

方遒不禁对这个地方有些流连忘返。他是个随和的人，更多的时候他向往的就是一片恬静、舒适的环境。都市的喧嚣毕竟不适合他，所以来到了桃花源后，他几乎忘记了城市中所有的不快和烦闷。现在，他的脑中只剩下了蒋颖。

他现在有了和蒋颖更多的接触时间，虽然可能对方至今都不知道他的爱慕之情，但只要能这样，只要能和蒋颖朝夕相对，对他来说已经足够了。他现在满足地跟在后面，欣赏着蒋颖的背影。

"如果能永远生活在这里就好了！"方遒突然感慨道。

李隐之回头"扑哧"笑出声来，蒋颖在一边挎着她的肩膀，笑着说："别理他，他就是这样，喜欢发感慨。"

这时，四个人的目光不约而同地向同一个方向看去。一个女人正向这边快速地走过来，李隐之认得她，来到了桃花源后，李初阳就是吩咐她来照看李隐之的起居的。

"大小姐。"那人看来心情不错，可能是受了好风景的影响，说话也变得轻飘飘，"老爷要我来找你，他叫你回去呢，说是有事。"

"他说了什么事吗？"

"没说。不过听说……听说是喜事。"

"喜事？"李隐之看看蒋颖，问，"什么喜事？"

侍女神秘兮兮地偷偷一笑，装作为难地说："这个……，老爷没说。"她礼貌地低着头，但眼睛却不安分地时不时盯着李隐之。蒋颖站在一旁，看到了侍女不寻常的举动，她拉了拉李隐之的衣袖，使了个眼色，李隐之会意地点点头。

"你是不是知道什么？"李隐之一脸严肃。

"不……不，老爷没对我说。"

"有什么话就告诉我们吧，小姐不会对老爷说的。"蒋颖在一旁唱了个白脸。从侍女的表情看，蒋颖估计她一定知道些什么事。

侍女还是很犹豫，不过这丝毫掩饰不住她心中的冲动。"小姐，你千万别对老爷说是我告诉你的。其实，这是件喜事，我也是听别人说的。乾老帮今天上午找过老爷，他好像是来给小姐做媒的。"

"做媒？做什么媒？"韦廷钧不知什么时候从她们身后蹿了出来，他瞪大眼睛，像是要把那个侍女生吞活剥，吓得那个侍女向后连连倒退，马上住嘴了。

方遒担心他会干出什么事来，赶忙抓住他的肩膀，不让他再往前半步。蒋颖瞪了他一眼，对侍女说："别怕，你把知道的全都告诉我们吧。"

"我只知道乾老帮是为右仆射大人保的媒，其余的我真不知道了。小姐，你就快跟我去吧。等久了，我怕老爷会怪罪我。"

"好吧，我和你回去。"李隐之觉得奇怪，起初她还有些惊讶，可当听说乾老帮是在给李洛文保的媒，她反而觉得心头一喜。为什么听到李洛文的名字，她会有一丝甜甜的感觉呢？"你们先回去休息吧，去完父亲那儿，我会来找你们的。"每当蒋颖握着她的手时，李隐之都会感到一阵亲人般的温暖。这给了她很大的力量，以至于她能独自应付更多的情况。她看了看还在同方遒扭在一起的韦廷钧，又冲蒋颖点点头。

蒋颖"噗哧"笑出声，说："放心吧，有我们在他不会乱来的。"

李隐之随着侍女回去了，她恨不得早点儿见到父亲问个明白。但侍女走得很慢，她也只能慢慢地跟着。

见到李初阳的时候，他的脸上已经布满愁云。李隐之还没来的时候，李初阳不停地考虑着该如何对自己的女儿开口。李隐之从小就生活在地上，那里的人们灌输的是恋爱自由的思想，要她突然接受父母包办的婚姻，恐怕相当困难。另外，他又怎么向女儿解释桃花源纷繁复杂的环境呢？就连他都看不透乾老帮的这步棋，就更不能轻易和李隐之说了。

沟通，始终是他们父女之间的障碍。或许当初将女儿送去地上，就是一个错误。李初阳抚摸着额头上的皱纹，现在，时间不容许他去考虑自己的对错。他预感到，桃花源似乎又将有一场更大的风暴。

李隐之走进门时，他正在出神地想着。等到女儿走到他跟前时，李初阳才发现她。他很快堆出笑容，亲切地说："来了。"

"找我有事吗？"李隐之想有些亲昵的动作，就好像对自己的养父一样，但她还是阻止了自己的冲动，她觉得多少有些陌生。

李初阳深深吸了口气，犹豫地说："你随时都能拒绝，不论我说任何话。好吗？"

李隐之点点头，其实她已经知道父亲想说什么了。

"昨天晚上你见到的那位乾老帮，还记得吗？"李隐之又点点头，双唇紧闭，"今天他来找我，是为了……是为了……"他两次企图开口，都显得很艰难。

"他是为了给你说媒，男方是……"他有意识地抬头看着李隐之，希望从她的表情中看出点儿东西，"他就是带你来到桃花源的李洛文。"

父女俩不约而同地选择了沉默，李隐之的两颊微微发红，低下了头。李初阳想看她的反应，不过她的态度已经能说明问题了。李初阳心里"咯噔"一下，莫非女儿心动了？

"母亲的意思呢？"

"她还不知道，我想先听听你自己的想法。"

"您的意思呢？"李隐之抬起头，眼神中闪烁着光芒。

李初阳沉重地叹了口气，说："如果你反对的话，我会尽力回绝他，你不用为我考虑！"

李隐之刚想说话，一个家丁匆匆走进了书房。他叫了声"老爷"，毕恭毕敬地站在李隐之的身后。

"什么事？"

"乾老帮家的管家带着很多聘礼在门外求见。"

李初阳手握拳头，攥得"咯咯"直响。没想到他逼得那么紧，前脚走，紧跟着就送来了聘礼。李初阳感到胸中一股闷气始终郁积不散，他的手支着头，有气无力地说："你先下去，好好招待客人。"

等家丁走了之后，李初阳起身走到女儿的身边，语重心长地说："你想拒绝的话，现在就告诉我。"

如果是以前，李隐之一定会躲在所有人的身后。她是个胆小怕事的女孩，更不愿意为任何可能影响结局的事情下决定。

"父亲千万不要因为我的缘故而烦恼，虽然我从小就生活在地上的世界，可

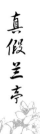

终究还是您的女儿，我是该做点儿什么了。"李隐之伸手取下脖子上的项链，轻轻地放在李初阳的手里，"我答应这门亲事了。"

8. 黑暗的黎明

很快，整个桃花源都知道了这个喜讯，大家全都沉浸在欢乐的气氛中，除了李初阳和韦廷钧，尤其是韦廷钧，他在客房里砸坏了好几个盆景。不论方迤和蒋颖在一旁怎么劝，他就是不听。虽然他和李隐之分手多时，可他始终念念不忘。现在眼看心仪的女生就要投入别人的怀抱，而且还是用封建的婚姻包办，这气就更是不打一处来。他坚持李隐之和李洛文是受命于人，根本不可能得到幸福。

事实上，李洛文和李隐之恰恰是一见钟情的那种。可奇怪的是，从乾老帮特地上门找他一直到筹备聘礼，李洛文始终没有说过一句话。他的父母自然欣喜异常，能和族长的女儿攀上亲家，对谁来说都是莫大的荣誉。而乾老帮在得到李隐之也同意这门亲事的消息后，越发的主动热络。用他自己的话说，义子死后，他就没有孩子了，李洛文就像他另一个义子。乾老帮恨不得带着聘礼先去见李洛文，只等他一点头，马上就准备好。对于他的过分热情，李洛文还是一言不发。

乾老帮今天比任何时候都要热衷于往返李初阳的府第。他坐在李洛文的家，和李洛文的父母正在为可能成真的婚礼作着筹划。听到派出去的家人带回的消息，说族长和大小姐已经同意了，乾老帮赶忙吩咐家人赶快回家取聘礼，然后和自己在李初阳的家门前会合。

李洛文的父亲也很高兴，但还是不放心地问这样做是不是太急了点儿。乾老帮拍拍他的肩膀，说："趁热打铁。你不知道，现在的年轻人没有定力，如果不给他们早早地把事情定下来，恐怕日后有变啊。"说完，他风一般地离开了李府。

李初阳现在最不愿意见到的人就是乾老帮，可他却偏偏又来了。出于礼貌，李初阳只能迎出了门。乾老帮一看到李初阳，马上满面笑容地打恭施礼："族长，老夫真是激动万分啊。能看到洛文这孩子和大小姐喜结良缘，我要替洛文的父母好好地谢谢你啦。"

"我看老帮一上午如此操劳，却还是神清气爽，难得啊！我在这里还是先谢过老帮了。相比之下，我这个做父亲的，一点儿样子都没有。惭愧，惭愧！"

"哪里，哪里，老朽也是尽些人父之责。"乾老帮挥挥手，让家人把聘礼抬到了一边。

李初阳摸了把胡须，笑呵呵地说："莫非乾老帮已经收了洛文做你的义子？"

两人相扶朝堂上走去，乾老帮突然变得忧伤，悲痛地说："洛文是个好孩子，我也确有此意。但……唉，家门不幸啊！"他撩起衣袖，擦了擦眼角，"老朽命薄，膝下并没有子嗣。好不容易得了李谷做义子，却没想到发生了这么多事。现在李谷头七未过，老朽于情于理暂时都不能收义子了。"

李初阳附和地叹了口气，乾老帮擦干泪水，说："现在好了，能促成一门亲事，也算给老朽冲刷了点儿晦气。对了，院子里的那些聘礼是洛文的父母和老朽千挑万选凑来的，族长可千万不要嫌弃啊！"

"哪里，哪里！至于这婚期……"

"越早越好，洛文还要去东方上任，这事可千万不能耽误。老夫的意思，明天可是个百年不遇的吉日，这样洛文后天就能上任去了。"

"明天？"李初阳突然一股肝火涌上胸口，女儿好不容易回到他的身边，本以为就此能安享天伦之乐。乾老帮至今都没问起过李隐之的来历，不论他是没有注意还是不愿意问及，现在如果在婚礼的问题上再违背他的话，恐怕他会拿一些莫须有的事做文章。李初阳百般无奈，他头一次觉得拒绝一个人是那么的困难。

就在李初阳为难的时候，身后突然有人说了一声"我答应了"。回身一看，从后堂走出来的正是李隐之。李隐之一身素装，表现得特别端庄典雅。刚才李隐之一直躲在后堂听他们的对话，发现父亲有些难应付时，她赶紧走出来为他圆场。"乾老帮为了我们这些做后辈的事已经忙碌了很久，我实在是有些过意不去。这次既然乾老帮挑选了婚期，我一定遵从。"

"好，世侄女果敢有嘉啊！"乾老帮手捋须髯，得意地放声大笑。

"这事好虽好，但明天就举行婚礼，仪式筹备恐怕也成问题吧？"李初阳看女儿表情坚定，只能服软。

"请族长放心，婚礼仪式绝对能在明天筹备完毕，而且规模一定会让您满意的。"

乾老帮就像自己要结婚似的兴高采烈地离开了李初阳的家。等他走后，李初阳赶紧拉过女儿，问道："你为什么要答应乾老帮？你知道他一定没安什么好心。那么早完婚，我们都来不及辨别他背后的真正意图。"

"我看父亲为难，所以就擅自作了决定。"李隐之搀扶着父亲，穿过客厅，往后花园走去。

"事以至此，也只有走一步看一步了。今晚你就好好留在家里，和你母亲一起准备准备。不论今后的路怎么走，你都将嫁为人妻，你的肩头会越来越重。"他拍拍李隐之的手背，心头一酸，目光赶紧转向一边的小池塘。

"还有，今天别忘了和养父母通个电话，别让他们挂念了。"

"我会的。"李隐之和父亲坐在围栏边，静静地望着浮动的荷叶，"对了，关于我的婚事，暂时别告诉韦廷钧，我怕他接受不了。"

乾老帮一刻不停地回到自己的家，他刚一进门就派人去通知李洛文明天就结婚。另外，他派人连夜布置婚礼现场，务必在明天清晨布置妥当。

安排完一切，乾老帮终于舒服地躺在太师椅上，悠闲地长长出了口气。管家这时走到乾老帮的身边，献媚地说："老爷，我们已经审问过那个叫刀疤的。一开始，他的嘴还真够硬，不过后来总算让我们得到了些情报。"

"说。"乾老帮闭目养神。今天，他听到的都是好消息，这让他觉得很兴奋。

"关于那三个地上人所携带的窃听器，'刀疤'之所以知情不报，完全是李洛文的指使。'刀疤'没有继续往下说，不过我猜李洛文也没有这个胆子敢隐瞒那么大一件事，唯一的可能就是受到某个更有权势的人的默许。"

"你是说族长？"

"小人不敢。"管家慌忙低下头。

"想办法再从他嘴里挖点儿东西。还有，后天李洛文就要去东方，趁明天办婚礼的时候再往东方派一些心腹。等他一到那里，就给我盯紧了。"

管家点头称是，乾老帮又吩咐他务必将婚礼的消息散布到整个桃花源，特别是要让那三个地上人获悉明天小姐结婚的消息。

管家走了之后，乾老帮惬意无比，他深深地往太师椅里蜷缩，任凭和风轻抚。现在，他的计划就像织布一般，正朝着他想的方向发展。只要等明天婚礼完成，只要让李洛文和李隐之完婚，那么他们就真的成为了一条绳子上的蚂蚱。树倒猢狲散，现在乾老帮的手上捏着好几张王牌，只要选择合适的机会将它们逐一打出来，那就由不得李初阳了。

族长的宝座远没有家里的太师椅那么好坐，但越是荆棘丛生，越是具有诱惑力。乾老帮等待这个位置已经很多年了，既然李初阳当年是靠阴谋登位，自己又何尝不可呢？政治本来就无所谓阴险光明，只要能胜利，错的就是对的。

前任族长的遗志就要在他的手中完成了。

急促的电话铃声将他的美梦惊醒了。

"老帮，我是东方入口的管事，就在刚才我们捉住了三个入侵者。我们已经把他们囚禁在东方入口的看守所里。"

"这件事还有别人知道吗？"乾老帮很紧张这个问题。

"知道这件事的都是我们的人。"

"很好。你们好好看住他们，给我传送些他们的基本资料就行。至于要把他们关押多久，等我的消息。"

这一夜，整个桃花源都沉浸在期待中。明天，桃花源族长的女儿就要出嫁了。人们不约而同地奔走相告，甚至都在为明天的婚礼尽自己的努力作准备。多少年来，桃花源都快遗忘了欢乐的滋味。大街小巷里人们川流不息，大家都忘了现在已经是夜晚，似乎一天的疲劳在将至的欢乐面前变得无足轻重。许多人自发地在自己的家门前张灯结彩，就好像自己家要嫁女儿似的。老人们都记得，按照桃花源的习俗，族长或者他们的子女结婚，要环绕着整个桃花源进行一场大游行。他们都会早起，虽然不知道婚礼的队伍会从哪个方向开始游行，但大家都希望队伍能尽快地经过自己的家门。只等明天，他们或许将见证桃花源有史以来最辉煌的一场婚礼，听说这次婚礼会用上许多新鲜玩意儿。

只有五个人的脸上没有笑容。

李初阳，从乾老帮提亲起，李初阳的双眉就再也没有分开过。这是一场阴谋，很显然，乾老帮似乎抓住了什么打算大做文章。但李初阳还没看清这步棋，他更没有理由拒绝乾老帮的"美意"。巽老帮还没有理由从家里出来，李洛文显然也是这场阴谋的一颗棋子。其他的人都是些墙头草，他们都是些没有经历过大场面的人，只要有个稍微厉害的角色吓唬吓唬他们，他们就会自动地跟着你跑。桃花源的一个隐患就在于，真正经历过风雨、能分得清是非的人越来越少。相反，腐败、献媚等风气却日见浓重。

入夜，李初阳点亮一盏台灯，他的手里随便握着一本书，却根本没有心思阅读。灯火晃动，一个人影映入眼帘，李初阳的妻子静静地站在书房门口。她是一个普通的女人，以至于在整个桃花源她都算不上一位出名的女性。她太普通了，但她却是唯一了解李初阳的女人。多年的夫妻感情，加上本身的温柔贤惠，她总是能很好地拿捏分寸。

"还在看书？"她走到李初阳身边，调亮了台灯，"明天女儿就要出嫁了，虽然一切准备都由乾老帮去做，可你也别太累了。"她拿着一件衣服，披在李初阳的肩上。

李初阳握着她的手，一下子轻松了许多："女儿睡了？"

"我刚从她房间出来，陪她聊了很久，现在总算睡了。"

"你说，我把女儿找回来，是不是错了？"

妻子抚摸着李初阳的面颊，说："记得我当初嫁给你，就是看中你做任何事都有自己的主张。我毕竟是个女流，大事小事全凭你做主。我只要知道你的每一个决定都是发自内心的就行了。20年前，你决定要把女儿送到地上，是为了她着想，你说地面的世界会给女儿带来更大的幸福。20年后，你决定把女儿接回来，也是因为我，你知道我苦苦地盼女儿回来已经盼了那么久。要说错，也只能怪我们母女，而不是你。"

"帮女儿都准备好了？"

"放心吧，我20多年都没尽到做母亲的责任，这次她出嫁，我当然比谁都要紧张。你就同我一起去睡吧，明天我们会很忙的。"

夜半，难眠的人又何止李初阳一人呢？

韦廷钧就快把自己和方遒给逼疯了。李隐之结婚的消息对他的打击很大，这毕竟和以前大学里恋爱分手不同，那些到底是小打小闹，都是些不成熟的年轻人的游戏。而现在自己深爱的女人就要嫁为人妻，他就再也没有机会见到李隐之，或者和她在一起了。

方遒很同情他，他觉得自己也处在相同的境遇：蒋颖会感受到他默默的爱意吗？想到蒋颖，晚饭后她回了房就再也没有来过。方遒有些担心，不过韦廷钧的情况更让人担忧。如果不随时在他身边的话，韦廷钧很有可能做出些傻事。给他机会，他更有可能去闹婚礼。

房间里的电话响了，是蒋颖打来的。她的声音听起来有些不自然，而且明显压低了声音。

方遒也开始紧张，但他尽量克制住自己，因为他知道，绝不能告诉韦廷钧。蒋颖告诉他从她吃完饭回房后，门外突然多了个人站岗。他非但限制了蒋颖的行动，而且连电话也不允许她使用蒋颖花了好大的力气才说服他允许她使用一次电话。

软禁的期限是到后天早晨结束，蒋颖估计对方是为了明天的婚礼才软禁她的。很可能，方遒的门口现在也会有人把守。有人不愿意他们出现在明天的婚礼上，蒋颖是这么认为的。他们作为地上人，不能参加当地的重大仪式，也是情有可原的。不过更有可能是因为韦廷钧，谁都看得出他对李隐之的态度，如果让他在明天的婚礼上出现，谁都说不准他会做些什么事。

方遒觉得她说的有道理，不过现在对方这样提防着他们，他们也只能待在房间里。蒋颖千叮万嘱软禁的事尽量别让韦廷钧发现，她要方遒稳定住他的情绪，如果他依然爱李隐之的话。

韦廷钧根本没在关心他们的通话，他只是一个人继续发着牢骚。隔着窗，他似乎能听见远处人们的欢声笑语。一想到这很可能是因为明天的婚礼，他的心就像刀绞一样。他想喝酒，这样他至少能在昏迷中度过明天。从一开始，这就是个错误。他后悔自己没能好好地把握李隐之，后悔自己没能劝阻她来桃花源，后悔没能阻止这场婚礼。他是多么爱李隐之，就连自己的许多习惯都是从李隐之的身上学来的。他保留了太多的属于她的东西，轻易忘记她，简直不可能。

有很多事，他都难以忘记。

夜已深，乾老帮独自一人点着灯悄悄绕过几个建筑，向最深处走去。那里只剩下半高的山丘，显然脱离了前面的建筑群。这里已经没有什么建筑，看起来远比其他地方要荒凉，连供人行走的路都找不到。不过，一座巨大的牌坊巍然耸立在一片枯草中。整个桃花源，再也找不出第二座这样的牌坊。灰白色的大理石静静地堆积在一起，苍凉的风透射出一股不可抗拒的力量。牌坊上没有任何文字、图案，似乎最初建造时就只是将凿完的石头按照各自的形状堆积而成的，从表面已经分辨不清牌坊的建造日期，但从乾老帮穿过牌坊前深深地向它鞠躬致敬可以看出，这座大理石牌坊在桃花源有着相当重要的地位。

穿过牌坊，乾老帮放慢脚步，仿佛突然间一股无形的压力迫使他行动迟缓。再向前是一个硕大的洞穴，一扇钢筋铸成的门将它和外界阻隔。那儿没有人守卫，事实上，千万年来也从没有人能用非法手段进入洞穴。

乾老帮站在大门前先做了一番复杂的单手仪式。随后，他敬畏地在门上来回抚摸。他只是抚摸了一遍，就听见一阵低沉的金属声，门应声打开了。乾老帮警觉地向左右看看，随着灯光消失在黑暗中。

为了这一天，乾老帮已经等了许多年了。他很快就能为自己、为前一代族长复仇。30多年前，桃花源最重要的一件东西——开启灵魂棺椁的钥匙不见了。按照规定，这把钥匙只能由族长一个人看守。如果钥匙丢了，族长必须承担所有的责任。当时，只有前一任族长和乾老帮知道这件事，为了维护前任族长的地位，他们决定要永远保守这个秘密，直到再次找到这把钥匙。

当前任族长行将就木，要指定下一任族长时，以巽老帮和一些引退的老帮为核心的激进派突然向他发难。前任族长没想到事隔那么久突然被人给翻了出来，他由于不能合理地解释钥匙的去向，只能被迫听从激进派的意见，改立李初阳做自己的接班人。后来，前任族长在羞愧和孤独中结束了自己的生命。乾老帮虽然能保留自己的地位，但他就此丧失了升为族长的机会。

现在，终于找到钥匙了，他很快就能得到曾经即将属于自己的东西，甚至更多。明天，他的计划就能实现。

9．大婚

　　婚礼当天，整个桃花源都沉浸在欢乐中。大街小巷，人人都穿戴鲜艳站在路边翘首企盼。他们想一睹新郎和新娘的风采，然后随着婚礼队伍一起赶往会场。在那儿，除了祭祀和重大活动以外，平时那儿都禁止人们进入。昨天一个晚上，会场由工人们布置一新，他们的主要任务就是将整个会场布置成红色，火红的一片。他们不知从哪儿弄来的如此多的红花，将它们摆放在会场的每一个角落。如果不仔细看，还会以为来到了鲜花的海洋。远远望去，这个四方的微微耸起的会场就像是个火球，将簇拥着它的能容纳全体桃花源居民的广场也映照成了红色。这时，广场和会场上除了守卫的人员外，别人还不能进入。根据桃花源的规定，婚礼队伍进入会场前，其余的人是不允许进入的。

　　李隐之在母亲和侍女的帮助下将婚服穿戴完毕。桃花源是个传统的地方，新娘出嫁时所穿的衣服就像电视里的古代婚服一样，大红色的，从头到脚都很繁琐。母亲温柔地帮李隐之梳头，这是她第一次给女儿梳头，也是最隆重的一次。侍女已经将李隐之身上的衣服整理妥当，等头发梳完，就要给她戴上头冠，披上遮面巾。

　　母亲只说了些吉利话，没说更多的。李隐之只是静静地享受着母亲的服务，这将是为数不多的几次享受之一。她还希望父亲能在身边，这样她会更好过些。她又想到了养父养母，他们不能参加自己的婚礼让人多少有些难过，但李隐之知道现在自己身份特殊，她要学会忍耐。

　　李初阳紧张地安排着出发前的准备工作。昨天会场的布置没有让他操心，今天他想多做点儿事。虽然女儿出嫁情非得以，但毕竟是女儿出嫁，做父亲的无一例外会紧张的。他要照顾到每一个细节，要让出嫁的队伍做到最完美。另外，他也接到了消息，乾老帮已经带领着李洛文的队伍出发了，他们会先到李初阳的家，两支婚队会合在一起，共同前往会场。在此之前，他们会按照计划的路线游遍整个桃花源。

　　远处，男方的队伍浩浩荡荡地来了。李初阳手搭凉棚向前看去，几辆车在熙熙攘攘的人群的簇拥下正缓慢地向这里前进。在此之前，已经有人一路小跑地赶来向李初阳汇报情况。

　　女方也作好了准备，李隐之在上车前母亲热泪盈眶地问她是否要吃点儿东西，因为在接下来一整天的仪式中，新郎新娘几乎都顾不上吃东西。李隐之忍不住哭出了声，她第一次那么想哭，就是因为母亲最普通的一句话。她突然失去控制扑进母亲的怀抱，即使她们第一次见面，李隐之也没有这样的反应。

　　李初阳忍着悲伤，轻轻地在女儿的肩头拍了几下，三个人上了女方的头一辆车，和男方的车会合，没有停歇地掠过了族长的家。

　　进了汽车，李隐之的心情反而平静了许多。透过薄薄的面纱，她看到旁边的一辆车和自己的车并排前行，她估计这是李洛文的车，她想象着李洛文今天会穿什么样的衣服，会不会和自己一样的稀奇古怪，还是很帅气的那种？第一次见到李洛文，她就被他身上的一股神秘的气质所吸引。直到今天，她还是说不上个所以然，但无论外面的世界如何凶险，李隐之的心里却是十分甜蜜的。

　　两旁人群的欢呼声此起彼伏，仿佛阵阵巨浪涌入李隐之的耳蜗。她能看到人们各个面带笑容，用力地向经过的车队抛撒着花瓣。她从没想象过花雨是什么样子的，可现在她看到了，多么浪漫，多么令人神往。

　　父亲母亲都在身边的感觉很好，李隐之隔着头巾偷偷地观察着他们。母亲的脸上更多的是幸福，而父亲的脸上更多的是担忧。

　　车队花了几个小时的时间才到了广场，后面的人群也渐渐跟了上来，瞬间融入了整个广场。李隐之在父母的陪同下下了车，另一边，李洛文也和乾老帮及他的父母下了车。李隐之有些失望，因为他们穿的是同一个款式的衣服。不过，她马上又脸红地低下了头，因为她发现李洛文正朝自己这里看过来。

　　司仪恭恭敬敬地将婚礼双方的主要人物引上了会场。李隐之发现，这是一个有着几十级台阶的高台。下面的人自动止步，目送着他们缓步向上。欢呼声没有停止，而是越来越响。

　　李隐之此刻和李洛文并排走着，她觉得自己应该说些什么，但在这种热烈的氛围中她不知道怎么开口。李洛文转过头看着她，虽然隔着块头巾，但他似乎看出了李隐之的想法。他微微摇头，示意他们应该继续向上走。

李隐之登上会场，眼前突然豁然开朗。在会场的正中，一个巨大的桌子上贡着几尊牌位和一个香炉。供桌两边，对等地摆放着几张椅子，显然是给双方家人坐的。供桌前，两块红彤彤的蒲团早就摆放好了。再看周围，插满了各色的旗帜，在风的吹动下呼呼作响，煞有气魄。

司仪把他们引向各自的座位，而李洛文和李隐之则站在蒲团的面前。场下突然安静了下来，没有人号令，他们都很自觉。整个广场上除了风声红旗招展声，几乎一点儿杂音都没有。李隐之有些不自在，她不知道其他人是不是也这样。

司仪没有什么开场白，而是抬头看天，掐指算了老半天。片刻之后，司仪扯破嗓子高喊一声："吉时到！"

李隐之奇怪婚礼前不是应该有开场白之类的吗？或者这里习俗不同，开场白在这里不适用？司仪转向供台，恭恭敬敬地伸手拿起三柱粗大的香。

正当他要点燃香祷告，台下广场一角突然发生了骚乱。逐渐的，越来越吵。就在人们一头雾水的时候，只见有人摆脱卫兵的阻挠，硬生生地冲上了会场。李隐之回头一看，轻轻叹气，她看到的是韦廷钧。就在韦廷钧即将冲到李隐之的面前时，他还是被卫兵制服了。

原来，昨晚蒋颖发现被软禁后便安安心心地待在房里，只要韦廷钧不出门，她也没什么可以担心的。可今天一早，她又听见门口有人说话。俯在门上一听，原来是有人带着新的命令来撤去看守。随后，来人还请出他们三人，并向他们宣布了李隐之今天结婚的消息。

韦廷钧就像一只脱缰的野马，按那人手指的方向冲了过去。方遒和蒋颖还来不及反应，他已经跑远了。他们只能随后追上去，蒋颖还想向那人问些什么，那人却悄无声息地消失了。

"停下，停下！"韦廷钧拽着卫兵的手臂，拼命想要挣脱，"他们不能结婚，他们绝不能结婚！"

司仪从没见过这样的场面，他手足无措地僵立在原地。会场上的其他人也全然没了主意，只能看着眼前这一幕的发生。还是李初阳首先反应过来，他不顾韦廷钧撕心裂肺的吼叫，示意卫兵赶快把他带下去。这时方遒和蒋颖也跑上了会场，帮着卫兵一起拽扯着韦廷钧。但他现在已经完全失去了控制，任凭别人怎么拉他也拉不动。李初阳紧绷着脸，他不时地用余光观察着乾老帮的反应。他很清楚桃花源的规矩，任何人扰乱祭祀，婚礼等大型活动，都要被处斩，就连族长也不能为其开脱。

所以李初阳昨天特地派人暂时软禁了他们，就是担心韦廷钧触犯了桃花源的规矩。可是，他怎么还是出来了？

"来人啊！"李初阳心里突然一惊，乾老帮终于开口了，"将他们三人拿下！"

"老帮……"李初阳转身面对乾老帮，表情严峻地说，"他们三人虽然触犯了族规，但他们毕竟不是本族的人。初次犯规，如果要处斩，会不会太重了？"

乾老帮胸有成竹，一脸微笑："族长多虑了。我也知道他们不懂规矩，况且今天是大小姐的好日子，不宜杀戮。老夫命人拿获他们，自然另有用处。族长不会阻拦吧？"

当着众人的面，李初阳也不便多说什么。毕竟乾老帮的处理完全符合桃花源的规定，他只能眼睁睁地看着卫兵逼近韦廷钧等人。

"放开我，放开我！"韦廷钧不依不饶，"隐之，隐之！你们不能结婚，你们不能结婚！"

"他们为什么不能结婚？"乾老帮走上前，一把拽住韦廷钧的手腕。

"因为……因为……"韦廷钧觉得自己的手腕像是被一把铁钳死死掐住，马上要断掉似的，"因为她已经和我订婚了！"

所有人都在看着会场上的闹剧，大家都不说话，甚至有些人下意识地屏住了呼吸。有的人想要看笑话，有的人却在为李初阳父女捏了一把汗。桃花源是个守旧的地方，妇女如果犯了重婚罪，按律当斩；如果隐瞒婚事，按律当斩。如果这个叫韦廷钧的小子说的是实话，李隐之和他确有婚约的话，那这两项罪名她就全占了。天子犯法与庶民同罪，那些站在他们一边的人绝不想看到一场葬礼。

李初阳离韦廷钧不远，他上前一步，一把拽住韦廷钧的衣领："你刚才说什么？"

"我……我和隐之已经订婚了。"他几乎要被李初阳提了起来，双脚都快离开了地面。他当然不知道他说的话可能会给李隐之带来杀身之祸，但从李初阳杀气腾腾的脸上，他隐约感到自己说错话了。韦廷钧和李隐之当然没有订婚，这只是他为了阻止婚礼临时想到的主意。女人可以为了爱情做任何事，男人也未尝不可。

"他胡说！"李隐之全然不顾自己的身份，她提着婚裙急急忙忙地来到父亲的身边。这时，其他的人也逐渐围拢，只有李洛文还站在红色蒲团前，一动不动。李隐之本来想拉他一起过去，可他还是一动不动。

"父亲，他在说谎！我和他虽然谈过恋爱，可那都是过去的事。我和他根本没有订婚。"李隐之掀起红头巾，愤怒地看着韦廷钧，"你为什么要这么说？你为什么不说实话？"如果不是母亲在身边扶着她，她一定会冲上去给他两巴掌。

李初阳面颊通红，现在他和韦廷钧的脸几乎要碰到一起了。韦廷钧不停地躲避着他的眼睛，不敢和他对视。"小子，你知不知道，你的这些话会把隐之给害死的！"

突然，一只苍老有力的手握住了李初阳的手腕，他抓住了李初阳的穴道，李初阳的手腕一阵酥麻，不得不松开手。"族长先请息怒。"乾老帮满面和蔼，一副于己无关的样子，"族长请恕老朽无理。我看这个叫韦廷钧的，说话倒也不像有假。那么这件事就一定有蹊跷，不如我们先暂停婚礼，慢慢调查……"

"我看不用了！"一个声音从人群外传了过来，众人回头再看，原来是李洛文。他依然站在红蒲团前，转身看着大家，"隐之，告诉大家，你愿意嫁给我吗？"他深情款款地看着李隐之，人群中，他似乎看不见别人，他的目光中充满了温柔和磁性，仿佛始终在状况之外。一句简单的问话给了李隐之力量，就在她感觉自己就快发疯的时候。

"我愿意！"李隐之突然止不住自己的泪水。她的脑子里一下子涌出了许多自己童年时看过的言情小说里的情节。就和其他女孩子一样，她们都有过童话般的梦。虽然谁都知道这白色的梦多半都是假的，可任何一个现实中的浪漫举动都会让她们感动。此时，李隐之真想冲上去抱住李洛文，在这样的情况下，他依然温柔、真诚地对待自己。

"既然这样，司仪，请为我们继续主持婚礼。我不想因为一些小误会而错过这段姻缘。"说完，他主动走进人群，绅士般地挽着李隐之的手臂。随后，他又看着乾老帮说，"义父，您意下如何？"

"这……"乾老帮没想到李洛文竟然当着大家的面叫自己"义父"，但木已成舟，况且他也不想破坏了以后的进度。乾老帮点点头，说，"那好吧，如果你们真心相爱的话，就继续吧。至于那三个人……"他停顿了一下，盯着李初阳，意思是让他决定。

"来人啊，先把他们三个人看守起来。至于别的，等婚礼完了再作决断。"

卫兵将三人带出了会场，韦廷钧还想挣扎，但耐不住两个人架住他的手臂，他只能一边大叫大嚷，一边看着李隐之的背影远远地离开自己的视线。

众人再次回到各自的位子，空旷的会场上喧闹的鼓乐很快冲散了先前的不快。人们似乎很容易忘记一切似的重新回到欢庆的行列。会场中心，李隐之重新盖起头巾，和李洛文站在供桌前。

司仪显然刚刚从惊吓中恢复过来，他说话有些结巴，不过还是勉强地将准备好的台词全都说了出来。

李隐之含情脉脉地注视着李洛文的双眼，她担心李洛文看不见她的眼神。不过，她很快得到了自己想要的答案，因为李洛文也同样深情地看着她。

"一拜祖先！"李洛文托着李隐之的手，一起跪在供桌前，朝桌上供奉的祖先的灵位叩首。那里供奉着桃花源创始人和历代族长的牌位，他们既要见证两位新人的爱情，也要保佑他们和睦美满。

"二拜高堂！"他们先朝李洛文的父母和乾老帮叩首。李洛文的父母刚才虽然受到了惊吓，以为婚礼就会泡汤了。不过很快看到儿子和李隐之重新回到供桌前，心里的一块石头总算是掉了下来。现在，他们就像孩子似的笑得合不拢嘴。乾老帮不动声色，他仿佛是在笑，但没人看得出他在笑。刚才，一次意外让他的心脏有些受不了。他老了，受不起这样的惊吓。虽然他最终因为李洛文的反对而没能把握住这次机会，不过他也并不在意。他预见到这次机会会再次回到他的手里，作为打击李初阳的手段之一。

李洛文和李隐之又向李初阳和妻子叩首。李隐之的母亲一心只为女儿好，她不懂什么政治，也不懂男人的世界。失去了女儿20多年，一旦回到了她的身边，她就想将百分之一百二十的爱释放到女儿的身上。而李初阳却一点儿都高兴不起来。乾老帮挖空心思地想要得到他的位子，他已经逐渐失去了耐心和冷静。作为桃花源的族长，他的职责就是保证桃花源的和平与发展，他必须防止任何破坏桃花源的事情发生。作为李隐之的父亲，他也不希望自己的女儿卷入任何争斗中去。他必须挑起肩上的重担，绝不能让任何人受到伤害，可他渐渐开始怀疑自己的能力了。

"夫妻对拜！"李隐之犹豫地停顿了半秒，她突然又担心这仅仅是一场梦，李洛文不会真的和她结婚。要知道，这次磕头后，他们就成了正式的夫妻了。李洛文没有让她失望，但他们转过身子后，李洛文连半分思考的时间都没有，带头拜倒，李隐之幸福而又郑重地拜倒，她的一切都要交给面前的这个男人了。

随后，按照司仪的指示，夫妻二人双双站起，从会场上每一位在座的亲人面前经过，接受他们的祝福。接着，他们要绕着会场一周，接受广场上更多的居民的祝福。看见这对新人幸福地挽着手环绕会场一周，台下迅速爆发出雷鸣般的掌声。这时，已经全然听不清他们在叫什么，只是他们的表情都透露着喜悦。

这时，不知从哪儿聚来了整队的舞娘，伴随着歌声一路小跑上了会场。她们或是围成一圈，或是三两人一组。歌声舒缓时，她们舞步婀娜窈窕；歌声突然急转，她们的肢体也随之变得刚健有力。李隐之从来没有看过这种舞蹈，也没听过这种音乐。不过她留意了一下周围的人，大家仿佛都陶醉在其中，甚至有些人也会跟着音乐微微扭动身躯。

正在舞蹈进行的同时，她还注意到一些侍者打扮的人开始在会场和广场上摆设桌椅，紧接着又一趟趟地摆上各种菜肴。这是一件相当繁忙的差事，直到舞蹈将近结束，广场上的人才刚刚坐上了酒席。他们显很有秩序，就好像曾经预演过似的，没人说一句话，也没人影响到会场上的舞蹈进行。最后，等舞娘们再次退出会场后，司仪才示意会场上的人们可以入座了。酒席正式开始前，李初阳以族长的身份举杯致辞，他很平静，至少表面上显得很平静。李隐之安静地听完他的致辞，没有什么特别，只是礼节性的词句。他很少提到李隐之的婚事，更多的是关于桃花源的。直到最后，李初阳主动向李隐之敬酒，然后一饮而尽。

接下来的一切，和李隐之曾经参加过的婚礼酒席大同小异。大家推杯换盏好不热闹，更有许多居民代表走上会场，向主桌上的人逐一敬酒。此时，主桌上反而没有广场上那么热闹，他们一个个表情严肃，心里肯定也各有各的打算。李隐之突然想早点儿结束酒席，倒不是因为累，而是因为沉闷。这是她的婚礼，一生只有一次，但除了刚才的仪式，现在她却感受不到一丝的幸福。

她只想早点儿结束这场婚礼，不过欣慰的是，李洛文的左手始终温柔地搁在她的腿上。

10. 失而复得

酒席直到夜晚才结束，人们纷纷起身离去，会场上的人也打算各自散去，李洛文当然要和李隐之一起入洞房。由于李初阳身份特殊，所以洞房就设在族长的府第。李洛文同父母及乾老帮——话别后，便随着李初阳的车队回家了。临走时，乾老帮拍拍李洛文的肩膀，提醒他明天一早就要去东方入口处上任。李洛文点头称是，虽然新婚是大事，可是与桃花源的防务相比，都变成了微不足道的小事。

一夜无话，第二天一早李洛文便告别妻子、岳父和岳母，匆匆赶上清晨第一班去东方的火车。李隐之自然很不舍得，二十出头的年轻新娘在很多方面还像个孩子。母亲在一旁不停地劝她，总算是哄得女儿破涕为笑。一家人将李洛文送到了码头，李洛文的父母已经在那儿等着了。

再说方遒他们，自从被卫兵带下去后，他们便被押上了一辆汽车。他们不知道要被送去什么地方，卫兵也不和他们交谈，只是很介意韦廷钧在车里大叫大嚷。一个脾气暴躁的人还狠狠地赏了韦廷钧一拳，正中鼻梁。虽然不至于将鼻梁打断，但不能避免鲜血直流。韦廷钧再也不敢开口，缩在方遒的身边，自己擦着鼻血。

他们被分别关在三个独立的房间里，有人送晚饭，他们也能隐隐约约听到广场上的喧闹声。韦廷钧痛苦地蜷缩在房间的一个角落里，他不敢相信李隐之竟然亲口答应要嫁给那个男人。"我愿意",他连声音都记得真真切切,可又能怎么样呢?从外面传来的声音判断,婚礼进行的一定相当顺利,而他只能可怜兮兮地躲在这里擦着鼻血。

这个晚上,韦廷钧过得糟透了。

凌晨,他估计现在应该是凌晨。因为他是在睡梦中被人摇醒的,他迷迷糊糊地睁开眼睛,还没看清面前是什么人,就被四个大汉硬生生地从床上拽了起来。随后,一个人用力捏住他的嘴,往里面塞了一小包东西。他们迅速地把韦廷钧抬了出去,就在他可能发出任何声音前,他们显然不想惊动隔壁两间房里的人。

韦廷钧只挣扎了几下,突然肚子上一阵钻心的剧痛,他就放弃了挣扎。有人在他的肚子上狠狠打了一拳,他一辈子也没像今天挨了那么多拳头。一个在大城市风平浪静中长大的孩子,显然经受不住这一切。当四个人抬着他从方遒和蒋颖的房门前经过时,韦廷钧彻底放弃了希望。

他被带上了车,一阵颠簸之后,车停下了。四周已经恢复了夜晚该有的平静,韦廷钧能清晰地听着自己的心跳声和呼吸声,他从没有这种感觉。

他们让他坐在一张椅子上,把他嘴里的异物拿了出来。现在,韦廷钧反而识趣地不作声了。他尽量保持冷静,观察着周围的环境。四个大汉围着他站立,他可以大概看到房间的情况。不过没什么用处,因为房间里没有任何东西。

一个人从黑暗中转了出来,韦廷钧认出了他就是乾老帮。乾老帮显得很友善,笑容可掬地走到韦廷钧的面前。他从身边的一个大汉的口袋里找到了一包烟,递给韦廷钧:"他的口袋里总放着烟,来一支?"

韦廷钧倔强地摇头,他从电视剧里学会了这招,他想尽量表现得有性格。

"不会抽烟?"乾老帮看来很满意,把烟收了回来,"现在不会抽烟的年轻人太少了,不过我喜欢。我知道,今天你一定过得很糟糕。年轻人除了为自己的前程,只有为了爱情才会奋不顾身。我年轻的时候也经历过,所以我能理解你现在的心情。心爱的女人嫁给了别人……"

韦廷钧被人说道痛处,不过他表面上还是装出一副无所谓的样子。他撇开头,尽量不去看乾老帮。

"说说你和大小姐是怎么认识的吧,我跟着族长做事那么多年,还从没听他说起过自己有个女儿呢。"乾老帮像是很感兴趣，不知从哪儿拉了把椅子坐下，"说吧，把不开心的事说出来，对你有好处。"

韦廷钧还是很不情愿，歪着脑袋一声不吭。突然，他身后的某个人在他的后脑勺上狠狠地拍了一下。

"孩子，我知道你心里很难过，我只是想了解一下你们的过去。或许，我可以帮到你。那句古话是怎么说的，不听老人言，吃亏在眼前。"

韦廷钧疼得双手抱着脑袋，他不安地看着四周的大汉。他们一个个怒目圆睁，像是在警告他，如果不照实回答问题，还会有苦头吃。无奈之下，韦廷钧只能一五一十地将自己和李隐之在大学所发生的事全说了出来。

"这么说你们没有订婚？"

"没……没有。我只是情急之下才说出那些话，我只是……只是不想她结婚。"

"那你和她，有没有发生关系？"

韦廷钧脸颊通红，一下子从椅子上跳了起来："当然没有，我……我和她是清白的。我爱她，我是尊重她的。"

"我相信你，看得出来，你的确很爱她。那么，她还有什么亲人吗？你是她男朋友，应该知道些事情。"

韦廷钧怕再挨打，老老实实地把自己知道的全都说了出来。其实韦廷钧知道的也不过是李隐之的养父母的基本情况，他们虽然谈过恋爱，但终究没到谈婚论嫁的地步，加上李隐之从来就是个内向、冷淡的人，韦廷钧对她的家庭情况知之甚少也情有可原。

乾老帮死死地盯着韦廷钧的眼睛，他在观察他的瞳孔。经验告诉他，撒谎的人的瞳孔会不自然地收缩和扩展。韦廷钧被他看得毛骨悚然，老头也有些失望。显然，韦廷钧知道的都是些鸡毛蒜皮的小事，对他的计划没有太大帮助。

他很现实的地觉得需要结束的时候结束了审问，一点儿预兆都没有，突然站起身，双手背到背后，转身走了。

大汉问他该怎么处置韦廷钧，乾老帮说暂时不能让他走，让他们看紧他。乾老帮走出那间昏暗的小屋时，天已经大亮。面前的一条小路通向自家的后门，他选择在这里关押韦廷钧，方便审问，一旦有人要问他要人，他也完全可以让人进府搜查。一间弃置的破屋，这是个再理想不过的地方。

管家焦急地站在后门张望着，看见乾老帮回来了，他赶忙迎了上去。

"老爷，例会就要开始了，其他人恐怕都已经到了。"

"不忙，让他们等着吧。"乾老帮摆出一副不可一世的样子，"今天的例会巽老头也会参加，去早了，只能给他长脸。"

"李洛文已经出发去东方入口处了，今天一早，族长一家人把他送到了渡口。"

"最快也要两天才能到，我都有些等不及了。对了，抓到的那两个人叫什么名字？"

"一个好像叫沈若诚，一个叫二得子。"

"让他们看紧点儿，别坏了我的大事。"

乾老帮回到卧房，换了套衣服，又沏了壶茶。他已经准备好了第一记重拳，想象着落到李初阳身上所造成的伤害，他都有些急不可待了。

婚后，桃花源迅速从热闹欢庆中降温。两天前的例会乾老帮没有出席，他推说有病。可是按照族里的规定，应邀参加例会的人即使奄奄一息也必须出席。乾老帮现在公然反抗族规，人人都替他捏了把汗。这两天，人们走在大街小巷上，个个都低着头匆匆走过。大家私下里都在传，族长和乾老帮可能会为了某些事而大打出手。这些天人们担心他们的冲突会最终波及每一个村民，所以现在一个个脸上全都愁云密布。

一辆汽车飞速驶过地上零星的几个水塘，车轮碾过后水飞溅到路人的身上。人们纷纷避开，用抱怨的眼神瞅着那辆车。有一两个眼尖的看见坐在车里的人竟然是乾老帮。这是一条从乾老帮家出来的路，可谁都知道乾老帮是从来不用车代步的人。几个人赶忙凑在一起议论，可讨论了半天，也没个结果。

乾老帮的确坐在车里，不过他也是情非得已。今天，李洛文已经到了东方入口处，乾老帮本来打算晚些时间再去找李初阳，可谁想到李初阳临时决定出巡，不知道归期何时。而且，乾老帮接到消息时，李初阳已经动身去了渡口。为了能在李初阳离开前截住他，乾老帮不得不打破惯例，让管家找了辆车，飞也似地赶往渡口。

前次送李洛文只有五六个人，可这次却不同，乍眼望去，少说也有几十号人围在渡口恭送族长离开。李初阳这次只是带几个贴身随从，连李隐之也不让陪在身边。众人互相道别，好不热闹。

这时，一个侍从费力地从人群中挤了出来。他俯在李初阳的耳边轻轻说了几句，李初阳面色微变。不过他马上恢复过来，向侍从交待了一番。侍从再次离开后，只听到人群后一个苍老的声音说道："各位，借过借过。"

人群自动分开两边，大家不约而同地回头看去，只见乾老帮慢步从人群后走了进来。大家都面面相觑，没想到乾老帮这个时候会来。送行的人中，很多都参加了两天前的例会，他们还清楚地记得李初阳在那天的会上脸色铁青，几个小时内一句话都不说。族长和乾老帮之间的战争，迟早要爆发的……

李初阳面带微笑，主动和乾老帮握手："老帮贵体可好？"

"托族长的福，这两天好些了。老夫一等身体好就赶紧来向族长负荆请罪了。"说完，乾老帮当着众人的面倒身便拜。

李初阳赶忙上前一步，把乾老帮扶了起来："老帮何必如此多礼。身体不适，也是情有可原的，我又怎么会怪罪呢？更何况老帮今天亲自为我送行，这份心意我心领了。"

"不、不、不。老夫怎么说也是违反了族规，身为老帮，理应守法。桃花源的律法是历代祖先共同创立的，违法就是辱没祖宗，任凭谁都不敢担负这个罪责。如果枉顾私情，我们又怎么对得起天地父母、子孙后代呢？"

李初阳紧闭双唇，一声不吭。

乾老帮突然压低声音，神秘兮兮地说："族长，可否借一步说话？"

"乾老帮有什么话不能在这里说吗？"

"这个……"乾老帮面露难色，像是有什么难言之隐。

李初阳抬头看了看众人，挥手示意大家让出一条道。两个人一前一后，走出了人群。乾老帮把李初阳带到一个靠边的地方，背着众人说："族长，当着众人，你是桃花源的族长。可背着众人，老朽也算是你的长辈了。长辈长辈，长你一辈，看到的、听到的也比你多。"

"乾老帮有话不妨直说。"

乾老帮回头瞄了一眼，确定没人跟着他们后才说："我想听听大小姐的身世。20年前尊夫人身怀六甲，这是大家都知道的事，可为什么后来孩子无故失踪了呢？20年来，大家都因为不想让尊夫人悲痛欲绝而绝口不提孩子的事。但现在大小姐既然回来了，我反而想问一句，大小姐是怎么离开桃花源的？"

乾老帮突然凑近身子，语气也变得强硬："我可听说大小姐之所以会离开桃花源，全都是因为你！"

李初阳突然决定取消出游，很多人都不明白其中的道理，就连李隐之和妻子他都没说，大家只知道他交待了几句就随着乾老帮的车走了。李隐之心里"咯噔"一下，一种不祥的预感油然而生。她下意识地叫来身边的一个侍女，吩咐她再去打听一下方遒他们的下落。自从结婚后，李隐之和方遒他们已经失去了联系，就连李初阳都不知道他们去了什么地方，只不过他们住的房间里尚且有换洗的衣物，各个出入口也没有接到有陌生人员擅自离开桃花源的消息。他们还在桃花源，可既然没有离开，又为什么始终不肯露面呢？李隐之被这个问题已经困扰了两天了，虽然韦廷钧差点儿让她结不了婚，可大家毕竟相识一场，原先的气愤也早化作了担心。

李初阳随着车来到了乾老帮的家。进了书房，乾老帮吩咐管家没有他的命令谁也不能进书房。管家退出书房后，乾老帮关紧房门，转身开门见山道："族长，这里没有外人，老夫也就明说了吧。记得1982年，你得到机会出去采办货物。第二年，你又千方百计得到同样的机会去采办货物。按照我族的规定，谁都不能连续两年得到外出的机会，可是先族长念你那年的表现异常突出，便准了你的要求，为你破例一次，也就是这一年，大小姐失踪了……"

"当时我也说了，是一个奶妈因为喜欢这孩子，就偷偷地把她给抱走了。"

乾老帮摸了把胡子，撇着嘴一阵冷笑："我听到的可不是这么回事。当年族长心存私念，所以偷偷地将女儿带出了桃花源，交给了一对李姓夫妇收养。无奈20年后，族长还是抵不住思女心切，所以才派李洛文和巽老帮明察暗访，把大小姐给接了回来，而且还带了三个地上的人来，让我们的秘密暴露在人们的面前。"

"老帮怕是言重了吧，那三个人全都是隐之的朋友。"李初阳说话显得很没底，尽量避开重点。他能管理好桃花源，可这并不代表他能斗得过乾老帮。本来年纪越大经验就越丰富，更何况桃花源里的人多少都能活个一两百岁，经验在这里就更重要了。

乾老帮在经验方面明显要高出一筹，再加上他早有准备，手里的王牌一张接一张，不怕李初阳不就范。

"我老了，跟不上时代了。你帮我看看这是什么？"说完，他从口袋里掏出个小玩意儿，顺手扔给李初阳。

李初阳反手接住，摊开，定睛观瞧。当初李隐之刚到桃花源的时候，他从她的衣服里也找到过同样型号的窃听器。李初阳当时没有张扬，只是派李洛文私下去查查信号来源，可惜地底幽深，信号早就中断了，既然没有什么问题，李初阳就始终没有问过女儿。可是，他分明记得这个窃听器被自己捏碎在手掌中，却怎么会到乾老帮的口袋里？李初阳不明就里，疑惑地问："这个……"

"从那个叫蒋颖的女子身上搜到的。老朽眼拙，不知道这是不是窃听器？"

一语中的，他毫不留情地将了一军："每一个进入入口处的人都会受到检查，更何况我听说那三个人最初是误触机关，才被我们的人抓住的，照理来说不可能不查出这种东西。不过，我转念想想，东方入口处的主管是'刀疤'，'刀疤'曾经是洛文这孩子的部下，两个人一向处得不错，洛文负责寻找大小姐，而这几个人又是大小姐的朋友，洛文向来是你的人，这样想想，似乎就能想明白为什么这个窃听器始终没被人发现。或许，根本就没人检查；或许，查到了窃听器也没人汇报。这可全都是死罪啊，族长。"

说话间，传来一阵急促的敲门声。乾老帮像是事先就知道似的，转身就开门。由于开门太突然，门外的人差点儿跌了进来。李初阳定睛观瞧，进来的正是乾府的总管，他进门后站稳身子，躬身施礼："族长，老爷。"

"什么事？"

"东方入口处出事了！有两个地上的人闯了进来！"

事出突然，李初阳满腹狐疑。不过乾老帮倒是深信不疑，他非但不紧张，反而激动地在房里来回地走动。当然，乾老帮嘴里没有任何表示，而是一个劲儿地叫苦。一番表演之后，乾老帮总算是切入了正题。

"到底发生了什么事？"

"情报处派来个人，说抓住了两个入侵者。"管家又重复了一遍。

乾老帮用余光观察着李初阳，同时和管家你一言我一语地对答如流。"报事的人呢？"

"在门外候着。"

"把他叫上来！"乾老帮不顾李初阳，自行做起了主张。李初阳碍于这是在老帮的府邸，只得坐在正座上看着，静观事情的发展。

片刻之后，管家领着一个人走进了客厅。那个人中等身材，相貌平平，是个李初阳从没见过的人。除了一些要员需要族长亲自任命外，其余的人都有各部门负责人指定，所以李初阳只是看着他，却不说话。

进来的人则不然，他看见李初阳坐在正前方，撇下乾老帮先来到李初阳面前躬身施礼。李初阳回礼，他才又转过身向乾老帮行礼。乾老帮回过礼后，问道："听说抓到了两个入侵者？"

"根据东方入口处的书面报告，有两个陌生男子闯入了入口处，不过现在他们已经被控制起来，听候族长的处置。"

"审过没有？"乾老帮抢白道。

那个人看看李初阳，后者点点头，示意他继续说下去。"一个叫沈若诚，一个自称二得子。他们死活不肯说为什么来到这里，不过报告里说……"那个人突然闭嘴不说，在等进一步的指示。

"但说无妨。"乾老帮看也不看身后的李初阳，急切地想知道后面的事。

"他们在那个叫沈若诚的身上搜到了一把钥匙，钥匙的款式和材质似乎是桃花源的东西。但沈若诚却说这是他父亲给他的，我们也根据送来的钥匙图片和现有的钥匙进行比对，也没找到类似的形状。"

"这是不是不符合程序？"李初阳打破沉默，"如果入口处发生情况，书面汇报应该是由入口处负责人亲自送到族长手里。现在却发报告到情报处，而且你也直接跑来乾老帮的府上找我……"

乾老帮是个多么精明的人，他一下就听出了李初阳话里的意思。他赶忙转向李初阳，一只手背到后面，轻轻地冲那个人摆了摆手。"族长，我看这件事来得突然，而且事关重大。东方入口处的人急于和我们联系也是情有可原的，更何况两地路途遥远，万一在此期间发生了什么变故，后果不堪设想。"

李初阳点点头，认同了乾老帮的说法："李洛文知道这件事吗？报告里有没有他的意见？"

"事实上，他们还送来了一份报告。"情报员吞吞吐吐地继续往下说，"东方入口处的守卫们觉得李洛文可能和那两个人有联系，而且还试图阻挠对他们的拘捕。守卫们担心李洛文和这两个人之间会有阴谋，于是就联合起来软禁了他。他们正在等您的批示。"

"他们想造反不成？！"李初阳一拍桌案，怒不可遏。

"族长……"乾老帮面带微笑，他就等着李初阳发怒，"族长息怒。按照桃花源的祖训，在威胁到桃花源安全的问题上，下属有权力软禁自己的上司……"

李初阳不等他把话说完，突然站了起来，径直向门外走去。他意识到东方入口处可能会发生变故，虽然现在还不知道入侵者和哗变的性质，但李洛文已经身处危险之中。无论作为上司还是岳父，他都不能袖手旁观。李初阳心里合计着，现在回办公室，写一封亲笔信，盖上族长大印，李洛文就会被他们放了。随后让他马上回来，再慢慢问他出了什么事。

可乾老帮多聪明，他一看李初阳起身想走，就知道他心里在盘算着什么。机不可失，时不再来。乾老帮当然不能放他走，他赶紧抢身到了李初阳的面前，一躬到底。李初阳被他挡住了去路，只得硬着头皮停了下来。

"族长，老夫还有几句话想说。这件事可大可小，我们绝不能掉以轻心。不过，在公，李洛文是您的亲信，多年来一直跟着您做事。在私，他刚刚做了您的乘龙快婿。所以，无论如何，这件事族长您不能再参与了，我怕到时会连累您和夫人。"

"你的意思是……"

"请族长将这件事交给老夫来调查，至于您，暂时请不要过问此事。稍后，请族长召开紧急老帮会议，宣布这个决定。"乾老帮双手垂地，深深地鞠了个躬。然后，乾老帮直起腰板，挥手让情报员先退下。

　　客厅里又只剩下两个人，乾老帮从怀里取出一个精致的雕花木盒。李初阳认得这个木盒，它和储藏千年灵魂的棺椁一起被供奉在桃花源后的大山里。这个木盒里是一幅羊皮画，画上的内容是一把能够打开灵魂棺椁的钥匙。每当千年到来，灵魂苏醒想要投世时，按照仪式首先应该拿手头的钥匙和羊皮画上的图形进行比对，确认万无一失才能进行下一步。通常，这是不允许被带出山洞的。

　　"乾老帮，你这已经是犯了死罪！"

　　"为了桃花源，老夫甘愿受死！"乾老帮义正词严，手里紧紧地握着小木盒，"多年以来，族长一定也急于知道宝匙的下落。宝匙关系到整个桃花源的命脉，如果让它落入什么别有用心的人的手里，后果谁都清楚。"

　　"老帮你也知道，从上一代族长卸任前，我们就开始四处寻找宝匙的踪迹。但很可惜，宝匙至今没有找到。这些事，我们在老帮会议上都讨论过，进一步寻找宝匙的计划还得从长计议。"

　　"从长计议？现在宝匙自己送上门来了！"

　　"你说什么？"李初阳也激动了起来。

　　乾老帮缓了口气，说："从报告上看，我相信这枚钥匙就是我们要找的宝匙！我很好奇这枚宝匙为什么会在一个外人的身上，而且他还自己送上门来？事情真的就这么简单？前任族长在自责和内疚中郁郁而终，难道族长您就不愿意为他洗刷罪名吗？"

　　说完，乾老帮转身走出了客厅。他站在客厅门口，吩咐那个情报员迅速给东方入口处发出指示，要求他们将李洛文、沈若诚和二得子带来桃花源，不得有误。随后，他又命管家持令通知八家老帮去武德殿召开紧急会议。

　　"族长，请回府吧。"

　　李初阳一语不发，大袖一挥离开了乾府。

　　"申百年"，李初阳心里一直惦记的名字，他现在还好？30年不见，申百年似乎终于要回来了。和他在一起的还有一个人，那个人又怎么样了呢？

　　是福是祸，也只能走一步看一步了。

第四章 回到原点

1. 第二批入侵者

被关押在狭小的监房里，沈若诚已经是万念俱灰，时不时地从他隔壁的房间里会传来一些惨烈的吼叫声。那是吕二（二得子）的房间，声音也很像他的，虽然已经扭曲得不行了。他们还没对他用刑，不过他想肯定也快了。沈若诚出身豪门，从来没吃过苦，更别说成为别人的阶下囚。他现在很怕死，可又有谁不怕呢？

他们从他身上搜到了钥匙，他也已经全都交待了，现在只求那些人能尽快把自己给放了。他怎么也不会想到丛林里竟然有一个陷阱，他估计这些人是军队的，可他们没有穿着统一的服装，而且他们的皮肤也比正常人白了许多。沈若诚发现他们很在意那把钥匙，在从他身上搜出来后，他们几乎全都离开了房间，只留下一个人看守他。

二得子现在怎么样了？估计被整得很惨。沈若诚本来还想和他商量个对策，可谁知道那些人竟然把他们分开关押，到如今生死如何，还不知道。

他无时无刻不在想念着张栋勋，他忠实的、可信的朋友。这就是不听他的话的结果，只是不知道张栋勋是否正在努力地营救他。

事情还得从二得子离开后说起。

沈若诚决定自己和二得子会合，不带张栋勋在身边。虽然张栋勋认真细致地检查着行李，可谁都看得出他脸上写着"不情愿"三个字。他不信任那个男人，沈若诚已经向他解释了无数遍，他也不相信二得子。但那是多么难得的机会，再也没有比这次让沈若诚更能接近心中目标的机会了。他火热的激情再次被点燃，上一次，还是他大学毕业的时候。

"我必须去那里，你是知道的。"沈若诚自己又检查了一遍行李。

"我陪你去。"张栋勋回答简练，他是一个忠心的侍从。他不太了解老爷对沈若诚究竟交待了些什么，令他如此执著。他有义务负责他的安全，既然来了，他就不能离开他的左右。二得子来路不明，却指向明确。张栋勋当过兵，做过秘密警察，凭经验，二得子肯定是官面上的人。他既然隐瞒身份要同沈若诚合作，背后肯定会有什么计划。张栋勋心里暗自叫苦，可惜当年做秘密警察时的同伴如今已经没有了联系，否则这个叫吕二的身份一定能查出来。现在，他只能靠自己的力量保护沈若诚。

"不必了，你留在这里吧，帮我留意香港方面的消息。"沈若诚觉得不好意思，背着身子胡乱翻找东西，"我不想错过任何不幸的消息。"

张栋勋不再说话，他当然明白沈若诚话里的意思。张栋勋不再多说，就去睡了。

第二天，沈若诚起得很早，他不打算吵醒张栋勋，看着他背着身熟睡的样子，沈若诚蹑手蹑脚地拿起行李出门了。临走前，他特意看了看另一张床上的张栋勋，他鼾声低沉，睡得正香。沈若诚突然又有些犹豫，他手握门把手，心里很不是滋味。不过那念头一闪而过，他迅速关上门，步行去约定的地方。

就在他关门离开后，张栋勋也翻身起床。一个晚上，他根本没睡觉。早晨，沈若诚起床后的一举一动他全听在耳里。既然他不愿意自己陪同，他就在暗地里跟着，主意打定后，张栋勋也起身作准备。

单说沈若诚，他离开旅店后便来到街上。远远的，二得子斜靠在一辆车边，正等着他。他很准时，沈若诚心里挺高兴。

汽车迅速离开了旅馆，这辆车是租来的，二得子很坦然："能看到你守约我很高兴。"二得子一边开车，一边随便扯几句。

"吕先生，我想您还不了解我。我一向很准时，这是我的原则。"沈若诚有些不适应他的幽默，他有些局促。狭小的空间让他不知所措，他不知道怎么和二得子交流，那个人让他觉得很不舒服。

"放松点儿，沈先生，你太紧张了。"二得子拍打着方向盘。

"你已经有了行动计划？"借着反光镜，沈若诚打量着后车座的旅行包。

"先去会稽山，然后见机行动。"

"那儿不会有看守？"

二得子有些嘲讽地笑了一声："沈先生恐怕还不知道我们这边的作风，很多事都很好解决。"说完，他伸手到副驾驶座打开储物盖，从里面拿出两张塑封好的卡片交给沈若诚。沈若诚拿着卡片，心里惊呼了一声。

原来二得子拿出的是两张工作证，上面写着某某省文物局考古研究员。下面是两个化名，可照片却分明是他们的。

"网上随处可以找到你的照片。"二得子解释道，"这样，我们就能堂而皇之在山林里穿梭。后面的包里，我也准备了些应用物资，不够还能向当地山区管理局借。"

两个人只顾着聊天，谁都没有留意到在他们车后不远处有一辆车正悄然尾随。张栋勋悄悄地离开宾馆，躲在暗处看清了沈若诚上的那辆车。等车开远后，他迅速跑到街上，有些粗鲁的沿街拦了一辆车紧跟上去。司机倒也不见怪，任凭张栋勋使唤，让他上哪儿就上哪儿。当然，张栋勋免不了多给点儿钱。

眼看两辆车一前一后驶入山区，前者靠街边停下，后者远远地停在了拐角处。再看二得子仿佛回到自己家似的，领着沈若诚驾轻就熟地穿梭于景区。同时，他像个导游似的对周围指指点点，把方圆百里内的会稽山介绍得详详细细。

沈若诚从来没来过这种地方，从小到大，除了香港，就是在国外游览风景，反而祖国内地的大好河山来得少之又少。故此今天他借机会欣赏着两边的风景，两个眼睛都不够用了。他也发现，胸前挂着一块这样的工作证，沿途简直畅通无阻。

很快，他们摆脱了众多游客，消失在密林中。再来个三转两转，沈若诚已经迷失了方向。再看二得子，他身手矫健，在山林中快步如飞。

"沈先生，就快到了。"二得子用破路刀劈开前方的一段伸出的枝杈，"如果你现在停下的话，我们会很麻烦的。"

"你只管带头，别担心我。"沈若诚有些不服气，铆足劲儿提气加快步伐。

二得子偷偷地看着镶嵌在手表上的定位器，眼见离方遒他们消失的地方越来越近，他的心跳有些加快，局长很快就会成为过去了。别说是局长，这个世界就会成为过去了。

在前面的一个被树木包围的草坪上，他们停下了脚步。

"到了？"

"就是这里。"二得子用力地抬脚跺了跺地面。方遒他们就是在这里消失的，他抬头看看天，又俯下身看看地。二得子自认机灵透顶，可怎么也想不明白这些人究竟去了哪里。即使跟踪器失灵了，可只要这些人还在地球上，他就不担心手下人找不到他们。那是一支世界第一的情报员队伍，可就是找不到他们。

沈若诚才不顾他，他来到这里，心里就不停地告诉自己，这里就是兰亭的另一面。父亲多年的心愿眼看就要实现，他二话不说，拿起铁锹一通乱铲，溅得二得子一身的土。

"沈先生你……"二得子刚想起身说他两句，就觉得脚底突然一空，而身边的沈若诚也像喝醉酒似的东倒西歪。他刚想叫嚷，只听"轰隆"一声巨响，两个人应声跌入深渊。

张栋勋在远处看得真切，可等他赶到近前，两个人已经踪迹全无。

当沈若诚再次看见二得子的时候，两个人都被人推搡着赶出了各自的房间。他抬头一眼就看到不远处的二得子，可他刚想开口叫嚷，两人就被拉肩头拢二臂，来了个绳捆索绑。接着，看守们大叫大嚷得把他们往外推。

"你们要把我们带到哪儿去？"沈若诚情急之下普通话、广东话一块来，也不管他们是否听得懂。那些人回头看看他，把他当笑话似的哄堂大笑。沈若诚从没受过这种羞辱，他转过头看看一旁的二得子。不看倒好，这一看，他当场泄了气，只见二得子正低着头，一味地跟着那些人走。对于沈若诚被人嘲笑，他置若罔闻。

他们被人押着一路向前走，沈若诚多次尝试着挣扎，却被身后的人死死地掐住两只手腕，让他动弹不得。走了一段路，他偏过头看看二得子，他像个死耗子那样耷拉着脑袋。沈若诚暗叹一声，心里叫苦不迭。原本以为二得子是个可靠的朋友，可谁想到了关键时刻，二得子比谁都窝囊。

又走了一段路，眼看就要走到走廊的尽头。沈若诚留心着之前走过的路，这条长廊可够长的，他粗略地估算，少说也有几百上千米。他还用心观察两旁的情景，以及押送人的模样，他还指望着有朝一日能再回到此地找这些人报仇。他心里默记，喋喋不休地默念。二得子还是耷拉着脑袋，一声不吭。

再走了一会儿，沈若诚已经能看见走廊的尽头，一扇大门遥遥可见。沈若诚心中一动，他突然很好奇大门背后会是什么。也许他们会被人就地处决，也许要带他们去见首领，看他们人多势众，总该有个头领。反正不会放了他们，沈若诚心里也不抱任何希望。正当他胡思乱想的时候，突然之间眼前一黑。原来，他身后的人冷不防给他套上了一个大布口袋，底下收紧口子。沈若诚只觉得嗓子跟咽喉越勒越紧，他难受异常地拼命摇晃着脑袋。"砰"的一声闷响，头部又受到重重一击。

"吱呀"一声，铁门应声而开。一股清爽的冷风扑面而来，沈若诚不自然地抖了一下。虽然隔着布袋子，可他还是能依稀分辨出地下洞穴里独特的潮湿气味。沈若诚心头一动，他们究竟到了什么地方？

视线完全被挡住了，不过他还能听见周围人们的交谈声。声音很空旷，仔细听还能听见回音，这是个多大的空间啊？沈若诚没有概念，但他听到了更多人的声音，似乎还有搬运货物的声音。冷不丁"呜呜"一阵轰鸣，沈若诚吓了一大跳。火车？这里怎么会有火车？他还清楚地记得二得子之前给他作的介绍，这附近根本没有火车。况且他被关押的地方离他们跌入的陷阱应该不远，再算上从看守所通过走廊走到这里，这点儿距离根本走不出会稽山区。

难道这列火车是在深山里的？

"站住，抬脚上楼梯！"身后有人拽住他的绑绳。

沈若诚小心翼翼地抬起脚步，又是"嘭"的一声，小腿硬生生地敲在一块铁板上，沈若诚"啊呀"叫疼，双腿发软就要倒在地上。好在抓住他两只手的人猛地一用劲，才免得他摔在地上。即便如此，沈若诚还是感到小腿火一般灼热疼痛。那些人又是一阵大笑，不管不顾地将他们推了上去。

空间突然变得狭小，沈若诚能感到两边肩膀都能碰到坚实的墙壁。他衣着单薄，墙壁的冰冷透过衣服纤维渗透到皮肤里。拐弯，又走了几步路。开门声，沈若成被一把推了进去。他重心不稳，一个踉跄倒在地上，他刚想挣扎着站起来，后背就被某个沉重的东西砸了一下。

二得子"哎呦"一声，身子慢慢倒下来。他也感觉到前面似乎有个人，于是他压低声音问了一声："沈先生？"

沈若诚一听是二得子，气就不打一处来。他闷哼了一声，却不回答。沈若诚艰难地坐直身子，静静地等着别人怎么处置他们。可等了一会儿，只听到有几个人在一起说话，但并没有处置他们的意思。他们又说了一会儿话，脚步声渐渐远去，门又关了起来。

火车在隆隆声中起步，沈若诚坐不安稳，顺着火车的颠簸来回摇晃。现在，他确定这的确是一辆火车，虽然想不明白为什么火车会出现在深山里，但既然被人绑到这里，他也无计可施。好一会儿，二得子始终没有动静，沈若诚也懒得管他，自顾自地闭目养神。他太累了，这两天被关在房间里，根本就睡不安稳。

片刻之内，四周忽然多了些"咝咝"声。有老鼠？！沈若诚扭动着身子，这种肮脏的车厢里肯定会有老鼠。紧接着，这种声音越来越响。沈若诚不安地晃动着脑袋，他突然想起了二得子。正当他想开口叫喊时，忽然觉得脖子这里有什么东西在动，难道老鼠已经爬到他身上来了？吓得沈若诚"啊"地叫出声来。可突然他眼前一亮，二得子堂而皇之地站在他的面前，手里正捏着布袋子。

"你？"

二得子晃了晃手里攥着的小刀，轻声说："我在之前的屋子里找到的。"

"现在怎么办？"沈若诚捏着手腕，眉头紧锁。

"跟我来。"二得子躬着身子蹑手蹑脚地来到门边。他侧耳伏在门上听了片刻，回头招呼沈若诚过来。

门没上锁，估计那些人没料到他们能逃出去。二得子悄悄地打开一条缝，慢慢地伸出刀尖，借着刀身的反光仔细看着。其实凭那把刀什么也看不见，二得子只是按照军队手册这样做着。反正沈若诚也不懂，唬弄他，也能安稳自己的情绪。

"现在没人，我们出去！"二得子压着嗓子嘱咐着。然后，他再拉开一点儿门，带头钻了出去。沈若诚紧随其后，他从没有这种经历，早就六神无主了。两个人就这样一前一后慢慢爬了出去，可刚爬出去没几步，沈若诚就觉得后腿被人紧紧握住，再难向前一步。沈若诚刚想回头看个究竟，就听二得子在前面"嗷"的一声怪叫。别人给他们来了个两头堵，他们谁也逃不掉。

"老实点儿！进来了就别想走！"他们被提小鸡似的抓起来，重新带回了原来的房间。

就在他们被人押送回去时，二得子隔着人墙看见不远处拐角的另一群人：他们三个在前，四个在后，中间夹着一个人。

二得子眼尖，就在他们被推进房间前的一刻，他看清了那个站在中间的人的模样。那张脸似曾相识，可一下子他又想不起来了。对啊，二得子一拍大腿，他曾经在照片上看到过这个男人，那还是以前他们着手调查李隐之的时候手下人拍到的一系列照片。

他好像叫李洛文，虽然当时他们还摸不清这个人和他们想寻找的长生不老有什么关系，但很明显他是那些人中的一个头目。二得子在局长身边时亲耳听见李隐之和这个叫李洛文的人接触，谈论寻找父亲之类的事情。

他怎么也在这儿？

好像他的处境也不妙。

二得子马上拟定了新的方案，只要有机会和那个叫李洛文的接触上，就一定要把他争取过来，他不能眼睁睁看着自己就这么被人给整死。

"你还想得出什么出去的方法吗？"沈若诚狼狈地缩在角落里，垂头丧气地说。

"你们别想出去了！"二得子没搭茬，门外倒有个人高声喊了起来。

"你们要带我们上哪儿去？！快把我们放了！"沈若诚三两步跑到门口，双拳在铁门上死命捶打着。

"别吵吵！不会少了你们的吃喝！"

两个把门的在门口乐呵呵地看笑话，等里面不再吵闹了，他们凑在一起，悄悄说着闲话。

"哥，你看他们这次会怎么样？"

"还用说，落在乾老帮手里，准保一个死。"

"那李仆射呢？"

"这就难说了，听上面的说，这次好像连族长也要跟着倒霉。"

2．交易

沈若诚和二得子迷迷糊糊地被人推出了舱门，他们已经完全分辨不清究竟过了几天。沈若诚一片迷茫，连头都抬不起来。二得子的心里多少还有点儿数，从上火车到现在，他们一共吃了四顿饭。如果一天才给一顿，这趟旅行也就要花四天的时间了。不过，二得子觉得两顿饭之间间隔的时间没那么长，那么起码也要两天。

两三天的时间，至少也要到中原腹地了，可惜不知道火车往哪个方向开。二得子心里懊恼，眼睛却不时地偷看。一个硕大的山洞赫然出现在眼前，身后并排停着几辆长节列车，左右车道起码有四五条。几十名工人不停地搬运货物，叫叫嚷嚷好不热闹。再看两侧，由于山洞高度有限，房屋修建得相对比较矮小，然而层层叠叠前后有好几排房子，各有各的用途，二得子却不知道。再往前走，一个和山洞同样奇特无比的巨大湖泊让人啧啧称奇。二得子费尽眼力，依然望不到湖泊的尽头，但看见湖泊上各种大小船舶来来往往，好不热闹。码头边已经停着好几艘待发的船只，这规模绝不亚于任何一条内陆河上的任何一个大型码头。汽笛轰鸣和身后的火车遥相呼应，宛若天成。

这等大阵势，二得子绝没有想到，他一点儿也看不出这是什么地方，别说刚才乘坐的火车，就连眼前的轮船他也从没见过，至少在国内没见过，那要比地面上的都要先进得多。至于眼前的人们，却给了他另一种感受，似乎要比他衰老很多。二得子找不到恰当的词语，可要表达的意思他自己心里很清楚。

现在反而是沈若诚垂头丧气，和之前出发时的状态完全相反。一路的颠簸早已摧毁了他的斗志和意识，现在让他干吗，他就干吗。

没用的贵公子！二得子不屑地连声唾弃。

"这位小哥，我们这是去哪儿？"二得子想办法和押送他的人套近乎。

"少废话，跟着走就是了！"那人不领情，连推带搡。

他们被带上一艘大船，还是两个人关在一间房里。房间像个集装箱，四面墙上被钉上一根根粗细均匀的木条，这更像是个装货物的房间。二得子被用力地推了进去，差点儿跌了个趔趄。沈若诚这次倒很自觉，自己先找了个地方坐下来。

"吕先生，我们要去哪里？"等人走光了，沈若诚有气无力地呻吟着，二得子斜着眼睛看他，心里笑这个富家子弟竟然还能说话。

"吕先生，都是我害了你。"他埋着头，不停地埋怨自己，"如果不是为了父亲，如果不是为了那该死的《兰亭集序》，我才不会来这种鬼地方！"

"你的父亲比你执著。"二得子说话酸溜溜的。

"他已经丢失过一回《兰亭集序》，他发誓一定要找回来。"沈若诚还是在自言自语，他压低声音，二得子不得不多费点劲才听得清，"那是他的东西，他丢了，我就得找回来。我是他的儿子，他说什么我都得听。"

"画是他的？这话什么意思？"

"他以前是大陆的一个地主，60年代，一个偶然的机会他得到了这幅画。后来的文化革命弄得他家破人亡，他不得不带着画四处逃命。最后，实在走投无路时，他把画交给了一个拾荒的孩子。"

"你爸爸叫什么名字？"二得子好奇地问道，他觉得这个故事很耳熟。

"沈百年。"

二得子浮想联翩，他想起了那个年代的种种经历。沈百年，和他曾经追捕过的申百年何其相似，当年的申百年或许就是现在的沈百年，造化弄人，一晃40年过去了，二得子还是找到了他。那年他抓住了申百年，但没能从他身上搜到什么值钱的东西，他明明就看见了那个拾荒的孩子，怎么就没想到在他的身上也搜一下！

好在现在得到了补偿，虽然那幅画没得到，但现在他亲身经历的却是画背后的秘密。

又聊了一会儿，二得子确定了沈若诚的父亲就是当年的申百年。当年他没能把申百年给整死，差点儿使自己也成了革命的对象。现在他要报复在沈若诚的身上，还要算上苏茜妮的那笔账，她白白为了这次行动送上了性命。等沈若诚被利用完了之后，他一定会亲手杀了他。

时间不知道过了多久，迟迟没人送饭来，二得子和沈若诚饿得都不行了。就在他们打算叫人的时候，舱门突然打开了。紧接着，几个彪形大汉闯了进来，不闻不问就把他们给拖了出去。

"快走，目的地到了！"

"你们要带我去哪儿？快放我走，快放我走！我有的是钱，我可以给你们钱！"谁也没想到，沈若诚这个时候突然撞开面前的两个大汉，不顾一切地向门外冲去。站在最前面的两个人一不留神，被突如其来的力量撞得东倒西歪，可他们毕竟反应敏捷，刚倒下身子，双手在地上用力一撑，两人再次站起。

沈若诚还要往外跑，却没想到门外还有两三个人，就在最先进去的两个人被撞倒的同时，他们已经作好准备。就在沈若诚跨过门槛时，面颊和小腹挨了重重的两拳。沈若诚连叫一声的力气都没有，应声瘫软在地上，顿时失去了知觉。

刚才那两个被沈若诚撞倒的人全然不顾身旁的沈若诚，而是径直走到二得子面前，二话不说照着他的肚子就是一拳。二得子痛苦地倒在地上，眼前逐渐模糊，很快，他也失去了知觉。

一盆冷水泼在二得子的头上，他惊得一下睁开眼，嘴里大口大口地吸着气。他的双手被反绑，只能不停地摇晃着脑袋，尽可能地让自己清醒。

乾老帮笑嘻嘻地站在他的面前。二得子总算摆脱了模糊的视线，看清了眼前的一切。这不再是一个类似货舱的房间，而是一个再正常不过的房子，只不过陈设要比一般的都古老一些。乾老帮笑容可掬，甚至还给了他不少好感。可他双手被绑，心情也好不到哪儿去。

"总算把你请到这儿了，真不容易。"乾老帮找了把椅子，坐在二得子的对面，"现在，你只要回答我的问题，如果回答得让我满意，我就放了你。明白吗？"

二得子的呼吸总算平静了下来，他点点头，表示听清楚了乾老帮说的话。虽然他连对面的老头是谁都不知道，可为今之计也只有顺着他的意思。

"哪儿来的？"

"北京，我是从北京来的。"

乾老帮下意识地抬头向身后看看，其实那儿什么人都没有。房间里只有他们两个，二得子也跟着他看过去，墙上只一块布帘子。

"职业？"

"公务员。"

"什么！"乾老帮怪叫一声，着实吓了二得子一跳。

"我……我是国家安全局的。"有过审讯别人的经验，当自己被别人审讯时，心里总是会更害怕。二得子现在就是这样，他向来是个心狠手辣的人，平时轻易不发火，一发火肯定要人命。面前的这个人看来也是这样，他更像局长。二得子突然想到了局长，不知道他现在在干吗，会不会已经派人四处找自己了？

"看你的左面！"二得子顺着他的意思，向左面看去。那里摆着一台投影机，二得子刚醒来的时候并没有看见，想必一时心急看漏眼了。"嘀"的一声，投影机开始运作了，乾老帮熟练地操作手里的遥控器，让它一张张地切换照片。

"认识这个人吗？"画面上出现了方遒的照片，二得子心里一惊，心虚地点了点头。第二张照片是蒋颖，二得子当然认识。第三张是韦廷钧，虽然没有作过细致的调查，不过也知道他就是李隐之身边的护花使者。

"很好，很好！"乾老帮又像是在和别人说话，他关了投影机，又转向二得子，"现在，说说你来这里的目的吧。"

他们都知道些什么，不知道些什么，二得子心里没个底。他试探性地说了一点儿，但观察乾老帮的面部表情，好像对他说的那些似乎已经很满意了。难道他的底线就在这里？或许他还不知道究竟发生了什么事。

二得子打算和他来一个交易，输了就是死，赢了或许还能活命。

二得子再次仔细地观察了房间的情况，他总觉得这个房间里不止他们两个。为了能和面前的老人顺利交易，他必须保证房间里就只有他们两个人。

主意打定，二得子便含糊不清地自言自语了起来。乾老帮虽然内功深湛，可他怎么也听不清楚二得子在说些什么。老头急切地想从二得子嘴里套出些东西，也料想二得子不能耍什么手段，便大胆地走上几步："喂，你在说什么呢？大声点儿说！"

二得子就像着了魔似的，只顾自言自语，对乾老帮的话毫不理会。等到乾老帮几乎要凑到他的嘴边时，他才突然开口说话："老先生，这里说话方便吗？"

乾老帮满腹狐疑地看着他，二得子神情坚定，一副有要事相告的表情。乾老帮弯着腰，两个人的脸几乎要贴了一起。他沉思片刻，突然迅速抽身站立，转身向暗处走去。由于房间太暗，二得子看不清里面究竟是什么情况。

乾老帮转过房间深处的一个屏风，李初阳正坐在那里。乾老帮上前施礼，说："族长，您都听见了吧，外面的这个人果然和大小姐的三个朋友有关。为了桃花源的安全，请族长立即将方遒他们监控起来，以免夜长梦多。"

"可是……"李初阳面带难色，犹豫不决。他们三人毕竟是女儿的朋友，随随便便就这么监控，恐怕女儿那里不好交代。

"族长！"乾老帮逼近一步，"紧急会议上，众位老帮已经将临机专断权交给了老夫。按照族规，恐怕族长也得屈从老夫了。"乾老帮右手一扬，说，"族长，请！"

李初阳见他搬出了族规，只能长叹一声，起身拂袖向后门走去。等李初阳走了以后，乾老帮再次转过屏风，走到了二得子面前："有什么话，现在就说吧。"

"这里究竟是哪里？"

乾老帮以为这是在耍他，不禁勃然大怒，右掌高举，说："要想知道，就下地狱去吧！"

"老先生饶命！"二得子紧闭双眼，脖子直往下缩，"我对你们没有恶意！"

"接着往下说！"乾老帮凭空收住手掌，高声吆喝。

"我对你们没有恶意，我只是不想让你们被奸人所害。"

"谁是奸人？"乾老帮撤回右手，背在身后。

二得子捡回了一条性命，总算能长舒一口气。他晃了晃身子，小心翼翼地问："老先生，这绑绳是不是可以……"

话音未落，乾老帮已经神奇般的用掌风切断了捆绑着二得子的绳索。二得子突然感到双手一松，他明明看到乾老帮只是在自己面前挥动了一下手臂，没想到绳索竟然自行解开了。二得子一边不停地搓揉着发麻的手腕，一边惊叹这是只有在电视里才看得到的神奇武功。

"现在能说了吧！"

"当然，当然。老先生一定知道和我一起被抓的那个男人吧，他才是会威胁到你们安全的恶人。老先生千万别被他的外表所迷惑，据我所知，他爸爸一直就在觊觎某个地下墓穴。而到了他这一辈，更是变本加厉，还四处派人调查那个墓穴，其中有个人就是刚才老先生给我看的那个叫方遒的男人。"

二得子故意把沈若诚所关心的说成是地下墓穴，一方面，他想告诉乾老帮自己对内情并不知晓；另一方面，他也希望能多少从乾老帮的嘴里套出点儿话来。

"你怎么知道得那么清楚？"

"我们早就盯上了他，生怕他干些违法的事情。这次我是奉命乔装改扮，混入他的队伍里。可是，他这个人生性多疑，带那么多手下反而不放心，所以他就带着我一个人来寻找古墓的下落，我估计现在外面一定有很多人正在找我们两个人。"

"他真的跟你说是为了找古墓而来的？"

"是啊！他亲口和我说的。怎么，难道这里没有古墓吗？"

方遒、蒋颖和韦廷钧已经好几天没有出过房门了。自从李洛文去了东方入口处，他们三人也好像突然成了多余的人似的，整天待在房里无所事事。李隐之心中只有情郎，也怠慢了几位客人。李初阳更是忙于公务，所以也就没什么人再来关心他们。一日三餐虽然不少，可他们无形之中就像遭到了软禁，出也不是，进也不是。

韦廷钧早就按捺不住想要出去走走，看看李隐之怎么样了。不过蒋颖始终不肯，生怕他再惹出什么麻烦来。寄人篱下，就得要低着头做人，方遒觉得她说的有道理，但他也能理解韦廷钧的心情。但相比之下，他还是站在蒋颖这边，他都快忘了自己对蒋颖的感觉了，当初第一次见面时的兴奋悄然间已经成了自然。长时间相处，究竟他们之间的感情已经超越了友谊，还是他移情别恋了呢？

今天，三个人又坐在一起，你看看我，我看看你，不知道该干些什么。方遒和蒋颖已经达成了一致，过了今天，如果再没什么事情的话就告辞离开。本来李隐之已经平安到达父母的身边，方遒的任务也变得不了了之，能洞察到这个惊世骇俗的秘密已经足以让他们满足了，如果韦廷钧不肯走，他们就把他抬出去。

半天过去了，风平浪静。方遒看看蒋颖，她会意地点点头。这时，忽然听见门外一阵喧哗，紧接着响亮的脚步声逐渐靠近。只听有人叫了一声"族长"，门被推了开来。

李初阳首先踏进了门，方遒刚想起身迎接，却发现李初阳并非独自前来。在他身后，院落里密密麻麻地站满了金甲武士，他们一个个怒目圆睁，跃跃欲试。再看李初阳，脸上却有着说不清道不明的难色。

"李族长，这是什么意思？"蒋颖一看来者不善，便来到方遒身边，想在气势上不落下风。

李初阳沉思片刻，才说："乾老帮说有证据表明你们的到来威胁到了桃花源的安全，所以必须逮捕你们，审问明白。不过看在你们和小女的关系尚可，我不想为难你们，还是请你们自觉地跟我们走吧。"

"这算是命令吗？"蒋颖上前一步，毫不退缩。

"这个……"李初阳本来就不愿意来，经她这么反问，顿时语塞。

"隐之呢？她知不知道这件事？"韦廷钧倒显得很忘我，他只想知道李隐之现在怎么样了。

李初阳避开他们的眼睛，愧疚地低下了头，不过他还是举起右手，示意身后的侍卫们上前拿人。不等李初阳命令下完，身后早有人抢身上前，二话不说就把方遒和韦廷钧给制服了。虽说蒋颖是个纤弱女子，那些人也绝不懂得怜香惜玉，上来就拿胳膊粗细的绳子往蒋颖的脖子上套去。

这下急坏了一旁的方遒，他生怕蒋颖受伤，想用尽全力撞开蒋颖面前的两个大汉。无奈自己已经身遭绳绑，而且侍卫已经料想到他们会反抗，方遒刚一动身，他身边的一个人照着他的肚子就是一拳，方遒闷哼一声，瘫软在地。

"方遒！"蒋颖见他倒在地上，关切地俯身向下，可刚一探头，后脖领子已经被人重重地打了一下。

又上来两个更加魁梧的壮汉，将他们一人一个扛在肩上。顷刻间两个人全都被制服，韦廷钧只能乖乖地束手就擒。李初阳见人已抓到，首先抽身走出了房间。紧接着，武士们带着三名人犯陆续跟了出来。

院落里寂静无声，部队撤退时相当安静。韦廷钧发现之前负责照顾他们起居的人也都没了踪影，估计已经事先被李初阳支开了。他们住的地方离李隐之的住处不远，他突然想到了这点，当初就是为了走动方便，才把他们安排在这里。事到如今，韦廷钧突然鼓起勇气，提起嗓门高声呼叫李隐之的名字。

他马上就被人给打昏了，李隐之能听到他的呼救吗？就连李初阳都不知道是否能保住他们的性命，现在三个人就像案板上待宰的羔羊，恐怕已是凶多吉少。

3．审判

押解方遒三人的队伍正在缓慢地前进，李初阳走在队伍的中间，紧靠着方遒和蒋颖。三个人都因为脑后受到重击，昏迷不醒，只能靠人抬着走。突然，前方的队伍闪开了一条道路，报信的人气急败坏地挤进了人群。

"族长，乾老帮有令！"

"他说什么？"李初阳有些不耐烦，他挥了挥手，示意报信人继续往下说。

那人咽了口唾沫，说："乾老帮说让族长把人押到宗人府，乾老帮已经下令召开扩大会议，所有大小官员全都参加。"

李初阳让他退下，高声吆喝队伍改变路线，折向宗人府，他双手攥紧拳头，直把关节攥得咯咯作响。宗人府向来只处理桃花源贵族犯法事务，而且只有本族各分支的当家和老帮才能进入。今天乾老帮没有事先请示就把所有官员全都集聚一堂，这分明是公然和祖训相悖。况且，还要把三个外人带去，简直是荒谬至极。但乾老帮毕竟是现在的总负责，李初阳除了照办，也没别的办法。

又走了一会儿，队伍在宗人府前停下。李初阳抬头看去，心中不免一阵惊讶。宗人府地势高于一般的建筑，倚势着一块山丘而建。圆形建筑上盖八角顶、明皇琉璃瓦，八角散开处雕刻着老龙头，张牙舞爪，口中吐珠。八角会聚处龙尾缠绕，顶端烘托出一颗硕大的红宝石。再看宗人府，红墙红砖，一派威严肃穆的景象。此时府门大开，黑压压地站满了人。沿着阶梯向下，两旁分别站立着金甲武士，宗人府前的空地上更是布满军队，少说也有上千人。乾老帮调动那么多人守卫宗人府，绝不寻常。

台阶上，几名衣着特殊的守卫迎着李初阳走了下来。他们来到李初阳的面前，向他施礼，便走到他的身后，将方遒三人扛在肩上抬着就走。

来到宗人府大堂，两扇铜皮包裹的门徐徐合上，大堂内顿时变得昏暗。李初阳很久没来过宗人府了，乍一合上门，他还真有些不习惯。借着灯光，他看清了大厅里的人，该来的全都来了，文武官员分两厢站立，中间让出了一条五人多宽的通道。

走廊尽头，乾老帮独自坐在正中的座位上，那里本来应该是他坐的，他身边站着一个陌生的男人，他从没见过，甚至那个人根本不属于桃花源。

"族长，您终于来了，请上坐！"乾老帮突然站起身，让出了身下的座位。

"我想请你解释一下这里发生的一切！"李初阳在主座上坐定，打算斥责乾老帮一番。

"各位……"乾老帮就像没听见李初阳说的话似的，自顾自地走到众人面前，高声说道，"各位桃花源的同僚，很高兴还能在此看见各位。上一次，我们齐聚于此，选举出了新一代的族长。而这一次，我却要告诉大家一个坏消息，桃花源正在遭受一场史无前例的灾难、袭击。"

话音刚落，全场一阵哗然。质疑声和询问声从底下涌了上来，大家不约而同地看着李初阳。"族长，这是怎么回事？"有几个人忍不住高声发问，其余的人也跟着低声附和。

"各位，"乾老帮长袖一挥，"好在桃花源有神灵庇佑，这场浩劫已经被扼杀在摇篮之中。站在我身边的朋友，是他援手相助，才使老夫能及时察觉。"说完，乾老帮让出了身边的二得子。二得子当仁不让，走上几步，嬉皮笑脸地朝台下众人拱手示意。

"将人犯带上来！"一声令下，就听台下一阵骚动。紧接着，几个金甲武士押解着一个人，穿过人群走到了前面。站定之后，他们双手一松，只听"扑通"一声，那个人便瘫软地倒在地上。

"这个人就是企图颠覆我们桃花源的罪魁祸首！"众人齐刷刷地向他看去，这个人衣衫褴褛，头发散乱，趴在地上显得毫无生气。任凭周围的人如何指指点点，他只管躺在地上纹丝不动。

李初阳定睛观瞧，可始终看不清那个人的脸。

"此人名叫沈若诚，香港人。40多年前，桃花源发生了一件惊天动地的大事，关系到本族秘密的《兰亭集序》真迹和一把能够开启宝盒的钥匙不翼而飞。本族上下历尽千辛万苦还是未能打探到它们的下落，没想到两件宝物竟然被这个人的父亲所得。非但如此，他还痴心妄想企图得到长生不老的秘密，40多年来，他们费尽心思。现在，这个沈若诚更是亲身来到了桃花源，企图将祖宗传下来的宝物据为己有。这把钥匙，就是我们从他身上搜到的。可惜那幅《兰亭集序》却依然下落不明。"

说话间，已经有一个武士手托木盘向台下众人展示那把钥匙。台下又是一阵骚动，几十年来，他们只是被略微告知有宝物被窃，但族长要他们严守机密，为了不让桃花源人心浮动，事实真相他们也是今天才得知。许多人都义愤填膺，心中暗骂沈若诚。

"多亏吕兄弟帮助，才能避免悲剧的发生。"

"举手之劳，何足挂齿。"二得子谦虚地说，"小弟我虽然和桃花源的众位素不相识，却也不耻此人的行径。这次能够助各位拿获奸人，也算是大快人心。"

"不错！吕兄弟说得好！"一番豪言，引来了台下不住的喊好声。

乾老帮一看时机成熟，继续说："各位，虽然奸人已经被拿获，可是光凭他一人又怎么能窃取桃花源的宝物呢？"

"对啊！"

"是啊！"

"难道他有同党？"

"乾老帮，他的同党究竟是谁？快将他拿获，以平民愤！"台下又是一片喧哗。

正说着话，几个金甲武士有押着三人走了出来。与沈若诚不同的是，他们被绳捆索绑，武士们也加紧了对他们的看守。

乾老帮走下几级台阶，说："这三人名叫方遒、蒋颖和韦廷钧。大家或许知道他们是大小姐在地面上的朋友，可他们还有一个身份。"他停顿了片刻，扫视了一下台下众人，"他们是沈若诚派来的奸细，意欲窃取源内机密。当初我们疏于防范，险些就让他们得逞了。"

"你胡说！我们才不是什么奸细！"韦廷钧借机会向前冲了几步，破口大骂乾老帮无耻。

老帮不以为然，说："方先生，躺在地上的这个人你认识吗？"

方遒低头细看，可惜那人头发凌乱，脸上又有污垢，看不太清楚。一个金甲武士俯下身，粗鲁地抓住沈若诚的头发，一把提起他的头，让方遒看个清楚。方遒不看则已，一看却倒吸了一口冷气，他的身体不自然地抖了一下，却待要开口，一旁的蒋颖暗中撞了他一下。蒋颖也认出了地上躺着的人正是沈若诚，她不愿多事，故此要提醒方遒。

"我……我不认识他。"方遒会意地撒了个谎。

"是吗？"乾老帮冷笑一声，"可据吕兄弟所言，你们非但认识，你还是他公司里的一名职员！当日，你无意中得到《兰亭集序》真迹，而他知道此事后便请你去香港，有意邀请你替他打前站。你答应了他的请求，离开香港就去了绍兴。你身边的这位蒋小姐也是受你所托，调查和桃花源有关的事情。"

"我……"

"方先生，你就别否认了！"二得子从乾老帮身后转了出来，一脸阴沉地说，"各位，小弟我在地面上是一位情报人员。日前，我部洞悉这个叫方遒的接受沈若诚的委托，前来调查贵族的秘密。虽然我们也不知道贵族的存在，但出于保护文物和历史遗迹的考虑，我部便派在下暗中尾随，伺机破坏他们的行动，将他们一网打尽。"

"你胡说，撒谎！"韦廷钧越听越气，他强扭着脖子用力地挣扎。方遒和蒋颖也怒目圆睁，只可惜现在受制于人，而且众口难辩。再者，蒋颖发现居中而坐的李初阳始终不开口，面有难色，估计桃花源的内部也并非众口一词，故此她示意方遒先不要开口，静观其变。

"那么，你们能解释这些是什么东西吗？"乾老帮双击两掌，一个随从托着个铁盘走了出来。

"大家请看，这些就是从他们身上搜到的证据。"

窃听器、GPS定位系统等，这些的确是从方遒他们身上搜到的。

"各位可能对这些东西不了解。"二得子自告奋勇，主动站出来为大家解释，"这几样都是现在最新科技的产物。这个能放在人身上，用来窃听他和别人的对话，有效工作范围可以达几千米。这个则是全球定位系统，它能通过人造卫星固定地球上的任何一个方位。可以说，这几样东西全都是那个沈若诚花重金从国外购买的，为了方便方遒他们找到桃花源。"

"杀了他们！"全场突然爆发出浪潮般的声讨声。

"要杀他们易如反掌！"乾老帮气沉丹田，声音如洪钟一般震撼着每一个在场人的耳膜，"可是，杀了他们却让更严重的问题永远成了谜，那才是真正可能毁灭我们桃花源的元凶！"

"什么？还有元凶？！"

"他是谁？！"

"要把他揪出来！"又是一片如潮的声讨。

乾老帮意味深长地看了看李初阳，像是在征询他的意见。可乾老帮立刻转过头，面向大家："各位，可耻的外族人的确杀不绝、灭不净。但是，你们是否想过，从未遭受外族侵扰的桃花源怎么会突然间来了那么多外族人？"

全场寂静，人们似乎方才意识到问题的严重。是啊，向来以安全著称的桃花源，怎么会有那么多人进来？大家不约而同地收住声音，等着乾老帮公布答案。

"也许，我的话会让大家震惊、难过、遗憾和愤怒。可身为老帮，我的职责是带领大家走向真理。我很难过，我不得不说出那个人的名字，是他纵容和引导这些外族人进入了我们的世界。他就是……"乾老帮故意停顿了一下，在场的人个个伸长脖子，急切地想知道一切。

"他就是李洛文！"

随着话音落地，李洛文也被人押上了会堂。全场鸦雀无声，他们你看看我，我看看你，谁都没有开口。直到李洛文站在众人面前，会堂里才突然爆发出如雷的嘘声。这些人当然都认识李洛文，年轻一辈的精英，桃花源的右仆射。现在，他当然还多了个称呼：族长的驸马，谁能想得到乾老帮所指的叛徒就是他？

"最初听到这个消息，我和大家的反应完全一样。"乾老帮语气悲伤，似乎对李洛文的被捕深感痛心，"我和在场的许多人一样，从小看着他长大。就在他和族长的千金结为夫妇前，我甚至有意认他做义子，然而……"他慢慢走下阶梯，来到李洛文的身边："一切的感情都无法弥补他所犯的罪孽。当初他受命到地面，回来的时候却带回了这里的三个人：方遒、蒋颖和韦廷钧。他明知他们身上携带物品，却还是将他们带了进来。再有，当他出任东方出入口的负责人时，竟然也纵容沈若诚的进入。"

他长叹一声，伸手在李洛文的肩头轻轻一拍："我说的没错吧？是你下令将方遒他们带进桃花源，也是你命人将沈若诚的到来秘而不宣，如果不是你的部下揭发了这一切，你还有什么话说吗？"

李洛文低着头，一句话也不说。乾老帮回头面对高台上的李初阳，想听他如何判决。众人的目光紧随其后，纷纷看着李初阳，希望他能拿个主意。必须对事态的发展作出一个决定，李初阳用力地在椅把上捏了一下，缓缓地站起了身。

就在此时，会堂门外一阵喧哗。紧接着，宗人府府门大开，由于长时间处于暗处，突然一道光线射入，许多人下意识地伸手遮挡眼睛。他们只是隐约看见有人闯进了宗人府，好像还是个女人。

"你凭什么进来？！"人们听到乾老帮的声音。等大家收回目光，逐渐适应了光线时，他们发现闯进宗人府的不是别人，正是李初阳的女儿——李隐之，"难道没人告诉你女人是不能进宗人府的吗？"

"可是……"李隐之指着一旁的蒋颖。

"她是罪犯！莫非你也是？！"乾老帮怒不可遏，他本想等以后再慢慢收拾李初阳父女，可没想到她却现在跑出来搅局，眼看着计划的第一步就要成功了。

一想到这里，乾老帮也顾不着失态，赶忙招呼几个随着李隐之进来的侍卫将她快些押出去。

自从李隐之突然闯了进来，韦廷钧整个人不知怎么沸腾了起来。此刻看见有人要拿李隐之，他疯了似的朝那几个士兵扑去。这一下子就接连带倒了好几个人，顿时场面混乱不堪。李隐之也似乎感觉到了危险，她甩开身后的人，拼命地躲到李初阳的身后。

"父亲，求你饶了洛文他们吧，他们是无辜的！"李隐之拽着李初阳的胳膊苦苦哀求。

"族长，你还不管教一下大小姐，这成何体统！"乾老帮一边踢开倒在他脚边的侍卫，一边撩衣服向台上走去，"族长，现在证据确凿，请你赶快下令吧！"

"我们是冤枉的！有人要诬陷我们！"看到此刻宗人府内乱作一团，方遒和蒋颖互相使了个眼色，扯开嗓子不停地叫屈。那些站在台下的人们原本就等着李初阳的裁决，可现在被李隐之这么一搅和，也突然没了方寸。他们一个个面面相觑，也不知道该如何是好了。

乾老帮看场面突然失去了控制，他愤愤然挥手召集士兵进殿："快把他们的嘴堵住，别让他们跑了！"随后，他紧走几步来到李初阳面前。现在，他也不管什么君臣之礼了，他气急败坏地冲着李初阳喊道："族长，请快下令处死他们！"

"这个……"

就在李初阳一犹豫的工夫，李隐之突然低着头冲向一旁的木头柱子，嘴里哭喊道："父亲如果不放了他们，我就一头撞死在这里。"

李初阳反应再快，也及不上这突然的变故。正待他伸手去抓李隐之，她已经如利箭一般蹿了出去，只听"嘭"的一声，李隐之一头撞在粗壮的柱子上。李初阳大惊失色，跑过去一把将女儿抱在怀里，一探鼻息，尚有一口气在。原来李初阳当时伸手一抓，虽然没有抓住李隐之，却抓住了她的衣服，也正是由于在衣服上用了一把力，才减弱了李隐之冲向柱子的势头。

惊变之下，李初阳已经毫无心思，他无力地挥挥手，抱着女儿向后堂走去。

原本的审判就这样不了了之，乾老帮简直气炸连肝肺，他吩咐侍卫将一干人犯关押起来，自己也愤愤然离开了宗人府，只留下一干人等，站在原地不知所措。

　　乾老帮气乎乎地回了家，进了客厅，管家见他气色不好，赶忙端上来一杯茶水："老爷，您先喝口茶。"

　　乾老帮接过杯子，用尽全身力气将它砸在地上，就好像那是李初阳、李隐之一般。

　　"可恼啊，可恼！"乾老帮还不解恨，抬脚用力碾碎地上碎片，"要不是李隐之那个小贱人，我早就杀了李洛文那小子。可惜我的刺马……"话说到此，他突然看着门外，尖声叫道："谁！"

　　从门外探出脑袋的正是二得子，原来在宗人府不了了之，二得子正愁下一步该怎么办。他看见乾老帮走了，便悄悄地跟在后面，也溜进了乾府。这会儿乾老帮正在破口大骂，他便躲在门外听着。当说到"刺马"时，他一个没留神弄出了点儿声响，才被乾老帮发现。

　　乾老帮正愁找不到人发泄，一看二得子来了，他剑眉倒竖，刚想开口骂人，二得子不慌不忙地伸手阻止了他："乾老帮没能扳倒李族长，实在是让人可惜啊！"

　　乾老帮被他一语道破，心里反而为之一动。

　　"虽然今天被他们侥幸逃过，可小人还有一计，保证乾老帮能如愿以偿！"

　　"说来听听。"乾老帮来了兴趣，他打发走了管家，热情地给二得子看座。

　　二得子不慌不忙，慢条斯理地说："计策倒是有，只是我想知道乾老帮为什么非要至他们于死地呢？"

　　乾老帮脸色一沉，正待要发作，二得子赶忙补充道："乾老帮休要动怒，所谓知己知彼，小人想了解一下事由经过，无非是为了老帮好。可老帮一旦迁怒于小人，到时被人查出我给你提供伪证，恐怕对老帮也不利吧。"

　　乾老帮摸着三绺须髯，转怒为喜道："吕先生想知道些什么呢？"

　　"若说是为了得到族长的位子，甚至是长生不老，这样的理由自然也足以信人。可我总觉得，老帮千方百计想得到族长的位子，怕是志不在此吧。难道是为了'刺马'？"

"既然吕先生问道了，这样吧……"乾老帮起身到茶柜边拿来了一瓶酒和一个杯子，"如果吕先生愿意和老父歃血为盟，我必将实情倾囊相告。"说完，他斟满酒，咬破无名指，往酒杯里滴了几滴血。

二得子倒也不推辞，效仿乾老帮咬破无名指，也滴了几滴血，他拿起酒杯，说："老帮年长，先请！"

乾老帮明白他什么意思，拿过酒杯。"今日我与吕先生歃血为盟，如果有谁出卖对方，必将乱石击身而死。"说完，他仰脖喝了半杯。二得子一看没事，将剩下的半杯也喝了。

"吕先生，既然你我歃血为盟，如果有一天你违反誓言……"

"老帮放心，小人我最是守得住秘密。"

"好！吕先生快人快语，我就不妨说了。但不知吕先生可曾听说过'刺马'一词？"

4．"刺马"

"刺马"一事距今已经137年之久，而且时下能够详细道明"刺马"的人也并不很多。二得子还是很久以前从评书里听来的，但说书先生添油加醋，二得子也只是当个故事听。没想到现在他要乾老帮说点儿关键的事，可老头子神秘兮兮地搞了个歃血为盟，事后却问他知不知道"刺马"。二得子怕他是在消遣自己，便冷嘲热讽地说："老帮不会是想说您认识曾国藩吧。"

乾老帮非但不动气，反而哈哈大笑起来："吕先生果然了得，老夫虚度了几年光阴，倒是认得曾国藩。"

"1864年，湘军攻陷南京城。吃尽太平天国苦头的曾国藩授意弟弟曾国荃，在攻破南京城后下令搜杀太平军余党。三天之内，一共毙贼十多万人，秦淮河上顿时尸首如麻。然而，慈禧太后和同治帝在意的却是另一件事。可是，当曾国藩再次上书，称'伪宫贼馆，一炬成灰，并无所谓赋库者，然克复老巢而全无货物，实出微臣意计之外，亦为从来罕见之事'时，慈禧太后和同治帝大感失望。"

"可是洪秀全敛财无数，这是世人尽知的事情，而且湘军经过南京一役，财富剧增，就连一些低级士兵都有足够的钱置办田产。"二得子一听说钱，兴趣突然就大了不少，他尽可能回忆着曾经听到的评书内容，一边不时地反问。

乾老帮不慌不忙，继续说："正如吕先生所说，曾国藩搜城三日，的确找到了洪秀全的宝藏。由于李秀成带领洪秀全的儿子洪天贵福撤离时并未带走宝藏，所以它才会原封不动地被安置在南京城。不过，曾国藩还得到了另一样他感兴趣的东西。"

二得子拼命地咽着口水，好奇地伸长脖子，眼珠子都快瞪出来了。

"桃花源上一任的某位老帮当初崇拜太平天国的思想，私自逃离桃花源参加了太平军。因为他贵为老帮，而且对桃花源一向忠心耿耿，前任族长并没太在意，也没派人将他带回来。可谁想到南京陷落，曾国藩的部下在屠城的时候无意中抓到了那位老帮，由于他天赋异秉，便被人带去见了曾国藩。曾国藩怕他是个奸细，就对他严刑拷打。最后，那位老帮扛压不住，终于将桃花源的秘密供了出来。"

"后来呢？"二得子几次想打断乾老帮，都被他一一阻止了。

"后来名震一时的曾国藩通过这位老帮找到了我们，并且想和我们做一笔生意。他答应将太平天国一半的宝藏交给桃花源，以此换来长生不老的秘方，甚至成为千年灵魂的载体。后者当然不可能，但前任族长又迫于曾国藩的势力，只能权且应承他，答应以延年益寿之法相赠。可是这毕竟是桃花源的不传之秘，前任族长只是给了他普通的调气养生之法。"

老头子说话慢条斯理，说了半天还没说到点子上。早把二得子急得有如蚂蚁缠身，奇痒无比。他坐在椅子上变换着动作，又站起身来回不停地走着："老帮，您能不能说得快点儿，这和'刺马'究竟有什么关系？"

"吕先生不必心急！"乾老帮摆了摆手，劝他坐下，"其实在同治七年，也就是1868年，当最后一股太平军余党西捻军被消灭后，慈禧太后便秘密召见闽浙总督马新贻，命他接替曾国藩出任两江总督，并且秘密调查太平天国宝藏一事。可是，上任不出两年，同治九年，马新贻遇刺身亡。当时抓到的凶手是张汶祥，但他只是个替死鬼。真正的凶手正是老夫和另一位兄弟，也就是失踪至今的坤老帮。"

"可你们为什么要杀了马新贻呢？"

"很简单，马新贻一旦展开调查，很可能查出太平天国宝藏的下落，曾国藩不愿意如此，我们更不愿意如此。为了让曾国藩替我们严守秘密，于是前任族长便派当时尚属年轻的我们刺杀马新贻。这样，朝廷自然会加紧查办，而曾国藩为了能自保，也就不得不出手干涉，况且当时曾国藩虽然每天练习气功，无奈岁月不饶人，同治九年的时候他已经肝病加重，右眼完全失明了，行将就木，难免会怕死得很。这一年，张之万、魁玉初审，曾国藩、郑敦谨复审，最终判定张汶祥凌迟处死，刺马案就此草草收场。两年后，原以为可以长生不老的曾国藩去世。"

说了半天，终于该谈到宝藏了。二得子小心翼翼地问道："那么那些宝藏呢？"

"哼！"乾老帮突然手掌一拍桌案，盛怒之下几乎将桌子震碎，"前任族长将宝藏妥善收藏，并绘制了一幅藏宝图。他将其和灵魂棺椁锁在一处，而且答应我们等风声过了就分发给众人。可是，五六十年前坤老帮神秘失踪，使得前任族长情绪受到打击，直到他死的那一刻，都没再提起宝藏的事。现在这个李初阳并不知道这一切……"

"所以你只有坐到了族长之位，才能名正言顺地从棺椁盒中取得藏宝图。"二得子自作聪明地抢白道。

乾老帮目光闪烁，面色多少由于兴奋而有些红润："正是如此！"

"你为什么告诉我？你就不怕我泄露出去？"二得子觉得他今天听到了很多秘密，突然间又多了几分担心，一般只有要死的人才会被告知那么多的秘密。

乾老帮面带诡异，神秘兮兮地笑道："你我既然歃血为盟，况且你还助我成大事，届时寻得宝藏，你我自然有的分。而且说来也惭愧，我刚才给你喝的酒里不小心放了点儿毒药，定期会发作，我会提前给你镇痛药。事成之后，我就会给你解药。"

二得子突然觉得嗓子一阵火辣辣的刺痛，他痛苦地捂住喉咙，嗓子里不时地发出尖锐的叫声。

"放心吧，药效没有那么早发作。"乾老帮觉得他胆小得很，不屑地开门走出了客厅。

"你现在要我做什么？"二得子突然又觉得嗓子不痛了，他紧跟几步来到乾老帮身边，他知道，现在他们就算捆绑在一起了。

李初阳坐在床沿，焦急地看着昏睡的李隐之。医生已经来看过她，头上的伤不重，只是惊吓过度昏过去而已。妻子正在给女儿熬药，现在卧室里只有李初阳父女二人，他温柔地抚摸着女儿的额头，他已经很久没这样尽过做父亲的责任了。事实上，从女儿出生后，他还是第一次在女儿睡觉时抚摸她的额头，就像其他父母那样。

也许离开桃花源是个错误，可让她回到桃花源就更是个错误。李初阳十分清楚，下一步乾老帮就会逼问他李隐之的来历。很多人都在通过各种渠道打听，只是碍于族长的身份他们只是在暗中小道流传，一旦公诸于世，这是诛九族的罪。

李隐之舒服地在枕头里蹭了蹭脑袋，她缓缓地睁开眼睛。突然，她似乎意识到李洛文尚处在危险中，李隐之惊叫一声，突然从床上坐了起来。

"别怕，我在这儿。别怕！"李初阳尽量将她抱得紧紧的，至少这样能给她带来些安全感。

"爸爸！我这是在哪儿？"她到处张望着，大口大口地喘着粗气，"洛文呢？他是冤枉的，你一定要救他！"

"放心吧，别担心。他不会有事的。"李初阳调试着语气，尽可能地镇定而让人信服。

"真的？"李隐之半信半疑，但她至少平静了许多。

"相信我！"父亲慈祥地微笑着，"可是，我倒比较担心你的三个朋友。"

李隐之心中愧疚，如果不是爸爸提醒，她还没想到呢。"他们会有危险？"

第
四
章

回
到
原
点

"洛文毕竟是桃花源的人，要判刑必须经过复杂的手续。可是你的三个朋友不是本族人，他们随时都有可能被杀，所以我想让你偷偷地把他们放走！"

5．逃亡

举头三尺，一片漆黑。借着牢门外的灯光，方遒心疼地看着一旁的蒋颖。女孩子天生娇贵，却也落得和自己一起被打入大狱的下场。此地肮脏不堪，徒有虚名的桃花源看来也不懂得怜香惜玉。

再看看韦廷钧，他可倒好，双手把着牢门，耷拉着脑袋，嘴里念念有词，但听不清楚。方遒偷偷一笑，不听也猜得出他在说什么。可是，囹圄深藏，谁会来关心这里呢？刚才被人押进来时，方遒留心看了看周围，四下里牢房倒是众多，可大都灰尘覆盖，显然好长时间没人用过了。

"你们说，隐之会派人来救我们吗？"韦廷钧看着门外，傻呆呆地问着。他其实也无所谓方遒和蒋颖是否回答他，只是李隐之的名字到了嘴边，他不说出口心里总觉得难受。

方遒不搭理他，只是看着一旁的蒋颖。

牢房中安静得很，空气尚且难以流通，更别说是外面的声音了。蒋颖回报了方遒的关心，几次下大狱后，蒋颖也看淡了不少。现在能过好每一天就已经不错了，什么是将来，似乎都没有考虑的必要。桃花源的斗争迫在眉睫，他们糊里糊涂地成了这场斗争的牺牲品。无论将来哪一方抬头，他们这些夹在中间的人怎么都得不了好处。

突然，远处传来轻微的响动声，韦廷钧唠唠叨叨，没怎么注意，方遒心里想着蒋颖，也没怎么在意。只有蒋颖微微抬起头，侧着耳朵仔细听着，她用手肘敲敲方遒，让他一起听。很快，响动声渐近，几名身披细软甲的武士赫然站在牢门前。

韦廷钧离他们最近，忽然出现几个高大武士，着实把他吓得不轻。再看那几名武士，个个面露凶光，杀气腾腾。其中的一位领头的打开牢门，几个人便抢步冲进牢房。

"你们想干吗？"方遒挺身而出，挡在蒋颖身前，他双手一背，尽可能地把蒋颖护在身后。

领头的微微一笑，阴阳怪气地说："干什么？送你们走一程！"

"我们哪也不去，我要见你们大小姐。"韦廷钧爬到方遒身边，三个人拧成一股绳心里才多少踏实些。

没想到韦廷钧的一番话又把几个人逗得哄堂大笑。牢房内外，奸笑声配合着阴森恐怖的气氛，使得三人不寒而栗。"来、来、来，我这就带你们去见大小姐。"

说时迟，那时快。只听得"哐啷"一声，几名武士同时利刃出鞘，他们手握尖刀，一步步向着方遒他们逼近。黑夜无光，尖刀上一丝寒光也没有，乌黑一片，反而更显得恐怖。蒋颖毕竟是女子，见此情景，情不自禁地叫出声来。方遒反手将她抱得更紧，可自己也不停地吞咽口水来保持冷静。韦廷钧抓着他的手臂，那几个人越是逼近，他抓得越紧。

"你们为什么要杀我们？"方遒现在也没别的词了，出于本能，他只想在死前明白一切。

领头的看现在大局已定，轻松了不少。听到方遒问他始末缘由，他便停住脚步，说："也好吧，以前都要做个饱死鬼，可今天没东西给你们吃。既然如此，我就不让你们再做个冤死鬼了。要怪，你们就怪乾老帮，谁叫你们得罪了他老人家。"话音刚落，他便举刀就要刺。

方遒三人一看大势已去，只得恐慌地紧闭双眼，只希望对方给他们来个痛快的。可就在此时，只听见门外有个女子高喊一声："刀下留人！"

所有的人都全神贯注于牢房内，冷不丁门外有人喊叫，就连那几个武士也不免吓了一跳。众人回头一看，正是大小姐李隐之，她的背后更是站立着十几个金甲武士。那几个刺客虽然受命于乾老帮，可碍于李隐之身份特殊，故此举刀的手不由自主地停在了半空中，不知所措。

韦廷钧一看是李隐之，陡然间来了精神。他松开手，一猫腰从众人身边钻过，跑到了李隐之的身边。他乐呵呵地看着李隐之，刚想开口说话，可借着昏暗的灯光，韦廷钧忽然吓得一哆嗦。此刻李隐之面无表情，眼放凶光，韦廷钧和她做了好久的同学，两人甚至谈过恋爱，即便如此，韦廷钧也从来没看过李隐之如此凶恶。

李隐之不理会韦廷钧，高声吩咐手下人道："来人啊，将这三名重犯绑了！"

领头的刺客一听，赶忙上前阻止："大小姐，这个……"

"你们是谁？"

"我们奉命就地正法这三名人犯。"

李隐之摆出一副大小姐的派头，傲慢地说："你们奉谁的命？"

"这个……"

李隐之不再问他们，用力拂袖一甩，呵斥道："族长有令，要单独审问一干人犯。任何违抗命令者，格杀勿论！"说完，身后的人如二龙吐水，一拥而上将方遒三人捆绑起来，不等几名刺客反应，方遒等人早就被押解出去。

临走时，李隐之不屑地说："乾老帮那边我自然会去解释的。"

等人全都走光了，几名刺客面面相觑，看了老半天，也只能回去禀报乾老帮了。

李隐之和随从押解着方遒三人，离开监狱后便一路急行，而且专选一些偏僻的小路。韦廷钧不停地叫唤李隐之，她也不理睬，只顾赶路。至于蒋颖，由于长时间被捆绑，走路都有些踉跄了，此时行走速度过快，她好几次险些跌倒。方遒本想告诉李隐之，却被她从旁阻止，示意他见机行事。

一路上没有遇见任何人，而他们也不知不觉地离开了桃花源的建筑群。两旁道路渐渐稀少，齐腰高的杂草倒越来越多。脚下的路已经看不清楚，一行队伍的速度自然放慢了很多。又走了一段路，李隐之突然伸手叫停，再看那十几名武士面朝外快速围成了一个圈，把李隐之和方遒他们围在当中。

李隐之凶光不见，满脸都是羞涩和歉意："总算把大家救出来了，刚才蒋姐姐受惊了。"

蒋颖关切地说："我们没什么。隐之，实话告诉我们，你这样放我们出来，会不会受到牵连？"

李隐之先是叹了口气，继而摇摇头，说："自从你们来了桃花源就整天受苦，我也只能为你们做这些事了。如果当初你们不陪着我来桃花源，就不会给你们带来那么大麻烦了，我实在是……"

"隐之，和我们一起走吧！"韦廷钧一把抓住她的手说，"和我们一起走，去过正常人的生活吧！"

李隐之轻轻地把手抽了回来，低下微微泛红的脸："我不能跟你们走，这里是我的家，爸爸妈妈全都在这里，况且……况且我已经结婚了。"

"可是……"

"放心吧！蒋姐姐，是我父亲教我这么做的，他让我转告你们，非常抱歉。对了……"说到这里，李隐之伸手向前指去，"前面的那座大山前有一个牌坊，你们顺着牌坊下面的一条小路就能找到一个山洞。那里是桃花源最神圣的地方，你们只要躲在里面，就没有人能找得到你们。明天晚上会有一艘船去东方出口处，到时候我会来接你们的。"

"这样合适吗？"方遒看看前方的山丘，心里不是很踏实。不过还没等李隐之开口，蒋颖已经冲他点点头，"这里毕竟是她的家，我们就照她的意思做吧。"

韦廷钧眼睛都急红了，他扯开嗓门，一万个不情愿地说："隐之，你一定得和我们走。我不能没有你，而且这里根本就不是什么世外桃源。"

"别多说了，快走吧。乾老帮很快就会找到我爹，如果让他追上了，你们就必死无疑了！"说完，她别转脸，头也不回地向反方向走去，那些武士也紧随其后，逐渐离开。最后走的那个人递给蒋颖一个包袱，嘱咐她里面有些干粮。

其实，所有人都没发现，在牢房之中还有一个人。他就是李洛文，只是因为他被关在牢房中的一个隔间，所以才没人发现他。李洛文静静地坐在牢房中，自从他被带回桃花源，他就没有开口说过话。乾老帮虽然有心从他嘴里得到些什么，但李洛文三缄其口，他也无可奈何。李洛文所处的牢房是一个特制的房间，一般用来关押顽固不化的犯人，房间一般不会有人来管理，被关的人如果要和外界沟通，必须先按动房间的按钮。

听见李隐之带着人离开了牢房，李洛文似乎想通了什么。他慢慢站起身，按动墙上的按钮，对着麦克风说："我有话要对乾老帮说。"

6．政变

乾老帮带着复杂的心情赶往牢房，李洛文能开口说话，他自然很高兴。可是刚才几个不争气的下人告诉他方遒他们跑了，而且踪迹全无，气得乾老帮破口大骂。他的身后还跟着二得子，现在二得子俨然成了乾老帮的军师，不过他也不敢轻易离开乾老帮，万一什么时候毒发，还得问乾老帮拿解药呢，所以以他到哪儿都不离乾老帮左右。

来到牢房，乾老帮命人打开密室大门，然后大手一挥，叫闲杂人等都下去。乾老帮四顾无人后，乐呵呵地绕着李洛文转了一圈："贤侄，你终于肯开口了？"

李洛文抬头看了看二得子，又低下头装哑巴了。乾老帮看出了他的意思，说："他是我的人，你有话便说，不必顾及。"

李洛文盘膝而坐，说："老帮，您能告诉我人活在世究竟是为了什么？"李洛文愣头愣脑地说了这么一句话，一时倒把乾老帮给难倒了，他不明白李洛文是什么意思，又看看二得子。

二得子的三角眼一转，抢白道："享受！"这句话一说出来，差点儿没把乾老帮给逗乐了。他又好气又好笑地看着二得子，心想如果把事情办砸了，有你好受。可谁知道话一出口，李洛文反倒乐了，他抬头又仔细地打量着二得子，借着灯光，他察觉出这个人也不是桃花源的人，不过既然他和乾老帮在一起，一定不普通。

李洛文叹了口气，说："是啊，人活在世，无非是为了享受。但如果连命也没了，又怎么能享受呢？"

乾老帮摸着胡须，一听李洛文的话，觉得有门。他凑到李洛文身边，赞许地说："贤侄如果能想明白这一点，一切就都好说了。"

李洛文点点头："晚辈向来为桃花源忠心办事，可是到头来却发现族长并非良主。再者，贱内虽说已经许配给我，但是她终究是个外人，一心向着他们，非但带他们逃离监狱，甚至连我这个做丈夫的都不闻不问。在这暗弱无光的密室里，我算是想清楚了。"说完，李洛文突然站了起来，手脚上的枷锁直发出"咔嚓咔嚓"的响声。

李洛文面向乾老帮，撩起衣服倒身便拜："当日老帮似乎有意收我做义子，现在发生了那么多事，不知乾老帮是否还愿意收我做义子？如果我心愿能成，我一定会助义父成为新一代的桃花源的族长。"说完，一拜到底。

乾老帮没想到李洛文会有这么一招，他虽然老于世故，可李洛文突然给他下跪，纵使乾老帮再热衷于权术，也难以抵挡。乾老帮已经是个老者，可是为了习武强身，从未娶妻生子。撇开别的不说，他倒真的有几分喜欢李洛文。

"快快起来，快快起来！"乾老帮一把扶起李洛文，借着灯光上下仔细打量着李洛文，"得子莫如孙仲谋！我儿，如果你真心投诚老夫，我必定一心对你！"

二得子虽然不知道各种详情，可既然李洛文和乾老帮已经成了一家人了，他赶忙上前几步，连声献媚。他先是夸赞李洛文一表人才、智勇双全。然后，他又连声恭喜乾老帮晚年得子如斯，夫复何求。

乾老帮本来挺高兴，被他左右一夸赞，就更高兴了。他摆手叫停二得子，扶着李洛文说："我儿，刚才听你说想帮我成大事，不知道你有什么妙计？"

"族长毕竟是我的岳父，而且向来有恩与我。"说完，李洛文面朝北面，倒地拜了三拜。随后，他又起身，说："义父，现在我和李初阳已经没有瓜葛，一定全心为义父服务。不过，我还有一个要求，不知道义父身边有没有匕首？"

乾老帮一愣，二得子牙槽一冷，赶忙凑到乾老帮的耳边，嘀嘀咕咕想说些什么，乾老帮沉思一想，说了声"无妨"。于是，乾老帮从怀里掏出一把匕首，交到李洛文的手里。同时，乾老帮也情不自禁地微微向后退了一步，右手没有垂下来，而是横在胸前。

只见李洛文深吸一口气，手起刀落，一下子把左手的小指给切了下来。李洛文嗓子里冒出一阵哼声，血流不止。乾老帮没想到他会这么做，纵使身经百战，现在也慌了手脚。这时反而是二得子手脚利落，他赶紧从衣服上扯下一块布，交给李洛文让他包扎。

乾老帮总算是缓过神来，他一把抢过李洛文的手，一边替他包扎，一边说："我儿，你这又是何必呢！"

"义父，洛文知道突然倒戈，实在让人无法相信。所以，我只有自弃一指，才能让义父相信。"李洛文脸色苍白，额头上布满了汗珠。

乾老帮心疼地小心给李洛文包扎，说："我儿，老夫相信你就是了。"说着，乾老帮急得眼泪都快掉下来了，"我儿，以后千万别再做傻事了！"

"义父，我的伤势算不得什么，我们现在的当务之急就是要得到族长的位子。义父，我们现在首先要掌握兵权，围住族长府第，逼迫李初阳让位给义父，而我也会在一旁作证，证明李初阳当初私自将女儿带到地面上，现在则是因为思女心切，才命我将她找回来。另外，我们还应该派人找到方遒他们，斩草除根。"

乾老帮双眼发光，连连点头。当下，他马上叫人给李洛文解开枷锁，亲自扶着他走出了牢房。

回到乾府，乾老帮心里一直在合计，如今桃花源兵权分散，没有一个人能掌握全部兵权。如果要逼宫，势必要将禁宫的兵权抢到手，可是，那在李初阳的手里。虽然他手下的将官不是他的心腹，但没有兵符，谁也无法调动这些人马。他自己身为老帮之首，有权利调动护法的军队。那都是分散在桃花源四周的边防军，最近的一支军队要赶到桃花源，也需要一天的时间。但是，他又担心巽老帮。那个老头子自从回来后就一直被冷落着，可是他在边防军中威信颇高，一旦有他挡着，那些没脑子的部队也会顾忌一二。最后，就是李洛文手下的东方入口处。东方入口本来就是乾老帮的心腹，现在李洛文也成了自己人，倒也可一用。算了半天，乾老帮认为胜算不小，只要能稳住禁军，哪怕他们不出手，乾老帮也就放心了。

李洛文一边包扎伤口，一边留心乾老帮，他见老帮似乎在想事，说："义父，是不是在担心李初阳手里的禁军？"

乾老帮点点头，沉默不语。二得子在旁试探地问道："小人虽然不知道桃花源的各种部署，但按照我们上面的历史，逼宫向来说难不难，说简单不简单。"他那双三角眼睛转了又转，说："小人我有上、中、下三条计策。"

　　"吕先生请先讲下策！"乾老帮听说他有三条计策，还分什么上、中、下，他想了想，还是从下策开始听起。

　　"这下策就是我们深夜带兵直接闯宫，杀他们个措手不及。"

　　乾老帮瘪着嘴摇摇头，似乎在说这条计策不怎么样。二得子不慌不忙，说："中策倒有个名目，叫做鸿门宴。我们请李初阳过府议事，然后暗地里埋下伏兵，以摔杯为号……"

　　话还没说完，李洛文就把话抢了过去："这虽然是个好计策，但现在我们和李初阳的关系已经不如从前，让他过府叙话，他不一定会来。即使来了，肯定也是前簇后拥。"

　　"如果这两条计策都不妥当，我还有第三计。如今禁军各营兵将一定是互相熟悉，只要我们能将各营将领互相调换，那么他们将不识兵，兵不识将。一旦出什么事，他们也不敢轻举妄动。"

　　乾老帮一听这条计策有门，赶忙问道："吕先生请继续说。"

　　"我们只要想方设法指证一名禁军将领犯罪，并将其斩首，然后以洛文公子的身份给李初阳献计让他调换禁军将领。等到我们起兵时，只要派人镇住禁军各营，他们就不敢轻举妄动了。"

　　乾老帮和李洛文相视点头，连声称好，李洛文更是补充道："禁军一共有七营，有一营将军是我的挚友。我们可以不用调换他，届时必能为我们所用。"

　　"好！"乾老帮拍手称快，"现在，我们就分头行事，我和洛文分别召集本部人马聚集中央。然后，吕先生领一哨人马去追赶方遒他们。据老夫估计，他们一定是往桃花源的禁地去了，你是外人，进出不成问题。最后，禁军方面的事情就靠洛文一手操办了。我们定一日为限，24小时后，我们便逼宫李初阳！"

　　桃花源的禁军一共分成七个大营，每营都有自己的统领，各不相干，只不过他们都统一听从族长的调遣。

　　李洛文带着乾老帮拐弯抹角地来到了第四营的营盘，他们必须躲避散布在禁军内的密探的耳目。即使如同乾老帮这样地位的人，也不容易染指禁军，那些人全都是从绝对忠于族长的军队中选拔出来的，所以乾老帮还是很担心，万一李洛文无法游说那位将官，等他再把消息抖了出去，他们的计划就会败露。

李洛文倒是落落大方，完全不紧张。他引着乾老帮来到第四营盘的中军大营，拱手向那位将官施了个礼。

"赵廉兄！"

这时，那位叫赵廉的将官正在看书，他一看来的人竟然是李洛文，身后还跟着乾老帮，虽然他脸上没表情，心里却是一惊。按照桃花源的规矩，没有特殊事情，老帮是不能出入禁军大营的。另外，他听说了李洛文因为里通外敌被囚禁起来了。

赵廉觉得事情不简单，朝两旁使了个眼色，两旁的随从识趣地退了下去。赵廉亲自关上门，向两人回礼，道："二位今天怎么有空来我这里？"

李洛文朝乾老帮做了个手势，请他先在一旁就座。然后，李洛文将来意原原本本地说于赵廉，只看到赵廉的脸色越来越差，到最后他更是犹豫不决地在房间里来回踱步。

"赵廉兄意下如何？"

赵廉深吸一口气，沉思片刻说："洛文，现在就要给个答复？"

乾老帮站起来，说："赵将军，古语云'识时务者为俊杰'，又云'俊鸟登高处，良将保明主'。如今李初阳暗弱无能，为了桃花源的未来，我们必须重新选择一位能主。"

"是啊！"李洛文也说，"你看看我，自从做了李初阳的女婿，非但没有得到任何提拔，反而一次次地被牵扯入纠纷中。你再想想，昔日老族长的晚年为什么都郁寡欢？也是因为这个李初阳暗中玩弄权术。现在，他更是一而再，再而三地破坏族规，残害忠良。这种人难道不叫我等心寒？"

赵廉低头不语，他走到办公桌前，看着橱窗里的兵符印绶。从他懂事起，他就没听说过桃花源曾经发生过这种事情。而且，即使李初阳有种种不是，对他却有知遇之恩，在他还是个低级军官的时候，李初阳就破格提拔他成为禁军统领。如今却要背叛他，恐怕……

李洛文来到他的身边，在他的肩头重重地按了一下："赵兄，你忘了我们小时候最崇拜的人是谁？"

赵廉看了他一眼，没有说话，乾老帮倒来了兴趣，便想问个明白。李洛文点点头，说："我们小时候最崇拜的就是唐朝李世民身边的候君集。"

乾老帮奇怪，这个人在历史上也是寂寂无名，很少有人会以他为榜样。李洛文赶忙解释道："候君集虽然寂寂无名，可是他却有力挽狂澜的魄力，玄武门之变、包括他自己策划的宫廷政变，哪一次不是要用非凡的勇气和毅力。能成为这种叱咤风云的人物，虽死犹荣！"

乾老帮一听，拊掌大笑，他现在算是明白了这个义子没有白收，能助他成大事。眼看着赵廉双唇紧闭，眼神呆呆地看着桌面。最后，他仰天长叹一声，说："好，事已至此，我们就干一番事业。"

随后，赵廉铺开禁宫的地图，开始了一番部署。乾老帮的部队最快的一支也要一天之内才能到达，那么在这段时间内主力军就是禁军的第四营。他嘱咐李洛文务必在半天内将其他营盘的将官轮流调个位子，这样，等到起事那一刻，就可以用少数兵力镇住他们。起事时，以响箭为号，禁军第四营就会包围李初阳的府宅。赵廉会带着一部分亲信和乾老帮及李洛文进内府逼宫，成则一切好说，不成则格杀勿论。当然，必须注意在这24小时内，绝不能让巽老帮靠近禁军。因为他以前负责禁军训练，所以现在禁军中的很多人都是他以前的学生或者部下。如果他在关键的时候出现在禁军大营，那即使没有兵符，也能调动他们。

乾老帮点头称是："这点可以放心，巽老帮始终在我的监控下，这段时间内绝对不会让他离开我们的视线半步。"

李洛文问："义父，巽老帮被你关在哪里了？我不放心，想再检查一下。"乾老帮不住地点头。

一切安排停当，李洛文陪着乾老帮告辞了赵廉。然后，他们分道扬镳，一个去找李初阳，另一个去部署自己的部队，还要给二得子准备一支人马，去抓捕方遒他们。

李洛文独自来到李初阳办公的地方。此时，李初阳正在书房看书。李洛文在门上轻轻叩了叩："族长！"

李初阳一看是李洛文来了，颇为意外："洛文，你怎么来了？族兵不是把你给……"他给李洛文让了个座，关切地看着他。

李洛文说："事情查清楚了，原来问题出在禁军的身上。"

"禁军？"

"不错，当初方遒他们身上携带窃听器，包括后来沈若诚的到来，我都不知道。可是，我们只把注意力集中在那些人是怎么进来的，却疏忽了另一个问题。"李初阳不解地看着他，示意他继续往下说，"禁军的人员长期稳定，一旦军心有变，我们讲一点儿办法也没有。现在乾老帮气势汹汹，万一他染指禁军，我怕对族长不利。"

李初阳俯身凑近了问道："你有什么办法？"

"调换禁军将领。我们不需要另行选拔，只要将原有的那些人之间做个调换就行了。我想，除了赵廉，其他人来个左右对调，一定万无一失。"

李初阳觉得他说得有道理，当即动手写了一纸文书，让手下人拿去办了。李洛文在一旁看得真切，嘴角洋溢着一丝笑容："岳父，隐之呢？"

"我让她去帮她的几个朋友了。"李初阳心事重重，说，"有些话我从来没对别人说过，今天正好有时间，不如我们聊聊？"李洛文把椅子拉得近一点儿，一声不吭地听着，"说句心里话，如今的桃花源已经不再是以前的那个世外桃源了。从前，地上和地下的差距小，人们的生活还显得安稳、幸福。可是如今，我们和地面上的差距已经越来越明显。如果再不适时地合作、学习，我怕我们的将来……当然，20年前我偷偷地送隐之走，的确存有私心。可我如今找她回来，也是希望她能将在上面看到的带回来，但是却把乾老帮给激了起来。"

"乾老帮一向忠心，族长觉得他这次为什么会反应那么强烈？"

"他一定是为了太平天国的宝藏。那年前族长派他和坤老帮犯下刺马案，他本以为就此能分到宝藏，却不想前族长到死都没有提及宝藏半句，估计他为此事一直耿耿于怀至今。"

第五章 只识庐山不识君

1. 桃花源禁地

方遒他们得到李隐之的指点，朝着桃花源的禁地走去。老远，他们便看见一座不小的山丘，周围布满着四季常青的植被。一条由石子铺设的道路蜿蜒通向山丘，在这条路上更是耸立有一座高大的牌坊。走近牌坊，蒋颖习惯性地端详着牌坊。那是一座只有古老纹饰的牌坊，不过由于经常修葺，牌坊并不显得苍老，牌坊上没有写字，蒋颖一时倒也无法判断正确的时间。

方遒拽了一下她的衣袖，说："快走吧，追兵随时都会到。"他又看看韦廷钧，此时韦廷钧的脖子都快伸长了，他不住地向来的方向看去，真希望李隐之能快点儿跟上来。方遒只能一个人带着两个人，急步向山丘走去。

再走近点儿，山丘下的一个山洞逐渐展现在眼前。山洞里没有一丝光芒，在周围环境的映衬下显得格外的丑陋、可怕。来到洞口，三个人都不由自主地打了个冷战，从洞里不断传出"呜呜"的风声。

韦廷钧咽了口唾沫，皱着眉头说："我们真的要进去？"方遒坚决地点点头，说："当然，否则再被他们抓住，连李小姐都保不住我们了。"方遒微微探身向里张望了一下，说："我先进去，廷钧，你垫后。"

说完，方遒第一个走进了山洞。就在洞口附近，他借着外面的光线发现墙壁上挂着一个火把。方遒取下火把，他突然开始庆幸自己从馆驿带出了一包火柴。

扭动的火焰逐渐照亮了他们面前的世界，那是一条更长而且没有尽头的路。方遒不由自主地握紧蒋颖的手，蒋颖靠了过来，轻声说："我们进去吧。"

这是一条看不到尽头的路，视线可及处不过两臂远，每走一步，方遒都要小心翼翼地抬脚试探一下前方的泥土，又或是伸手在头顶和两旁摸摸。这种天然山洞说不定某个地方会突出一块大石头，蒋颖从身后不时地提醒他，两只手却抓得更紧。方遒能在这狭小的空间里分辨出蒋颖的喘息声，虽然其中混杂着韦廷钧的，可蒋颖的声音听起来格外的悦耳。

又走了一段，脚下的路似乎平整了许多，而且有被故意开凿过的迹象。两边的墙壁也好像出自同一手工，只是用手触摸，尚能感觉到敲凿的痕迹。墙上又多了一个火把，方遒点亮了它，眼前顿时亮堂了许多。方遒仔细地打量着脚下和墙壁，原来这里全都铺上了一块块两米长的青石板。青石板铺设得如此精细，以至于接缝处都能和青石的纹理混淆。

"多么精妙的工艺！"蒋颖凑上前来，脸几乎都要和青石板贴在一起，"我看这些绝不是现代工艺，它能和任何汉代以前的墓穴工艺相媲美。"蒋颖情不自禁地抚摸着石板。"如果我没亲眼看见，我还真不敢相信会有这样的建筑。"他还在那儿一个劲儿的夸赞。

"现在不是赞叹的时候，后面还有追兵呢！"韦廷钧有些心浮气躁，他打断了蒋颖的感慨，示意他们应该继续前进。蒋颖扮了个鬼脸，三人便又往前走。

渐渐的，他们即使不靠火把也能清楚地看见前方的景物。那是一个硕大的洞穴，取自天然，却又明显像人工建造的一般。从洞穴里射出的光芒，虽不足以照亮一切，但也能让他们看清周围的景色。这时长廊两边的墙壁已经不是原先的那些青石板，而是平添了许多壁画。粗略地看一下，壁画里先是一些穿着古朴的人在一座大山前顶礼膜拜，蒋颖认出好像就是他们所处的这座山，再往前的一幅画则是人群沿路拜倒，恭迎一辆大车。这辆大车没有什么特别的装饰，看起来只是普通的平板手推车，可就在这辆手推车上却放着一个半人大小的箱子。这次倒是韦廷钧来了兴趣，他看了一会儿壁画，忽然有所发现似的说："你们看，为什么只有这个箱子画得那么精细？"

蒋颖乐了，说："你现在不怕追兵了？"还没等韦廷钧反应过来，方遒说：

"我看这肯定是他们说的放置灵魂的棺椁。"

"应该没错了。你们看棺椁上的纹饰，是典型的春秋时期墓葬的饕餮纹饰。这是从商人那里传下来的，春秋时期已经将其复杂化并广泛地用于青铜器上。"她现在俨然成了一个博物馆导游，看她津津乐道的样子，方遒的心里别提有多甜了。

又一幅壁画，棺椁已经被供奉在了一个灵位上，好像还是在一个山洞里。此时跪倒在棺椁前的已经不是第一幅画中那些穿着古朴的人，而是几位身着华丽服饰的人，他们肯定是桃花源里身份特殊的人。只见正中一位身着祭祀服的人披头散发，手舞足蹈，绘画栩栩如生，让人一看便知他在焚香祭祀，其余众人的虔诚表情则一览无余。

另一边墙上，连续三幅壁画分别表现了三位帝王的事迹。这三幅画虽然绘画风格完全不同，可他们还是能看出那画的是秦始皇、唐太宗和清世宗雍正。它们都是用了最直白不过的表现手法宣扬最为人们所熟知的历史，让每一个欣赏壁画的人都能产生和他们一样的崇敬之情。

看完所有的壁画，方遒他们已经来到了洞穴前。洞穴里灯火辉煌，81盏长明灯沿着洞壁排成一圈，洞壁上也精心地绘制了许多壁画。不过那不再是桃花源的先民事迹，也不是那三位皇帝的功德。蒋颖数了一下，一共是11位人物画像，虽然他们身态迥异，但猜测一下，可能是桃花源的历代族长。

洞穴的中央摆放着一个用红布缎子包裹着的桌子，桌子上则是一个大石头盒子。由于看过了外面的壁画，他们心知肚明这就是那个储藏灵魂的棺椁。三人不约而同地凑近石棺，同时也屏住了呼吸。桃花源的艺术家在壁画上将石棺的纹饰描绘得如此精确，使得他们不得不相信眼前的这个石头盒子蕴藏着一个如此巨大的秘密。除此之外，他们再也找不到别的什么容器。

三人谁也没说话，可六目相对，却像是在寻问对方究竟该如何是好。谁都明白，石棺触手可及，只要他们愿意，他们就能随时改变历史。这种冲击对于别人可能尚且无甚巨大，但对于蒋颖来说却意义非凡。她苦心钻研历史，希望能以现代人的眼光整理、重现我们的历史。然而，如果有朝一日能够亲自参与，甚至影响历史的走向，这对于任何一个历史工作者来说都无疑是一件最具吸引力的事。

蒋颖谨慎地伸出手，想要触摸一下石棺。她眼看着自己的右手在不住地颤抖，不受控制，只要再向前挪动一点点，她就能和中国历史上最负盛名的几位皇帝联系在一起。谁都不免紧张，蒋颖吞了一口口水，尽量克制自己，她的掌心在微微冒汗，她有些进退两难，不知道是不是应该先把手撤回来。显然，她认为这样做对祖先是一个大不敬。

方遒咳嗽一声，提醒她小心有机关。蒋颖"扑哧"笑出声，说："从进来到现在你都没担心过这个问题，现在怎么又想到了？"方遒一阵脸红，蒋颖的话倒提醒了他，他尴尬地耸耸肩，说："还是小心点儿。"

说话间，蒋颖的手不小心碰到了石棺，她不由自主地打了个冷战，石棺很冷，透彻心底的冰冷。似乎，在碰触到石棺的一瞬间她几乎领悟了一切。现在，蒋颖已经将双手放在石棺上，她慢慢地抚摸着，就好像那是她的孩子一般。随后，方遒也把手放了上来。显然，他的紧张绝不亚于蒋颖。现在只有韦廷钧比较平静，再没有什么比李隐之更能让他提起兴趣的了。

蒋颖求助地看着方遒，眨眨眼，方遒苦笑着，摇头说："我也很想打开它，可是……"

"我们非但可以让所有的宗教学家和科学家大跌眼镜，甚至可以尝试和它进行对话。凭借它的记忆，我们就能得到我们想得到的答案。"学术上的热衷让蒋颖有些无法克制。

"但这毕竟是桃花源的秘密……而且，你知道怎么打开它吗？"方遒的转变让蒋颖不免扬起了眉毛。她也知道别人的秘密不能窥探，可这实在太过诱人了。如果她的导师——那位令人尊敬的图书馆馆长能看到这些，是不是也会像她一样？

"嘘！"韦廷钧突然变得很紧张，他表情凝重，正在努力地侧耳倾听，"好像有人来了。"三人不由自主地蹲在地上，大气都不敢喘一声。走廊虽然很长，不过多少有些回声。好像有很多人在外面徘徊，因为声音没有迅速地变响而接近他们。蒋颖突然想起这里是桃花源的禁地，他们是不能随便进来的。

但很快三人都面面相觑，因为有一个微弱的声音正在向他们靠拢。声音很轻，来得也很慢，似乎也是在摸索前方的路。可无论如何，那些人很快就能找到他们，三人迅速地对望了一眼，他们必须马上作出决定。

方遒站起身，快速地打量着洞穴，其实他早就看过了这个洞穴没有任何出口。突然，他想到了供桌被红布挡住了。他跑到供桌边，掀起红布，下面就和普通的平地一样。"我们怎么办？"他有些无所适从。突然，他的手肘不小心撞到了石棺，石棺微微挪动了一点儿位置，就在这时，他听到供桌地下有点儿响声，他低头仔细地看，地上凭空出现了一条缝隙。

方遒来了精神，他叫来蒋颖和韦廷钧。他想继续挪动石棺，可韦廷钧不等他把话说完，已经一把抱起了石棺。石棺比他想象的要重许多，韦廷钧差点儿往前跌了出去。就在这时，供桌下面出现了一个一人大小的洞。方遒不假思索，抓起火把第一个走了下去，韦廷钧走在第二个，蒋颖在走下洞穴时小心翼翼地将红布重新垂了下来。

当她已经走下了地平线，她在自己的左侧发现了一个小东西，她轻轻旋转了一下，头顶上的洞重新被填满。就在那一瞬间，一个人踏进了刚才他们所在的那个洞穴。

吕二心满意足地站在了桃花源最隐秘的禁地，他很感谢乾老帮能派他带领人来，因为这意味着最终能站在这里的就只有他一个人。这简直是上苍的恩赐，他不但能独得宝藏，甚至能拥有长生不老的能力，他将成为世界上唯一的那个人。不过很快，他的热情降低了一半，因为在这个洞穴里，除了一张铺设着红布的供桌，什么也没有。

二得子几乎找遍了整间石室，可是除了那张供桌外，就再也没有其他的东西。他累得满头大汗，汗水顺着额头滴滴淌下，有些进了眼里，扎得他生疼。二得子一怒之下双手托着供桌就想把它掀开，可没想到不管他怎么用力，供桌始终纹丝不动，连着掀了几下，二得子这才放弃。他愤愤地踹了一脚，便退出了洞穴。

来到洞穴外面，几名小校正等着他。见他灰头土脸地出来了，小校们纷纷围了上来，问个究竟。那些桃花源的小校虽然每年祭祀的时候都会聚集在山脚下，可谁都没有进去过。所以他们见二得子进去了又出来，都想知道里面是什么样子。二得子本就在气头上，看他们全都围了上来，大声呵斥道："跟我回去！"他现在急于想回去见到乾老帮问个明白，莫非山洞里还有别的出路。否则，三个大活人怎么可能不见了？

一行人急行在平原上。

再说方遒他们下了密道后，借着火光仔细地打量了一番。这是一条狭长的隧道，身后就是他们下来的台阶，而前方却弯弯曲曲，看不到尽头。方遒深吸一口气，问："我们该怎么办？"

"肯定不能回去！"韦廷钧捧着石棺，一本正经地说，"说得没错，外面随时都会有埋伏，出去等于送死。"蒋颖借着火光，再仔细地向前方看去："我看不如我们就顺着这个方向下去，看看究竟能到哪儿。"

"如果是条死胡同呢？"方遒反问道。

蒋颖朝他甜甜地笑着，道："如果是条死胡同，我们就以12个小时为限。12个小时之后无论外面怎么样，我们都出去。如何？"方遒点点头，不表示反对。韦廷钧扮了个鬼脸，抱着石棺就要走。

方遒突然拦住了他，面色有点儿难看，脸颊在火光的照耀下更显绯红。韦廷钧有些纳闷，问："怎么不走了？"方遒皱着眉头，挤着眼睛。这下韦廷钧可犯糊涂了，他看看方遒，又看看蒋颖，问："到底怎么了？"

蒋颖眼珠一转，笑道："我看他八成是想看看石棺里的东西。"韦廷钧一听，如释重负地说："我还以为什么事呢。其实我早就想看看里面的东西了，就是不好意思说。"说完，他小心翼翼地把石棺放在地上，说："我们现在就打开吧。"

"等等……"蒋颖先叫住韦廷钧，继而问方遒，"之前你不是一直不让我看石棺里的东西吗？现在为什么又……"

"起初我是不赞成打开的。"方遒坐在地上，一只手轻轻地抚摸着石棺的表面，那雕工精细的纹路在他的手掌下轻轻掠过。方遒忽然打了个冷战，他赶忙缩回手，说："可是我刚才仔细地想过了，如果这个石棺里真的有什么千年老鬼，如果再过500年桃花源的人又做法让它重回人间，我们的后代不会又生活在水生火热之中了吗？"

"你的意思是？"

"如果里面真有什么东西，不如我们毁了他，以免贻害万年。"方遒斩钉截铁地说。

"你疯了？"韦廷钧的脸都被气歪了，"如果真有什么千年老鬼，就凭我们的力量，怎么斗得过？我们身边一点儿符咒都没有。"

"那全是电视里演的，我看未必会有那么厉害，况且我们根本就没见过什么鬼怪，这不足为惧。"

"我也比较赞成打开它。"蒋颖肯定地说，"我看这个石棺的密封性不是很好，所以我估计里面应该还有一层保护。假如我们打开石盖后觉得有危险，再关上它也不迟。"

韦廷钧无可奈何，说："随你们吧，只是小心点儿才是。"说完，他离得远远的，就在一边看着。方遒深吸一口气，对蒋颖说："你有经验，还是你来吧。"

蒋颖只是苦笑，她让方遒把火把凑得近一些，好仔细看看石棺的构造。从石盖往下，沿着石棺外壁大约五公分处有一条笔直、细微的缝。吻合程度如此之高，如果蒋颖不凑近看，还以为是石棺外壁饕餮纹的一部分。

蒋颖又看了看方遒，他朝她点点头。蒋颖双手扣住石盖，想用力掀开，可是石盖却纹丝不动，她又用力试了几次，还是打不开。"是不是太重了？"方遒也有些意外，蒋颖摇摇头，石棺的重量她是知道的，可是刚才掀石盖所用的力几乎都能把石棺给提了起来。"可能是里面卡住了。"方遒把火把交给蒋颖，自己也来试试，但也没能把石盖给打开。

这时，站在一旁的韦廷钧凑了上来。他见石棺打不开，心里倒不怎么害怕了。"会不会有什么机关？我看电视里经常这样演。"说着，他也蹲下身子，示意方遒和他一起将石棺托起。三人又一次细致地检查着石棺，饕餮纹纹路精致，刀功上乘，虽然绝非一日之功，却也是一气呵成。整个饕餮纹可以被看做人面上兽面下；或者人面为主，兽面是人腹上的纹饰；又或者兽面为主，人面为兽首纹饰。

突然，蒋颖有了发现，她指着石棺的一面，说道："你们看，这个兽纹的眼睛似乎可以动。"那是一个很小的圆眼，呈突起状，围绕着圆形眼睛有一圈细纹，蒋颖用手轻轻碰触了一下圆眼，觉得它是活动的。蒋颖让他们把石棺放下，自己则轻轻地在圆眼上摁了下去，只听"啪"的一声，把韦廷钧吓了一跳。

原来，就在蒋颖按下圆眼的同时，石棺的盖子轻轻地弹了起来，一股陈年的霉变味从缝隙中涌了出来。蒋颖首当其冲，就觉得一阵晕眩，这股霉变味实在太刺鼻，蒋颖赶忙扭过头。等她调匀了气息，才转过脸，双手再次扣住石盖下的缝隙，只是用力向上一提，石盖应声而开。

石盖下是一个和石棺尺寸相仿的凹槽，凹槽里放着一块纺织品。虽然他们都没有什么纺织学知识，不过仅从外表就能断定这是一块上等的织物。蒋颖在征得他们的同意后，双手轻轻地将那块织物托在手里。她让方遒把外套脱下铺在地上，然后便小心翼翼地将那块织物展开在方遒的衣服上。

这好像是张地图一样的东西。在长方形织物的左上角绘着一张小桌子，小桌子上有个盒子，蒋颖觉得这可能就是他们头顶上的那张供桌。方遒和韦廷钧都没有异议。沿着供桌向下是一条通道，估计这可能就是他们身处的甬道。通道弯曲先前，一直绘到织物的中心，然后就没了，地图到此就断了，整个织物的右半边空白一片。这个既不对称又不美观的地图着实让三人很是头疼。

他们看了半天，也不明白这是什么意思。他们又往石棺里看去，凹槽虽然和外壳一样大小，但明显要浅了许多。蒋颖伸手到凹槽里摸索了半天，只觉得石棺内壁光滑无比："下面一定还有东西。"

"但是我们找不到开关。"方遒有些为难地说。

"也许里面只有这些东西？"韦廷钧就着火把，凑近了看着，"那所谓的灵魂又在哪儿呢？"方遒看着蒋颖，希望能得到答案。

蒋颖摇摇头，说："石棺上只有这么一个开关，不过我倒觉得这下面可能还有东西。"她轻轻叩打石板，声音有些空洞。

"砸开它。"韦廷钧脱口而出。"这怎么行！"方遒瞪大眼睛看着他。"我只是开个玩笑。"韦廷钧耸动肩头，不置可否。

"我看不如这样，"蒋颖又看看地图，说，"既然这条隧道一直延伸下去，我们何不也继续往下走，看看地图中断的地方到底有些什么东西。"说完，蒋颖重新将地图折叠好放回石棺。既然她态度坚决，而且就目前情况也不会有什么进展，方遒捡起衣服，韦廷钧继续抱着石棺。

方遒打头阵，韦廷钧居中，蒋颖走在最后面，三人依然保持队形，向甬道的深处走去，这次绝不像上次进山洞时那么容易。现在，他们遇到的最严重的问题则是空气的逐渐稀薄，以及空间的逐渐狭小。走到一半的时候，他们不得不弯着腰前进。到后来，三人甚至得向前爬行。

他们的呼吸逐渐困难，火把上木头爆裂的声音很清晰，然而火苗却在渐渐缩小，他们很快就会看不见前方。

2. 逼宫

二得子异常气愤地回到了乾老帮的府第，当他来到府门外时便隐隐约约地觉得杀气腾腾。等他进了门之后，当即有人将府门牢牢关闭。乾府上下如临大敌，每个人都在为接下去将要发生的事情作准备。人人都很紧张，有些人的脸部甚至都有些轻微的抽搐。没有人和他打招呼，二得子知趣地径直来到乾老帮的书房。

乾老帮独自一人坐在书桌后面，二得子进了门，他连头都没抬。此时的乾老帮比往日里更显苍老，一把胡须微微颤动，二得子发现他比以前又白了许多。好像就在不久之前，他们才刚刚分开。老人的脸上布满了皱纹，现在全都聚在一起，使得一张脸更显得凹凸不平。乾老帮心事重重，即使身经百战，逼宫造反也还是会有些害怕。那毕竟是一场投入巨大赌注的赌博，赢了则拥有了一切，输了则失去了一切。对于一个年逾古稀的老人来说，这样的心理落差更是难以承受。虽然他要比正常的人多活了100多年，可纵使他真的寿比南山，还依然拥有一颗正常的得失心。

二得子在书桌前站了片刻，轻声呼唤着乾老帮，老人疲惫地抬头看了他一眼，摆手招呼他坐下："找到他们了？"

"让他们给跑了。"一提起这件事，二得子依然耿耿于怀，"乾老帮，那个山洞里是不是还有什么您不知道的秘道？"他故意这么说，以便试探乾老帮。如果果真有什么秘道而乾老帮没有告诉他的话，那他就要重新考虑两人的合作关系了。

乾老帮认真地思索了片刻，摇摇头，道："山洞里我去过，没有什么秘道。召集些人守住洞口，他们没有食物，料想也支撑不了多久。现在有更重要的事等着我们去做。"

二得子两眼死死地盯着乾老帮，看他的样子不像是在说谎，老头子一定是被逼宫造反的事给吓坏了。"乾老帮，您是怎么了？是不是身体不适？"他有些假惺惺，不过尽量保持口吻温和，带有关切感。

"二得子，我视你如心腹，倒也不怕告诉你。老夫戎马一生，从未怕过什么。但这次让我逼宫，自立为王，我还真有些发慌。我和洛文已经将禁军掌握在手，在我的军队没有归位之前，将军赵廉会以他的部队相助。"

"那太好了！"二得子高兴得跳了起来，"老帮，事不宜迟，迟则生变。如果等到您的部队到来，不知道还会发生什么变故。既然已经有禁军相助，我们何不提前起事，给他们个措手不及？！"

乾老帮沉默不语，双眉锁得更紧。二得子进一步说："老帮，您还有什么犹豫的？自古成大事者不拘小节，又所谓无毒不丈夫，如果老帮真的要成就千秋功绩，又岂能如此举棋不定呢？况且箭在弦上，不得不发。一旦有人告发了老帮，即使没有造反，要给您安个什么罪名也是易如反掌。"不等乾老帮开口，二得子又说："别忘了，当年老帮为了'刺马'一案可也是舍生忘死的呀。"

乾老帮手捻长髯，沉吟半晌。突然，他抬起头，右手一拍桌案，道："也罢！"再看乾老帮，双目炯炯有神，俨然已经下定决心。其实乾老帮早就打定主意，只是临到当口又有些害怕。现在经二得子一激，他顿时扫除胸中的阴云。

乾老帮唤来了管家，让他务必在最短时间内前往禁宫找到李洛文，并告诉他起事时间提前了，要他在一个小时之内集结赵廉的禁军部队，听候调遣。管家一一记下，扭头就走。等管家走了之后，二得子附在乾老帮的耳边道："老帮，他可信吗？"

乾老帮瞪了他一眼，说："他跟了我多年，岂能背叛我！况且他不满李初阳已久，早就劝我要自立。如今听说我要起事，他比谁都高兴。"说完，乾老帮走出书房，就想召集全府老少作个交待，二得子赶忙又拦住他，问："老帮，您这又是何故？"

乾老帮说："我这就要起事了，对全府上下总要有个交待。"二得子哭笑不得，说："老帮您糊涂了。大管家忠心与否您尚能掌握，可全府上下那么多人，您岂能一一确定他们对你都是百分百的忠心呢？"

乾老帮有些不以为然，道："若果真像你说的，他们早就出卖我们了，何必等到现在？"

"那倒未必！"二得子冷笑道，"之前他们没有证据，即使告发了我们也不能定罪。可一旦让他们得知我们起事的时间，这便是人赃俱获。"

"这个……"乾老帮听他说得也有道理，便问，"那你的意思是？"

"我们现在就走，悄悄地走，等事成之后再告诉他们。"

拿定了主意，二人便悄悄地从后门离开了乾府。一路无话，他们就来到了禁宫。刚来到宫殿外，便看到李洛文正站在守门的士兵身边，待他看到了乾老帮和二得子，赶忙迎上前去："义父，事情都已经办妥了。禁宫内所有的部队已经全部被赵廉的军队换防了，多余的人手也被派到所有官员的家中把守，特别是巽老帮，更是重点看守的对象。其他的事情就等义父来处理了。"

乾老帮点点头，满意地在李洛文的肩头上拍了几下。"义父，我们下一步该如何是好？"

乾老帮仰天欣赏着禁宫的森严，深吸一口气道："我们进去吧！"

李初阳如往常一般坐在书房看书，最近一段时间他的心情总是相当糟糕，而且还心神不定。不过今天，李初阳倒是平静了许多。

李洛文先走了进来，随后乾老帮和二得子也跟了进来。乾老帮见没人招呼便自己找了张椅子坐下，李初阳语气沉稳，说："老帮来了。"

乾老帮微微点头，并不答话，李初阳碰了壁，心里有些不满。不过他表面上依然和颜悦色，道："老帮这个时候来，有什么重要的事吗？"

"族长这话说的，在外人的眼里桃花源倒还算是个略有法度的地方。"

话说道这里，李初阳已是面带不悦。乾老帮分明是话里有话，他强压怒火，道："老帮可是有话要说？老帮与我亲同师徒，我们倒是有些时日没有聊天了。"

"族长，既然你敬我为师，为何总是要诓骗老夫？20多年来令嫒从未出现在桃花源，也没有人知道你已经为人父。为何20年后的今天，令嫒突然出现在桃花源？"李初阳刚想开口，乾老帮抢在前面，继续道，"据老夫所知，二十年前族长与今夫人即得一女，可是就在孩子出生后没多久就告失踪。碰巧的是，也就在那几日，族长得到了第二次外出的机会。有人曾亲眼目睹了你将自己的女儿送给了一对李姓夫妇，请他们代为抚养这个孩子，但那位目击证人在回到桃花源后不久便告病身亡。此事可以说是天衣无缝，然而，怪只能怪你思女心切，20年后，你终于忍不住派人去把李隐之接回了桃花源。"

就在乾老帮停顿的片刻，两人相对而视。陡然间，书房里的空气凝聚在了一起，就连一旁的李洛文都觉得呼吸困难。乾老帮说完这番话，就觉得自己的心跳不住地加快，以往哪怕打上一路拳都不会有这样的感觉。他死死地盯着李初阳，脑子里不停地翻转着，他已经先发制人，就不能给李初阳任何喘息的机会。他知道李初阳能成为桃花源的族长必定有他的过人之处，他一定要在对方还没有发招之前克制住他的任何招数。他想象着两人此时就像在校场上比试拳脚一般，虽然两人从未比试过。

"前番在宗人府我给你留了些面子，是希望你能好自为之。可谁想你并不悔改，既然如此，就休怪老夫不讲情面了。"说完，乾老帮一下子站了起来，恶狠狠地瞪了李初阳一眼。

李初阳似是理亏，道："你便要如何？"

乾老帮冷笑一声，道："李初阳，念你对桃花源尚有些功绩，我给你两条路。其一，自行了断于宗人府。其二……"乾老帮撇着嘴，一脸胜券在握的样子："你就让出桃花源族长的位子，我就准你带着一家老小隐居起来。"

"那新的桃花源族长……"李初阳微微凑上去，眯缝双眼，问："乾老帮有没有人选呢？"

"此位舍我们老帮其谁？"二得子突然站了起来，在一旁添油加醋。

李初阳看都不看他一眼，只是盯着乾老帮，道："如果我不答应呢？"

"由不得你不答应。"说完，乾老帮大手一扬，就在这时，书房的门被人一脚踹开，紧接着就见几十名士兵冲了进来，将所有人围在圈内，为首的正是赵廉。进门之后，赵廉面无表情，站在一旁。

见此情状，李初阳勃然大怒，他手拍桌案，道："你难道想逼宫？"

"如果你不合作，我倒愿意一试。"乾老帮当仁不让，厉声道。

复杂的心情在李初阳的脸上焦灼着，他的面部神经有些抽搐。在他的眼里，旁若无人，只有乾老帮一人。乾老帮神情傲慢，如同已经得胜了似的俯视着坐着的李初阳，他没想到胜利竟然能来得如此轻松和顺利。对于地上历代王朝的兴替，乾老帮也算是了如指掌，有哪一次不是靠武力来最终解决的？

李初阳突然站了起来，虽然速度缓慢，倒也把乾老帮吓得倒退了一步，不知他要做些什么。其他人也是紧张不已，谁都没有经历过这种事，哪怕在桃花源的历史上也是绝无仅有的一次。乾老帮本能地握紧拳头，以为李初阳想要动手，却见李初阳转过身去，在书架的某个角落翻了一本书。随后，整个书架向左慢慢移动，一个隐藏良好的保险箱显露出来。从保险箱里李初阳取出一个大木盒放在桌上："这就是族长的印玺，历来都是由上任族长转交给下任族长。"

乾老帮看在眼里，渴望地吞咽了口唾沫："只要你把它交给我，我随你上哪儿去。"

"不过……"李初阳手按着木盒，道，"乾老帮应该知道族长的任命程序。或者由上任族长亲自任命，这样便不需要任何其他手续；或者由五名以上老帮提名，族长就会批准。可一旦被乾坤两位老帮中的任何一人否决，提名也就不会生效。"李初阳顿了顿，继续说："现在，我作为族长，不会亲自任命你为下任族长，所以你只剩下最后一个办法……"

话音未落，乾老帮哈哈大笑，他从口袋里掏出一张上等的纸，扔在李初阳的面前："这是五名现任老帮的联名状。我自己就是乾老帮，总不会否决自己吧！"又是一阵大笑。

李初阳的手始终没有离开过那只木盒："那还有坤老帮呢？"

乾老帮愣了愣，继而嘲讽道："李初阳，你是不是被吓糊涂了！谁都知道，30多年前坤老帮神秘失踪，再也没人知道他的下落。我的这位好兄弟生死未卜，如今怎么破坏我的计划？"

"别忘了，我随时都能任命一个人成为新的坤老帮。"李初阳毫不示弱。

"李初阳，你来看看，这里的所有人全都是我的心腹。试问，他们当中有谁会背叛我？"乾老帮大手一挥，面部表情逐渐变得狰狞。

"如果是我反对呢？"突然，出乎所有人的意料，就在李初阳右侧身后的屏风后传出一个声音，声音同样苍老，却字字掷地有声。乾老帮吓了一条，他紧盯着屏风，厉声尖叫："是谁？！谁在那儿！"

从屏风后转出来一个老者，他面容红润，鹤发童颜，一把银髯垂在胸前。老者手扶拐杖，步履坚定地走到李初阳的身边："老兄弟，多年不见，还认得老朽吗？"

乾老帮定睛一看，却不认得，他怪眼圆睁，周身上下打量着这个人。不等乾老帮反应过来，就听身后的二得子连连倒退，惊呼一声："局长？！"随后，他难以置信地用力揉着眼睛，心想局长怎么会出现在这里。老者见他这副错愕的神情，笑道："二得子，你倒还记得我。"说话的人正是二得子的上司——那位高深莫测的安全局局长。

局长又说："乾老帮，你真的不认识我了？"说完，他跨前一步，就站到了乾老帮的面前。局长的身高在乾老帮之下，所以他低着头，恨不得把局长从里到外看个透彻。突然，乾老帮倒吸一口冷气，嘴唇直打哆嗦，他愣了半晌，才结结巴巴道："你……你是……坤老帮？！""什么！"二得子惊叫起来，这些日子二得子在桃花源多少听到些关于坤老帮的情况，可他万万没有想到，自己进入了安全局决策层后，一直以来服侍的局长竟然就是桃花源失踪多年的坤老帮。

坤老帮手捻长髯，感慨万千："想不到30年不见，如今重逢却是在这样的环境。"乾老帮微微喘着粗气，道："你不是失踪了吗？为什么会在这里？！"坤老帮不紧不慢，挪动着步子来到一张椅子边坐下："一晃眼，已经是30年了。想当年，你我兄弟二人同生共死，是何等的情深意重。可如今……唉……"他长叹一声，便将多年往事娓娓道来。

原来30年前，桃花源逐渐感受到来自外界的威胁和压力，不但盗墓者时有窃入，就连与桃花源毗邻的中国也随着国力增强而成为一种威胁。为此，桃花源的上一代族长便和坤老帮进行了几次秘密的谈话，由于坤老帮为人谨慎 行事小心却又果断，故此上一代族长决定让坤老帮潜入中国政府内部卧底，他倒并不为别的，只希望坤老帮能在需要的时候助桃花源化险为夷。虽然这是一件未雨绸缪的好事，可上代族长为了小心起见，就连心腹乾老帮也没有告知，对外只是宣称坤老帮神秘失踪。

　　30年来，坤老帮通过努力和桃花源的经济支持逐渐爬到了国家安全局局长的位置。最近几年，政府高层越来越关注长生不老的传说，并且深信有一个地方拥有这样的法术。一旦得为己用，一能延续某些首脑的生命；二能运用于军队，培养出一批不死的战士；三能用于医学；四也能适当地用在商业。如此一举多得，难怪政府会不遗余力地从法国进口勘探技术，表面上是用于东北的勘探业务，实际上却是将重心放在西北。另外，政府命令安全局局长亲自出动，调查几名关键人物。坤老帮受命之后，表面上为政府尽心尽力，暗地里却和李初阳联络，互相沟通协作。直到现在，由于乾老帮阴谋造反，坤老帮才不得不现身。

　　在李初阳受命成为族长的问题上，坤老帮始终和他站在一起。他相信李初阳的能力，所以就在上代族长卸任时也冒险写信，希望能传位给李初阳。

　　"兄长，悬崖勒马吧！"坤老帮语气恳切，道，"你我自出生以来便发誓为桃花源舍生忘死。你如此这般逼迫族长退位，难道不觉得羞愧吗？"

　　"羞愧？！"乾老帮总算是缓过神来，他恢复了以往不可一世的神情，面目狰狞地说道，"看在往日的情分上，我依然称呼你一声贤弟。你我为桃花源出入死的次数数也数不清，可我们最终得到了什么？'刺马'呢？它本来也应该属于我们二人！甚至这个族长的位置也应该由我继承。可现在，这些却归李初阳一人所有。你我本就志向不同，你是不会理解我这些年来所受到的痛苦和折磨的。现在，我终于有机会重新得到这一切，谁都不能阻止我！"乾老帮忽然伸手指向坤老帮，厉声道："包括你！"

　　"收手吧，兄长！"坤老帮还在苦苦哀求。

　　"住嘴！现在我拥有军队，而你们没有。即使你们再能打，也敌不过千军万马。只要我的军队杀进来，你们全都会死无全尸！识相的话，现在就站在我这一边。念在兄弟情份上，我会善待你的。"二得子此时也恢复了拍马屁的功夫，道："局长，哦不，应该称呼您坤老帮才对。乾老帮为人最讲信用，如果您能……"

"来这里之前，我已经命人放了巽老弟。他原先是禁军总领，由他坐镇，你的军队一时半刻也赶不回来。"说道这里，乾老帮的一名心腹突然闯进了书房，他还不知道房间里究竟发生了什么，而是径直来到乾老帮的身边，窃窃私语："老帮，刚才得到消息，巽老帮不知道被谁给放了出来，现在禁军已经全部被调动起来，已经……已经将禁宫团团围住了。"

乾老帮一怒之下一巴掌将他打翻在地。"你们以为这样就能制服我吗？笑话，别忘了，外面的禁军再多，现在在房间里却是我占先机。只要我一声令下，你们马上就会死。识相的话，就把族长的印玺给我交出来！"

"乾老帮！"李初阳的声音也渐渐变得疲惫和痛苦，仿佛接下来的话并非出自他的真心，"你真的决定要走这条路吗？如果你现在认输的话，我保证……"

"住嘴！既然已经到这一步了，我也不怕撕破脸皮。来人啊，给我上！"乾老帮大手一挥，就想让身后的武士一拥而上。等了一会儿，却没有一个人向上冲。乾老帮不可思议地向左右看去，他以为这些人被突然出现的坤老帮给吓住了，可仔细一看，这些武士，个个坚定无比。"你们，你们怎么了？还不给我上！"乾老帮有些着慌，他看看李洛文，又瞅瞅二得子。此时二得子也急了，他帮着乾老帮一起动员，希望那些人能替他们斩草除根。

"你难道还不明白吗？这一切全都是假象！"李洛文突然走到乾老帮的面前，双眼直勾勾地注视着他。

乾老帮差点儿没把胡子给气歪了，他对李洛文说："你是站在我这边的，现在你找来的禁军全都不听使唤了，你非但不帮我，还奇奇怪怪地说什么全是假象。"乾老帮怪目圆睁，冲着李洛文喊道："洛文，你在说些什么？"

李洛文不慌不忙，道："乾老帮，一切全都结束了，你输了。"

"放屁！"乾老帮气急败坏地破口大骂。

"投降吧，你已经没有退路了。"李洛文说道，"事到如今，你还不明白吗？很久以前，你就在各种场合和族长对抗，非但当面刻意刁难，甚至还在背地里说些意欲谋反的话。族长念你曾经对桃花源有功，总是忍让。然而，多年来你自恃位高权重，更是在桃花源里网罗党羽，图谋不轨。到如今，除了巽老帮和我之外，其余的老帮全都被你所掌控。只是你始终没有谋反，是因为你认为时机尚未成熟。这一次，那些陌生人的到来却正中你的下怀，你首先想方设法囚禁巽老帮，除掉除了族长以外最后一个心患。在知道了那些人和李隐之的关系后，便促成李隐之和我的婚事。这一招一箭双雕虽然厉害，可是，或许是乾老帮你年事已高，做事难免心急得很。从一开始与族长不和睦，到后来主动促成我的婚事，甚至想收我为义子。这一切不得不使人生疑。"

"于是，族长便将计就计，让我和你以父子相称。当你以为万事俱备后，逼宫就是顺理成章的事了。站在你身后的赵廉将军，可能你没有印象，他是和我一起由族长提拔起来的年轻一辈。相比之下，他可能比我更忠心于桃花源。于是，我故意带你找到了这位赵廉将军，事先我们已经计划好，想用一支能随便让你使唤的禁军诱惑你走出那一步吗，没想到你真的是铁定心要造反了。"

"虽然我不赞成这个办法，"坤老帮也走了过来，满脸愁容，他绝不想看到兄弟一场最后却要兵戎相对，"可是，若不是亲眼所见，我绝不相信你会走到今天这一步。兄长，要知道，千年前我们是桃花源的守护者；百年前，我们被人尊称为义士；如今，我们是桃花源的故臣。就连你都造反了，难道不让人心寒吗？"

"少废话。"乾老帮一把推开坤老帮，道，"你如果还念及兄弟之情，就不会与他们合伙给我下套。不错，这么多年来，我处心积虑想要谋反，因为我想拿回原本就属于我的东西。几十年前，前族长本来就想把位子传给我。还有，那批我们用命换来的宝藏呢？除了族长外，就没人知道那个藏匿宝藏的地点。"

这一刻，乾老帮的眼里尽是贪婪的凶光，他看着坤老帮，心中暗想他们是现在唯一知道那批惊人数量的宝藏的人。"所有人，包括你坤老帮在内，没人不为之心动。只要你肯和我联手，我们依然能平分这些宝藏。就你和我，像以前那样。"到如今，乾老帮不顾一切，哪怕是最卑鄙的利诱他也愿意尝试。他面目狰狞，几近扭曲，在众人面前俨然不顾自己老帮的身份。

坤老帮痛心疾首，连连摇头。"既然你至今不肯悔改，"他举手一挥，冲着禁军道，"给我拿下！"

话音刚落，禁军抢步就上。乾老帮不愧身经百战，他临危不惧，摆出架势就要和那些人拼命。忽然，乾老帮想到自己还没有走到山穷水尽那一步，只要自己能杀出重围，就能重新指挥军队杀将回来。

想到这里，乾老帮突然大呼自己府上管家的名字。管家这次一直跟着他来到禁宫，而且他也是一把好手，关键时候能助自己杀出重围。可这一次，乾老帮大叫三声后，管家才姗姗来迟。出人意料的是，管家并非如他预计的那样从自己身后冲杀进来，却是从自己的面前，李初阳等人的身后缓步走出。他看起来有些惭愧，无以和乾老帮相见，不过他很快恢复过来，理直气壮地面对乾老帮。

"这位……"李洛文像是在给两个素未谋面的人介绍，"你还记得当初他是怎么进入你家的吗？"

一经李洛文提醒，乾老帮突然倒吸一口冷气。十几年前，也就是李初阳刚刚继任桃花源的族长不久，有一次乾老帮陪着李初阳在外巡视，当他们走到一处荒废的宅子时，就见一个衣衫褴褛却身材魁梧的汉子在门前痛哭。他说这曾经是他的家，由于家道中落才变成现在这个样子，而他由于无法为死去的祖先尽孝，才在此痛哭。李初阳和乾老帮甚是感动，特别是乾老帮，着实喜欢这个年轻人。于是，李初阳提议让乾老帮收留此人，他就是现在这位乾府的大管家。

"难道连你也是他们派来的？"乾老帮肝肠寸断，眼前一阵晕眩。多年来，大管家是他唯一的心腹和知己，突然间听到这一切，的确让他难以接受。乾老帮双眼一闭，就觉得犹如天崩地裂一般。一切全完了，在别人的眼中，乾老帮陡然间苍老了许多，额头上、脸颊上的皱纹互相纠结，交错密布。

就在他一晃神的工夫，禁军武士一拥而上，将乾老帮绳捆索绑。

李初阳希望他能痛改前非，可是乾老帮却断然拒绝，他只求李初阳能在宗人府列祖列宗的牌位前裁决他。因为按照桃花源的规矩，叛国者生不能踏入宗人府半步，李初阳点头答应了他的要求。

这时，人们发现二得子不见了。刚才大家全都集中注意力于乾老帮的身上，根本没人在意此人。

"一定要抓住他。此人心术不正，如果让他留在桃花源，必会后患无穷！"坤老帮用力敲打着拐杖，厉声道。

李洛文给李初阳使了个眼色，李初阳点点头。原来，他们已经料到二得子一定会再去桃花源的禁地，只有那里，才没有人能奈何他。想到此，李初阳立即吩咐李洛文带人向禁地追去，他又请坤老帮出面，代为审理乾老帮的案子。

就在众人纷纷离开李初阳的书房时，乾老帮突然转身，要求和李初阳单独说一句话。众人看着李初阳，全都在等他的吩咐，李初阳眯缝双眼，面色凝重。最后，他还是长叹一声，让其余的人都在门外等候。

房间里只剩下李初阳和乾老帮两个人了。李初阳随便找了个椅子坐下，道："有什么话，你就说吧。"

乾老帮依然神气十足："20年前你悄悄地把你的女儿带出桃花源，20年后你又冒险将她接回桃花源，这一切是否也是你为了铲除老夫而走的一步棋？"

李初阳沉默不语，最后点点头，他面带疲惫地看着乾老帮，意味深长地说道："做族长，真的不像你想象的那么容易。"

乾老帮哈哈大笑，道："李初阳，我输了。我这次是彻彻底底地输在了你的手里。"说完，他转身走到门口，大呼一声"开门"。门开之后，他头也不回地迈步走了出去。

人去楼空，李初阳终于找回了以往的宁静。屏风后的内堂一记轻微的响动，李初阳心如刀绞，他有气无力地说了一声："隐之，出来吧。"

李隐之泪流满面地走了出来，当她看到父亲憔悴的眼神时，泪更止不住了。

"你全都听到了？"

李隐之点点头，什么话也没说。李初阳连说话的气力也像是没有了，他抬手支撑着脑袋，斜着眼睛看着李隐之。"我不是个好父亲，本来以为这次你回来我能尽一些做父亲的义务，不过看来……"他微微一笑，饱含深意，"你去和妈妈道声别吧，然后就去追上洛文。你可以带着你的朋友一起离开桃花源，如果洛文愿意的话，他也可以走。不过你们要答应我，永远别将这里的秘密说出去。"说完，他轻轻挥了挥手："爸爸对不起你。"

3．千年老鬼之一

　　三个人中，韦廷钧的行动最不方便，到了某些崎岖狭窄的地方，他不得不把石盒放在脑袋的前面，双手推动一点儿，又再往前爬一点。他觉得自己是在拍《基督山伯爵》中越狱的那一场戏，只是当时的男主角并未因此逃脱成功。身前身后，方遒和蒋颖时不时地在关心自己。有那么一段路上，他甚至在想此生际遇怕是再难有比现在更为奇妙的了，一生碌碌，能经历生死，也算是不枉此生了。韦廷钧想想觉得好笑，突然打了个喷嚏，直扬起满地灰尘。

　　"前面好像有出路了。"方遒的声音断断续续地传了过来。由于空间狭小，空气也少，声音听不太清楚。韦廷钧怕身后的蒋颖听不见，于是又重复了一遍。这个时候，由于石盒正好挡住他的视线，所以他既看不清前面，又无法转身看后面，位置尴尬，不言而喻。

　　忽然，韦廷钧面前一阵亮堂，石盒被拿走了，他刚想呼叫，就看见方遒的半个身子露在洞穴前，正伸出双手想把他拽出来。韦廷钧自嘲地叹了口气，握住方遒的手，双脚用力一蹬，整个人钻出山洞稳稳地站在地面上。紧接着，蒋颖也钻了出来。

　　站定之后，三个人才仔细地打量着他们身处的山洞。这个山洞并不很大，大概只能站立不到10个人，而且开凿的工艺也很粗糙，蒋颖举着火，看了一下，石壁上凹凸不平，许多地方甚至还有整块石头凸现出来。唯一有明显加工痕迹的，恐怕只有平整的地面，以及正对他们刚才爬出来的那个洞口的一扇石门。这是一扇真正的石门，从石头的成分和颜色来看，恐怕是当初将整块石头开凿出来后加工而成的。蒋颖暗自感慨，要在如此恶劣的环境下完成这道工序，不知得耗费多少人的心血。

　　石门上有个长方形的凹槽，蒋颖想伸手摸一下，一旁的方遒一把抓住她的手，摇了摇头。然后，他仿佛胸有成竹地捧起地上的石盒，小心翼翼地将它镶嵌进去，只见那个石盒慢慢地向凹槽里滑动，大小正好，似乎石盒还小了几寸。差不多镶嵌入半个多身位，再也推不进去了。方遒又用了几次力，确定不能继续后，他倒退几步，等待着发生什么奇妙的事情。

除了火把的嗞嗞声外，就只有他们的呼吸声了。大约过了5分钟，方遒觉得自己被愚弄了，他略有不快地说道："我们可能白费力气了。"

"先把它拿出来吧，或许还有别的方法。"蒋颖在一旁给他打气，韦廷钧也走了上来，帮着方遒慢慢地将石盒拽出来。

石盒抱在手中，方遒刚想说话，忽然就听到一声轻微的"咔嚓"声。方遒以为自己踩到了什么东西，他低头看看，又望望另外两个人。就在他打算开口说话时，只听"轰"的一声巨响，面前的石门动了。它是从左向右移动，可能是尘封太久，石门移动时灰尘一阵一阵地往下落。石门移动得相当缓慢，蒋颖生怕里面会有什么不测。她站在门口，举起手中的火把，就着灯光仔细打量着石门后面，可是由于里面没有一点儿光线，她根本什么也看不到。

直到石门完全开启，三人刚想商量一下是否要进去，又是一计轻微地响动。紧接着，石门后的洞穴里响起了一片点燃火焰的声音。只是一眨眼的工夫，原本漆黑一片的洞穴突然宛若白昼一般。

不仅如此，一道金光射出，三个人顿时遮住眼睛，直到眼睛适应了那种强光后，他们才放下手臂，谁都没有挪动脚步，也没有说一句话。方遒能听见旁边的两个人浓重的喘息声，他觉得自己也是如此，心跳逐渐加快，他觉得脖子上的静脉隐隐作痛。不知过了多久，他才强扭过脖子，看看蒋颖，又看看韦廷钧，他们也和他一样，僵立在原地。

"那是真的？"韦廷钧声音颤抖，都有些变声了。

蒋颖的眼睛直勾勾地看着前面，道："恐怕……恐怕是真的。"她双手下垂，火把已经掉落在地。她当然不再需要火把，因为眼前的光线足以让她看清一切。

韦廷钧终于迈开僵硬的脚步，一点一点地朝洞口走去。看起来很滑稽的动作，可是方遒和蒋颖都笑不出来。如果换作他们，恐怕也不会好到哪儿去。

"等等，小心里面有陷阱！"蒋颖突然叫了一声，韦廷钧背对着她，不自然地抖动了一下肩膀，他转过身，蒋颖把火把递给他。韦廷钧会意地转身，用力地把火把掷了进去，没有任何异常，地上没有什么机关，也没有陷阱。

现在，三人再也克制不住内心的激动，他们一前一后飞快地冲进了洞穴，韦廷钧还用着时髦的方法大声呼叫。

宝物，几乎堆积了整个洞穴，这真是小说里所说的金银遍地。只要你随手抓一把，便是些名贵的玉石珠宝。蒋颖和方遒平素对珠宝却有研究，可此时此刻哪怕是个门外汉也能看得出这些东西的价值不菲。韦廷钧不顾一切，整个人趴在了那些金银珠宝上。方遒也克制不住激动，一会儿看看这个，一会儿又跑到那边看看。蒋颖比他们要好些，她坐在了地上，两只手不停地抚摸着宝物，冰凉、光滑，简直无与伦比。

"我爬上去看看！"韦廷钧兴奋地叫了起来。这堆宝藏足有一个半人那么高，话音未落，他便手脚并用地爬了上去。

"小心别踩坏……"蒋颖很快闭上嘴。这是一屋子的宝物，哪怕踩坏了一两件，又怎么样呢？

过了一会儿，就听韦廷钧叫了一声："你们看，这是什么？"紧接着，他几乎是从宝物堆上滑了下来。方遒和蒋颖围了上来，只见他的手里握着个小方石头，看起来极为普通。"我在上面找到的，就在这堆宝物的最上面。"说着，他的手向后比划了一下，"你们看看，这算是什么宝贝？"

方遒接过石块，拿在手里端详了片刻。他觉得这块石头挺眼熟，好像在哪儿见过，他把石块递给蒋颖，眼睛始终不离开那块石头。

蒋颖看了一会儿，恍然大悟道："那个石棺！"

方遒如梦初醒，他刚想去捡石棺，却发现韦廷钧已经把它捧了起来。两个男人虔诚地捧着石棺，帮着把盖子打了开来。蒋颖取出里面的地图，那张地图绘制得很简单，只是提示了石台下面的地道而已。

在行动之前，蒋颖又看了看方遒和韦廷钧，试图得到他们的许可。两人不约而同地点头应允，蒋颖这才小心翼翼地把石块放了进去，大小刚刚好，石块几乎和石棺里的凹槽完全吻合。然而，当石块和石棺成为一个整体后，什么也没发生。三个人都有些失望，他们交换了一下眼神，觉得这很滑稽。

"或许得盖上盖子？"韦廷钧的主意比较多。

方遒觉得或许可行，他合上盖子，"咔"的一声，他的托着石棺的手微微动了一下。他把石棺整个的反转过来，出人意料的事发生了：就在石棺的背面，出现了一个和另一面同样的盖子。原来他们都以为那是一整块石头，因为在石壁上根本找不到任何缝隙，可现在凭空出现了一条缝隙，而且还能把盖子全部打开。

石棺里，在一层层棉絮的包裹中，是一个雕工精细的金属盒子。蒋颖谨慎小心地取出金属盒，仿佛她能感觉到金属盒里有什么东西似的。不是什么硬东西，而是液体，但又绝不是稀释的液体，人们很容易就能分辨稀释和黏稠。

"先生们，意外发现！"蒋颖轻呼道。

"这是什么？"方遒有些不可思议。他曾经料到石棺里可能还有别的东西，但绝不是这个玩意，现在他甚至连这个东西的名字都说不上。

"千年老鬼？"韦廷钧怪叫道。事实上，他们都快忘了来到这里的目的。这间房间里，除了这个金属盒外，全都是些再普通不过的珠宝，哪怕形状如何奇特，毕竟还是些见过的东西。只有这个金属盒，以及里面的东西让人疑云渐生。

"可里面好像是液体！"蒋颖说。

"有人告诉你灵魂不是液体吗？"韦廷钧反问道。他也拿不准，只是本能地反驳，"只是电视里才说是气态的。"

"难道不是气态的吗？"方遒也犯糊涂了，他都不知道自己在说什么，再多的金银珠宝也没有让他如此混乱。如果可能，蒋颖手里拿的就是三个古人的灵魂和记忆。

"不论里面是什么，现在都由我来接管！"二得子握着手枪，平静地站在洞口。

说实在的，二得子虽然为人阴险、不择手段，可面对整个山洞的宝藏，他却出奇的平静。

"是你？你怎么来了？"蒋颖本能地倒退几步。

"你们以为我是瞎子？是傻子？那张石桌底下的机关只要稍微检查一下就能发现。"二得子挺得意，他撇着嘴，手枪在三人的眼前不停地晃悠着。

三人这才知道原来石桌下还有个开关，全都沮丧到了极点。

"把那个东西给我，就是你手里的那个。"二得子晃动手枪，示意蒋颖把那个金属盒拿来，"很意外吧，这地方还有这种玩意儿。"二得子像是在开玩笑，可效果实在不怎么样。他的脸上尽量保持着机械的笑容，在金黄色光芒的照耀下，更添了几分恐怖和狰狞。"很多时候，聪明的人总会犯糊涂。反倒是一些傻子在关键时刻脑筋就开窍了。"

"现在这种情况，即使我们再傻，恐怕也不能活着离开这里。"蒋颖把金属盒紧紧捧在怀里，正色道，"你会让我们走吗？"

"很难说。"二得子深吸一口气，这才仔细地打量着整屋子的财宝。金银他也见过不少，可那些埋藏在金黄色的沙土中，隐隐露出些头角的珠宝、古董，任谁都不能把眼睛挪开，"先把东西给我吧，以后的事情慢慢再说。"

"别给他！"韦廷钧最不喜欢这个人，他现在勇气十足，丝毫不把他手里的枪放在眼里。不但如此，他还上前一步，挡在了蒋颖的身前。方遒也不甘示弱，他一边和二得子对视，一边走到了另外两人的前面。加上二得子在内，四个人几乎站在了一条直线上。"如果真的动起手来，我们不一定会占下风！"方遒手握拳，跃跃欲试，他心里早就在盘算，二得子手中虽然有一把枪，但只要他堵住枪眼，身后的韦廷钧和蒋颖就有机会得救了。整个山洞里全都是些有棱角的东西，任何一件稀世珍宝都能成为杀人的利器。

"你们以为我不敢开枪？恐怕你们还不知道吧，我当过兵，文革那会儿也杀过人，要再多添你们三条人命也不算难事。"说完，二得子轻描淡写地对着方遒的脚前就是一枪。洞穴狭小，声音如崩雷般回荡。蒋颖丝毫没有准备，她手捂着耳朵，惊声尖叫。

方遒也有些紧张，他不停地吞咽着口水，一时间倒也没了主意。这时，身后的韦廷钧轻声嘟哝道："我看这把枪像是奥地利格洛克23式手枪，一共有13发子弹。见机行动，会有机会的。"

可是，无论韦廷钧说得再轻，二得子还是听到了他的话。二得子觉得可笑，忽然摇头晃脑地大笑起来。"真是个乳臭未干的孩子，算你有见识，说出了这把枪的来历。可你知不知道，这种枪的理论时速是300米每秒。就算你的反应再快，怕也不会比子弹快吧？"韦廷钧觉得自己是有些异想天开，他闭上嘴，狠狠地瞪了二得子一眼。

"所以说，现在最好的办法就是把那个东西交给我。"接着，二得子从身后的小包里拿出了三股绳子，道，"然后，你们就相互把对方绑起来，动手吧！"最后一声，二得子故意提高嗓门。三人万般无奈地互相交换了个眼色，蒋颖抿着嘴，只得不情愿地走上前，把那个金属盒交给二得子。然后，二得子用脚把地上的绳子往前踢了踢，道："绑结实点儿，别耍什么花样。"

"你还没说谁给谁绑呢！"韦廷钧不忘逞口舌之勇，不客气地回敬了他一句。二得子倒也不生气，只是觉得好笑，他阴险地瞥了三个人一眼，又用枪口指指韦廷钧，道："你先把方遒给绑了。"韦廷钧嘟哝着，慢吞吞地捡起绳子，照着二得子的意思把方遒的双手反绑在身后。接着，二得子让蒋颖给韦廷钧绑上，他同样在最后检查一下绑绳的松紧，以防止他们逃脱出来。最后，他叫蒋颖背转身对着他，双手拢在身后。直到这时，二得子才放心地将手枪插在腰间，腾出双手把蒋颖绑得结结实实的。他毫不怜香惜玉，直弄得蒋颖眉头紧锁、牙关紧咬。方遒坐在一旁，只觉得心疼不已："小心点儿，别弄伤了蒋小姐。"

二得子撇着嘴，道："别吵，过会儿足够你怜香惜玉。"他把蒋颖捆绑完毕之后，一把将她推到方遒身边。蒋颖栽倒在地，幸亏方遒用身子挡了她一下，才不至于摔倒。

二得子满意地看着自己的杰作，随后，他从口袋里掏出那个金属盒，不停地端详着。

"真不识货，满屋子的宝贝，他却只看中这等次品。"韦廷钧冷笑一声，不屑地说。方遒会意，也跟着起哄："都说当高官的全都会相古董，我看也不尽然。"

二得子继续端详着金属盒，嘴里却说："两个蠢人，激将法起不了作用。"

只见二得子手捧金属盒，自言自语道："这就是长生不老的秘方吗？"他轻轻摇了摇，听见里面似乎有液体的声音。"是仙水？我还以为会是什么拗口的法术。只要喝了这水，"他又看了看那些诱人的宝藏，"再配上这批'刺马'宝藏，我不就……"他一时想不出个妥当的说法，只是瞪大双眼，贪婪地狂笑不止。

蒋颖心中一亮，原来这批宝藏竟是"刺马"一案中清政府苦苦追查的宝藏，难怪百年来从没有人找到它，想不到竟然被桃花源的人给藏了起来。她又一想，看来二得子并不知道那个千年老鬼的事情，他只是把这个金属盒里的东西当做普通的长生不老药。既然如此，倒也得想个办法慢慢和他周旋。

"你就不怕这里面是毒药，桃花源的人不会就这么拱手将长生不老药送人的。一旦喝死了，这么多的宝藏也就无福消受了。"蒋颖轻描淡写，却点醒了二得子。只见二得子诡诈地看了她一眼，道："多谢提醒。过会儿我会先让这小子先尝一口。"他指了指韦廷钧，得意地说。"如果他喝了没事儿，我再杀了他。"说完，又是一阵歇斯底里的狂笑，最后的几声变得尖利刺耳。

韦廷钧哭丧着脸，不解地看着蒋颖，心想她为什么要提醒他，却见蒋颖胸有成竹，不住地冲他使眼色。韦廷钧眼珠一转，似乎明白了她的意思。

二得子丝毫没有察觉他们的交流，他双手拿金属盒，正在观察它的构造。看了一会儿，二得子似乎得到了答案。他看了一眼韦廷钧，道："小子，别哭丧着脸，你应该感到荣幸才是。"说完，只见二得子一只手握着盒身，另一只手在金属盒上面的部位摁了一下，接着便用力拔了出来。

三个人全都瞪大眼睛看着他，仿佛金属盒一旦开启，就会天崩地裂一般。空气顿时凝固，他们都不约而同地感到呼吸困难。

金属盒里面污浊浊的一团东西，二得子看不清是什么，他想凑近洞壁上的火把，好看清楚。他明显感到双手不停地颤抖，太激动了。突然，就在他打算走到一处火把前，只见金属盒里泛出一道金光，二得子激动地把脸凑了上去，想看个仔细。接着，先是"咔噜"一声，紧接着仿佛一团烟雾直扑二得子的面门。他清楚地感觉到那团烟雾冰凉刺骨，一拥而上将他整个脸罩得严严实实。他又闻到一股刺鼻的霉变味，随后鼻子好像被什么东西塞住了似的根本无法呼吸了。二得子惊恐地撒开双手，任凭金属盒掉落在地，他紧张地伸出双手在脸上抓着，嘴里也在不停地喊叫。现在，他更加的恐惧，因为不论他怎么张大嘴巴，就是发不出一丁点儿声音。二得子痛苦又惊慌地摔倒在地，两只手还是在脸上不停地抹着，足足过了好几分钟，二得子才停止挣扎，僵硬地躺在地上。

三个人面面相觑，完全不知道眼前发生了什么事情。他们全都看见二得子打开了那个金属盒，然后就见他一仰脖子，紧张地摸着自己脸，之后便是一阵疯狂的尖叫，声音越来越响，简直震耳欲聋。直到二得子摔倒在地，他们丝毫没有看明白。韦廷钧离掉落的金属盒最近，他发现有一种黑色的液体洒在地上。他又看了看另外两个人，方遒和蒋颖也是一脸茫然，显然没有料想到眼前发生的一切。

　　韦廷钧壮了壮胆子，挪动屁股向二得子的身体靠了过去。

　　"他怎么样了？昏过去了？"方遒轻声地问他。韦廷钧伸长脖子看去，然后迅速地缩回脑袋，他又朝二得子看了一会儿，才小心翼翼地冲着方遒摇摇头，道："说不准。他的两只眼睛还睁着呢！"

　　"他死了？"蒋颖本能地反应过来，"你刚才有没有看到什么……"她突然不知道该如何措辞，是说看到灵魂好呢，还是说看到一些怪异的现象。要知道，虽然如今科技如此发达，鬼怪灵魂什么的还是个未解之谜。正如刚才，除了二得子一个人古怪的举动外，蒋颖什么也没看见。那么，这就算完了？那个所谓的灵魂就是这么一回事儿？她在心中不断地向自己提问。

　　显然，方遒一脸茫然，也全然猜不透二得子究竟怎么了。他刚想找样东西把绳子割开，突然听韦廷钧尖叫一声。方遒和蒋颖同时朝他看去，只见韦廷钧面色惨白，一脸惊恐地说："刚才他好像动了一下。"

4．千年老鬼之二

　　两人顾不得给自己松绑，全都屏住呼吸紧盯着二得子。时间一分一秒地流逝，方遒连大气都不敢透一下。可是，二得子始终静静地躺在地上，纹丝不动。又过了一会儿，蒋颖不置可否地瞅了一眼韦廷钧，韦廷钧一脸无辜，小声道："他刚才真的动了一下。"

　　话音未落，谁都不曾防备，就在这寂静的洞穴内，就听方遒突然大叫一声。

紧接着，方遒面色苍白，仔细观察，还能看见他的嘴唇微微地颤抖。蒋颖和韦廷钧着实被吓了一跳，他们齐刷刷地看着方遒，就见方遒不断地努嘴，好像在说"你们快往那里看"。

"他刚才真的动了。"

呼吸声逐渐变得浓重，洞穴里的空气也是不正常的浑浊。三个人全都看着二得子，眼神异样，就好像他会忽然变成别的什么东西似的。二得子依然纹丝不动，可很快他突出的喉结动了一下，三个人不约而同地向后移动身体。紧接着，二得子的嗓子里忽然发出一阵"咕噜"声，声音很轻，可在这样的环境下清晰可辨。

"他还活着？"

不知道谁问了一句，没有人回答，因为他们很快便看到了二得子的嘴巴就像一条久旱缺水的鱼似的，缓慢地一张一合。嗓子里的古怪的声音就是这样被一次次地送了出来。蒋颖有些害怕，就连方遒和韦廷钧也被眼前诡异的气氛给吓坏了。

随后，二得子的眼睛突然睁开，之前绝没有半点儿征兆。三个人又被惊出一身冷汗，只见二得子瞪着两只大眼睛，死死地盯着洞穴顶。然后，他仿佛在尝试着运动自己的手臂和双腿。然而，他的动作就像一个长期卧床的瘫痪病人突然恢复了行动能力似的，显得既谨慎又缓慢。现在，他的嗓子里不再发出那种古怪的声音，取而代之的是四肢关节的可怕的"咯咯"声。他们谁都没有开口说话，就这样呆呆地坐在地上，目睹着眼前所发生的一切。

二得子好像做完了舒展动作，他慢慢地伸双手撑住地面，先是慢慢地在四周摸索着，好像是在试探地面是否结实。紧接着，他一用力，整个人顺势坐了起来，二得子的动作在别人的眼里依然显得那么机械而僵硬。他坐直身子，并没有在意方遒他们，仿佛他早就忘了他们似的。相反，二得子慢慢转动脖子，周身上下地打量着自己。他先正反面看看自己的手，随后又扯扯身上的衣服。他突然费劲地干咳一声，可能是用力过猛，他自己都被震得晃了几晃。

再看他张着嘴，嘴唇未动却在那里说话。他的声音和之前那个有些干瘪、尖锐的声音完全不同，取而代之的是一种从没听到过的，和他的身材、气质完全不同的沉稳的声音。"啊！"他本能地发了那个音，然后又是嗓子里发出一阵类似于呕吐的"咕噜咕噜"声。就在他们以为他会顺势低头从嘴里吐出什么恶心的东西时，他却停下了。跟着，他嘴唇相碰，像是在自言自语，可声音响亮，如果洞穴外还有人的话，一定能听得清楚。

他们三个人当然也听清了，可一句也听不懂，他们都在怀疑二得子是不是在说话。

"他说什么？"韦廷钧觉得蒋颖学识渊博，故此瞪着怪眼看她。没想到蒋颖事不关己地耸动肩膀，心里说"我可不是语言学家"。

"他在说满洲话。"方遒一脸严肃，正经八百地说。

"你听得懂满洲话？"韦廷钧简直无法相信。

"我不懂。"方遒一本正经地说。若不是现在处境特殊，韦廷钧绝对会因为他那滑稽的表情而笑出声来。蒋颖也是奇怪，她觉得方遒不像是说笑，方遒继续道："我当然听不懂满洲话，但别忘了那个千年灵魂的上一段记忆可是雍正。"

就在方遒还想说话时，只听凭空打了一阵霹雳，二得子突然大叫一声："孰人敢唤朕之名讳！"

此言即出，把韦廷钧吓得连滚带爬地钻到蒋颖的身边。若不是他还念在男女有别，恐怕他早就躲到蒋颖的身后去了。这一次，二得子吐字清晰，说的却是汉语。紧接着，二得子猛地扭转头来，恶狠狠地瞪了三人一眼。他清了清嗓子，道："汝等何人？此又是何地？"他勉强爬起身，整了整衣服，眼神中不免流露出一丝厌恶。这次他虽然没有说话，一切的动作明显地表示了他对自己处境的不满。

不过，他马上转怒未喜。一双眼睛仿佛着了魔似的紧盯着身后一座土丘似的财宝。不过，他迅速藏住一脸惊喜，微带严肃地说："朕且问汝等，汝等是谁？"

韦廷钧早就缩在一旁，不敢说话。蒋颖和方遒换了个眼色，只见方遒咽了口唾沫，轻声问了一句："你……是谁？"

不想方遒话音未落，二得子勃然大怒，他有些别扭地用力一甩臂膀，喝道：

"放肆！"随后又是一阵急促的之前他们就听不懂的语言。话虽如此，他们还是能通过表情猜出二得子是在骂人。稍停，二得子恢复平静，口气也有所缓和："汝等草民，怕是不认得朕，朕乃大清雍正帝。"

韦廷钧绝不是个贪图女色之人，他是实实在在的因为惊讶而一头撞在了蒋颖的背上。蒋颖也被吓得不行，她全然忘了身后有人撞在她身上，一脸震惊地看着面前的二得子。他说他是雍正，这谁都听见了。可这怎么可能，一个一心只想得到宝藏的卑鄙小人，在一段时间的昏迷后，竟然口称自己是皇帝。

方遒觉得好笑，但见他一脸凝重，不像是在说笑。故此，方遒也变得严肃起来，继续试探性的问："您真的是雍正皇帝？"他语带敬词，希望能让二得子不至于再发怒。一句话说完，就连蒋颖也不自觉地向方遒的身上靠去。方遒很受用，但此时完全没心思感受这一切，他紧盯着二得子，生怕他又做出什么诡异的事情。

二得子的确面色难看，但他忽然像是明白了什么，尽显雍容地款款说道："朕久居深宫，汝等平民，不识得朕却也不怪。"他双手背在身后，在洞穴中踱着方步，道："汝等是谁？可是被凶顽绑架至此，要杀人灭口不成？"说完，他伸出一只手，轻轻捡起一块玉佩，就着火光，俨然成了一名资深的鉴赏家。

蒋颖见他还能沟通，也壮着胆子道："陛下，请恕草民万死之罪。我等是被一群大盗劫持，如今他们刚巧不在，还望万岁替草民松绑。"她尽量把话说得艰涩、拗口，但却符合古代人的说话方式。如果他真是一代明君的转世，而且面对一名身遭绑绳的弱势女子，应该不会袖手旁观的。

二得子倒也爽快，二话不说地走到蒋颖面前，轻轻搀扶起她，替她将手脚的绑绳——除去。蒋颖感激地看着面前的男人，应该称他二得子呢，还是雍正呢？她活动手腕、脚腕，眼看方遒和韦廷钧马上就能重获自由。

出人意料的是，二得子并没有顺势将另外两个人松绑。他拍去手上的尘土，直起身，一脸谦和地看着蒋颖。蒋颖双眉紧锁，有些尴尬地开口道："陛下，还望救我的朋友。"

二得子轻轻摇头，却不说话。蒋颖这下有些发慌，她不知所措地四下张望，微微有些害怕地说："这是何意？"

"应允朕，朕便救他们。"

"别答应他！"方遒突然有种不祥的预感，他怎么看怎么觉得二得子依然是那个色迷迷的奸佞小人。他一边说，一边挪动身子，哪怕只是坐在地上，他也要挡在蒋颖的身前。

"他根本就是二得子！"韦廷钧也觉得事情不妙。

"谁是二得子？"二得子扭头看着韦廷钧。突然，他眼珠一转，看了看自己的手，道："汝所道者，乃朕之原身？"随即，他又取了面金边玉缀的铜镜观瞧。二得子无奈地叹息，自言自语道："不料竟如此猥琐。也罢，若非附身于成人，也绝无前世记忆。"他看着铜镜发呆，稍停，二得子缓过神来，他渐渐地适应了这个环境，在旁人的眼里也不至于那么的突兀。就好像他已经习惯了这身衣服，而不是龙袍一样，他也渐渐地明白了自己的处境。不论外面究竟怎么样了，至少在这个只有四个人的空间里，他已经不再是个君王，再也不能用命令的口吻与人说话。他必须尽快地恢复谈判的技巧和审时度势的能力，我们暂且还是称他为二得子，他目光深邃地看着坐在地上的方遒和韦廷钧，道："欲让朕放了汝等，却也不难，除非应允朕之要求。"

"此地遍布金银，汝等若能助朕，待重见天日，朕重拾帝位，定然不会忘记汝等功劳。届时封疆列土，岂不快哉？"二得子神情诚恳，摆出了一副谦谦长者的风范。蒋颖站在二得子身旁，赶忙朝方遒和韦廷钧使了个眼色。他们会意了，点头答应道："既然皇上应允，草民只有照办了。"方遒觉得说话酸溜溜的，好不难过。

二得子满意地点头，不过，就在他打算给二人松绑时，他突然走远几步，蹲下身子从地上捡起了手枪。他刚才就注意到方遒和韦廷钧的眼睛时不时会往这儿撇，他当然不知道这是什么东西，但处于安全考虑，还是先收起来为妙。这个动作完全出乎三人的意料，他们见唯一的武器又回到了二得子的手里，心里不住地懊悔刚才没有先把手枪拿到手。事到如今，也只能见机行事了。

二得子面带微笑地走到蒋颖身边，道："快给他们松绑。"

蒋颖正巴不得二得子说这句话，她赶紧跑到方遒和韦廷钧的身后，逐一给他们松绑。三人站起身，韦廷钧一边揉着微微泛红的手腕，一边不怀好意地朝方遒使了个眼色。不等方遒反应过来，二得子已经开口："朕劝汝等别作无畏的抗争，朕昔日亦是满洲勇士，摔跤并不逊色。"说完，他指指点点，便打算让三人动手搬东西。

虽然洞内宝物众多，却也有许多木制的红黑色箱子，和那些宝物一起散乱地放着。方遒和韦廷钧心有不甘，也不断地想着乘乱逃脱二得子的魔掌。为此，他们懒洋洋的，一副有气无力的样子。

二得子见后大为光火，可他还是得装作仁人君子，只能微嗔道："汝等怎这般拖沓？"

蒋颖悄悄地在方遒的手背上挠了一把，然后走到二得子身边，道："陛下息怒，我们已经很长时间没有吃饭了，他们没有力气，也属常事。"

二得子沉思片刻，道："此处并无食物，汝等若不抓紧，吾等怎么也是离不开的。日后的复国大计，可容不得吾辈耽搁。"

蒋颖觉得二得子说话蹊跷，便问："陛下可知道现在是什么日子？"

二得子摆出一副明知故问的样子，说："自然是800年后，若不然，朕又如何得见天日。汝辈桃花源李氏一族，千年来始终替朕分忧，将来大清复国，朕不会忘了汝等。"

方遒也放下了手中的活儿，道："陛下怎么知道大清不复在了？"

二得子突然面容忧伤，仰天长叹一声："800年沧海桑田，世事变化无常。朕虽为大清之主，也希望大清万世无疆。可自秦汉以来，又有几代王朝能延续千万年？朕自秦皇托身于唐宗，800年来已经是数朝更替，直至大清君临天下，亦是数度更异。昔日朕每每临朝听政，无不忧患国之兴衰。此时又是800年过去，大清亡败，朕已能预料。只是……"二得子一时说得兴起，倒也大有与蒋颖推心置腹的感觉。

"只是什么？"

二得子摸着光秃秃的下巴，道："朕与桃花源李氏曾有约定，待800年后，一定要为朕选择一个理想的继承者。朕看这身躯体，相貌丑陋，身材短小，不像是个英雄。"韦廷钧差点儿笑出声来，原来二得子的形象确实猥琐，皇帝看不起。

韦廷钧突然使了个坏心眼，道："陛下，您放心，您的这个躯体的确是我们这里最伟大的人。"

二得子半信半疑地点点头，道："这倒也罢，至少附身在这个成人身上，朕的前世记忆也能马上恢复。如果像以前那样附身在婴儿的身上，前世的记忆恐怕得到成人后才能逐步恢复，这样倒省了许多麻烦。"他正说着，见方遒和韦廷钧全都停了下来，他赶忙挥手示意他们继续搬运宝物。

蒋颖似乎想到了什么，问道："陛下，我们虽然遵照祖先的遗愿释放您的灵魂，可是我们却不知道，如果没有遵照规定，提前释放又会怎样呢？"

话音刚落，二得子突然面色异样，在火光的照耀下，顿时泛出一脸狰狞。蒋颖怕他多虑，赶忙解释道："陛下，草民只是一时好奇。若能知道其中端倪，将来也好让子孙后代时刻警惕。"听到"子孙后代"四个字，一旁的方遒突然一阵脸红。

二得子沉吟片刻，才说："提前附身，并无别恙，只是……只是不能见阳光。若曝晒日光，就有生命危险。"

方遒和韦廷钧听罢，态度突然来了个一百八十度大转弯。他们争先恐后，竞相将宝藏装在木箱里，转眼间便装满了两只箱子。二得子倒也没多心，却问蒋颖道："汝等道适才遭抢匪绑架，却是何事？"

蒋颖早就编好一套说辞，不紧不慢地说："陛下容禀，我三人原来是禁地的守卫，今日族长本来打算举行附身大典，可是没想到桃花源竟然来了一群强盗。族长他们在外御敌，但还是有几个强盗将我们虏来此地。现在，恐怕他们还在外面与我族人厮杀。"

"既然如此，我们就先拿这两箱出去。朕素善用兵，出去后当能助桃花源李氏一臂之力。"

"对对对！"韦廷钧挽起袖管，一边招呼方遒搬运箱子，一边道，"陛下说得对，我们得快些出去。"蒋颖躲在二得子的身后，觉得韦廷钧甚是滑稽，方遒也忙活着搬起箱子，随着韦廷钧走出了山洞。

二得子跟了出来，四周打量了一下外洞。他看这个外洞只有一个齐腰高的窟窿，奇怪地问道："这就是出口？"

蒋颖无奈地点点头，道："祖先担心有强敌来犯，所以便凿了一个小洞。这个洞的大小只能容得下一个人爬过去，恐怕只能委屈陛下了。"

二得子走到那个小洞前，把脑袋伸进去看了个究竟。然后，他又拿来一个火把，道："汝，先将这箱子放入洞中。"他伸手指指韦廷钧，让他把第一个箱子放进了洞口。随后他手指蒋颖，说："朕进入山洞后，汝便带另一只箱子跟随朕。其余二人，殿后便可。"说完，他又举着火把对着洞穴照了一番。正当他想动身，突然想到了什么似的，问："这洞穴里可有机关？"

洞穴里当然没有机关，况且蒋颖也希望二得子能早点儿出去。此时她毫不隐瞒，索性将隧道外面的情形说了个一清二楚。二得子的一双眼睛死死地盯着蒋颖，但见她似乎并无隐瞒，这才满意地舒了口气。不过出于谨慎，二得子还是改变顺序，让蒋颖在最前面，两只箱子一前一后推进洞穴，最后才是韦廷钧和方遒。二得子还是多了个心眼，他觉得韦廷钧是个年轻人，若真的有变，不等他钻出洞二得子就能解决他。一旦韦廷钧被他解决在洞口，后面的方遒一时半刻也就构不成威胁，即使他们想在洞穴内发难，自己的脚后有一个木箱子做阻隔，任凭韦廷钧本事再大，也难以施展。想到这里，二得子满意地钻进了洞穴，并敦促身后的韦廷钧快点儿把另一只箱子推进来。

一行四人重新回到隧道，蒋颖举着火把爬在最前面，虽然她知道隧道里并无异样，可是凭空举着火把，光靠一只手在那里攀爬却是困难重重，二得子在身后有些不耐烦，嫌她的速度太慢。可是在这个狭小的隧道里，二得子自己也完全施展不开。无奈之下，他只能耐着性子慢慢地跟在后面。时不时的，他还得照顾身后的那只木箱。

不知爬了多久，隧道逐渐变得宽敞起来，到后来甚至可以弯着腰走。二得子以为隧道应该是等高，却没想到桃花源的工匠在修筑这条隧道时，是从宽到窄的设计。如此一来，二得子再要想算计韦廷钧就完全不可能了。

事到如今，二得子只能改变方略，让韦廷钧和方遒继续扛着木箱，四个人一字排开，继续朝前走，一直来到供桌下方，蒋颖这才停住脚步。

二得子一把拿过火把，四下照了个遍，道："此即终点？"一想到贵为天子的他却要在这条隧道里爬行，二得子的心情格外的差，他见这里其实是个更狭小的洞穴，便怒冲冲地问道。

到了这里，蒋颖的心已经定了一半，她手指上方，道："出口就在这里。"

5. 千年老鬼之三

"汝先上。"二得子把两个箱子拢在脚边，指着蒋颖让她顺着梯子向上爬。蒋颖倒也无所谓，她心里早就有数，二得子一定会这么说，便大方地走到扶梯边。韦廷钧站在二得子的身后，冷笑一声："没想到当皇帝的都这么怕死。"

二得子也不生气，轻描淡写地回了一句："朕运筹帷幄，何许身先士卒？"他嘴里说着，一双眼睛却死死地盯住前面的蒋颖，只见蒋颖伸手在按钮上轻轻一转，然后就听"咔"的一声，蒋颖头顶上的石板逐渐移动了起来。随着洞口的变大，蒋颖也跟着爬了上去。几步，她已经到了上层洞穴。正当蒋颖爬上地面时，她突然惊了一下，但很快她就伸出一根食指放在自己的嘴唇上，动作如此迅速，以至于站在石梯下的二得子根本没有发现。

等蒋颖在地面站定，二得子唤了她一声。紧接着，他高高举起一个箱子，递给蒋颖，蒋颖趴在地上，伸手向洞内探去。直到二得子确定她抓稳了，才让她搬上去，随后又是第二个箱子。"汝等从孤，慢来。"他又吩咐了一遍方遹和韦廷钧，这才踏上石梯。当他的头刚探出洞穴，就首先寻找那两个箱子。等他爬出洞穴，这才转身想看看蒋颖。

突然，二得子吓得差点儿叫出声来。他没想到，在蒋颖的身边竟然还站着一个女人，他不认识她，而且从来没见过。不过二得子毕竟老成持重，他很快恢复了镇定，问道："汝乃何人？"站在他面前的正是李隐之。原来李初阳让女儿来接应他们，她便来到禁地，沿着甬道慢慢找到了上层石室。可惜她既不知道一切原由，又不知晓供桌上机关的所在。于是，她只能等在石室里。

这时，她看见二得子却不像二得子看见她那么震惊。她认识二得子，只是奇怪为什么他神态古怪，声音和口气也判若两人。可是，蒋颖不让她开口，她也只能闭嘴，正当她在纳闷方遒和韦廷钧怎么不见了时，就看见韦廷钧的脑袋从洞口探了出来。

二得子目光犀利，警觉地望着李隐之，又看看蒋颖，他刚想再开口，只听身后怪叫一声。说时迟，那时快，就当二得子回过头去想要看个究竟时，只见方遒和韦廷钧抱着两只箱子撒腿就跑。一边跑，韦廷钧一边在叫："我们发财了！我们发财了！"

"逆贼！"二得子咆哮一声，顾不得身后的蒋颖和李隐之，没命似的追了上去。昏黑的甬道里，两个身影摇摇晃晃地迅速向前移动，二得子跟在后面，一步也不肯落下。他知道这个时候再怎么大声的叫唤也是无济于事，只有追上他们，才能将宝物追回来。本能驱使他在看见自己的财宝被人抢走后马上追上去，可是，往往本能也是致命的。

乍看之下，甬道一眼望不到头。韦廷钧和方遒上气不接下气地向洞口跑去，上一次，他们完全没有料到甬道竟然那么曲折漫长。木箱的重量越来越重，何况他们这些日子来无论是休息或是饮食全都不正常，体力已经大打折扣，而且后面还有追兵。不论那个被灵魂俯身的二得子是否会使用手枪，一旦被抓住，后果还是不堪设想。

一想到这里，两个人顾不得胸口剧烈的刺痛，以及呼吸的困难，低着头拼命奔跑。身后，脚步声渐渐逼近，韦廷钧不敢回头向后看，他半转头，发现身边的方遒已经跑得大汗淋漓。两旁火把的光芒照射在方遒的脸上，他还以为方遒就快绝望了。可是，那又不像是绝望。虽然跑步的颠簸使他的视力下降，可他还是从方遒的脸上看到了一丝笑容，嘴角上扬，眼睛瞪大。

韦廷钧扭头目视前方，白色越来越大，那就是洞口。再往前跑二三十步，眼看就要到洞口了。两人看见洞口似乎有些人影在晃动，他们顾不得一切，高声叫嚷，让那些人闪开一边。身后，二得子也在迫近，直到现在，他才高声吆喝，让他们停下。都已经到了洞口，方遒和韦廷钧怎会就范？两个人拼上最后一口气，仿佛赛跑过线似的纵身向前。

幸好桃花源并非深埋地下，它也像别的地方一样沐浴在阳光下。阳光，对于他们来说从来没有那样的魅力。直到他们的身体完全暴露在阳光下，他们才重重地扑倒在地，两只箱子也摔在了地上。

不等他们一口气喘顺，就听身后一声怪叫。两人回头再看，只见二得子像一只发了疯似的野兽，从山洞里冲了出来，他眼睛通红，张牙舞爪，早把那些把守着洞口的武士给吓得躲到一旁。方遒和韦廷钧心情忐忑地看着二得子朝自己这里扑来。

金色的阳光首先照射到二得子的脚上。随后，光线像是长了脚似的迅速攀升，从小腿，到大腿，再到腰部。只是一眨眼的工夫，二得子的胸部以下已经全都暴露在阳光下。二得子并没有停住脚步，当他完全跑出洞穴时，阳光轻易地占据了他的脸庞。阳光下，二得子面色苍白，嘴唇干涩，他像是个久不见阳光的人似的突然停住脚步，伸手挡住阳光。他觉得眼睛一阵刺痛，闭上眼睛，也觉得眼花缭乱。他开始责怪自己太过冒失，不过当他还在洞里的时候就看见那两个人摔倒在地上。只要他的视力能迅速恢复，他还是有机会抓住那两个人的。

突然，另一种比眼睛的刺痛更让人难以忍受的疼痛感席卷而来，仿佛潮水汹涌澎湃，让他一时之间猝不及防，他迅速放下手，勉强睁开眼睛。疼痛感是从手背的皮肤开始的，他看到自己的皮肤上有一些红色的小斑点。他根本来不及反应，那些红色的斑点就在迅速地扩散。他眼睁睁地看着手背上的红斑逐渐隆起，继而像开花似的爆开。如果侧耳倾听，甚至还能听见爆裂声，一个脓包爆裂，就增加一份痛楚，二得子呆立原地，木讷地看着这一切的发生。可是，即使手背上所有的脓包全都爆裂，也比不上接下来发生的事情可怕。那些破裂的皮肤软绵无力地向四周张开。紧接着，几乎就在同时，那些皮肤迅速地向外翻卷、萎缩，鲜血再也无法自抑，泉涌一般从伤口流出。纵使占据二得子的身体的那位皇帝再没有医学常识，也能清晰地看见自己的肌肉——那是真正的活人的肌肉。

二得子这才意识到事态的严重，他一边大叫，两只脚却像生了根似的寸步不能移动。就在他浑然不知所措时，剧痛向病毒似的迅速扩散、蔓延，先是手臂，继而是胸口和背部。紧接着，红色斑点就像在示范虹吸现象似的沿着二得子的脖子向上攀升。二得子只是觉得脸部奇痒难当，他当然看不见自己的脸，可是当脓包的爆裂声俨然就在耳畔时，他已经无药可救了。

所有人全都看着那个疯狂尖叫的二得子，他满脸鲜血，面目可憎。除了方道和韦廷钧，谁都不知道究竟发生了什么事，即便如此，方遒二人也看呆了。难道这就是所谓的禁忌？如果灵魂提前附身，那么在阳光的曝晒下就会全身溃烂而死。

二得子拼命地嚎叫着，他已经感觉不到新的疼痛，因为光是现在浑身的伤口，已经够他受的了，伴随着疼痛的，是伤口上的燥热。二得子不顾一切，使劲地撕扯着身上的衣服。当他的上半身完全暴露后，所有的人全都吓得闭上眼睛，几乎昏厥，他的身上已经找不到一块完整的皮肤。相反，红色的肌肉暴露在空气中，鲜血像雨水似的向地上淌。

二得子晃了两晃，痛苦地张开嘴，声音沙哑，简直分辨不清他是在说话，还是在嚎叫。"为什么会这样？！为什么？！难道……这不是800年以后吗？"

当他重重地倒在地上时，二得子的呼吸声、咆哮声渐渐变弱，他已经没有力气再作任何挣扎。相反的，她身体上的巨变却没有停下，现在，就连肌肉也开始萎缩。二得子整个人浸泡在血泊中，身体只是随着条件反射在抽搐。

金色的阳光依然普照大地，刺鼻的血腥味弥漫在空气中，韦廷钧控制不住自己，正在拼命地呕吐，直到胃部痉挛，他还是觉得恶心。面前，一堆披着衣服的铮铮白骨触目惊心。二得子就这么死了，没有任何征兆，即使他曾经说过，方遒和韦廷钧也完全没有准备。

他真的被附身了吗？恐怕是这样。可那毕竟是一个帝王的灵魂，就这样随着一个躯体的覆灭而烟消云散了。

6．菩提本无树

很快就烟消云散了，这恐怕出乎所有人的意料。或许就连死去的二得子也不曾想到，没有什么是永恒的、无畏的，哪怕是那些曾经的天骄。当蒋颖和李隐之气喘吁吁地跑出山洞时，地上只剩下一套衣服和渗入土壤中的血水。她们没来得及目睹一切的发生，即便如此，李隐之还是吓得面色发白，大气也不敢喘。

周围的人纷纷聚拢过来，他们时不时地低头窃窃私语，像是在议论发生了什么事。有些目睹了二得子溶化的全过程的人，甚至跪倒在地，乞求神明的庇佑。木箱子里的珠宝散落一地，可是没有人去捡。桃花源的族规甚是严格，任何从山洞里出来的东西都不能碰。否则，将被处死。

　　方遒和韦廷钧这才从地上爬了起来，韦廷钧双腿有些打颤，可是当他见到李隐之面色憔悴时，却顾不得自己，抢先一步来到李隐之的身边。方遒急忙将散落在地上的珠宝重新装回木箱，他这才来到三人的身边，一双眼睛却始终盯着地上的衣服。

　　"他死了？"蒋颖有些茫然，方遒凑近她，肯定地说："他死了，就在我们面前，他死时的样子有些恐怖。"方遒尽量轻描淡写整个过程，他不希望蒋颖再被吓到。

　　这时，围观的队伍逐渐散开，从后面走来几个人，为首的正是李初阳、李洛文和坤老帮，或者应该称他为国家安全局的局长。由于那边的工作较为复杂，乾老帮受俘被关押在宗人府的大牢里，那些参与或者支持他的谋反行动的人也被迅速地逮捕。李初阳没有将骚乱扩大，桃花源大多数的居民依然生活在淳朴而又平静的生活中，似乎近在咫尺的波澜都无法触动他们。在这一块独立于广袤中华大地的沃土上，他们就像花草树木一般平和地繁衍着。

　　李初阳带头走到那滩血水前，他低头不语，眼睛注视着被鲜血染红的衣服。"先回去再说吧。"他关切地搀过女儿，并将她交到李洛文的手中，李洛文温柔地将李隐之搂在怀里。从认识到结婚，再到现在，发生了太多的事情，李洛文甚至没有片刻尽些许丈夫的义务。唯有这一个深情的拥抱，才是他所要表达的一切。李隐之长得不高，脑袋正好埋在了李洛文宽大的胸膛里。

　　韦廷钧心酸难耐，他无奈地轻叹一声，扭头转向了另一边。方遒和蒋颖全都注意到了他的举动，他们默契地扶着韦廷钧的背脊，道："走吧。"

　　"对了。"李初阳突然停住脚步，转身道，"还得再麻烦你们一次，能不能帮我们将这两箱东西送回去？"他指指地上的木箱子，似乎知道了发生的事情似的。"如果你们愿意，可以带一两样走，算是我们无尽的歉意和微弱的补偿。"

　　方遒和韦廷钧并无怨言，他们捧着木箱，转身重新钻进了山洞。蒋颖走在他们的前面，为他们举着火把，除了再弄一身尘土，别的倒也没什么。

重见天日时，所有的人都站在原地等他们。这让他们多少有些感动，李初阳领着众人离开了这座大山。所有的人都默契地选择不开口，只是把这个权力留给了背后的大山，在那里低沉的呻吟。二得子的衣物被草草地掩埋，他机关算尽就是为了满山的珍宝。如今让他们长相厮守，岂不是件美事？

回到李初阳的书房，众人纷纷坐定。李洛文和坤老帮相互望了一眼，继而同时看向李初阳。李初阳点头示意，道："那个二得子究竟是怎么死的？"

事情的经过只有方遒和韦廷钧知道，两人商量了一下，还是由方遒代言。此时，方遒三人都已经梳洗完毕，穿着崭新的衣服，方遒的精神也为之一振，他整理了一下思绪，从三人被李隐之从牢房中放出来开始说起，一直到二得子化成一滩血水为止，特别是最后二得子离奇的死亡，包括蒋颖和李隐之在内，在场的众人全都瞠目结舌。

方遒说完，李初阳沉思不语，众人不约而同地将目光集中到他的身上，似乎在等待他的最终裁决。李初阳轻挑眉毛，突然问："那些卫兵也看到了？"

"是啊，只要是在场的人，一定忘不了。"韦廷钧记忆犹新，说道这儿还不由得打了个冷战。

李初阳点头谢过，他又朝李洛文看去，意味深长地说："那些人现在在哪儿？"

李洛文马上会意，说："刚巧轮班，他们都在自己的岗位上。"说完，李洛文站起身，朝众人道了声别，自顾自地走了出去。

"他还是被附身了。"坤老帮手捻长髯，感慨道，"他在我的手下任职多年，我了解他的性格。最初他因为批斗他的同乡富商申百年而得到上级的重用，申百年后来移居香港，改姓沈，他的儿子就是沈若诚……"

方遒突然惊叫一声："董事长？他还被关在监狱里呢！"发生了那么多事，方遒几乎忘记了这位将他牵扯到整件事中的人。

"我也听说他进了桃花源。"坤老帮望向李初阳，"他身边的保镖张栋勋是我们国安局的卧底，这次沈若诚的一举一动他全告诉了我。"

李初阳似乎有些犹豫，他面色凝重地望着方遒，道："我们找到他的时候，他已经死了。乾老帮伏法后，卫兵在监狱里找到了沈先生的尸体，是活活被吓死的，可能是由于他从没受到这样的遭遇。方先生，我很遗憾没能保护好他。"

方遒心情沉重，一时间说不出话来，蒋颖关切地伸手搭在他的手背上，小声道："事已至此，别再难过了。"

"能好好安葬他吗？"方遒恳求道。他又看了一眼李隐之，希望她能替沈若诚说些好话。沈若诚是个无辜的人，莫名其妙地接受了父亲的遗嘱，又莫名其妙地卷入了桃花源的斗争之中。他可以说死得不明不白，一个在商场上才高位重的青年俊才，却在这里被人遗弃在角落里，无人问津。

"放心吧！"李初阳拍胸脯道，"他虽然擅闯桃花源，可也算是一个孝子。既然如此，他就是第一个葬在桃花源的外族人。"

方遒再三道谢，李初阳只是不住地摆手。下人端来了茶水、点心，李隐之帮着张罗。经过一番历险，韦廷钧早就饿得不行，他一见到点心，已经迫不及待地大口吃了起来。韦廷钧哪管那么许多，他只是抬眼偷偷地看着李隐之，可她早就转过身去招呼坤老帮了。

正吃着，李洛文回到书房，他冲李初阳点点头，李初阳嘴角微微上扬。"三位今后有什么打算？"李初阳突然问道。

"这个……"方遒不确定地看着蒋颖，蒋颖似乎早就料到李初阳会有此一问，她会心一笑，道："只要族长能把我们送回地面，我们还是过回原来的生活咯。"她朝韦廷钧眨了眨眼，韦廷钧却心急如焚地想要插嘴，他急忙看向李隐之。

"那样也好。"李初阳瞟了韦廷钧一眼，却也不理他，"既然你们愿意回去，我当然会派人送你们一程。这次发生了那么多事，也辛苦各位了。李某在此向各位赔罪了。"说完，他抬手一拱。"只是，李某还有个不情之请……"他故意拖长音调，眼角却撇向了蒋颖。

蒋颖当然明白他的意思，她笑呵呵地说："李族长请放心，我们三个人一定严守秘密，绝不会泄露半点儿桃花源的秘密。如若不然，任凭处置。"

"好！"李初阳抚掌大笑，"蒋小姐一诺千金，有你一句话，我也放心了。至于离开桃花源，大可不必那么着急，让隐之陪你们在桃花源再玩上一段时日回去亦不妨。"众人又聊了一些不相关的事情,这才散去。

韦廷钧还是恋恋不舍李隐之,却被方遒和蒋颖合力拉回了自己的房间。到了房间,方遒疑惑地问蒋颖:"你不觉得奇怪吗?"

"什么?"

"离开山洞后,李初阳就再也没有提起过二得子的事。至于那个灵魂,他更是不管不顾。"

"或许他不想在我们这些外人面前提起吧。"蒋颖说。

"不对!"方遒一脸严肃,道,"千年灵魂是桃花源的至宝,可以说整个桃花源的由来也是因为这个灵魂。如今灵魂就这样消失了,身为族长却一点儿都不着急。这样一来,再过几百年,他连仪式都不能举行。"

"你想说帝王灵魂一事是假的?"蒋颖问道。

"不可能!我们可是亲眼看到二得子被附身了,而且他也是死在我们的面前。"

"话是这么说没错,可是……"方遒突然闭嘴,沉默不语。"有什么想法你就说出来吧。"蒋颖鼓励他道。

方遒点点头,说:"二得子的确像是被什么东西上身了,而且还死在了我们的面前。可是,他只是自称是雍正,却没有拿出任何证据。换言之,任何人抽风似的颤抖过后,都可以说自己被附身了。"

"可你又怎么解释他的死呢?"韦廷钧不依不饶。

"的确,他像溶化了似的死在我们的面前。但我想假设的是,装在那个小盒子里的东西不是什么灵魂,而是一种造成幻觉的毒药。毒药首先让人产生幻觉,然后只要一离开山洞,就会毒发身亡。"

"你想说这也是李初阳计划的一部分?"

"否则这真的很难解释。"方遒若有所思地说。自打从山洞回来之后,方遒始终没有时间思考。然而,他的直觉告诉他,事情并非那么简单。韦廷钧还在一旁喋喋不休,蒋颖示意他轻一点儿,别打扰了方遒的思考。

方遒双手抱头,考虑片刻后看着韦廷钧说:"如果你是李初阳,发现有人侵入禁地并企图夺取桃花源的至宝,你会怎么办?"

韦廷钧没料到方遒会有这么一问，他愣了片刻，眼球不停地转来转去。"我……应该会发狂吧。"他不确定地给出了回答，一边朝蒋颖做着鬼脸。

"若换作是我，即使自己不能亲自进入山洞，也一定会派重兵把守洞门，自己也会第一时间出现在洞外。"蒋颖却回答得十分认真。

方遒感谢地点头示意。"这是一种可能，至少说明你很在乎你所保护的东西。"方遒换了个姿势，继续说，"我们来分析一下李初阳的行为。你们俩应该记得，李初阳并不是从一开始就出现在现场，他是等一切都结束了，我们打算回去的时候才来的。他来得真的很晚，晚得让人觉得他太笃定了，好像他早就知道会发生什么，根本不需要亲自证实这一切似的。随后，李初阳见到我们说的第一句话是让我们先回去。回忆一下，他当时的表情太平静了。要知道，我们这次进入山洞，很有可能毁了桃花源的圣物，他甚至问都没问我们一声那个千年灵魂究竟怎么样了。"

"另外让我觉得奇怪的是，回到他的书房，他问的第一句话是'二得子究竟是怎么死的'。他知道二得子死了？谁告诉他的？我没有，你们也没有，况且根本没有二得子的尸体，即使一个心思再缜密的人也很难在那么短的时间内作出二得子已经死亡的结论。"

"所以……"韦廷钧两手一摊，整个人似乎在云里雾里。

"所以说他早就知道任何企图打开那个盒子的人都会有这样的下场，事后他只要观察一下谁没有出现在现场，就代表谁死了。"

蒋颖渐渐理解了方遒的假设，但她还是有个疑问："如果真如你说的那样，可那个灵魂呢？桃花源几乎就是因为这个灵魂而存在的，如果它不在山洞里，那……"

"或许它根本就不存在。"方遒打断了蒋颖，后者一脸惊讶，对他作出的大胆的假设不置可否，"这可能并非李初阳一个人的杰作，甚至这有可能是从很久以前就开始的骗局。有两种可能，第一种是那个千年灵魂的说法从一开始就是假的，只不过是桃花源第一代祖先为了躲避什么，故意给出的假象。真实情况只在历代族长中流传，而对于那些想要夺取灵魂的人给予中毒的惩罚。"

这时，方遒由于激动已经站了起来，绕着蒋颖和韦廷钧转圈子。"第二种可能，关于帝王灵魂的说法是真的，有可能它已经经历了秦始皇、唐太宗，甚至雍正，可出于某种原因，灵魂在某个时间被毁了。但为了保守这个秘密，以后的族长一方面继续严守秘密，另一方面准备了毒药来对付那些入侵者。"

"出于某种原因，李初阳不得不继续保守秘密，他很希望我们能尽快离开桃花源，这样我们就不会把秘密公开，他也能保持现状。"

房间里顿时鸦雀无声，蒋颖和韦廷钧面面相觑。一种被愚弄的感觉笼罩着他们的心头，可任凭谁都说不出话。他们曾经经历的和正在经历的都是这个世界上再诡异不过的事情，可这些诡异的、离奇的经历却源于一个骗局。这种感觉像坐着过山车，从最高点突然掉落到最低点一样。

韦廷钧突然干笑了几声，心想自己本应该乖乖地留在学校里念书。"现在我们该怎么办？"

"当然是回去。"方遒和蒋颖异口同声地说。"既然已经知道这是一场骗局，而且对方还有心继续蒙骗我们，那留在这里还有什么意思呢？"蒋颖补充到。经历了那么多，她似乎已经失去了最后一些对于桃花源的兴趣。这里和上面他们生活的地方一样，除了欺骗和谎言外，并没有什么特别的。

三个人都不打算再就此事说些什么，大家默默地收拾着基本没什么东西的行李。谁也不曾注意，门外一个黑影悄悄退去。

当晚，还是韦廷钧打破了沉闷的僵局。他先是把蒋颖叫来，随后坐在床边，突然发起了感慨："难道这个世界上真的没有灵魂？"

"别再为这些无谓的事情烦恼了。"方遒还是希望他能想开一些，"我们早该知道地球上本就没有永恒。"

蒋颖一阵脸红，作为一个历史学家，她也曾被那所谓的灵魂冲昏过头脑。虽然在这个命题尚未得到证实前，人人都会因为好奇而过分冲动。"还是回去吧，让我们重新开始生活。"

"唉……"韦廷钧双手抱住后脑勺，顺势往床上一躺，"明天你们也帮我劝劝隐之，让她和我们一起回去。"

"面对现实吧，人家都已经结婚了。"方遒并不想那么残忍地戳破韦廷钧为自己编制的泡沫，可他也眼看着这位年轻人像桃花源里的人一样，除了被别人欺骗，还自欺欺人。第一次踏上桃花源的土地，除了他们过于洁白的皮肤外，方遒还头一次感受到如此单纯的眼神。单纯的眼神，让方遒曾经以为这或许是一片处女地。在这里没有欺骗，没有谎言，只有人类最初的质朴和无邪。然而，经历了这一切之后，方遒才逐渐发现，桃花源的单纯并非天性使然。这种人为的，试图以欺骗的手段防止桃花源的居民遭受痛苦的行为，只会让这里的人在无知和脆弱中度过残生。人，并非天生强大到足以应付所有的痛苦，但如果以这种手段妄想保护这里的居民，只会让他们更不堪一击。方遒愿意接受老子是这片土地创造者的传说，如果果真如此，他只觉得"无为而治"在今天遭到了彻底的惨败。"况且李初阳不会答应让女儿再离开这里的，她毕竟是属于桃花源的。"想了很久，方遒才找到比较合适的用来规劝韦廷钧的话。

"可她有权选择自己的生活。"韦廷钧翻身坐了起来，他显然有些着急。

"桃花源的人没有权利选择自己的生活。"蒋颖突然说出了一句连她自己都觉得残酷的话，"他们的生活早就被规划好了，就像隐之一样，虽然她的父亲亲手将她送到地上，可这不意味着隐之就能摆脱这种命运。她逃不了的……"蒋颖的声音逐渐变轻，她毕竟是个女子，还是硬不下心来把她想说的话悉数表达出来。

"难道我们就不能劝劝她？再怎么说她也是受过高等教育的！"韦廷钧不依不饶。

"真是个孩子。"方遒感慨道，"非得把话挑明了吗？"他转身盯着韦廷钧，眼神中别有深意。韦廷钧一头雾水地看着方遒，一时间反而说不出话来。"你认为李初阳为什么肯放我们走？除了守口如瓶，他甚至没有提出任何条件。"韦廷钧摇摇头，茫然不解。

"他毫不担心我们会走漏风声，因为把李隐之留在桃花源就是他用来封住我们嘴巴的最好手段。"

一语惊人，韦廷钧气得几乎要跳了起来："你胡说！隐之是他的女儿，他怎么会这么对自己的女儿呢？"

"他当然关心自己的女儿，但是他更知道我们也关心隐之。如果我们希望隐之能幸福地生活下去，我们就得帮他保守秘密。"

7．只缘身在此山中

　　隔天清晨，下人敲响了方遒和韦廷钧的房门，蒋颖也已经等在门外，她还将随身的一些小东西打包，看来已经准备回去了。方遒和韦廷钧都没什么行李，不过他们还是多多少少打包了一些东西。方遒倒是无所谓，只是韦廷钧一脸不高兴，看着他睡眼惺忪的样子，显然昨夜没有睡好。

　　下人说李初阳等人正在大厅等他们，方遒和蒋颖互望了一眼，会心一笑。三个人随着下人来到大厅，那里曾经是他们第一天到达桃花源时李初阳宴请他们的地方。今天，这里同样大排筵席，李初阳居中而坐，上垂手坐着坤老帮、李洛文和李隐之，而他的下垂手空摆着三张椅子，看来是专门为他们准备的。

　　三人进入大厅，李初阳热情地站起身给他们让座，方遒坐在了他的身边，随后依次是蒋颖和韦廷钧。这是一张不大的圆桌，韦廷钧正巧挨着李隐之坐着。他不安份地挪动身子，像是要引起李隐之的注意，李隐之向李洛文这边挪了半寸，面色不怎么好看。

　　李初阳精神不振，语气忧伤地说道："三位真的决定回去了？"方遒和蒋颖既然早就决定了，便坦然地向李初阳再次表达了去意。

　　谁都没有注意，李初阳朝李洛文使了个眼色，李洛文会意地点点头，举杯起身道："今天晚些时候就有一列火车去东方出口，既然众位真的打算回去了，我便代表自己及贱内祝各位一路顺风。"说完，他一仰脖子将杯中的酒一饮而尽。

　　李初阳咳嗽一声，面带怒色道："洛文，不得无礼。"

　　蒋颖似乎早就料到了这出闹剧，她微笑地说道："李族长，令婿所言非虚。我们离开地面那么久，也是时候回去了。如果族长认为方便的话，我们今天就走。"

　　李初阳又是一阵感慨，说了一些"你们本该留下"之类的话，然后道："既然三位执意要走，我也不便勉强，这顿酒水就算是给大家饯行吧。"

又吃了一会儿，坤老帮突然从座位旁拿出一个文件袋递给方遒："三位这次回去，老夫担心会有政府的人找你们麻烦。老夫特地准备了三份文件，如果有人因为这件事找到你们，你们只要出示这份文件就行了。"

方遒接过文件，看也不看就往身边一放。李初阳说："三位果真要走，我桃花源绝不会勉强，只是……"他故意拖个长音，似乎等着谁接他的话题。

蒋颖接过话题，道："族长请放心，我们既然答应过要保守秘密，就绝对不会向外界泄露半点儿风声。"

李初阳意味深长地补充了一句，道："小女隐之也请各位不必牵挂，她既然回到了家，我们自然会好好照顾她的。"李隐之低头不语，方遒和蒋颖会意地相互交换了一下眼色。只有韦廷钧仿佛还游离在外，他突然站起身，不顾带动整张桌子的晃动，冲着李隐之叫道："隐之，跟我回去吧，你还得回去上学！这里不是你的世界，你不属于这里。"

现场的气氛又突然紧张了起来，所有人都注视着韦廷钧。对于李隐之，他依然没有放弃，他曾经将桃花源发生的一切全都当成一场梦，甚至他至今还不承认李隐之和李洛文之间的婚事。自从他认清了桃花源的本来面目，韦廷钧更是打定主意要带李隐之离开这里。

李隐之长叹一声，低着头说："如果我们还是同学的话，你就不必再劝我了。这里是我的家，叶落归根，我总是要回来的，更何况我已经结婚了。这里有一封家信，请你寄给我的养父母。"说完，李隐之从身边拿出一封信交给韦廷钧。两只手在半空中处碰，韦廷钧本能地一把抓住李隐之的手，他眼光闪动，欲语又止。李隐之苦笑着，把手用力地抽了回来："临走前，让我再敬你一杯吧，这恐怕是我们最后一次见面了。"

李隐之大方地端起酒杯，一饮而尽。韦廷钧痴痴地站在原地，顿时不知该如何是好。蒋颖在一旁悄悄地拉了一下他的衣袖，韦廷钧这才缓过神来，只见他眼眶含泪，一仰脖子让酒水穿肠而过。随后，他低着头坐回原位，不再说话。

众人皆不开口，片刻之后，只见方遒站起身，道："族长，我看时间也不早了。如果方便的话，我们就告辞了。"蒋颖也站起身，她还顺便在韦廷钧的衣领上提了两下。韦廷钧扭头看看李隐之，无奈地跟着起身。

李初阳又客套了一番，这才陪同方遒三人出了大厅，众人依然有一句没一句地说着。方遒只觉得浑身不对劲，他恨不得早一点儿离开这个鬼地方。好不容易，众人来到码头边，当初，他们就是从这里踏上桃花源的土地。一艘小型货轮停泊在码头，似乎正在等待什么。李初阳让李洛文再送他们一程，自己则带着坤老帮和李隐之站在一边，目送四人上船。

"永别了，亲爱的朋友们。"李初阳最后说了一句。

方遒和蒋颖几乎连头都没回，只有韦廷钧依然恋恋不舍地转身看着李隐之。他总有种预感，这将是他们的最后一面。

汽笛嘶鸣，货轮缓缓驶离码头，方遒和蒋颖总算松了口气。他们尽量避免和李洛文有眼神交流，扭头朝窗外看去。李洛文陪他们坐了一会儿，大抵也觉得无聊，便敷衍了两句也自行走开了。

除了有人送饭来，三人几乎都在闭目养神。韦廷钧起先还会小声嘟哝，但方遒和蒋颖全都不理睬他。他们从来没有感到如此疲惫，眼皮发沉，昏昏地睡了过去。

方遒是被人轻轻地从睡梦中摇醒的，他睁开惺忪的双眼，蒋颖和韦廷钧已经作好下车的准备。"下车了！"李洛文探出脑袋，又马上缩了回去。

方遒觉得头昏昏沉沉的，他连几时上的火车都不记得了。不过总算离地面只有咫尺之遥，方遒总算有了一种拨云见日的感觉。来到车门前，李洛文已经在月台上等着他们。东方出口处的守卫此时已经分道而立，像是某种欢送仪式一般。一行四人从人群中穿过，径直向出口处走去。

和当初他们进入地下的滑坡所不同的是，出去的路其实是一部新型的升降梯。其实这些东西在如今的生活中司空见惯，可方遒等人现在看到它，依然有种诡异的感觉。

李洛文几乎没说什么话，只是默默地看着三人走进电梯，直到电梯门合上的最后一刻，李洛文才说了声"永别了"。电梯门重重地合上，仿佛就此与世隔绝的样子。韦廷钧又开始有些不安，呼吸声也在逐渐加重，他一会儿摸摸后脑勺，一会儿又整整衣服。

蒋颖突然拍了一下韦廷钧的肩膀，道："我们回家了。"

他们终于回家了。电梯迅速地攀升，最后停在会稽山的一处山窝内。再一次感受到地面上的空气，三人几乎同时欢呼了起来。他们彼此都像阔别多年的老友一般，互相拥抱欢呼。直到电梯门在身后重新关合，他们才想到应该迅速地离开此地。

三人大概摸索了个方向，艰难地在山间穿梭，好在他们全都饱餐过，因此也不觉得疲劳。路上，他们竟然遇到了沈若诚的贴身保镖张栋勋。方遒曾经在香港见过他，但此时张栋勋面容憔悴、衣衫褴褛，简直像换了个人似的。原来，自从沈若诚消失在会稽山后，张栋勋就始终没有放弃过寻找他。虽然他最初的职责也是中央派来监视沈若诚的行动，可现在，他完全把沈若诚当成了自己的亲人一般。

听说沈若诚的死讯，张栋勋显得很平静。他给三人指了条正确的出路后，自己却想继续留在山里。外面，已经没有他可以去的地方了。

三人只得留下张栋勋，继续前进。他们很快离开了会稽山，幸好蒋颖的身边还有一些现金，足够三人买火车票回上海。这一天入夜，他们总算回到了阔别已久的城市。三个人的家人早就去警察局报了警，方遒的父亲更是在好些天前从自己的家赶到上海，希望能有儿子的消息。

韦廷钧重新回到了学校，他总觉得自己还会和李隐之再见面，而这也成了他重新回到学校的唯一动力。同学们全都很好奇他这段时间的失踪，他们同样关心李隐之的下落。对此，韦廷钧只能痛苦地选择缄默。他曾经发过誓言，绝对不能将曾经发生过的事泄露出去。

蒋颖早就丢掉了博物馆的工作，她没有再回去探望恩师，也不再想见以前的那个男友。很幸运，她迅速找到了另一份工作，一份普通的公司职员岗位。她终于本能地想要将自己的兴趣和生活区分开，虽然曾经的研究工作使她如痴如醉，但她也同样错过了许多别的东西。就在她和方遒分别的时候，她说自己要开始享受生活。

那晚分别时，方遒说他想暂时休息一会儿。他从前就想写一部小说，如今终于有了题材，可以让他尽情地发挥。

方遒在几天后终于给蒋颖打了电话，她爽快地答应了他的邀请。那一晚，方遒请蒋颖去了一家中高档的餐厅。虽然两个人已经认识了很久，甚至曾经共同患难过，可方遒还是会觉得有些扭捏和害羞。

饭吃到一半，方遒突然从身边拿出一个包装精心的小盒子，从餐桌上推到了蒋颖这边。蒋颖俏皮地眨了下眼睛，道："菜单上有吗？"

方遒既害羞，又觉得好笑，他强忍住笑，严肃地说："送给你的。"

蒋颖打开礼盒，里面是一个精致的手镯，虽然式样古典，可是和蒋颖很相称。蒋颖正在欣赏这个手镯，就听方遒说："李初阳答应我们可以带一件东西回来，我就找了这件。其实我很早就想送给你了，只是一直没有机会。"他的脸颊绯红，不好意思地低下了头。

蒋颖继续欣赏着手镯，良久，她才由衷地说了声"谢谢"。

这时，方遒的手机铃声响起。他觉得这很煞风景，但还是极不情愿地接起了电话。透过晃动的烛火，蒋颖发现方遒的脸色渐渐变得苍白，脸部的肌肉也失去了活力。她不知道电话那头在说些什么，只能静静地等待结果。

方遒终于放下了电话，一滴汗水沿着额头流淌下来。他吞了口口水，勉强开口道："韦廷钧死了，似乎是中了某种慢性毒药。"

"当啷"一声，蒋颖的手肘不小心撞翻了酒杯。她胆怯地叹了口气，突然问道："这两天你有没有觉得胃疼？"

方遒瞪大眼睛，连着吞了好几口唾沫。他根本不用回忆，也用不着去理解蒋颖这句话的含义，他闭上双眼，无力地点点头。随后，他仿佛末世的幸存者一般，带着沧桑的口吻道："真该和桃花源永别了。"

蒋颖温柔地握住方遒的手，露出甜美的微笑："别忘了，还有我陪着你。"